DER VERGESSENE

FSC
www.fsc.org
MIX
Papier aus ver-
antwortungsvollen
Quellen
Paper from
responsible sources
FSC® C105338

SYLVIA BERGMAN

DER VERGESSENE

SIE WARTEN AUF DICH

THRILLER

Ein großes Dankeschön für ihre unschätzbare Unterstützung geht an:
Meinen Mann Daniel, der immer mein erster Leser ist
&
Michael Lohmann (worttaten.de) für sein Lektorat und
Korrektorat
sowie
Covergestaltung: by 99designs - didiwahyudi.trend
Bildrechte: https://pixabay.com/id/photos/rumput-pohon-bidang-padang-rumput-1296353; https://pixabay.com/id/photos/kawat-berduri-bidang-kayu-alam-7403782; https://pixabay.com/id/photos/gagak-hitam-burung-gagak-burung-3382184; https://www.shutterstock.com/de/image-photo/appuldurcombe-house-isle-wight-shell-once-58587322
Buchsatz: BoD

DIE AUTORIN

Was gibt es Schöneres, als mit einem Buch in eine andere Welt abzutauchen? Dich davontragen zu lassen, während Du die Seiten umschlägst? Innerhalb eines Blinzelns bist Du Teil einer fremden Sphäre.

Mich hat diese Reise fasziniert, solange ich denken kann. Ich liebe es, diese Welten von beiden Seiten aus zu erkunden – mit dem Buch in der Hand und als Autorin an der Tastatur.

Und nun wünsche ich Euch viel Spaß beim Eintauchen.

Weitere Informationen unter
www.sylviabergman.com
Auf meiner Website könnt Ihr den kostenlosen Newsletter abonnieren.
So werdet Ihr regelmäßig über Neuerscheinungen informiert.
Außerdem findet Ihr mich bei
Instagram – @SylviaBergman78
und Facebook – @ SylviaBergmanAutorin.

KAPITEL 1

Der Verkauf des Hauses wurde über Anwälte abgewickelt. Man sagte uns, der Eigentümer stünde für ein persönliches Gespräch nicht zur Verfügung. Jeder andere hätte an dieser Stelle den Deal hinterfragt. Nicht ich. Ich wollte dieses Anwesen. Mein Leben lang hatte ich auf eine Chance wie diese gewartet. Es war der Inbegriff von Familiengeschichte. Nicht meine Familie. Nicht meine Geschichte. Doch das war mir damals egal. Besser irgendeine als keine.

Wenn ich sage, dass ich mich an die ersten fünf Jahre meines Lebens nicht erinnern kann, denken die meisten: Das ist nichts Besonderes. In meinem Fall weiß auch sonst niemand etwas aus dieser Zeit.

Eines Tages stand ich, Paul Wagner, mittendrin, als hätte jemand das Licht angeknipst, lebte in einem Waisenhaus, wurde täglich verdroschen und wünschte, dass sich einer erbarmte und das Licht wieder ausschaltete. Ich kann nicht sagen, ob es eine Zeit gegeben hat, in der ich Tagträume über meine Eltern entwickelte. Andere Kinder hatten so etwas. Sie hofften, dass man sie bei der Geburt vertauscht hätte und Mama und Papa sie nach jahrelanger Suche abholen würden. Oder die Sache mit den toten Prominenten. Ein Klassiker. In meinem Waisenhaus gab es erstaunlich viele Kinder von verstorbenen Schauspielern, Politikern und Rockstars.

Bei mir war das anders. Ich hatte keinerlei Fantasien. Ich hatte meine frühe Kindheit vergessen. Danach wurde ich nur noch erwachsen. Davor habe ich nicht existiert. Oder sie hatten mich vergessen. Irgendwo und irgendwann. Vielleicht auf einem Bahnhof.

So abrupt wie ich in dem Leben einiger Menschen auftauchte, als ich ein Kind war, so plötzlich ist mein Erwachsenendasein gefüllt mit Menschen, die aus dem Nichts erschienen sind. Mit fünfunddreißig Jahren habe ich schlagartig eine Frau, einen dreijährigen Sohn und einen Schwiegervater. Und dann ist da noch mein bester Freund Robert. Ich musste erst über dreißig Jahre alt werden, um all diese Menschen zu finden. Menschen, die mit meinem Weg seither fest verbunden sind. Die ihn beeinflussen. Ja, auch mein Schwiegervater, der sich bemüht, meine Schritte zu lenken, wie es ihm beliebt. Obwohl ich auf diese Art der Einflussnahme verzichten könnte.

Wenn ich mir in den Kopf setze, für meine Familie ein Haus zu kaufen, das sich in einem anderen Land befindet, auf einer Insel, weit von ihm entfernt, was hält er davon?

Das klingt undankbar, das ist mir bewusst.

Was, wenn ich dieses Haus brauche, um eine Lücke zu füllen, um in Verbindung mit meiner eigenen Identität zu treten? Ein Haus mit Geschichte für einen Mann, der keine besitzt. Versteht er das?

Werde ich die Konsequenzen akzeptieren, falls er es nicht tut?

In seinen Augen bin ich ein Dieb. Das hat er nie so formuliert, doch wir beide verstehen uns ohne Worte. Ich habe das Kostbarste gestohlen, das er besitzt: seine Tochter Lana. Wieso gestohlen? Weil sie etwas Besseres hätte finden können. Doch sie hat mich gewählt in einer schäbigen Disco auf dem Hamburger Kiez. Sie hat mich in ihr Leben gelassen und mein Schwiegervater Andrej spuckt Gift und Galle.

Seit dem Moment, in dem wir unsere Verbindung offiziell

gemacht haben, befindet Andrej sich im Kampf mit mir. Es ist ein Machtkampf, bei dem es darum geht, wer den größten Einfluss auf Lana hat.

Ich oder Daddy.

KAPITEL 2

Daddy ist ein Mörder. Das sagt mir mein Instinkt. Wie er vor mir hockt, die Unterarme auf die maßgeschneiderte Anzughose gestützt. Er lächelt mich an, doch das Grinsen endet an seiner Nase. Darüber liegen Augen, denen nichts entgeht. Hohn steht darin zu lesen, weil er uns aus unserem Verlies befreit hat. Ein Kellerraum unter meinem Haus, das ich mit einem Freund gemeinsam renoviere.

Das Tageslicht, das in einem schmalen Strahl die Kellertreppe hinter ihm hinabfällt, seit er die eiserne Tür geöffnet hat, macht die Konturen des kalten Raumes sichtbar, in dem wir uns befinden. Wir sind mit ihm allein. Ich hege den Verdacht, dass er an unserer Lage nicht unschuldig ist. Die letzten Stunden habe ich an einen Zufall geglaubt. An Pech, das mich immer häufiger zu ereilen scheint als früher. Ich habe auch meinen besten Freund Robert davon überzeugt. Gemeinsam suchten wir nach einem Weg, uns aus unserem Gefängnis zu befreien. Natürlich fehlte uns dazu das Werkzeug. Das ganze Equipment, mit dem wir unsere Videos drehen, die wir ein paar Tage später auf unseren YouTube-Kanal hochladen, hat nichts genützt. Ebenso wenig, das Handy: kein Empfang, die Mauern sind zu dick.

»Andrej. Mit dir haben wir nicht gerechnet. Was machst du in England?«, frage ich und klopfe mir den Dreck von der Hose.

Mein Schwiegervater – ja, ich nenne ihn nur Daddy in meinem Kopf – steht auf und reicht mir die Hand. Eine Pranke vernarbten Gewebes, das sich weiter über seinen rechten Arm erstreckt und erst an der Stelle endet, an der einst seine Augenbraue gewachsen war. Ich greife zu und spüre, wie er mich mit Leichtigkeit nach oben zieht, als wäre er nicht achtundzwanzig Jahre älter als ich und ich ein Fliegengewicht. Wir sehen uns einen Moment in die Augen. Dann erscheint das Unternehmerlächeln auf seinem Gesicht, das er am Tage meiner Hochzeit mit seiner Tochter aufgesetzt hatte und das ich seitdem immer zu sehen bekomme, wenn er mir Zuneigung vorspielen will.

»Lana hat mich gebeten, nach dem Rechten zu sehen. Sie macht sich Sorgen, und, wie ich sehen kann, nicht ohne Grund.« Sein slawischer Akzent gibt mir das Gefühl, er wolle mir etwas verkaufen. Er legt den Kopf schief und sieht an mir vorbei zu Robert. Der zuckt mit den Schultern.

»Ihr redet wieder miteinander?«, frage ich.

»Warum sollten wir nicht, Paul?«

Als Lana mit unserem Sohn Theo nach Malta fuhr, um einen sechswöchigen Sprachlehrgang zu besuchen, wurde es eisig im Hause Kroll. Ich selbst war bei dem Wortwechsel nicht anwesend. Doch ich kenne meine Frau und weiß, wann die Luft dick ist.

»Da muss ich was falsch verstanden haben. Wir haben alles im Griff«, sage ich.

Er nickt.

»Die Tür oben muss ins Schloss gefallen sein.«

In einem Tempo, dass einem Mafia-Boss alle Ehre gemacht hätte, dreht er den Kopf nach hinten. Ich höre ihn langsam ausatmen. »Sieht so aus.« Das Lächeln kehrt zurück, als er mich wieder ansieht.

»Wir hätten sie schon wieder aufbekommen«, sagt Robert, der vor einer halben Stunde noch darüber nachgedacht hatte, sein Testament mit den Fingernägeln in die Sandsteinwände zu ritzen.

»Wie ich sehe, dreht ihr einen eurer Filmchen.« Bei Daddy klingt das schmuddelig. Er meint den ganzen Prozess der aufwendigen Entkernung und Renovierung, den wir mit Kamera dokumentieren.

»Du hast sie dir im Netz angeschaut?«, frage ich.

»Nein. Lana hat mir davon erzählt. Sie sagt, ihr gewinnt an Popularität. Die englischen Kommentare häufen sich. Sieht so aus, als würdet ihr in der Gegend Aufmerksamkeit erregen.«

Daddy hasst Aufmerksamkeit. Das weiß ich. »Wir brauchen Aufrufe und Follower.«

Er wirft mir einen dieser Blicke zu, den man in meiner Generation häufiger von älteren Menschen bekommt. Er will mir sagen, dass unsere Probleme ein Fliegenschiss gegen das sind, was er in meinem Alter bewältigen musste.

»Mein Wagen steht draußen. Alex wartet. Vielleicht wollt ihr mit mir ins Dorf fahren und etwas essen.« Er dreht sich um und geht die glitschigen Stufen nach oben, auf denen ich mir vor einigen Stunden fast den Hals gebrochen hätte. Alex ist sein Chauffeur.

Mein Freund legt mir von hinten eine Hand auf die Schulter. »Familie ist doch was Schönes, Alter.« Mit der Kamera am Stativ folgt er ihm. Ich sehe mich im Kellerraum um. Ein beklemmender Ort, der an Gefängniszellen in schottischen Burgen erinnert. Ich kann sie vor mir sehen, die dreckbeschmierten Gefangenen, die nur aus Haut und Knochen bestehen und wimmernd um einen Strahl Tageslicht betteln.

Wir brauchen hier unten Strom. Dringend. Und wir müssen uns die Tür genauer anschauen. Nicht dass so etwas noch einmal geschieht. Robert hat die ganze Szene im Kasten. Wie wir uns Stück für Stück in die Tiefe bewegen, nur dem Schein einer Taschenlampe folgen. Auf dem letzten Drittel bin ich ausgerutscht und die restlichen Stufen nach unten gebrettert. Robert hat draufgehalten. Ungeplante … na, nennen wir es … Stunts bringen Klicks. Die Tür schlug oben zu, wir sind zurückgelaufen, haben daran gerüttelt und unsere Ängste mit den Zuschauern geteilt. Vorerst. Dann schaltete er die Kamera ab und uns wurde bewusst, dass wir in einer brenzligen Situation steckten.

Mit jeder Stufe schüttele ich die Beklemmung der letzten Stunden ab, bis ich im gleißenden Sonnenlicht stehe, vor mir die Auffahrt aus Kies, dahinter sanfte grüne Hügel, Wald am Horizont. Südengland, Dorset – weit von daheim fühle ich mich geborgener denn je. In meinem Rücken ragt ein Anwesen aus roten Ziegeln in den wolkenlosen Himmel. Mächtige Schornsteine zu beiden Seiten des Gebäudes weisen auf die beträchtliche Anzahl der offenen Kamine hin. Allein in der Front finden sich vierzehn Sprossenfenster, zwei davon bodentief.

Knirschend lege ich den Weg zum Bentley zurück. Das Geräusch unter meinen Arbeitsschuhen übertönt das meiner Zähne. Alex hält mir die Tür auf. Er trägt einen schnörkellosen schwarzen Anzug. Darunter ein blütenreines Hemd. Sein Haarschnitt wirkt wie ein Teil der Uniform: militärisch. Daddy sitzt auf dem Beifahrersitz. Die Sonnenbrille verbirgt die Richtung, in die er schaut. Robert sieht aus wie die Made im Speck auf der Rücksitzbank.

»Ich muss noch abschließen.«

Mein Schwiegervater rührt sich nicht. »Es steht hier seit vierhundert Jahren. Es wird auch in zwei Stunden noch stehen.«

Ich will einwenden, dass unsere persönlichen Sachen gestohlen werden können. Doch ich verkneife es mir. Was soll derjenige mit einem Koffer voll T-Shirts und Jeans anfangen? Die teure Kameraausrüstung hat Robert am Mann, mein Handy steckt in meiner Hosentasche. Der Pass – nun, ich vertraue mal darauf, dass Daddy recht hat.

»Der Pub in Lincolnbury«, sagt er zu Alex in einem Ton, der nach Oberschicht klingt. Der Wagen setzt sich in Bewegung und drückt mich in das weiche helle Leder, dessen Geruch in der Luft hängt, obwohl er ihn seit zwei Jahren besitzt. Alex hingegen ist neu. Brandneu, wenn man so will. Er füllt seine Rolle als Bullterrier erstklassig aus. Ich vermute, er weiß nicht, was mit Fred, seinem Vorgänger, passiert ist. Wie wir alle. Oder vielleicht doch?

Wir rollen lautlos den Hügel hinunter. Der Bentley ist ein Hybrid – natürlich ist er das. Wo zur Hölle hat Andrej in dieser Gegend eine Ladesäule gefunden? Das schmiedeeiserne Tor kommt ins Sichtfeld. Es wird von zwei steinernen Löwen auf mächtigen Pfosten eingerahmt. Zu beiden Seiten um mein Grundstück verläuft eine Mauer, die ein Navy Seal zu erklimmen seine Schwierigkeiten hätte. Hypothetisch gesprochen. In der Realität zwängt er sich zwischen den rostigen Torflügeln hindurch, die schief in den Angeln hängen und sich nicht schließen lassen.

Ja, das alles hier gehört mir. Paul Wagner.

Oder besser gesagt, mir und meiner Frau Lana. Die Mauer, die Löwen, das Land und das barocke Herrenhaus. Dreieinhalb Autostunden von London entfernt, zehn Minuten von der Küste. Der Jurassic Coast, genau genommen. Ich kann es kaum abwarten, mit meinem Sohn das erste Mal auf Fossilienjagd zu gehen, das erste Mal im Ärmelkanal zu schwimmen und in einem nahe gelegenen Pub Fish and Chips zu essen. Lana wird mit ihrer Kamera eine Million Naturaufnahmen machen. Alle gut genug, um in einem Kalender zusammengefasst zu werden.

Und sie wird mir mit Scheidung drohen, sobald sie die Bilder sieht, die ich von ihr fabriziere. Doch ich bin nicht gut darin, ihre Schokoladenseite zu zeigen. Für mich ist da einfach nur Lana – meine Prinzessin und Retterin. Ich bin ohne sie und Theo verloren. Ohne Familie. Mir ist bewusst, dass sie zu gut für mich ist. Und selbst, wenn sie mich nur geheiratet hätte, um ihrem Vater eins auszuwischen – es wäre mir gleich. Ich bin nur vollständig mit ihr. Ohne sie bin ich wertlos. Vor ihr und Theo war da nichts, das erwähnenswert gewesen wäre.

Ich bin nicht reich. Auch wenn man das glauben mag, nach dieser Eröffnung. Das Land ist verwildert, das Haus eine Ruine. Ich habe jeden Euro zusammengekratzt, den ich im letzten Jahrzehnt verdient habe und in ein baufälliges Gebäude gesteckt, das jahrelang auf dem Markt keinen Käufer gefunden hat. Geld aus einer Erbschaft kam auch noch dazu. Es gibt einen Puffer, der eine Weile reichen wird, doch das Leben eines Edelmannes werde ich niemals führen. Nicht, dass das meine Absicht ist. Es ging mir nie um Status.

Eines Abends im Pub erzählte uns ein rotnasiger Einheimischer, es wäre verflucht. Das Haus. Möglich, dass dieser Aberglaube dazu beigetragen hat, potenzielle Käufer fernzuhalten. Mich hat es angespornt.

Es war spottbillig, geradezu verschenkt haben sie es. Natürlich hat die Sache einen Haken. Es ist unbewohnbar. Der neue Besitzer muss einiges investieren, um daraus ein Heim zu machen. Oder er macht es wie wir.

Auf der Straße wimmelt es von Oldtimern. Die Leute sind

aus dem ganzen Land angereist, um ihre Schätze auf der
›Transport of Yesteryear Classic Car Display‹ zu präsentieren.
Ein jährliches Spektakel, auf dem Daddy wirken würde, wie
eine M-134 zwischen lauter Steinschleudern, auch wenn er
vom Alter zum Publikum passt.

Sie fahren in die entgegengesetzte Richtung. Wir biegen ins
Dorf ab. Eine Perlenkette aus Steinhäusern zu beiden Seiten,
davor bunte Wimpel markieren die Hauptstraße. Hier gibt es
etwas zu feiern. Als Hamburger Jung sind mir Straßenfeste
nicht fremd, doch nervt mich die Anonymität zu Hause. Als
spazierte man an der Auslage eines Karstadts entlang. Die
Menschen, die einem dabei begegnen, sind fremd und geraten
in Vergessenheit, sobald man sich umsieht. Lincolnbury zählt
etwa fünfhundert Einwohner. Fünfhundert! Das muss man
sich mal vorstellen. Wenn Robert und ich mit unserer Arbeit
fertig sind, werden es drei weitere sein.

Eine kleine Gemeinschaft, die, wie ich vermute, ver-
schworen ist. Das klingt schwierig für einen Neuanfang als
Fremde – als Ausländer zudem –, doch ich sehe es als Herausforderung. Und als Chance, Theo und Lana bald eine große
Familie bieten zu können. Außer meinem Schwiegervater ist
da niemand mehr, auch von meiner Seite.

»Ist Katharina mit dir nach London gekommen?«, frage ich
ihn.

Selbst das Autoradio hält einen Moment inne, bevor die
Spice Girls ›Wannabe‹ trällern.

»Sie ist auf einem Retreat in der Schweiz«, sagt er.

Katharina ist seine vierte Frau. Eine Vollblutblondine mit
russischen Wurzeln, sechs Jahre älter als seine Tochter, die
Aperol Spritz bevorzugt, Tschaikowski liebt und vor vier
Wochen dabei erwischt wurde, wie sie Fred, den ehemaligen

Familienchauffeur, im Pool vögelte. Seitdem hat die beiden niemand mehr gesehen.

Ich sag's ja: Daddy ist ein Mörder.

KAPITEL 3

Wir übernachten im Haus.

Mir in diesen Wochen oder Monaten ein Hotel zu leisten, wäre zu kostspielig. Das Erste, was ich durch einen Handwerker habe überholen lassen, waren der Wasseranschluss und die Rohre. Seit zwanzig Jahren ist kein Tropfen durch das alte System geflossen. Wir haben alles erneuern lassen. So sind die ersten Videos entstanden – und unsere Plattformen auf YouTube und Instagram. Wir lassen unsere Follower durch ein Schlüsselloch gucken, während wir dieses Haus renovieren und sie an etwas Besonderem teilhaben. Soweit wir können, machen wir alles andere selbst. Wir reißen die alte Tapete von den Wänden und bekämpfen Schimmel. Unter Linoleum haben wir Hunderte von Jahren altes Parkett gefunden, das wir abgeschliffen haben. In einem Raum befanden sich aufgerollte orientalische Teppiche. Ich suche noch nach einem Weg, die wieder aufzufrischen. Die Wandvertäfelungen aus Eiche sind noch intakt, ebenso die Stuckdecken. Ich habe Spinnen so groß wie Handteller aus den Ecken beseitigt und es mir verkniffen, meiner Frau Fotos davon zu schicken. Es geht langsam voran, aber jeden Tag schaffen wir ein kleines Stück.

Robert schläft auf einem Feldbett in einem der Zimmer, das als Kinderzimmer geeignet wäre. Ich habe es mir in unserem zukünftigen Schlafzimmer gemütlich gemacht. Mein Bett steht gegenüber raumhoher Sprossenfenster mit einem halbmondförmigen Oberlicht, die ich geöffnet habe, sodass ich auf den Balkon hinausschauen kann. Die

Scheiben sind teilweise gesprungen, doch sie halten dicht, wenn alles geschlossen ist. Von der Wand zu meiner Rechten schreit mich ein purpurfarbenes Graffiti an. Dieser Raum ist von Hausbesetzern genutzt worden. Ich hätte vermutet, dass man davon auf dem Land verschont bleibt. Doch das war ein Irrtum. Wir haben die schimmelnden Matratzen entsorgt, ebenso die leeren Flaschen und einige Spritzen. Ich erspar mir die Erklärung, was noch nötig gewesen war, um den Raum zu desinfizieren und bewohnbar zu machen.

Mein Feldbett quietscht, während ich mich auf die Seite rolle. Nachdem ich zur Ruhe gekommen bin, höre ich ein Knarren aus dem Flur. Sieht so aus, als wäre Robert noch auf den Beinen. Sein Zimmer ist auf demselben Stockwerk wie meines. Das Haus ist ans Stromnetz angeschlossen, doch wir haben nur in wenigen Zimmern Lampen aufgehängt – russische Kronleuchter, um genau zu sein, sprich: ein Kabel mit einer Glühbirne. Das heißt, in der Küche und den Schlafzimmern gibt es Licht. Ebenso im Badezimmer. Der Flur zählt nicht dazu, weshalb es mich nicht wundert, dass unter meiner Tür kein Licht durch den Spalt fällt.

Stufe für Stufe bewegt er sich knarrend nach unten. Ich kann mitzählen: eins, zwei, drei … es sind insgesamt vierundzwanzig Stufen auf der Holztreppe, um nach unten zu kommen. Bei dreiundzwanzig dämmere ich weg. Es war ein anstrengender Tag.

Ein Geräusch folgt, das meine Alarmglocken schrillen lässt. War das Glas?

Ich schlage die Decke beiseite. Lausche. Dann entscheide ich mich dafür, nachzusehen. Vielleicht war es nur ein

Traum oder ich habe eines der Fenster offengelassen, das der Sturm hin und herwirft. Andererseits … ich kann keinen Wind hören.

Die Taschenlampe steht griffbereit. Schon bin ich bei der Tür. Ich ziehe sie auf und starre in die Finsternis. Ob Robert noch auf den Beinen ist oder schon wieder im Bett? Erst gehe ich nachsehen, bevor ich ihn wecke.

Ich richte den Strahl auf die Treppe. Der Bereich, der ins Obergeschoss führt, ist leer. Ich lehne mich übers Geländer und leuchte mit dem Strahl die letzten Stufen der Treppe aus. Von unten höre ich Schritte.

»Robert?« Das klang viel zu zaghaft. »Robert?«, frage ich deutlich lauter.

Es vergeht eine gewisse Zeit, die ich am Geländer verharre und horche. Die Schritte sind verklungen.

»Ich bin hier unten«, sagt er plötzlich.

Ich fliege die Treppe nach unten, nehme zwei Stufen auf einmal und stoße auf meinen Freund, der am Durchgang zum Wohnzimmer steht. Den Rücken mir zugewandt.

»Leuchte mal!«, sagt er.

Ich hebe die Taschenlampe hoch und richte sie auf ihn. Dann sehe ich, dass er etwas in der Hand hält.

»Was ist? Weißt du, was diesen Lärm gemacht hat?«

Er hält etwas nach oben. Sieht aus wie ein zerknülltes Stück Papier. »Jemand hat das durchs Fenster geworfen.«

»Was?« Ich nehme ihm das Bündel aus der Hand und sehe es mir an. Ein Stück Papier, das um ein Gewicht gewickelt wurde. Es ist mit Schnippgummi befestigt.

»Durch unser Fenster?« Klingt wie ein Irrtum in meinen Ohren. Ich besitze dieses Haus erst seit einigen Wochen. Niemand kennt uns hier.

»Was steht drauf?«, fragt er.

Das Gummi fällt nach unten, als ich es vom Papier rolle. Das Gewicht stellt sich als Flussstein heraus. Ich drücke ihn Robert in die Hand und falte das Blatt auseinander.

Lauf, solange du noch kannst, steht dort.

»Wo hast du den her?«, frage ich Robert.

»Kam durch das Fenster dort.« Er zeigt Richtung Wohnzimmer. Tatsächlich. In der Scheibe ist ein Loch. Die Scherben liegen auf dem Parkett.

»Hast du jemanden gesehen, draußen?«

Robert schüttelt den Kopf. »Was soll das heißen?«

»Klingt so, als würde uns jemand vertreiben wollen«, sage ich. »Welchen Beitrag hast du als Letztes hochgeladen?«

»Den mit unserem Ausflug in den Keller. Hat bisher die meisten Aufrufe. Die Leute lieben den Gruselfaktor.« Früher liebten sie auch Hinrichtungen, denke ich. Die Wahrscheinlichkeit ist hoch, dass sich jemand berufen gefühlt hat, uns noch einmal Angst zu machen, nachdem er den Beitrag im Netz gesehen hat.

»Was machen wir jetzt?«, fragt Robert.

»Die Polizei rufen, oder? Das ist Vandalismus. Irgendwer muss mir die Scheibe bezahlen.«

»Ändert das etwas an deiner Einstellung?«

»Was meinst du?«, frage ich und setze mich in Bewegung. An die Eingangshalle schließt sich das Wohnzimmer an. Ein Raum mit Decken so hoch, dass man eine Hubbühne benötigt, um eine Glühbirne zu tauschen. An den bodentiefen Fenstern hängen die alten Vorhänge aus einer Zeit, als der Viertaktmotor erfunden wurde. Der Staub der letzten zwanzig Jahre lässt den ehemals königsblauen Stoff aussehen, als setzte der Reichtum Schimmel an.

»Glaubst du, es hat etwas mit den Gerüchten um dieses Haus zu tun?«, fragt Robert.

»Du meinst den Fluch?«

Er nickt. In seinem Gesicht sehe ich die Hoffnung, dass ich ihm gleich eine logische Erklärung für die Geschehnisse liefern werde. Kann ich nicht. »Glaubst du an Geistergeschichten?«, frage ich stattdessen.

»Ich bin Marvel-Fan. Also sagen wir mal so: Ich verfüge durchaus über Vorstellungskraft.«

»Es ist echtes Glas zerbrochen. An Geister glaube ich erst, wenn Botschaften im Haus auftauchen, ohne dass jemand sie durch Tür oder Fenster hineingebracht hat. Allerdings würde ich dann auch denken, dass du es warst.« Ich grinse ihn an.

Er grinst zurück. »Ich würde dir eher eine SMS schicken.«

»Auch wieder wahr. Nein. Das war ein Randalierer.«

Draußen knarrt es.

»Er ist noch da«, sagt Robert und wirkt plötzlich leichenblass. Kann auch am Licht liegen. Ich muss hier unten für Beleuchtung sorgen. Man wird irre in dieser ländlichen Dunkelheit. Als Großstadtkind bin ich es nicht gewohnt, dass Mond und Sterne die einzige Lichtquelle sein können.

Ich trete an eines der Fenster, knipse die Taschenlampe aus und schaue hinaus. Finsternis blickt zurück. Also drücke ich erneut auf den Knopf und gehe in die entgegengesetzte Richtung. In dem Sandsteinkamin neben mir liegen Blätter. Spinnenweben wachsen in den Abzug hinein. Das stumpfe Parkett knarrt unter meinen Füßen, wie die Tür einer alten Blockhütte.

»Wieso machst du so einen Bogen?«, fragt Robert.

»Was?«

»Das hast du jetzt schon oft gemacht. Ich wollte dich gestern schon darauf ansprechen. Stimmt etwas mit den Dielen nicht?«

Ich schaue auf meine Füße. »Keine Ahnung, was du meinst.«

»Du machst jedes Mal einen Schlenker, obwohl da nichts steht.«

»Ehrlich?«

»Ja, Alter und ich finde es gruselig.«

»Du bist ja völlig durch den Wind. Lass uns nachsehen gehen, bevor er verschwindet.« Ein Augenrollen später setze ich mich wieder in Bewegung. Zu meiner Linken kann man bei Tageslicht auf den großzügigen Garten schauen. Er wird von einer Mauer begrenzt, auf der inzwischen sogar Glockenblumen wachsen. In der Mitte befindet sich ein Springbrunnen in einem gemauerten Wasserbassin, als wäre es Versailles und nicht Humphrey Manor, wie dieses Anwesen tatsächlich heißt. Die Mauer endet an einer efeuüberwucherten Kapelle. Ich vermute, dass darunter einige Humphreys schlummern in einer Art Familiengruft. Etwas, das ich klären muss, bevor Lana mit Theo anreist.

Doch all das kann ich ohne Außenbeleuchtung nicht sehen. Das tatsächliche Highlight, weshalb ich mich schon im Internet in dieses Haus verliebt habe, ist das Glashaus. Der Wintergarten – ein viktorianischer Anbau –, wie man der Beschreibung entnehmen konnte, der geeignet ist, um Palmen mit Stämmen aufzustellen. Die Verkäufer hatten damals ein Schwarz-Weiß-Foto hochgeladen, es zeigte das Glashaus in den Fünfzigerjahren. Es hätten auch die Goldenen Zwanziger sein können, mit Frauen in langen Röcken und längeren Perlenketten. Dem Anbau hafteten

Geschichten aus den Kolonien an. Wenn ich in diesen leeren Raum sehe, muss ich an das Fell eines Tigers mit aufgerissenem Maul denken, der auf den Fliesen liegen könnte. Oder einen alten Onkel mit Pfeife, der mit den Fingern ständig an seinem Schnurrbart zwirbelt.

Aber viel wichtiger: Ich konnte meinen Sohn sehen, als ich das Foto erblickte. Nur vor meinem inneren Auge, wie er durch diesen prächtigen Wintergarten hüpft, die Sonnenstrahlen fangen sich in seinem rot-goldenen Haar und er hält vor einer Kamelie mit pinkfarbenen Blüten, schließt die Augen und atmet den Duft. Das fühlte sich zum ersten Mal in meinem Leben nach zu Hause an. Möge Lana mir diesen Gedanken verzeihen, die in unserer Mietwohnung in der Hamburger HafenCity alles gegeben hat, um einen gemütlichen Zufluchtsort zu schaffen. Meinetwegen hätte es damals nicht diese sündteure, unpersönliche Gegend sein müssen, doch Daddy hatte natürlich seine Finger im Spiel.

Heuchler!, mag der ein oder andere denken, da ich gerade in Südengland ein Herrenhaus erstanden habe. Verständlich. Doch das ist ein Irrtum. Es ist nicht dasselbe. Status war mir schon immer egal. Die Anzahl der Schlafzimmer spielte keine Rolle. Aber die Tatsache, dass meine Frau und ich hier etwas erschaffen … das ist es, worauf es ankommt: etwas aus dem Boden stampfen, zu neuem Leben erwecken werden, ein Haus, zu dem ich diese besondere Verbindung spüre. Es wird ein lebendes, atmendes Wesen sein, das mit uns und unserer Familie auf immer verbunden sein wird. Ein Vermächtnis für Theo. Ich bezweifle, dass eine Wohnung in der HafenCity das überhaupt kann.

Als ich eine Hand an meiner Schulter spüre, zucke ich zusammen. Es ist Robert, der sich wie eine Katze angeschlichen haben muss. Er steht neben mir und deutet mit einer Kopfbewegung auf den Boden. Ich schwenke den Lichtstrahl auf die Stelle, die er anstarrt. Jetzt spüre ich meinen Puls.

KAPITEL 4

Fußabdrücke. Sie führen aus der Halle durch das Wohnzimmer in den Flur Richtung Küche. Von dem Flur gelangt man in den Trakt der ehemaligen Personalunterkünfte. Wären wir in der Halle dem Flur auf der anderen Seite gefolgt, wären wir an dieselbe Stelle gekommen.

Diese Zusammenhänge schießen mir als Gedanken nicht ohne Grund in den Kopf. Hätten wir den anderen Weg gewählt, hätten wir den Eindringling womöglich getroffen. Es muss ein Mann sein. Sieht nach Abdrücken von Herrenschuhen aus. Eine große Größe.

»Ruf die Polizei!«, sagt er.

Kein schlechter Gedanke. »Dann muss ich noch mal hoch, das Handy holen. Willst du hier warten oder mitkommen?«

Robert lässt sich mit der Antwort Zeit. Ich kann sehen, dass ihm beide Varianten nicht gefallen.

»Der haut uns ab«, sagt er und tritt einen Schritt nach vorn.

»Geh kein Risiko ein. Warte auf mich.«

Er nickt.

Statt den Weg durch den Flur zu nehmen, drehe ich um und laufe zurück in die Halle, die Treppe nach oben, direkt in mein Zimmer. Das Handy liegt neben meinem Bett auf dem Boden. Das Display lässt sich nicht einschalten. Der Akku ist leer.

»Verdammt!«

Nach Robert zu rufen, ergibt keinen Sinn. Ich muss selbst herausfinden, wo er sein Telefon hingelegt hat. Ich finde es ebenfalls neben seinem Bett. Es lässt sich einschalten, doch weiter komme ich nicht. Er muss seinen Code eingeben.

Hm. Zeit ist kostbar. Ich versuche seinen Geburtstag, der neunte Mai. Noch das Jahr dahinter, um den sechsstelligen Code zu vervollständigen.

Zack. Ich bin drin. Mein Freund ist unbedarft, wenn es um IT-Sicherheit geht.

Auf dem Display leuchtet eine Nachricht auf. Es fühlt sich an, als hätte mich jemand geschubst. Sie ist von Andrej, meinem Schwiegervater. Mir war überhaupt nicht klar, dass Robert seine Nummer hat oder mit ihm in Kontakt steht. Eine Weile schwebt mein Daumen über der Nachricht. Doch ich kann sie nicht einfach öffnen. Wenn es sich um etwas Harmloses handelt, wird Robert über diesen Vertrauensbruch enttäuscht sein. Andererseits … er kennt meine Meinung über Andrej. Er dürfte es mir nicht verübeln.

Während ich in die App zum Telefonieren wechsle, zieht eine Art Gedankenwirbelsturm durch meinen Geist. Heute Nachmittag habe ich Daddy zugetraut, uns eingeschlossen zu haben. Ich weiß, dass er den Hauskauf für eine Schnapsidee hält und nur deshalb keinen Terror macht, weil ich mein eigenes Geld investiert habe. Geld, auf das seine Tochter nicht angewiesen ist. In einem Moment, in dem wir zwei allein waren, vor einigen Wochen, nahm er mich zur Seite und außerdem die Maske ab. Die Szene spielte sich in seinem Arbeitszimmer in Blankenese ab, während einer Party zu Theos drittem Geburtstag. Während mein Sohn draußen in einer Hüpfburg mit seinen Freunden turnte, goss sich Andrej einen Whiskey in ein Kristallglas und kam zum Punkt. Er hoffte, dass Lana entweder erkennen würde, dass sie einen Mann mit Flausen im Kopf geheiratet hatte, der Hirngespinsten nachjagte – oder ich bei der Renovierung in den nächsten Wochen den Löffel abgäbe.

Der Gedanke, dass seine Tochter das Land verlässt und nicht mehr dreißig Minuten von ihm entfernt wohnt, war für ihn unerträglich. Etwas, das er mir nicht gesagt hat, jedoch augenscheinlich war. Deshalb habe ich diesem Gespräch damals kein Augenmerk geschenkt. Ich habe auch Lana nichts davon erzählt.

Doch wenn er jetzt ernsthaft nachhilft, um sein Ziel zu erreichen? Dann bekommen wir beide ein Problem – oder eher ich. Da er wahrscheinlich meinen Freund bestochen hat.

Ich schüttle den Kopf. Das kann einfach nicht sein. Robert würde mir niemals Schaden zufügen. Da vertraue ich auf meine Menschenkenntnis. Doch vielleicht würde er in einem makaberen Spiel mitspielen, weil man ihm eingeredet hat, es wäre das Beste für mich und meine Familie. Wenn ich darüber nachdenke, dann war er es, der mir davon berichtet hat, dass ein Fluch auf diesem Haus liegen soll. Er hatte es im Pub gehört. Er ist hinter mir gegangen, bevor die Kellertreppe zufiel. Und wenn ich so darüber nachdenke, hat er den Stein mit der Nachricht gefunden. Ich sollte mir die Schrift genauer ansehen. Allerdings kenne ich die von Robert nicht. Er schreibt mir keine Briefe. Was ich Robert zutrauen würde, ist eine Manipulation, um höhere Klicks auf unseren Videos zu erhalten. Wenn er mich nicht einweiht, ist es authentischer. Außerdem muss ihm klar sein, dass ich bei so etwas nicht mitspielen würde. Vielleicht hat er von Daddy Geld angenommen und fährt zweigleisig. Ein paar gruselige Vorkommnisse, aber nichts ernsthaft Gefährliches. Das würde am ehesten zu Robert passen. Ich weiß, dass er pausenlos unter Geldmangel leidet.

Wenn ich richtig liege, wäre es falsch, die Polizei zu rufen. Das erregt nur unnötig Aufmerksamkeit in der Gegend und gibt Nachahmern einen Freifahrtschein. Andererseits: Robert war derjenige, der mich gebeten hat, sie zu verständigen. Ein Punkt für die Theorie, dass er keine Ahnung hat, was hier gespielt wird. Soll er entscheiden, was wir tun.

Ich eile die Treppe nach unten. Es sind einige Minuten vergangen, doch irgendwie glaube ich nicht, dass Robert in Gefahr ist. Mein Bauchgefühl hat sich klar positioniert.

Im Wohnzimmer ist er nicht. Das ist jetzt blöd. Ich hatte ihn gebeten, auf mich zu warten. Die Tür zum Flur ist nur angelehnt. Mit angehaltenem Atem öffne ich sie. Wie alles in diesem Haus, wenn es bewegt wird, knarrt sie so laut, als hätte eine alte Frau geschrien. Mir bleibt nichts anderes übrig, als den Fußabdrücken zu folgen. Robert könnte, aus welchem Grund auch immer, dasselbe getan haben. Sie führen den Flur entlang – einen engen Flur, dessen Decken niedriger hängen als im Rest des Hauses. Die Tapeten rollen an den Ecken stellenweise herab. An der Decke ist der Fleck eines gigantischen Wasserschadens, den ich nur nicht sehen kann, weil der Strahl meiner Taschenlampe nach unten gerichtet ist. Direkt hierüber befindet sich ein Badezimmer. Ich kann mir nur vorstellen, dass das Wasser aus diesem Raum gekommen ist. Vor der Küchentür enden sie. Es ist nicht einfach so, dass ich nur bis zur Tür sehen kann. Nein. Die steht offen. Die Fußspur endet am Übergang zum nächsten Raum, als hätte sich der Unruhestifter in Luft aufgelöst.

Ich schalte das Licht in der Küche an.

Sie ist leer. Kein Einbrecher. Kein Robert. So langsam werde ich unruhig. Ich sollte nach ihm rufen, doch ich bezweifle, dass er mir antworten wird. Wozu also meinen Standort verraten? In Händen halte ich immer noch sein Handy. Der Moment ist gekommen, es zu entsperren und die Polizei zu rufen.

»Paul?«

Ich schnelle herum. Robert steht hinter mir.

»Ist das mein Telefon?«

Ich nehme das Handy vom Ohr, beende den ausgehenden Ruf und reiche es ihm. »Mein Akku war leer.«

»Wen wolltest du anrufen?«, fragt er.

»Die Polizei. Wie du gesagt hast.«

Er nickt.

In meinem Nacken stellen sich die Haare auf. Mein Blick wandert nach unten zu seinen Schuhen. Sie sind nicht groß, so sieht es für mich aus. Aber Dreck klebt dennoch daran. Er folgt meinem Blick.

»Ich zieh sie lieber aus. Hab nicht gesehen, dass sie so dreckig sind«, sagt er und setzt dieses Lächeln auf, das ihm das Image eines grasrauchenden Surfers verleiht. Normalerweise beruhigt mich das. Heute hat es die gegenteilige Wirkung.

»Du hattest doch eben noch keine Schuhe an. Als ich runterkam.«

»Ja. Richtig.« Eine Weile starrt er auf seine Füße, als spielten die ein Spiel, in das er nicht eingeweiht worden ist. Der folgende Augenkontakt beunruhigt mich noch mehr. Es sieht so aus, als wollte er mich in sein Team holen.

Ich kenne Robert jetzt seit zwei Jahren. Wir lernten uns kennen, als ich meinen ersten und letzten Marathon in Hamburg gelaufen bin. Weiß der Teufel, was ich mir damals beweisen wollte. Wir beide kamen etwa zeitgleich ins Ziel, im letzten Drittel. Ich war kurz davor, nach einem Sauerstoffzelt zu fragen. Er war der Erste, der mir zu meiner Leistung gratulierte. Wir kamen ins Gespräch. Er trug damals ein Shirt mit Spiderman auf der Brust, das unter seiner Startnummer hervorlugte. Ein Nerd wie ich. Der Rest ist Geschichte.

»Ich habe sie eben erst angezogen.« Das breite Grinsen sieht wie eine Warnung aus.

Wir sind allein. So vermute ich. Robert ist kleiner und schmächtiger als ich … was zur Hölle ist los mit mir? Diese Nacht sitzt mir so tief in den Knochen, dass ich langsam durchdrehe.

»Robert, was ist los? Ich habe eine Nachricht von Andrej auf deinem Handy gesehen. Was wird hier gespielt?«

»Was? Zeig her!« Er grapscht danach. Die Spannung, die eben noch in der Luft lag, ist verschwunden.

»Er schreibt, dass ich mein mobiles Blitzlicht in seinem Wagen habe liegen lassen.«

Er dreht das Display, sodass ich die Nachricht lesen kann. Eine vollkommen plausible Antwort. Leider bin ich ein hartnäckiger Mensch.

»Mir war nicht klar, dass er deine Nummer hat.«

»Mir auch nicht.«

»Aber du hast seine.«

»Was?«

»Du hast seine Nummer eingespeichert. Sein Name erschien auf dem Display.« Unmöglich, dass er nichts zu verbergen hat. Bei diesem Gespräch muss ich ihm alles aus der Nase ziehen.

»Hm.«

»Das ist alles? Nein, mein Lieber. So einfach lasse ich mich nicht abspeisen.«

Vom Ende des Flures hören wir ein Knacken. Robert hebt die Hand und bedeutet mir, leise zu sein. Ich richte die Taschenlampe in den finsteren Schlund in Erwartung, dass uns gleich etwas Unerwartetes aus den Tiefen anspringt. Nichts geschieht. Ich muss meine Haltung überdenken. Da ist noch jemand außer mir und Robert. Er setzt sich in Bewegung. Seine Füße stellt er so vorsichtig voreinander, als laufe er über trockenes Blätterwerk in einem Buchenwald. Ich folge ihm. Als der Moment gekommen ist, um die Ecke zu biegen, greife ich fester um die Stablampe, damit sie notfalls als Waffe dienen kann.

KAPITEL 5

Sie spürt seine Blicke auf ihrem verlebten Körper und genießt das Gefühl der Macht, während sich die Tür zum Klub vor ihr öffnet. Die kühle Dunkelheit in ihrem Rücken prallt auf die Schwüle, die technogeschwängert in ihr Gesicht drückt. Gretel ist einen Meter fünfundfünfzig groß. Das Leben spielt sich in der Regel zwanzig Zentimeter über ihr ab. Bis auf den Türsteher, der sie stirnrunzelnd eingelassen hat, ist sie für alle anderen Gäste des Nachtklubs ›Nackte Ente‹ unsichtbar. Sie läuft dicht an der Wand, umrundet hin und wieder einen lehnenden Kunden, immer außerhalb der Sphäre ihrer Mitmenschen. Gretel mag Menschen nicht. Sie hat sie in Kategorien eingeteilt. Wie Labormäuse. Der Vergleich bringt sie regelmäßig zum Schmunzeln. Überflüssig, unwichtig, riskant und nützlich. Ihr Zielobjekt fällt in die Kategorie ›unwichtig‹. Je nachdem, wie der Abend verläuft, besteht die Chance, dass er in die Kategorie darunter rutscht. Darauf ist Gretel vorbereitet.

Sie entkommt dem dunklen Gang, in dem buntes Licht wie das Todesurteil für jeden Epileptiker flackert. Der schwarze Boden unter ihren Füßen klebt. Sicher nicht nur verschüttete Drinks, wenn sie sich den zugekoksten Studenten auf vier Uhr näher betrachtet. Mit ihr fließen weitere Ankömmlinge in einen Raum, der die Ausmaße des Universums zu haben scheint. Diskokugeln, schwarze Wände und stroboskopisches Licht verhindern, dass man seine Grenzen erkennt. Stattdessen reflektieren die silbernen Stangen auf den einzelnen Tischen das Licht auf sich windende Körper in glänzenden Materialien.

Gretel macht sich nicht die Mühe, den Raum nach ihm abzusuchen. Das ist nicht ihr erster Besuch. Sie weiß, dass er um diese Uhrzeit in seinem Büro im ersten Stock sitzt und die Finanzen prüft, sowie einzelne Gespräche mit seinem Personal führt, wenn es von Nöten ist. Das Büro befindet sich am Ende eines langen Flures, in den man über die Hintertreppe gelangt. Davor postiert ist Sepp, ein Mittfünfziger mit nur einem Ohr, das andere hat er als Kind verloren, als er in einen maroden Lichtschacht seines Elternhauses stürzte. Hat ihm bei der Bewerbung für diese Stelle geholfen. Gretel kennt die Sichtweise des Klubbesitzers und weiß, dass er auf angsteinflößendes Personal Wert legt. Zumindest im Security-Bereich. Die Damen hingegen müssen jung und narbenlos sein.

Sepp hat eine Schwäche … auch das weiß Gretel … er unterzuckert schnell. Also lässt er sich regelmäßig eine Cola von der Bar bringen, da er seinen Posten nicht verlassen darf. Gretel steuert die Bar an. Sie klettert auf einen leeren Hocker und lächelt der Frau hinter dem Tresen zu. Die übersieht sie. Gretel ist enttäuscht. Sie hätte in diesem Berufszweig mehr Aufmerksamkeit erwartet. Doch es ist halb zwei Uhr morgens und die Frau sieht müde aus. Nicht jeder ist für den Job geschaffen, den er sich ausgesucht hat.

Gretel schielt auf den Bereich schräg hinter der Bar. Jetzt dürfte es nicht mehr lange dauern. Ein Pfeifton von Sepp, der nicht weit weg, um die Ecke steht. Die Bardame dreht sich zu ihm um und nickt. Sie greift sich ein leeres Glas, von dem das Spülwasser läuft, dreht es um und angelt nach der Cola. Ohne Eis. Sepp will seinen Drink unverdünnt. Das Glas landet auf einem Tablett direkt neben Gretel. Jetzt wird es Zeit, die Barfrau auf sich aufmerksam zu machen. Gretel reckt den Arm nach vorn, lässt die Kapsel aus ihrer Hand in das Glas gleiten und pfeift nach der Frau.

»Einen Martini bitte!«, sagt sie. Sie muss ein paar Minuten totschlagen.

Die Tätowierte blinzelt, dann ein Nicken. Gretel weiß, dass sie über ihren Aufzug gestolpert ist. Ein Twinset aus Kaschmir ist eine ungewöhnliche Garderobe in einem Nachtklub. Doch für Gretel ist es die Uniform. Es besteht keine Notwendigkeit, sich dem Publikum anzupassen. Sollte heute Abend etwas schiefgehen, wird niemand die alte Dame mit der Perlenkette verdächtigen.

Das Glas mit dem Olivenspieß landet vor ihr. Im selben Augenblick wird Sepps Cola von einer Kellnerin mit rotem Bob und Lippenpiercing abgeholt. Gretel verfolgt seinen Weg an voll besetzten Tischen vorbei, auf denen sich die Tänzerinnen abrackern. Sie kann die Flüssigkeit schwappen sehen. Gleich wird Sepp wieder zu Energie kommen. Die Kellnerin verschwindet um die Ecke. Gretel weiß, dass sie nur noch etwa fünf Meter zurückzulegen hat. Dann wird sie ihre Bestellung los. Und da taucht sie auch schon wieder auf, das Tablett leer, den Blick zur Faust geballt, als müsste sie sich rüsten gegen Anmachversuche des überhitzten Publikums. Gretel versteht, dass ihr aggressives Äußeres ihre Art der Uniform in diesem Etablissement darstellt. So konzentrieren sich die Bemühungen der Gäste auf die tanzenden Mädchen, während sie ihren Job machen kann.

Gretel zieht die Olive mit den Zähnen vom Spieß. Es wird Zeit, wenn sie den Augenblick nicht verpassen will. Sie kippt das Glas in einem Zug runter und stellt es zurück. Ein Griff in ihre Louis-Vuitton-Handtasche und sie befördert einen zehn Euroschein heraus, den sie unter das Glas klemmt. Ein kurzes Lächeln Richtung Barpersonal – die Frau hat sie wieder ausgeblendet. Gretel hüpft von dem Hocker. Sie schlendert um die Bar herum. Ihr nächster Schritt erfolgt vorsichtig, als hätte sie sich einen Splitter eingetreten. Sie greift nach unten zu ihrem Halbschuh und zieht ihn aus. Ein wildlederner Mokassin in einem Rosa, das nach Geld aussieht. Mit gerunzelter Stirn schüttelt sie den Schuh und dreht ihn um. Währenddessen beobachtet sie mit Genugtuung, wie Sepp sich an den Bauch greift. Das Abführmittel wirkt. Das sollte es auch. Sie hat es bei einem Veterinär entwendet.

Sepp verzieht das Gesicht, während die ältere Dame einige Meter von ihm entfernt in die Hocke geht, um sich ihren Schuh wieder anzuziehen. Jetzt ist ihr dabei noch die Brille zu Boden gefallen. Gretel fängt sie mit Leichtigkeit. Sie sieht ihn tief durchatmen. Er wirft einen Blick die Treppe herauf.

Nur wenige Minuten, denkt er sich wahrscheinlich. Heute ist nicht viel los.

Es kommt nicht von irgendwoher, dass er so denkt. Mittwoch Nacht. Keine Geburtstagsfeiern, keine Junggesellenabschiede, nur Businessleute, die einen Abend auf dem Kiez unterwegs sind, bevor sie morgen früh, vom Hamburger Nachtleben zertreten, ins Meeting wanken, um nachmittags heim zu ihrer Familie im Grünen zu fahren.

Er hat eine Entscheidung getroffen. Sepp wirft einen letzten Blick die Treppe nach oben, dann macht er kehrt und marschiert im Bundeswehrtempo den Flur hinunter zum Herrenklo.

Gretel ist schon am Fuß der Treppe, noch bevor er die Tür erreicht hat. Sie geht langsam, gebückt. Wenn das Äußere auf ein verwelktes Inneres schließen lässt, wiegt sich die Umwelt in Sicherheit. Niemand vermutet, dass Gretel im letzten Jahr Vierzigste beim Ironman in Griechenland geworden ist. Die Gene ihrer Mutter helfen. Sie hat mit Anfang vierzig die ersten

Falten bekommen, mit dreiundsechzig wirkt ihre Haut wie Pergament. Der Körper darunter ist zäh und leistungsfähig.

Am Ende des Flures wird es kühler. Die Hitze verbrennender Seelen reicht nicht bis in die Ecken dieses Korridors. Gretel klopft. Sie lässt ihm zehn Sekunden. Dann klopft sie ein weiteres Mal.

»Komm rein, Sepp!«, hört sie eine Stimme, die einige Meter entfernt von der Tür ihren Ursprung hat. Die Klinke ist neu, ganz anders als das aufgequollene Blatt der Tür. Das Schloss ebenfalls. Gretel hat keinen Zweifel daran, dass es eine Alarmanlage in diesem Raum gibt. Kameras wird er keine haben. Die sind im Klubraum angebracht. Sie haben sie gefilmt, seit sie den Laden betreten hat. Doch wie sie weiß, kann man auf ihnen nicht erkennen, wer den Bereich hinter der Bar betritt. Das ist kein unglückliches Versehen, sondern Absicht. Mats Ulrich schützt die Privatsphäre seiner Besucher.

Er sitzt in einem ergonomischen Drehstuhl, die Schultern gesenkt, Brust nach vorn und achtet auf eine entspannte Haltung bei der Arbeit. Gretel weiß, dass er einmal die Woche eine Osteopathin aufsucht.

»Wer sind Sie denn?« Er macht Anstalten, sich aufzurichten. »Sepp?«

Gretel schließt die Tür hinter sich.

»Machen Sie sich keine Gedanken. Er weiß Bescheid.« Gretel weiß um den Klang ihrer Stimme. Vornehm. Gediegen. Beruhigend.

Ulrich hebt die Augenbrauen. Er hat sich dagegen entschieden, aufzustehen. »Sind Sie mit ihm verwandt? Sepp weiß, dass es keine Ausnahmen gibt. Hier hat niemand ohne meine Erlaubnis Zutritt.«

»Das weiß er. Wie viele Ihrer Leute kennen sich mit Erster

Hilfe aus?« Sie greift zu ihrer Handtasche und öffnet sie umständlich.

»Wie bitte?«

Wenige Schritte später hat sie das Klappmesser herausgeholt und hält es Ulrich an die Kehle.

»Die Hände bleiben auf der Tischplatte. Versuchen Sie nicht, den Knopf darunter zu erreichen. Ich kenne einige Möglichkeiten, einen Menschen so zu verletzen, dass er innerhalb weniger Minuten verblutet. Selbst wenn ihre Männer rechtzeitig hier oben sind, um mich zu schnappen. Ihnen wird keiner mehr helfen können. Die werden auf den Krankenwagen warten, und bis der eintrifft, ist es zu spät«, flötet sie.

»Was soll der Scheiß?« Er lässt die Zähne aufeinander gepresst.

»Ich suche einen Mann. Er arbeitet für Sie. Man sagte mir. Er fährt gern mal zweigleisig und erledigt andere Jobs. Wegen so eines Jobs bin ich hier.«

»Ich verstehe nicht«, nuschelt er.

»Hassan Kaya.«

»Kenne ich nicht.«

Gretel drückt die Klinge tiefer ins Fleisch. Eine oberflächliche Blutung, nichts, dass ihn umbringt, doch sie spürt es warm an ihren Fingern.

Er schnauft.

»Wollen Sie wirklich da mit reingezogen werden?«

Sie riecht seinen Schweiß.

»Die Grundschule in Altona ist ziemlich groß. Ich könnte mir vorstellen, dass die nicht jedes Mal die Personalien prüfen, wenn eine alte Frau ihre Enkel von der Schule abholen möchte. Finya und Tom, richtig? So heißen sie doch?«

Wenig später nimmt Gretel den Weg über die Feuerleiter nach draußen. Das Twinset hat sie sich versaut. Das wird sie verbrennen müssen. Schade um die gute Wolle, doch mit Handwäsche wird sie das Blut nicht rausbekommen.

KAPITEL 6

Die große Halle ist leer, doch die Eingangstür steht offen. Wir bewegen uns hier im Kreis und das macht mich langsam wahnsinnig!

»Robert, was wird hier gespielt?«, frage ich.

»Du glaubst, ich weiß etwas darüber, weil ich seine Nummer abgespeichert habe? Schön!«, faucht er. »Ich hab sie vor einem Jahr einmal eingespeichert, als ich darüber nachgedacht habe, mich bei ihm zu bewerben. Du weißt, dass mich meine Firma damals an die Luft gesetzt hat.«

»Du hast dich bei ihm beworben?«, flüstere ich.

»Nein. Ich habe mitbekommen, was für ein Verhältnis ihr habt. Da habe ich es gelassen und erst mal bei ›Subways‹ gejobbt, bis ich die Stelle an der Universität in Mathematik bekommen habe.«

»Und die Schuhe?«

»Ich dachte, wir würden gleich nach draußen gehen. Was denkst du, warum ich zurück in den Flur gegangen bin? Glaubst du, ich zieh so 'ne Geisternummer mit dir ab?«

Als hätte man uns gehört, pfeift der Wind draußen um die Ecke des Hauses und stößt die Tür auf.

»Dann solltest du die Polizei rufen.« Ich deute auf sein Handy.

Er achtet nicht darauf und geht zur Tür. »Gib mir die Taschenlampe.«

Ich reiche sie rüber. Schon ist er nach draußen verschwunden und lässt mich in dem finsteren Flur meines Hauses zurück. Im derzeitigen Zustand versprüht es eher das

Flair einer verlassenen psychiatrischen Anstalt als eines zukünftigen Heimes. Bevor ich mich dazu entschließen kann, ihm zu folgen, ist er zurück.

»Ich glaube, jemanden gesehen zu haben. Bin aber nicht sicher. Ich rufe sie trotzdem. Das mit dem Fenster ist Sachbeschädigung.«

Eine Stunde später sitzen wir mit einem Polizisten auf den Stufen der Treppe. Constable Telly Badger hat den Fall aufgenommen, die Räume in Augenschein genommen und kann nur zu demselben Schluss kommen wie wir.

»Sie haben davon gehört, dass der alte Kasten verflucht ist?«, fragt er.

»Haben wir. Dennoch würden wir gern Anzeige gegen unbekannt erstatten«, sage ich. Wenn ich mir Constable Badger so ansehe, vermute ich, er hält das für Zeitverschwendung. Wir werden in Zukunft Vorkehrungen ergreifen müssen, um uns selbst zu schützen.

»Rufen Sie an, wenn sich etwas ereignet und bis dahin: willkommen in der Nachbarschaft!« Er zieht die Hose nach oben, die einige Nummern zu groß wirkt. Hat womöglich abgenommen in der letzten Zeit.

»Sie wohnen in der Gegend?«

Er nickt. »Die Straße runter Richtung Lincolnbury. Der Hof ist etwa eine Meile von hier entfernt.«

»Dann kennen Sie die Geschichte des Hauses?«, frage ich.

»Von meinen Eltern.« Sein Blick wandert zur Tür.

»Wieso stand es so lange leer?«

Er sieht nach oben, als käme der Herr des Hauses die Treppe herunter. »Haben die beim Verkauf nichts gesagt?«

Ich schüttle den Kopf. Tatsache ist, dass ich damals nicht

gefragt habe. Ich musste es einfach besitzen. Ich hatte kein Interesse an Geschichten, die mich von meinem Vorhaben abbringen würden.

»Nun, es ist schon spät …« Er sieht auf seine Uhr.

»Nach dem, was hier heute Nacht passiert ist, können Sie uns die Frage nicht verübeln«, sagt Robert.

»In der Gegend heißt es, ein Fluch lastet auf dem Gemäuer. Jeder, der hier versucht hat zu leben, ist früher oder später verschwunden.« Der junge Mann versucht sich an einem Woody-Harrelson-Lächeln.

»Was soll das heißen? Verschwunden.«

»Abgereist. Sie haben es hier nicht ausgehalten. Der alten Besitzerin, die das Haus ursprünglich viele Jahre gehabt hat, wird nachgesagt, dass sie verrückt geworden ist. Vielleicht spukt sie in diesem Gemäuer herum.«

»Verstehe.«

»Ist sie denn hier gestorben?« Robert gibt sich nicht so schnell mit seiner Aussage zufrieden. Auch wenn ich genug habe an Gruselgeschichten für eine Nacht. Ich bin müde und will ins Bett.

»Nein. Soweit ich weiß, lebt sie in einer Anstalt.«

»Und die anderen, nach ihr? Die hat also auch jemand zu vertreiben versucht.«

»Wenn Sie das so sehen wollen …«

»Sehen Sie es anders?«, mische ich mich wieder ein. »Die Scheibe ist kaputt, der Zettel echt. Nehmen Sie ihn mit und auch den Stein und untersuchen Sie sie auf Fingerabdrücke.«

Er funkelt mich an. »Sie sollten die Türen und Fenster verschließen. Man weiß nie, ob diese Hausbesetzer zurückkommen, die wir im letzten Jahr von hier vertrieben haben.«

»Das machen wir. Vielen Dank, dass Sie so schnell hier waren.«

Ich sehe ihm an, dass er den Satz auf Sarkasmus-Bestandteile überprüft. Ich bin einfach nur müde. In Gedanken sehe ich ein großes Himmelbett in meinem Zimmer, einen dicken cremefarbenen Läufer daneben und Nachttische mit Intarsien, die das Sonnensystem zeigen. Ich blinzle. Es wird Zeit, schlafen zu gehen, auch wenn es hart und unbequem sein wird. Heute Nacht stört mich das nicht.

Aus Constable Badger ist nichts rauszubekommen, das uns weiterhilft, und so verabschieden wir ihn fünf Minuten später.

»Wie wollen wir die Tür sichern? Die kriegt jeder mit ein bisschen Kraft auf?«, fragt Robert, als ich sie hinter dem Constable schließe.

»Keine Ahnung. Ich wünschte, sie hätten einen Teil des alten Mobiliars stehen lassen, damit man etwas hat, mit dem man starten könnte, dann könnten wir jetzt so etwas wie eine Anrichte davor ziehen.«

»Was ist mit dem Tapeziertisch? Der ist wackelig. Ich stelle die Porzellankanne darauf und wenn ihn jemand mit der Tür beiseiteschiebt, fällt sie runter, und wir werden wach. Oder hängst du daran? Ist sie vielleicht ein Erbstück?«

»Witzig! Du weißt, dass es so was bei mir nicht gibt. Nein. Sie kommt aus dem Haushaltswarenladen in Lincolnbury. Nimm sie und ich gehe eben den Eimer holen, um die Sauerei zu beseitigen.«

Ich gehe zurück in die Küche. Auf dem Weg dorthin komme ich an den Fußabdrücken vorbei. Die Auffahrt besteht aus Kies. Hm. Ich bringe meine Nase dicht über den Boden und rieche daran. Erde. Eindeutig. Riecht wie mein Keller. Wahrscheinlich enden die Abdrücke so plötzlich, weil er bis dahin den kompletten Schlamm abgestreift hatte. Als er dann zur Tür lief, die von der Küche nach draußen führt, waren seine Füße sauber. Vielleicht habe ich vergessen, sie abzuschließen. Doch was wollte der Kerl im Haus, wenn er zuvor einen Stein durchs Fenster geworfen hat. Nein. Das kann nicht sein. Robert war nach unten gegangen, und zwar, bevor ich die klirrende Scheibe hörte. Der Typ kann danach nicht mehr reingekommen sein. Also war er vorher drin. Doch was wollte er und warum hat er danach das Fenster beschädigt? Und noch viel wichtiger: Warum ist Robert nach unten gegangen, wenn es nicht wegen des Geräusches war?

Ich gehe zur Küchentür. Der Schlüssel steckt. Die Tür ist abgeschlossen. Das bringt mich jetzt ernsthaft in Schwierigkeiten. Ich schließe auf, drücke die Klinke herunter und vergewissere mich, dass niemand auf der anderen Seite steht. Tatsächlich ist dort keine Menschenseele. Doch auf dem Podest liegt ein Strauß. Lavendel und Rosen. Dieselben Pflanzen blühen in meinem verwilderten Garten. Nachdem ich einige Blicke zu beiden Seiten in die Finsternis geworfen habe, hebe ich ihn auf. Die Stängel sehen abgerupft aus, als hätte jemand sie in großer Hast und ohne Messer von der Pflanze getrennt. Das wird immer verrückter. Den Strauß lege ich auf den Küchentisch. Dann schließe ich ab und greife mir den Eimer aus dem Schrank unter der Spüle. Jemand will mir Angst machen. Diese Person kennt mich nicht. Was ich in gewisser Weise beruhigend finde. Das heißt, dass es nichts Persönliches ist. Wenn sie mich kennen würde, wüsste sie, dass ich Dinge erlebt habe, die viel schlimmer sind als ein paar leere Drohungen. Dinge, wie sie nur im Waisenhaus geschehen.

Die Küche ist der einzige Raum, der die originalen Schränke besitzt. Sogar der große Eichentisch in der Mitte ist noch aus der Zeit der letzten Eigentümerin. Ebenso der weiße Carrara-Marmor der Arbeitsplatten, der viel älter sein muss. Robert und ich haben den Tisch abgeschliffen und mit Klarlack aufgepeppt, nachdem wir diesen Raum renoviert hatten.

Hier kann man sich zu Hause fühlen. Auf den Bodenfliesen ist das alte Muster erkennbar, die Wände sind frisch gestrichen und die Schränke so weit gereinigt, dass man ruhigen Gewissens Geschirr und Lebensmittel darin verstauen kann. Ich musste tief in die Tasche greifen für einen neuen Herd, einen Kühlschrank und eine Dunstabzugshaube, für die wir ein Loch in die Außenwand bohren mussten. Doch jetzt ist es die Basis für unsere weiteren Unternehmungen. Robert hat mich gefilmt, als ich meine ersten missglückten Versuche als Schreiner unternommen habe. Er hat dokumentiert, wie ich einen Fliesenspiegel hinter dem Herd und über den Arbeitsflächen anbringe. Er wollte, dass wir so viel wie möglich auf Edelstahl zurückgreifen, aber ich hatte eine Woche zuvor einen Schwung historischer Fliesen auf dem Flohmarkt in Lincolnbury entdeckt. Da konnte ich nicht widerstehen. Mein Geldbeutel wird klammer, doch Robert hat mir versichert, dass die ersten Sponsoren auf der Lauer liegen würden.

Das Wasser schwappt gegen mein Schienbein, als ich den Eimer in die Halle trage. Robert steht im Wohnzimmer, hat den Strahl der Taschenlampe auf die Scherben gerichtet und dreht ein Video mit seinem Handy.

»Paul ist wie immer unser Retter in der Not. Ey, Alter! Du hättest dich nicht extra schick machen müssen«, sagt er auf Englisch. Wir haben uns dafür entschieden, die Videos auf Englisch zu drehen, weil der Markt einfach größer ist. Die deutschen Zuschauer haben kein Problem mit der

Fremdsprache. Sie erwarten Englisch, wenn sie zuschauen, wie ein Herrenhaus auf der Insel renoviert wird.

Ich verziehe das Gesicht und wackele mit den Augenbrauen. Das zerreißt ihn jedes Mal, wenn er es sieht.

»Also Leute, wenn ihr uns etwas sagen wollt, dürft ihr euch gern in den Kommentaren dazu äußern. Bis dahin machen wir hier erst mal klar Schiff. Und an den, der die Sauerei hier veranstaltet hat: nicht cool. Das nennt sich Sachbeschädigung. Vom Einbruch mal ganz zu schweigen. Gehabt euch wohl und dübelt nicht mehr so lange.« Er beendet die Aufnahme. Der letzte Satz ist sein Markenzeichen. Damit beendet er jeden Film.

»Das werde ich gleich hochladen. Bringt Klicks. Wirst sehen.«

»Wenn du meinst.«

Ich gehe zum Beginn der Fußspuren und fange an zu wischen. Jetzt erst wird mir klar, dass sie nicht nur abrupt enden. Sie beginnen auch mitten im Raum. »Weißt du, wie spät es ist?«

»Gleich drei.«

»Geh schlafen. Ich mach das hier fertig.«

Robert zögert.

»Du hast doch den Tisch vor die Tür geschoben. Alles gut. Ich höre ihn kommen.«

»In Ordnung. Schließ dein Zimmer heute Nacht ab.«

Ich nicke.

Er schleicht an mir vorbei nach oben. Die Taschenlampe hat er neben mir liegen lassen. Morgen kümmern wir uns als Erstes um das Licht im Flur. Ich sollte mit ihm über meine Erkenntnisse reden. Ebenso über die Blumen. Doch ich muss erst meine Gedanken ordnen. Es ist, wie ich gesagt habe:

Wenn ich hier drinnen etwas finde, das weder über Fenster noch offene Türen gekommen sein kann, dann würde ich an Robert denken. Und genauso ist es jetzt auch.

Ich bringe den Eimer zurück in die Küche und gieße das Wasser in den Ausguss im Boden. Eine praktische Einrichtung in diesem alten Haus. Als ich den Kopf hebe, starrt mich diese Fratze durch das kleine Fenster in der Küchentür an, die nach draußen führt.

KAPITEL 7

Cedric Pommeroy schiebt die Flasche mit dem Rattengift zur Seite und angelt nach dem Juteseil. Das Regalbrett wackelt gefährlich und die alte braune Glasflasche gerät ins Wanken. Cedrics Augen weiten sich, als er sieht, wie sie nach vorn kippt und auf ihn zusteuert. Mit wedelnden Armen bemüht er sich sie aufzufangen. Sie prallt an seiner Brust ab und landet auf einem Sack mit Rasensamen.

Das war knapp!

Er wischt sich mit dem staubigen Handrücken über die Stirn. Nachdem er das Seil heruntergeholt hat, stellt er sie zurück an ihren Platz. Eine Apothekerflasche, die aus den Beständen seines Vaters stammt. Auf dem Etikett befindet sich eine Ratte, die auf dem Rücken liegt und mit geöffnetem Mund alle viere von sich streckt. In den letzten Jahren hatte es kein Ungeziefer in Pommeroy House gegeben. Seine Tochter besitzt drei Katzen – eine hässlicher als die andere, doch sie erledigen ihren Job. Wäre dem nicht so, hätte Cedric sie längst des Nachts im Weiher ertränkt, wenn die Familie schlief. Das Rattengift ist seit Jahrzehnten nicht zum Einsatz gekommen. Doch er wird es weiter aufbewahren. Das neue Zeug, das sie verkaufen, ist bei Weitem nicht so wirkungsvoll wie der ›Rattentod‹, den sein Vater immer eingesetzt hatte.

Er prüft die Länge der Schnur und lächelt zufrieden. Passt. Beim Einfädeln in die Schlaufen seiner Hose tut er sich schwer. Die Gicht in seinen Fingerknöcheln ist weit fortgeschritten, auch hat er seine Brille nicht dabei und kann die Öffnung kaum erkennen, in die er den Gürtel einführen muss. Ertasten muss er sie, doch das mangelhafte Gefühl in seinen Fingerspitzen macht die Sache nicht leichter.

Gute zehn Minuten müht er sich ab, bis das Seil hindurchgefädelt ist und er es vor seinem Körper zusammenbinden kann. Endlich rutscht sie nicht mehr. Das würde ihn gleich bei der Arbeit stören. Gestern Nacht hatte er die Hose fast verloren, als er vor Jackie geflohen war. Ein Glück, dass nur wenige den Geheimweg neben der alten Kapelle kennen, der beim Bach beginnt. Von dort ist es nur einen Katzensprung nach Pommeroy House. Cedric feixt.

Er greift sich den Spaten seines Großvaters, der an der Schuppenwand hängt. Heute wird er graben müssen. Außerdem hat er ein Loch im Mauerwerk der Kapelle entdeckt. Wenn sich dort drinnen eine Waschbärenfamilie einnistet, dann fangen die Scherereien erst an. Die wieder loszuwerden, ist nicht einfach. Er wird sich in den nächsten Tagen darum kümmern müssen. Vor einem Jahr hatte er das mit Fledermäusen erlebt. Sie waren durch ein kaputtes Fenster eingedrungen und hatten unter dem Dachstuhl gewohnt. Kleine braune Vampire, die nachts schrille Geräusche ausstießen und in Scharen über das Grundstück flatterten. Ihr stinkender Kot bedeckte damals den Boden der Kapelle zentimeterdick. Auch die Bank, die Cedric unter Mühen nach Humphrey Manor geschleppt hatte, konnte er nicht mehr benutzen, wenn er wie üblich um die Mittagszeit vorbeikam, um mit seinen Freunden zu reden.

›Unter Naturschutz‹, hatte es geheißen. Niemand wollte ihm helfen, das Viehzeug loszuwerden. Nicht einmal Desmond Harris, der in Lincolnbury den Laden für Gärtnereibedarf neben der Touristeninformation betrieb. Selbst der hatte nicht den Mumm, etwas zu unternehmen. Also musste sich Cedric allein darum kümmern.

Und das hatte er getan. Als Erstes hatte er die Öffnung in der Scheibe mit einem Brett verschlossen. Nun saßen sie in der Falle. Leider war es Spätherbst und wie Cedric feststellen musste, begab sich so eine fliegende Maus dann in den Winterschlaf. Ganze sechs Monate musste er warten, bis sie daraus wieder erwachten. Er hätte sie in der Zeit eingefangen und weggeschafft, wenn es ihm möglich gewesen wäre, doch bis in den Dachstuhl reichte keine seiner Leitern. Also musste er warten, bis sie eine Woche später verhungert auf dem Boden lagen und er sie entsorgen konnte, während ihre winzigen Körper noch zuckten. Seitdem sitzt er wieder jeden Tag auf seiner Bank und redet mit seinen Freunden.

Der Spaten ist schwer. Er zieht ihn die meiste Zeit des Weges hinter sich her. Von Zeit zu Zeit hält er an, wischt sich mit einem Baumwolltaschentuch den Schweiß von der Stirn und hustet. Heute brennt ihm die Sonne in den Nacken. Unter seinen weißen Haaren wird die Kopfhaut feucht.

Wilde Glockenblumen und Wiesenmargariten streifen sein Schienbein, als er die Abkürzung durch die summende Wiese nimmt. Vor ihm liegt die hüfthohe Mauer aus Feldsteinen, die wie ein spröder Knochen zwischen Pommeroy House und Humphrey Manor verläuft. Es gibt ein Gatter, durch das er auf die andere Seite gelangt. Den Geheimgang nutzt er heute nicht. Nicht bei Tageslicht, wenn man ihn dabei erwischen kann. Cedric wird dieses Geheimnis mit ins Grab nehmen. Nur seine Familie weiß von seiner Existenz und da seine Tochter und ihr Mann es ablehnen, ihm mit Humphrey

Manor zu helfen, wird er sie nicht einweihen. Die Reise endet bei ihm.

Die Wiese, durch die er läuft, wird feuchter. Er nähert sich dem Weiher. Hier und dort schießen Sumpfpflanzen aus dem Boden. Er folgt dem Pfad, den er regelmäßig nimmt, den er selbst im Unkraut platt getreten hat. Nach wenigen Metern hat er das Wäldchen erreicht – eine willkommene Abkühlung. Die Rückseite der Kapelle kann er schon sehen. Der Spaten dient ihm als Stütze, während er über morsche Wurzeln klettert, und als Schutz vor dornigen Büschen, die er so von seinem Körper abhalten kann.

Nachdem er sich durch das Loch in der überwucherten Grundstücksmauer gezwängt hat, steht er im Garten. Aus dem Haus hört er das Geräusch einer elektrischen Säge. Humphrey Manor hat einen neuen Eigentümer. Cedric denkt an seine Pflicht und geht über den Kieselweg zum alten Springbrunnen. Ackerwinde hat von ihm Besitz ergriffen. Ein gefährliches Unkraut, das man schnellstens verbannen sollte, bevor es so mächtig wird, dass es einen bei lebendigem Leibe verschlingt. So hatte es sein Vater immer bezeichnet. Cedric weiß, dass dieser Garten längst von der englischen Natur erwürgt wurde.

Eine Schande!

Er hält einen Moment inne und denkt an die Jahre zurück, als er ein junger Mann war. Die Gartenfeste, die hier gefeiert wurden, Teestunden im privaten Kreis, Ballabende im Glashaus, die er vom Springbrunnen aus in der Dunkelheit beobachtet hatte. Humphrey Manor würde seinen Glanz eines Tages zurückerlangen und ein Teil davon konnte dann wieder auf ihn scheinen.

Cedric nimmt den Spaten und geht zu dem Beet, in dem

er die Bohnen setzen will. Die Buchsbaumhecke, die es eingrenzt, wuchert in den Weg hinein, sodass er einen sehr großen Schritt machen muss. Seine Knöchel fühlen sich den ganzen Tag schon so wackelig an. Kein Wunder, dass ihn jetzt die Kraft verlässt. Cedric geht in die Grätsche. Die Innenseite seines Oberschenkels brennt, als wäre ein Muskel gerissen. Ein Stöhnen später liegt er auf dem Kiesweg, das Bein in der Buchsbaumhecke begraben.

Im Haus ist es still geworden. Cedric sieht einen Milan, wie er über ihm seine Kreise dreht. Der Vogel kreischt. Ein Ruf, der ihn an seine Jugend und an abenteuerliche Spaziergänge zum Weiher denken lässt. Er gleitet lautlos durch kristallblaues Nichts mit einer Leichtigkeit, die Cedric damals auch empfunden hat. Zu einer Zeit, als Glockenblumen und Wiesensalbei zu Glücksgefühlen im Herzen eines Achtjährigen geführt haben. Als das lauter werdende Summen der Insekten in den Wiesen die Abende einläuteten und erst mit der Kühle der Nacht Ruhe einkehrte. Noch bevor sein Vater eingezogen wurde. Eine Zeit der Maßlosigkeit, in der er noch nicht zu schätzen gewusst hatte, was er bald verlieren würde.

Cedric rappelt sich wieder auf und geht zurück an seine Arbeit. Die Spatenstiche sind schwer. Zu lange hat der Boden keinen Tropfen Wasser bekommen. Er ist fest und von dem weit zurückliegenden Platzregen vor einigen Wochen, ausgewaschen und nun ausgetrocknet. Cedric akzeptiert, dass die unangenehmen Aufgaben bei ihm liegen. Es ist seine Pflicht, das Blatt zu wenden. Humphrey Manor wird eines Tages wieder blühen. Das ist er ihm schuldig. Doch das kann nicht allein er bewirken. Es braucht einen Eigentümer, der mit ihm auf der richtigen Seite steht. Die letzten traurigen Ausgaben von Möchtegern-Landleuten waren dem nicht gewachsen. Sie konnten den Humphreys nicht das Wasser reichen.

Cedric trauert ihnen nicht nach. Sie waren nicht lange genug hier, um einen bleibenden Eindruck zu hinterlassen.

Er treibt den Spaten immer wieder in die Erde und wirft Haufen auf. Nach einer Stunde betrachtet er sein Werk. Die Erde ist nach wie vor kraftlos, doch aufgelockert. Als Nächstes wird er Kompost untermischen müssen. Einen großen Haufen hat er neben der Kapelle angelegt. In dem Teil des Gartens, der vom Haus nicht einsehbar ist. Seit Monaten schleppt er Essensreste in einem Eimer hierher, von denen seine Tochter denkt, er verfüttere sie an die Schweine. Hat ihnen nicht geschadet, so fett, wie sie geworden sind. Die Schubkarre, die er schon seit drei Jahrzehnten nutzt, lehnt in der Brombeerhecke. Der neue Besitzer wird sie gesehen, aber für eine Antiquität gehalten haben. Ein neues Rad alle paar Jahre und sie ist trotz ihrer rostigen Patina ein wertvolles Werkzeug. Ihm fehlt eine Schaufel, doch den Spaten seines Vaters kann er nutzen. Auch wenn es länger dauert und beschwerlicher ist. Cedric füllt eine Karre halb voll und schiebt sie unter trockenem Quietschen den Weg entlang zu seinem zukünftigen Bohnenbeet.

Den Ort für den Komposthaufen wählt er bewusst jedes Jahr an dieser Stelle. Es ist wie auf einem Friedhof. Dort, wo Unkraut wuchern darf, weil die Grabsteine zu alt sind, als dass es noch grabpflegende Angehörige gibt, wächst das Gras und jede Pflanze ganz besonders kräftig. Der Dünger macht das Wachstum und menschliche Überreste, die verrotten, bringen neben einigen Giftstoffen auch Nährstoffe für den Boden. Deshalb sitzt der Komposthaufen neben der Kapelle. Direkt an dieser Stelle hat er vor dreißig Jahren den Jungen begraben. Er sollte nahe der Kapelle sein. Geweihte Erde ist gut, fand Cedric damals. Schließlich war er mit Sicherheit ein gutes Kind gewesen – zu Lebzeiten.

»Was zur Hölle machen Sie da?«

Cedric greift nach dem Spaten, der in der Karre liegt.

KAPITEL 8

Das Blut rauscht in meinem Kopf, als ich ihm gegenüberstehe. Mein erster Reflex besteht darin, die Hände nach vorn zu strecken, um mein Gesicht zu schützen und den Schlag mit dem Spaten abzumildern. Der Alte hält ihn wie ein Schwert vor sich. Seine mit Altersflecken übersäten Arme wirken schwach, doch das täuscht. Er zittert nicht ein bisschen, während er das schwere Werkzeug in der Luft hält.

»Das ist mein Grundstück, auf dem Sie sich befinden«, sage ich.

Er funkelt mich durch seine Mäuseaugen an. Es besteht kein Irrtum – das ist das Gesicht, das ich gestern Nacht in der Scheibe gesehen habe.

»Mein Name ist Paul Wagner und das hier ist Humphrey Manor.« Ich habe die Wörter extra gedehnt. Womöglich ist er verwirrt. Keine Ahnung, ob das einen Unterschied macht.

Er legt den Kopf schief, wie eine Krähe. Dann umrundet er die Karre und tritt über den Buchsbaum hinweg ins Beet. Von dort erreicht er die Erde, die er mitgebracht hat. Er nimmt einen kräftigen Spatenstich und gräbt ihn unter.

»Das kann doch nicht wahr sein«, murmele ich.

»Hören Sie, Sie müssen dieses Grundstück verlassen.«

Er gräbt die neue Erde unter.

Das könnte eine Weile dauern. Es nützt nichts. Ich ziehe mein Handy aus der Tasche und wedele damit vor seiner Nase herum. »Ich bin gezwungen, die Polizei zu rufen, wenn Sie nicht verschwinden.«

Er ignoriert mich.

»Bitte.« Ich wähle die Nummer der örtlichen Polizei, schildere mit kräftiger Stimme mein Problem und bedanke mich, als sie versprechen den Constable zu schicken.

»Was ist denn hier los?« Neben mir ist Robert aufgetaucht. Er drückt ein Taschentuch auf seinen Handballen.

»Was ist passiert?«

»Ich habe mich verletzt. Ist zu tief für ein Pflaster. Ich denke, ich schaue eben in der Notaufnahme vorbei, damit sie es nähen oder tapen oder was auch immer.«

»Zeig her!«

Er hebt das Tuch an und Blut quillt aus der Wunde.

»Ich fahr dich. Du kannst so kein Auto steuern.«

Robert blinzelt in die Sonne und deutet mit dem Kopf auf den Alten.

»Was ist mit ihm?«

Ich reibe mir den Nacken und lasse die Knochen knacken. »Der wirkt irgendwie weggetreten. Er antwortet nicht. Alles, was er tut, ist Graben. Ich hab schon bei der Polizei Bescheid gesagt.«

»Dann musst du hierbleiben.«

»Kommt nicht infrage. Hast du die Wunde ausgewaschen?«

»Ja. Und desinfiziert. Mach dir keine Gedanken. Ich werde mir einen Verband aus dem Erste-Hilfe-Kasten holen. Das drückt sie zusammen.«

»Ich fahre dich. Auf dem Weg rufe ich bei der Polizei an. Die werden den Alten schon finden.«

Er tritt einen Schritt dichter an mich heran. »Er sieht tatsächlich verwirrt aus. Nicht dass er ins Haus einbricht, wenn du jetzt weggehst? Dem traue ich zu, dass er unser Wasser vergiftet. Schau ihn dir doch an!«

Gut, dass ich Robert noch nichts von den Blumen erzählt habe. »Denke nicht. Der ist nur verwirrt«, sage ich.

»Ich gehe erst einmal den Verbandskasten suchen.« Robert klopft mir mit der anderen Hand auf die Schulter und geht zurück zum Haus. Ich kann ihm ansehen, dass er sich Sorgen macht. Der Gedanke an einen schönen, hohen Maschendrahtzaun kommt mir in den Sinn, doch das wäre nicht typisch englisch. Nicht bei einem Landsitz wie diesem.

Robert kann nicht allein fahren. Ich schulde ihm Dankbarkeit, dass er mit mir dieses Projekt angegangen ist. Er hat mich gerettet. Das erste Mal fühle ich mich jemandem so verbunden, als wäre er Familie. Natürlich geht das nicht gegen meinen Sohn und meine Frau. Lana ist meine Partnerin. Sie hat sich gegen den Willen ihres Vaters auf mich eingelassen und begleitet mich auf meinem Weg. Mein Sohn – mein Fleisch und Blut – ist ein Teil von mir. Ich werde mein gesamtes Leben damit verbringen, ihn zu schützen. Doch Robert … er gibt mir das Gefühl, ein Teil seines Lebens zu sein. Er steht hinter mir, seit wir uns kennen. Wie ein großer Bruder, obwohl er schon zwei Brüder besitzt, zu denen er keinen Kontakt mehr hat.

Seit über dreißig Jahren habe ich mir einen großen Bruder gewünscht. Jemanden, der mich im Kinderheim zur Seite nimmt, um meine Peiniger das Fürchten zu lehren. Wenn ich Robert damals gekannt hätte, wäre vieles anders gelaufen.

Wenige Minuten später höre ich einen Wagen vom Hof fahren. Das kann doch nicht wahr sein! Ich laufe um das Haus herum und sehe gerade noch, wie er den Hügel herunterfährt. Der Mann macht mich wahnsinnig. Unvernünftig ist das! Nur weil er Angst hat, der Alte würde einbrechen. Doch Robert ist erwachsen. Wenn er darauf besteht, dass ich auf die Polizei warte – von mir aus! Ich werde meinem Freund so schnell wie möglich in die Stadt folgen. Der Alte hat inzwischen seine

Karre leer gemacht. Er wischt sich mit dem Handrücken über die Stirn, stemmt die Fäuste in die Hüften und atmet schwer.

»Brauchen Sie Hilfe?«, frage ich. »Vielleicht etwas Wasser?« Mein Ärger ist verraucht. Ja, er hat sich offenbar im Grundstück geirrt. Aber wie ich ihn so vor mir sehe, frage ich mich, ob er Familie hat. Ob Leute nach ihm suchen oder ob er in ein leeres Haus zurückkehren wird, sobald die Polizei herausgefunden hat, wer er ist. Es versetzt mir einen Stich, wenn ich ein gelebtes Leben vor mir sehe, das in diesem Stadium nur Einsamkeit versprüht. Ich hoffe, seine Verwirrung trägt dazu bei, dass er nicht darunter zu leiden hat. Ich wünsche ihm, dass die Erinnerungen an frühere Zeiten ihm helfen, die heutige Leere zu überwinden. Vor Jahren hatte ich Kummer, genau so zu enden, eines späten Tages. Dann traf ich Lana und die Ängste waren Geschichte.

Er legt den Spaten in die Karre. Ihn anzuheben fällt ihm inzwischen deutlich schwerer, das kann ich sehen. Er hat ein komplettes Beet von etwa fünfzehn Quadratmetern Fläche umgegraben. Ich würde bei diesem Wetter neben der Karre sitzen und schnaufen. Doch dieser Hundertjährige schiebt sich nur die gekrempelten Ärmel über die Ellbogen. Nach wie vor ist es ihm lieber, mich zu ignorieren. Ich denke, ich kann das Risiko eingehen und in die Küche gehen. Es sind nur ein paar Meter und ich sehe ihn durch das Fenster.

In der Küche hole ich eine Flasche Wasser aus der Kiste. Die Schere und der Verbandskasten liegen noch auf dem Tisch. Hoffentlich geht es Robert gut. Er muss sich beim Zuschneiden der Fußleisten geschnitten haben. Wir haben den ganzen Morgen das Zimmer gestrichen, in dem Theo wohnen soll. Als Nächstes werden wir eine fast dreißig Zentimeter hohe Sockelleiste anbringen.

Der Alte schiebt die leere Karre zur Kapelle. Sein Tempo entspricht dem eines Rollatorfahrers. Ich muss keine Sorge haben, dass er mir entwischt. Mit der Flasche in der Hand gehe ich durch die Terrassentür des Glashauses nach draußen. Ich bin nicht der Einzige. Wie es aussieht, ist Constable Badger wieder im Dienst. Er ist mir einige Schritte voraus, geht auf den Alten zu und berührt ihn an der Schulter.

Jetzt bin ich gespannt.

Nein, auch bei ihm dreht er sich nicht um. Ich werde dem Constable nicht viel erklären müssen. Er ist augenscheinlich im Bilde. Vermutlich handelt es sich bei diesem Mann um ein Unikat, einen stadtbekannten Einsiedler, über den die Kinder Gruselgeschichten erzählen. Sofort tut mir der Gedanke leid.

»Du solltest die Karre abstellen und mit mir mitkommen«, höre ich Constable Badger sagen.

Der Alte greift nach dem Spaten und sticht in etwas, das wie ein Komposthaufen aussieht. Interessant. So genau habe ich beim Kauf dann doch nicht hingeschaut.

»Grandpa!«

Moment.

»Bitte leg den Spaten weg. Du wirst noch Ärger bekommen.«

Inzwischen bin ich bei ihnen angekommen. »Sie kennen sich?«

Constable Badger presst die Kiefer aufeinander. »Der Vater meiner Mutter.«

»Ein Familienmitglied.«

Der Constable presst zur Antwort die Lippen zusammen und gibt mir damit zu verstehen, dass man sich seine Verwandtschaft nicht aussuchen kann. Der Glückliche.

»Und …« Ich drehe dem Alten den Rücken zu. »Geht es ihm gut?«

»Ja, ja. Er ist nur manchmal etwas stur!« Den letzten Satz brüllt er. Vielleicht ist der Alte ja schwerhörig.

»Also gut, was ist Ihr Plan?«

Badger beobachtet seinen Großvater eine Weile, dann winkt er mir zu, ich solle mit ihm ein paar Schritte gehen.

»Er hat jahrzehntelang für die Familie, die Humphreys, gearbeitet. Vor ihm sein Vater und sein Großvater. In meiner Familie gibt es eine lange Tradition an Gärtnern. Meine Mutter und mein Vater bewirtschaften das Gut an der Straße, wie ich gestern Nacht schon sagte. Nur ich falle aus der Reihe. Großvater kann es nicht überwinden, dass die Humphreys verschwunden sind. Die Letzte, die hier gewohnt hat, war Agatha Humphrey.«

Er deutet meinen Blick richtig. »Klapsmühle, wie gesagt. Die ganzen Jahre, die das Haus leer stand, haben wir akzeptiert, dass er hier nach dem Rechten sieht. Ma sagte, dass es den Humphreys gefallen hätte. Er ist harmlos und er macht keinen Schaden. Hat immer mal ein bisschen im Garten gewerkelt, wenn er dachte, Ma würde ihn nicht beobachten. Sie war beruhigt, weil es ihn beschäftigt hat und sie wusste, wo er sich tagsüber aufhielt. Wir haben uns schon gedacht, dass es ein Problem werden könnte, sobald das Haus verkauft wird.«

Die Spukgeschichten über das angeblich verfluchte Haus erhalten nun eine völlig neue Dimension für mich.

»Und Sie haben gehofft, dass ich vielleicht auch nicht lange bleibe.« Das ist etwas zu forsch, fällt mir auf. Ich bin ein direkter Mensch. Lana hätte mir eben den Ellbogen in die Rippen gerammt.

»Natürlich nicht!«

»Nichts für ungut. Doch Sie müssen mir schon die Frage

gestatten, ob er etwas mit dem Einbruch von gestern Nacht zu tun hat.«

Badger tritt einen Schritt zurück. »Ganz sicher nicht. Er ist harmlos. Das sagte ich doch schon.«

»Ja. Und Sie sagten auch, dass er den Humphreys treu ergeben war. Was, wenn er uns für Eindringlinge hält? Ich kann verstehen, dass Ihre Familie ihm einen angenehmen Lebensabend bieten will, aber ich habe einen kleinen Sohn. Er wird in wenigen Wochen mit meiner Frau hier einziehen und ich würde mich nicht wohlfühlen, wenn dann unangemeldet Fremde in unserem Garten auftauchen. Mich würde es derzeit nicht stören, aber irgendwann müssen Sie eine Lösung finden.«

»Natürlich. Ich wollte Sie nie darum bitten, ihn kommen und gehen zu lassen. Ich nehme ihn mit und werde mit meiner Mutter nach einer Lösung suchen. Versprochen.« Er streckt mir seine Hand entgegen. Jung. Kräftig. Der Mann müsste etwa in meinem Alter sein. So ziemlich genau. Nur deutlich trainierter.

»Ist es Ihnen recht, wenn ich zu einem Termin gehe? Sie regeln das mit Ihrem Großvater?« Ich will versuchen, ins Krankenhaus zu kommen.

»Gehen Sie ruhig. Wenn Sie zurückkommen, ist er verschwunden.«

Ich nicke. Dann drücke ich ihm die Flasche Wasser in die Hand und mache auf dem Absatz kehrt. Das Glashaus schließe ich von innen ab. Überhaupt sollte ich mich mehr um das Thema Sicherheit kümmern. Wenn es schon kein Maschendrahtzaun sein darf, dann doch eine Alarmanlage. Oder ein paar Kameras, die strategisch gut sichtbar angebracht werden. Den Alten werden sie nicht abhalten, aber jeden anderen

Randalierer. Ich weiß nicht, ob ich Badger die Unschulds-
beteuerungen abkaufen soll. Er war gestern Nacht nicht hilf-
reich. Nie wäre ich auf den Gedanken gekommen, dass er
mehr weiß, als er sagt. Doch mit diesen neuen Informationen
lohnt es sich, in Zukunft auf der Hut zu sein, wenn ich jemanden aus seiner Familie treffe.

Als ich durch die Eingangstür nach draußen trete, pralle
ich auf einen rundlichen Mann, der auf dem Abtreter kniet.

KAPITEL 9

»Kann ich Ihnen helfen?«

»Verzeihung.« Der kleine Mann rappelt sich hoch. Er putzt sich den Staub von den Knien und glättet seine Hose. »Tut mir leid. Mein Handy ist mir runtergefallen, kurz bevor Sie die Tür aufrissen.«

Ich kann ihn schwitzen sehen. Die Anstrengung ist nichts für ihn.

»Mein Name ist Desmond Harris. Ich betreibe in Lincolnbury einen Pflanzenhandel. Sie haben uns bestimmt schon von der Straße aus gesehen. Es ist eine Anlage mit fünf Gewächshäusern und drei Hektar Freifläche.«

»Aha.«

»Nun. Jeder in der Gegend weiß, dass Sie das Humphrey-Anwesen gekauft haben. Ihre Online-Aktivitäten sind in aller Munde.«

Oh, mein Gott. Einer dieser Nachbarn, der sich beschweren will.

»Ich würde Ihnen gern eine Kooperation anbieten.«

»Eine was?«

»Ich möchte, dass Sie für mein Geschäft Werbung machen.«

Jetzt ist auch bei mir der Groschen gefallen. »Sie wollen uns mit Pflanzen für den Garten bestücken. Mein Freund Robert sagte mir schon, dass sich jemand melden würde. Kommen Sie rein.«

Ich ziehe die Tür auf und verspüre das erste Mal so etwas wie Scham, als ich den Blick auf die dahinterliegende Halle freilege. »Kennen Sie vielleicht auch jemanden, der ein paar Möbel loswerden will?«

Er lächelt. »Wenn Sie handwerklich begabt sind und das sieht mir danach aus, sollten Sie die Flohmärkte in der Gegend abklappern. Da können Sie Glück haben und ein paar Schätze entdecken. Die wenigsten haben Lust, ihre Antiquitäten umfangreich zu restaurieren. Aber Sie sind ja hier ganz gut ausgerüstet.« Sein Blick streift den Arbeitstisch mit der Säge und den Haufen Späne, der drumherum liegt.

»Das mache ich gern.«

»Wo ist Ihr Kompagnon?«

»Im Krankenhaus.«

Er hebt die Augenbrauen.

»Ja. Er hat sich eine Fleischwunde zugefügt. Nichts Ernstes. Dürfte bald wieder hier sein. Aber wir können uns gern unterhalten. Gehen wir doch in die Küche. Von dort können wir in den Garten schauen.«

Er folgt mir. Seine Dackelbeinchen bewegen sich flinker als meine. »Ah!«, sagt er, als er den Raum erblickt. »Hier sind Sie fertig. Und so viel im Originalzustand!«

»Sie kennen das Haus?«

»Natürlich. Meine Eltern waren mit den Humphreys befreundet. Sie waren sehr aufgeschlossene Menschen. Die meisten Leute aus der Gemeinde waren irgendwann einmal hier.«

»Verstehe. Nun, ich habe sie nie kennengelernt.«

Er nimmt am Tisch Platz und ich kann sehen, wie er nach den wenigen Metern schnauft. »Nicht einmal beim Verkauf? Da haben Sie etwas verpasst. Lady Humphrey ist eine imposante Erscheinung.«

»Ich hörte, sie wäre in einer Anstalt.«

Er macht eine wegwerfende Bewegung mit der Hand. »Sie ist exzentrisch.« Eine schöne Umschreibung für adelige Irre.

»Aha. Nun, Mister …«

»Harris.«

»Ja. Mister Harris, an was hatten Sie gedacht? Lassen Sie mich sagen, dass wir uns über eine Kooperation jeder Art freuen würden.«

»Ich dachte tatsächlich mehr an das Glashaus und weniger den Garten. Der Garten ist ein ungeschliffener Diamant. Aber mit der richtigen Pflege und … nanu.« Sein Blick hängt an dem Alten und Constable Badger fest, die in diesem Augenblick den Weg entlangkommen.

»Sieht schlimmer aus, als es ist. Der Mann hatte sich auf mein Grundstück verirrt.«

»Ich kenne ihn natürlich. Cedric Pommeroy. Seiner Tochter Maggie und ihrem Mann Dusty gehört der Gutshof unten an der Straße. Wussten Sie, dass er früher hier gearbeitet hat?«

»Ja. Seit einer halben Stunde etwa. Constable Badger konnte die Sache offensichtlich klären.«

»Hat er mit Ihnen gesprochen?«

»Badger?«

»Nein.«

»Ach, Sie meinen Pommeroy.« Ich schüttle den Kopf. »Kein Wort. Ich hielt ihn für verwirrt.«

»Das ist er auch. Ganz gleich, was Ihnen seine Familie erzählen will. Letztes Jahr hat er von mir verlangt, ihm etwas zu verkaufen, um Fledermäuse zu töten. Hunderte von Fledermäusen. Wollte ein Gas, das er einsetzen konnte. Als wenn ich so etwas vertreiben würde. Zudem stehen die kleinen Kerlchen unter Naturschutz, wie Sie wissen. Na gut. Kommen wir zurück auf mein geschäftliches Angebot. Ich dachte daran, tropische Pflanzen für das Glashaus zur Verfügung zu stellen. Wissen Sie, schöne Gärten finden Sie überall in der Gegend. Aber niemand besitzt so ein imposantes viktorianisches Glashaus wie Sie.«

Der Mann schwitzt immer noch, also biete ich ihm ein Wasser an. Das hätte ich sofort tun sollen. Diese Details in zwischenmenschlichen Kontakten gingen mir nie leicht von der Hand. Etwas, zu dem ein intaktes Elternhaus beigetragen hätte. Oder überhaupt Eltern. Doch wie Badger sich vorhin mimisch ausdrückte: Man kann sich nicht aussuchen, woher man kommt.

»Vielen Dank.« Wie ein Wüstenwanderer leert er das Glas.

»Sie wollen also Pflanzen für das Gewächshaus spenden.«

»Exakt.«

»Das ist der Raum, den wir als Letztes angehen wollten. Er erfüllt nur einen Schmuckzweck und ich habe viel zu tun, bevor meine Familie hierherziehen kann.«

»Sie planen also einen Umzug?« Sein Glas kommt hart auf der Tischplatte auf.

»Ja. Ich renoviere das Haus für mich und meine Familie. Wir wollen ein Teil dieser Gemeinde werden.«

»Für immer?«

»Ist das denn so ungewöhnlich?«

Er schüttelt den Kopf und hebt die Hände zu einer Entschuldigung.

»Ein Missverständnis auf meiner Seite. Ich ging davon aus, dass Sie renovieren, um gewinnbringend zu verkaufen. Ich kenne tatsächlich einige Leute, die zwar die Arbeit scheuen, aber an dem fertigen Projekt Interesse hätten.«

Aha. Daher weht also der Wind. »Tut mir leid. Davon kann keine Rede sein.«

Er biegt umständlich die Mundwinkel nach oben. »Mein Angebot mit dem Glashaus steht. Ein paar Strelitzien, Oleander, Musa Basjoo …«

Er sieht meinen Gesichtsausdruck.

»Eine Bananenpflanze. Kann bis zu fünfzehn Fuß hoch

werden. Würde sich hervorragend machen. Sie renovieren diesen Teil des Gebäudes, drehen Videos, wie wir anliefern, Sie richten ein, so was eben. Das würde mir zu Werbezwecken dienen und Ihre Familie wird begeistert sein, wenn dieser Teil des Hauses fertig ist.«

Tatsächlich würde Lana es lieben. Sie ist eine Leseratte. Ich sehe es vor mir, wie sie in einem geflochtenen weißen Schaukelstuhl mit einer flauschigen Decke umringt von Pflanzen in einem Krimi schmökert. Und dann ist da noch Theo. »Was ist mit Kamelien?«

»Ah! Ja natürlich, doch Sie sollten sie im Sommer rausstellen. Bekommt ihnen besser.«

»In Ordnung.« Ich strecke ihm die Hand entgegen.

»Fein. Dann setze ich einen kleinen Vertrag auf und melde mich bei Ihnen, wenn Sie mir Ihre Nummer geben.«

Ich diktiere sie ihm. »Ich sollte wirklich nach meinem Freund sehen gehen. Macht es Ihnen etwas aus …?« Ich erhebe mich.

»Ich habe Sie viel zu lange aufgehalten.«

»Nein. Ich wollte nicht unhöflich sein.«

»Das habe ich auch nicht so verstanden. Ich melde mich bei Ihnen. Vielleicht kann ich hin und wieder jemanden vom Team schicken. Dann haben Sie zwei Hände mehr, die anpacken. Quasi als Entgegenkommen, weil Sie die Renovierung des Glashauses vorziehen.«

Ich weiß im ersten Augenblick nicht, was ich zu so viel Freundlichkeit sagen soll. Dann wird mir bewusst, dass ich es nicht annehmen kann. Wir kennen den Mann nicht. Schwer zu sagen, welche Bedingungen er daran knüpft. Andererseits bin ich finanziell stark eingeschränkt und sollte jede Hilfe dankbar annehmen.

»Das ist zu großzügig. Wirklich. Das kann ich nicht annehmen.«

»Denken Sie darüber nach.« Er quält sich von dem Stuhl hoch und richtet sein hellblaues Baumwollhemd. Erinnert mich ein bisschen an Robert, der zu seinem letzten Job immer hellblaue Hemden getragen hat. Heutzutage sieht man ihn nur noch in Kleidung, die mehr seinem Charakter entspricht: Superhelden-T-Shirts. Marvel verdient an ihm pro Jahr eine stolze Summe. Ich habe gesehen, dass auch seine Pyjamas mit Spiderman verziert sind.

»Und seien Sie vorsichtig.« Er deutet auf seine Wange. Ein Hinweis auf mein eigenes Gesicht, auf das er starrt.

»Oh nein. Das ist ein Feuermal, keine Verletzung. Gehört zu mir.« Ich verziehe das Gesicht.

Er nickt und macht sich auf den Weg zur Halle. Als er verschwunden ist, hole ich mein Handy aus der Hosentasche und rufe Robert an. Es klingelt eine Weile, doch dann hebt er ab.

»Wie läuft's?«, frage ich.

»Ich hatte Glück im Unglück. Die Notaufnahme war leer, als ich ankam. Inzwischen hat sich das geändert. Eine Gruppe Radfahrer ist in einen Straßengraben gefallen. Muss wohl ein betrunkener Fahrer gewesen sein, nach allem, was ich verstanden habe.«

»Oh je. Bist du versorgt?«

»Ja. Sie haben es getapt. Ich wäre auch längst auf dem Rückweg, wenn der Wagen nicht versagt hätte.«

»Was?«

»Er sprang nicht mehr an. Ich bin mit einem Taxi zu 'ner Werkstatt gefahren und die werden ihn jetzt abschleppen. Den Schlüssel lasse ich dort.«

Er nennt mir Namen und Adresse.

»Das fehlte gerade noch. Hoffentlich hält sich die Rechnung im Rahmen.«

Ganz ehrlich? Diesen Satz hätte ich mir schenken können. Okay, das Haus verschlingt Geld schneller als ein einarmiger Bandit. Doch ich habe einen Puffer im sechsstelligen Bereich. Der Rest einer Erbschaft, die ich vor einem Jahr gemacht habe.

Mit fünfunddreißig Jahren ist es mir nicht möglich gewesen, solch eine Summe – selbst wenn Humphrey Manor ein Schnäppchen war – ausschließlich als Journalist zu verdienen. Nicht einmal im Entferntesten. Ich habe hart gearbeitet seit meiner Ausbildung. Jeden Euro habe ich beiseitegelegt. Mir niemals Maßlosigkeit gegönnt. Dennoch reicht das nicht für so einen Palast. Auch wenn er heruntergekommen ist. Es ist ein Palast.

Wen habe ich beerbt, wenn ich keine Familie habe?

Sie hieß Mina Wagner. Ja, wir teilten denselben Nachnamen, auch wenn wir nicht blutsverwandt waren. Ich habe mir das immer gewünscht, aber leider war sie nur eine Freundin. Ein Engel, der mir in diesem trostlosen Waisenhaus beigestanden hat. Eine Frau mit einem großen Herzen, die immer ein Auge auf mich hatte und bei der ich bleiben konnte, wenn mir die Großen übel mitspielten. Sie war die Frau des Hausmeisters. Beide lebten in einem kleinen Einfamilienhaus direkt neben unserem Verlies. Er starb zehn Jahre vor ihr, und als sie ihm folgte, letztes Jahr, erfuhr ich, dass sie mich in ihr Testament aufgenommen hatten. Ein Brief lag dem letzten Willen bei: Sie hätten versucht, mich zu adoptieren. Doch da bei Mina schon früh Krebs diagnostiziert worden war, entschied das Amt, sie wären als Adoptiveltern ungeeignet. Es wäre nicht sichergestellt, dass sie als Paar lange genug für mich sorgen könnten. Schließlich überlebte Mina ihren Mann Joseph und wurde siebzig Jahre alt. In ihren letzten Worten sprach sie davon, dass ich einen Grundstein legen sollte und Mauern um meine Familie errichten, um sie zu schützen. Ein weiterer Grund, weshalb dieses Haus so perfekt für meine Familie ist. Geerbt habe ich ihr Haus. Zentral in Hamburg gelegen. Ich habe es verkauft zu einem spitzen Preis.

»Ich komme dich mit einem Taxi holen.«

»Blödsinn! Dann bestellen wir lieber einen Abend Sushi von dem Geld.« Er lacht. »Es ist nicht weit. Drei Kilometer, glaube ich. Höchstens vier. Ich komme zu Fuß.«

»Deine Hand?«

»Die spüre ich nicht. Wir sehen uns. In spätestens einer Stunde bin ich da.«

»Von mir aus.« Ich lege auf und gehe zum Glashaus. Mal sehen, was Robert von der Idee hält, damit weiterzumachen. Wir müssen die ganze alte Farbe vom Holz abschleifen und schauen, wie das Holz darunter aussieht. Im besten Fall müssen wir es nur neu streichen. Das Abkleben könnte etwas mühselig sein. Keine unserer Leitern reicht bis zum höchsten Punkt. Wahrscheinlich werde ich an dieser Stelle auf das Angebot von Mister Harris zurückkommen und seine Hilfe annehmen. Die Glasscheiben sehen gut aus, soweit ich das beurteilen kann. Glücklicherweise ist das Glashaus Richtung Nord-Osten ausgerichtet. Die Mittagshitze hier drin wäre nicht auszuhalten. Wir könnten tatsächlich schnell mit diesem Raum fertig sein, wenn ich es mir recht überlege. Zufrieden mit meinen Überlegungen mache ich einen Spaziergang zum Weiher.

Ich rufe Lana an und lasse mir die neuesten Erlebnisse erzählen. Sie hat auf Malta zwei Mädels kennengelernt, die sich in ihrem Kurs befinden. Meine Frau, die sich unglaublich schwer damit tut, neue Kontakte zu knüpfen, klingt wie ein Teenager in Partylaune. Manchmal denke ich, dass sie als Kind viel allein war. Ihre Mutter Insa ist früh gestorben und auch wenn Daddy seitdem noch drei Mal verheiratet war, hat es doch viele Jahre nach dem Tod ihrer Mutter gegeben, in denen die zwei auf sich gestellt waren. Ich mag mir kaum vorstellen, wie diese beiden temperamentvollen Charaktere in Lanas Teenagerzeit miteinander ausgekommen sind.

Ihren Schilderungen zufolge ist Theo heute nach dem Besuch bei der Tagesmutter in Tränen ausgebrochen, weil seine neuen Freunde ihn nicht mitspielen lassen wollten. Der kleine Mann tut mir leid. Ich wünschte, ich könnte ihn jetzt trösten, doch er ist schon im Bett. Ich weiß, dass er bei seiner Mutter besser aufgehoben ist als bei mir, der den ganzen Tag arbeitet und nicht die Möglichkeit hat, ihn zeitweise in eine Kita zu bringen. Ein erstklassiges Angebot von Lanas Schule, nebenbei gesagt.

Während meine Frau mir von ihrem Tag vorschwärmt und den interessanten Menschen, die sie getroffen hat, genieße ich die kühle Luft unter den Bäumen. Ich lausche dem Plätschern des Wassers und entscheide, dass dieses Leben hier tausendmal wertvoller ist als der Alltag, den ich aus der Großstadt kannte. Irgendwann verabschieden wir uns und ich trete den Heimweg an.

Als ich zurückkomme, ist mehr als eine Stunde vergangen. Robert ist noch nicht zurück.

KAPITEL 10

Endlich tritt er durch die halb geöffnete Tür und zieht seine Freundin mit sich, die er im Arm hält. Seit einer halben Stunde stehen die beiden neben dem Klingelschild in der Grindelallee 110 in Hamburg-Rotherbaum und knutschen. Gretel hat eine ganze Folge ihres True-Crime-Podcasts gehört, während die beiden übereinander hergefallen sind. Der Moderator liegt falsch. Genau wie die Polizei damals. Der Ehemann hatte den Mord nicht begangen, bevor er auf die Bahngleise gelaufen war. Mit Bänderriss wohlgemerkt. Die Komposition des Verbrechens war ihr nur zu vertraut. Der Mord war ungewöhnlich in ihrer Branche und deutete auf einen Amateur hin. Das war die Schlussfolgerung der Polizei gewesen. Doch nicht in diesem Fall: nein. Dem Killer war es wichtig, dass man seine Handschrift erkannte. Jedes Opfer nutzte er wie einen neuen Instagram-Post für potenzielle Kunden.

Ein einziges Mal hatten sich ihrer beider Wege in den letzten Jahren gekreuzt. Ein Auftrag in Prag. Eine Begegnung unter der Karlsbrücke. Ein Stich in den Rücken und zwei in den Bauch – sein Markenzeichen. Hatte sich international offenbar noch nicht rumgesprochen. Gretel vermutete eine mangelnde Digitalisierung deutscher Polizeibehörden hinter dem Blindflug.

Das Opfer damals – ein junger Mann auf einem Junggesellenabschied durch die Stadt unterwegs – hatte keine Chance gehabt. Nicht nur, weil dieser Mann ein absolutes Monster in menschlicher Gestalt war. Man hatte auch Gretel auf den Studenten angesetzt. Redundanz? Nein. Reiner

Zufall. Ein anderer Kunde, der ebenfalls vom Tod der Zielperson träumte. Nur kam sie zu spät. Manchmal machen sich Menschen zu viele einflussreiche Feinde. Wenn man dann noch unreine Drogen an seine Kommilitonen vertickt und sie sterben oder geraten auf einen Weg, von dem sie ihre Familie nicht mehr abbringen kann, dann ist es nur eine Frage der Zeit. Gretel war damals zu spät gekommen. Unwichtig. Der Kunde war zufrieden und sie hatte kassiert. Ob sie darunter litt, dass sie den Job nicht selbst durchgeführt hatte? Von wegen Berufsstolz und so? Nicht im Geringsten. Der Weg war nicht immer das Ziel. Manchmal war das Ziel auch das Ziel.

Sie steckt die AirPods in ihre Handtasche und überquert die Straße. Zwei Uhr nachts und alles ist hell erleuchtet. Unbeobachtet ist sie wahrscheinlich. Die meisten Leute schlafen. Kameras gibt es hier nicht. Doch alle zwei Minuten kommen Autos vorbei, Taxen, auch der ein oder andere Radfahrer. Studenten, die von einem Job nach Hause fahren. Ein Stück weiter die Straße runter beginnt das Studentenviertel. Dort befindet sich das Unigelände. Auf der anderen Seite einige Bars. Auch die sind um diese Zeit noch besucht. Das Viertel ist gut. Keine Obdachlosen, die mit ihrem Schlafsack in Hauseingängen liegen, kein Betrunkener torkelt die Straße entlang. Die Läden werden von Angehörigen der hart arbeitenden Mittelschicht betrieben. Familiengeschäfte, wie der Gemüseladen, der vor einigen Stunden geschlossen hat.

Gretel steht seit fünf Uhr nachmittags hier. Nicht immer an derselben Stelle und für das ungeübte Auge unsichtbar. Doch sie ist hier, beobachtet die Wohnung im zweiten Stock und die Nachbarn der umliegenden Fenster.

Mit jeder Minute, die verstreicht, wird es ruhiger. Je näher der Morgen rückt, umso mehr taucht die Stadt in den Schlaf.

Doch dann geht in wenigen Stunden die Sonne auf und aufstehen wird ein anderer Schlag Menschen als der, der jetzt den Heimweg angetreten hat. Dann will sie weg sein.

Gretel trifft eine Entscheidung. Sie umrundet ein großes Eis aus Kunststoff, das die Gelateria mit einer Kette an der Wand befestigt hat, und läuft zur ersten Querstraße. Der Grindelhof: das Tor zur Studentenwelt. Bei Licht buhlen sie alle mit trendigen Kreidetafeln um die Intellektuellen, die, Caffè americano schlürfend, mehr Zeit in diesen Cafés, Restaurants und Bars hier im Viertel verbringen als in der Universitätsbibliothek.

Wenige Meter später biegt sie in die Parallelstraße zur Grindelallee ab. Dort gibt es ein Tor zur Tiefgarage. Mit Glück – nein, es ist verschlossen. Sie hatte nicht darauf gebaut. Ihr Plan sah vor, über die Balkone zu klettern. Dennoch sollte man die Augen für Glücksfälle offenhalten. Gretel trägt keinen Rock wie sonst. Auch die Handtasche hat sie gegen etwas eingetauscht, das sie dicht am Körper tragen kann. Wenn sie von jemandem bemerkt wird, sieht er eine reife Frau im Jogginganzug. Womöglich jemand, der sich ausgesperrt hat, oder nicht schlafen kann. Eine Oma, die nach ihrem entlaufenen Hund sucht, könnte auch passen. Der Jogginganzug ist schwarz, doch trägt er einen goldenen Schriftzug der Marke an der Außenseite der Beine. Außerdem hat sie eine schwere goldene Kette umgelegt sowie eine Brille auf der Nase. Wer würde in so einem Outfit schon freiwillig klettern gehen.

Neben dem Tor zur Tiefgarage führt ein Weg in einen Hof mit Rasen und einigen Kübelpflanzen. Sie läuft weiter und gelangt auf den Außenbereich der Eisdiele. Hier ist definitiv niemand mehr. Ein Stuhl und ein Tisch dienen ihr als Leiter und schon drückt sie sich die Mauer hoch, die auf das Vordach führt. Begrünt. Fühlt sich ein wenig so an, als liefe sie über

Waldboden. Schon hat sie ein kleines Podest erreicht, direkt vor der Glastür, die in den Hausflur von Grindelallee 110 führt. Hier wohnen nur tadellose Nachbarn. Es brennt kein Licht. Niemand kommt in diesem Augenblick die Treppe herunter. Das sagt ihr die Dunkelheit. Sie weiß, dass im Flur Bewegungsmelder verbaut sind. Ein Problem, das sie nicht umgehen kann. Die Wahrscheinlichkeit, dass einer der Nachbarn um diese Zeit durch den Spion schaut und sie kommen sieht, geht gegen null. Sie hat sie alle nach Hause kommen sehen. Alle haben vor Stunden das Licht ausgeschaltet. Es gibt keine Ärzte oder Krankenschwestern in diesem Haus oder andere Berufsgruppen, die um diese Zeit zur Arbeit müssten. Niemand arbeitet in der Frühschicht. Nicht einmal jemand von der Freiwilligen Feuerwehr wohnt hier. Sie liegen alle in ihren Betten und beten, dass sie nicht auf Gretels Liste stehen. Sie schmunzelt.

Zweiter Stock. Gretel hat sich die Haare mit einem großen pinkfarbenen Haarband nach hinten gebunden. Aufgrund ihres Aufzugs, der Statur und des Zopfes kann man sie von hinten auch mit einer Teenagerin verwechseln. Nur für alle Fälle. Sie holt ihr Werkzeug aus der Tasche und bearbeitet das Schloss. Standard-Profilzylinder. Keine Sicherheitseinrichtungen. Kein Panzerriegel. Dann hätte sie einen anderen Ort wählen müssen. Es ist die Wohnung eines Studenten. Er heißt Oliver Schild und betreibt seit einigen Tagen eine Art Asylantenheim.

Klick. Sie ist drin. Gretel drückt die Tür nach vorn. Sie widersteht dem Bedürfnis, zurück über ihre Schulter zu sehen. Das Gesicht, das sie den ganzen Weg nach unten gewandt hat, kann niemand identifizieren. Als sie die Tür hinter sich schließt, erlaubt sie sich, durch den Spion zu schauen. Alles ruhig. Wenige Sekunden danach geht im Flur das Licht aus.

Sie lauscht. Von rechts hört sie ein elektrisches Brummen. Klingt nach einem Kühlschrank. Die offene Tür an der Seite muss zur Küche führen. Den Grundriss hat sie sich im Vorfeld angesehen. Befindet sich im Internet. Eine identische Wohnung im Nachbareingang steht zum Verkauf.

Gretel strebt Richtung Hinterhof zum Schlafzimmer. Wenn sie richtig liegt, ist das der Ort, an dem Oliver schläft. Er hat keine Freundin, doch es ist nicht ausgeschlossen, dass er Damenbesuch hat. Als er vor einigen Stunden heimkam – von Wirtschaftsrecht, wie sie weiß – war er allein. Die Tür ist angelehnt. Gretel schiebt sie auf. Er hat die Vorhänge zugezogen, um sich vor den Lampen im Hof zu schützen. Sie sieht ihn unter einem dicken Federbett liegen. Und das im Sommer. Er schläft absolut ruhig. Kein Wälzen, kein Einschlafschnarchen. Dieser Mann schläft schon längere Zeit. Es dürfte schwer werden, ihn in dieser Phase zu wecken.

Gretel geht kein Risiko ein und schließt die Tür hinter sich. Ihre Lederhandschuhe machen ein schmatzendes Geräusch, als sie die Hände von der Klinke löst. Wenn Oliver im Traumland bleibt, kann er morgen früh wieder zur Uni gehen. Vielleicht wird ihm nicht danach sein, aber er wird dem Herrn danken, dass er noch atmet. Gretel verzieht das Gesicht. Natürlich wird er gehen und dann wird er Videos davon auf Instagram und YouTube posten und sich darüber freuen, wie viele Likes der gewaltsame Tod seines Cousins bringt.

Sie steht an der Glastür zum Wohnzimmer. Die Couch vor dem Fernseher ist ausgezogen. Von diesem provisorischen Bett hat man einen Blick über die gesamte Grindelallee. Unten hört sie einen Bus vorbeifahren. Die Straßenlaternen wirken wie Fünfzig-Watt-Strahler in diesem Raum. Schwer zu verstehen, wie man hier ohne Vorhänge schlafen kann. Doch heute ist das kein Thema, denn wie Gretel auf den ersten Blick gesehen hat – das Bett ist leer. Er ist seit Mitternacht hier. Da ist sie sich sicher. Sie hat ihn das Haus mit seinem Ford umrunden und in die Tiefgarage fahren sehen. Er muss in diesem Haus sein. Er kam nicht wieder heraus. Da ist sie sich sicher. Dass sein Bett zerwühlt ist, muss nicht heißen, dass er heute schon darin geschlafen hat. Er könnte einfach nur unordentlich sein. Doch wo ist er jetzt?

Gretel geht den Gang zurück und wirft einen Blick in die Küche – nichts. Dann das Badezimmer. Es ist ebenfalls leer. Sie schließt die Augen und atmet einmal tief ein.

Du wirst alt, sagt sie sich. Sobald deine Kunden dahinter kommen, ist es vorbei. Sie muss noch mal ins Schlafzimmer zurück. Wie konnte ihr das vorhin entgehen?

Dieses Mal schleicht sie nicht. Sie schert sich nicht darum, ob man ihre Schritte hört. Gretel stellt sich neben das Bett und zieht die Decke beiseite. Keine Atemgeräusche. Wieso ist ihr das nicht gleich aufgefallen? Wen wundert es bei dem großen Küchenmesser, das in seinem Bauch steckt? Es fehlte im Block in der Küche. Daneben ein zweiter Stich. Gretel würde ihn gern umdrehen, um sich seinen Rücken anzuschauen. Aber nein. Zu riskant. Sie hat schon Spuren hinterlassen, als sie durch die Tür getreten ist.

So langsam fällt ihr der Typ auf die Nerven. Sie verlässt die Wohnung mit gesenktem Kopf und schleicht nahe der Wand die Treppe hinunter. Zuvor hat sie den Fahrstuhl gerufen und dann in den Keller geschickt. Kleine Absicherung. Sie ist schnell. Fast so schnell wie der Fahrstuhl, der ewig braucht, bis sich die Türen unten öffnen. Sie späht um die Ecke. Niemand wartet dort, niemand hat die Fahrgeräusche gehört und sich vorbereitet. Gretel bleibt in Deckung. Er ist nicht dumm. Eher ebenbürtig und damit unberechenbar.

Sie lauscht, doch bis auf ein Brummen aus dem Heizungskeller ist es totenstill. Die Stahltür zur Garage kann man nur mit einem Schlüssel öffnen. Das Betreten ist nur Hausbewohnern gestattet. Ein Hindernis für Leute, die vorn von der Straße hereinschlüpfen, aber nicht für sie. Gretel benötigt zwanzig Sekunden, dann ist die Tür offen.

Die Tiefgarage. Auch hier gibt es Bewegungsmelder. Sie betritt den Raum an einem zentralen Punkt. Unmöglich, sich hier zu verbergen. Doch er liebt Messer. Genau wie sie. Im Gegensatz zu ihr hat er selten eines dabei. Er improvisiert gern, mit dem, was zur Verfügung steht. Gretel kann nur hoffen.

Die Neonbeleuchtung flackert auf. Das unbarmherzige Licht ähnelt dem in einer H&M-Umkleidekabine. Auch hier keine Kameras. Auf den ersten Blick warten die Fahrzeuge aufs Morgengrauen und Schlüsselgeklapper ihrer Besitzer. Auf den zweiten erkennt sie einen zusammengesunkenen Mann hinter dem Steuer eines moosgrünen Ford Kuga Hybrid sitzen: Fritz Fischer, ein Spezialist darin, Chemikalien zu beschaffen, die nicht frei verkäuflich sind. Oder Kontakte zu Leuten zu knüpfen, für deren Geschäft diese Fähigkeit von Nutzen sein könnte. Ein ehemaliger Freund von Hassan Kaya.

Sein Oberkörper ist nackt.

KAPITEL 11

Der Wagen ist in ein paar Tagen repariert, erklärte mir der Besitzer der Werkstatt, den ich durch reinen Zufall gestern Abend zu sehr später Stunde noch erreicht hatte. Er hatte das schöne Wetter genutzt, um ein Loch im Zaun seines nebenan gelegenen Schrottplatzes zu flicken, das, wie er sich ausdrückte, ›die Rotzlöffel der Mulligans hineingeschnitten hatten‹. Robert hatte die Werkstatt vor Stunden verlassen – zu Fuß. Ich rief ihn an, doch er beantwortete meine Anrufe nicht.

Inzwischen dämmert der Morgen und ich habe kaum dreißig Minuten am Stück geschlafen. Immer wieder habe ich auf das Knarren der Holztür geachtet, auf quietschende Treppenstufen oder bin in Roberts Zimmer gegangen, um mich selbst davon zu überzeugen, dass sein Bett leer ist.

Das ist meine Schuld. Ich hätte ihn nicht allein gehen lassen sollen. Er hat mir die Wunde gezeigt, doch womöglich war sie größer, als ich vermutet habe. Ich habe nur flüchtig hingesehen, weil mich der Fremde in meinem Garten verunsichert hat. Constable Badger hat sich nicht mehr zurückgemeldet, seit er mit seinem Großvater das Grundstück verlassen hat. Ich habe ganz vergessen, ihm zu sagen, dass ich den Mann in der Nacht zuvor schon an meiner Küchentür erwischt hatte. Wie auch immer. Er scheint harmlos zu sein.

In diesem Augenblick zählt nur, meinen Freund zu finden. Er könnte auf dem Heimweg Kreislaufprobleme bekommen haben. Ich weiß nicht, ob man ihm Medikamente verabreicht hat. Möglicherweise hat er die nicht vertragen. Vieles kann vorgefallen sein.

Gestern Abend wusste ich: Es gibt nur einen Weg, das herauszufinden. Zu Fuß folgte ich der Landstraße in Richtung Werkstatt. Die Wiese neben mir brummte. Derzeit haben wir eine Art Hitzewelle in England. Das Shirt klebte nach wenigen Metern an meiner Brust und auf der Stirn hafteten winzige Fliegen. Die Sonne stand so tief, dass sie mich blendete, während ich Richtung Westen ging. Am Horizont konnte ich nach einer Weile Lincolnbury erkennen. Die Straße dahin war kerzengerade. Ich vermutete Robert im Pub. Er hatte festgestellt, dass es zu heiß für einen Fußmarsch war und wollte sich abkühlen. Dann war er versackt und hatte die Zeit aus den Augen verloren. Sein Handy ist ausgeschaltet – wahrscheinlich ist der Akku leer.

Doch die Bar hatte geschlossen. Eine halbe Stunde später war ich zurück bei der Werkstatt. Auch zu. Langsam wurde es dämmrig. Das Krankenhaus war in Weymouth. Völlig andere Richtung. Egal. Vielleicht hatten die mehr Informationen. Hatte er mich nach der Behandlung angerufen oder war der Wagen schon vorher kaputtgegangen?

Ich begann an allem zu zweifeln. Nein. Er befand sich auf dem Heimweg. Eine Nachricht an Lana später wusste ich, dass er sie nicht kontaktiert hatte. Ich versprach ihr, sie später am Abend zurückzurufen, und legte auf. Die einzige Person, die er in diesem Land außer mir noch kannte, war Andrej. Seine Nummer hatte er. Ich rief ihn an. Ich vermutete, dass er noch in London war.

Fehlanzeige. Daddy war ebenso ahnungslos wie ich. Nachdem er auf mein Talent, das Pech anzuziehen, hingewiesen hatte, ließ er mich auflegen. Doch zuvor versprach er, sich um die Angelegenheit zu kümmern. Nachfragen von meiner Seite wurden ignoriert. Wie üblich. Daddy beantwortet nur Fragen, die er beantworten will. Das macht er sogar gegenüber Lana so. Ich habe mal einen ihrer Wutanfälle erlebt, weil er nach einem Arztbesuch keine Auskunft über die Ergebnisse geben wolle. Irgendwann hat sie ihre Antworten bekommen. Sie weiß als Einzige, wie sie mit ihm umgehen muss. Wenn ich meine Frau von ihrem Vater reden höre, könnte ich meinen, er wäre ein sturer Teddybär, dem man alles verzeiht. Es ist, als wäre sie blind für das gefährliche Funkeln, das hin und wieder in seine Augen tritt.

Er hat mich beschworen, die Füße still zu halten, doch nach dieser Nacht sind mir seine Anweisungen gleich. Ich muss die Polizei verständigen, auch wenn das bedeutet, dass Constable Badger ein weiteres Mal auf meiner Türschwelle steht.

Ich habe mich geirrt. Niemand kommt wegen meines Anrufs hier heraus. Tatsächlich werden sie nicht einmal etwas unternehmen. Ja! Ich sehe auch Krimis! Robert ist noch nicht einmal vierundzwanzig Stunden verschwunden. Aber ganz ehrlich: Wer wartet denn zwei Tage, bis er das Verschwinden einer Person meldet?

Also bleibt mir nichts weiter übrig, als mich auf meinen Schwiegervater zu verlassen. Online habe ich herausgefunden, dass das Hospital in Weymouth ab neun telefonisch erreichbar ist. Ein Anruf dort schadet nichts. Vielleicht musste er dahin zurück. Vielleicht hatte er etwas dort vergessen.

Nach dem Frühstück beende ich die Arbeit mit den Fußleisten. Dann mache ich mir eine Liste für den Elektromarkt. Wir brauchen dringend mehr Licht im Haus. Ich werde am Nachmittag ein Taxi zur Werkstatt nehmen und von dort einkaufen gehen. Nachdem ich in einem weiteren Raum im

Obergeschoss das Parkett abgeschliffen habe, tätige ich den Anruf. Sie informieren mich darüber, dass sie aus Datenschutzgründen keine Auskunft geben können. Ich solle mir auch die Mühe sparen, eigens herzukommen. So hilflos habe ich mich seit Jahren nicht gefühlt!

Das Wetter hat in der Nacht abrupt umgeschlagen. Ein Gewitter, einem Weltuntergang gleich, hat den Planeten abgekühlt und die Scharen an Mücken verscheucht. In den frühen Morgenstunden setzte ein Landregen ein. Das gibt mir die Gelegenheit, den Dachstuhl auf Undichtigkeiten hin zu überprüfen. Insgesamt gibt es drei Böden, die untereinander keine Verbindung haben. Alle sind über schmale Holztreppen erreichbar. Mein Herz klopft, als ich mich der ersten Tür nähere. Erklären kann ich es nicht. Ich war mit dem Anwalt schon hier oben. Der Dachboden ist leer geräumt. Es gibt zwei Gaubenfenster, die Tageslicht einlassen. Gegen mögliches Ungeziefer wurde gesprüht. Wovor also habe ich Angst?

Es müssen Urängste sein, die so ein Dachboden bei mir auslöst. Oder es sind die Erinnerungen, an einen Tag im Waisenhaus, als mich Elko und Lasse in einen Schrank auf dem Dachboden eingeschlossen haben.

Es ist wie in Narnia, hörte ich sie sagen, bevor sie mich hineinstießen und ich den Schlüssel im Schloss hörte. In dem Schrank wurden alte Mäntel aufbewahrt. Weiß der Teufel, wem die gehörten! Einer davon war ein Pelzmantel. Sicher kein Nerz, aber das Gefühl von echten Tierhaaren im Dunkeln auf meiner Haut, hat gereicht, damit ich mir die Lunge aus dem Leib geschrien habe.

Aus den Erzählungen weiß ich, dass man mich erst am

nächsten Abend gefunden hat. An die Zeit zwischen der ersten Berührung mit dem Pelz und dem Moment, als der Hausmeister die Tür aufschloss, habe ich keine Erinnerung. Ich muss zu diesem Zeitpunkt sechs Jahre alt gewesen sein. Mina meinte damals zu mir, es wäre ein Segen, dass ich diese Stunden verdrängt habe und dass ich dankbar für diese Fähigkeit sein sollte. Ich kann ihr nur bedingt zustimmen. Wüsste ich doch gern mehr über meine Vergangenheit. Mir fehlen fünf Jahre.

Der Regen prasselt an die Fensterscheiben. Wie Wasserfälle rauscht das Wasser in den Dachrinnen. Die Bretter am Boden sind trocken. Ich gehe bis ans Ende des Raums und sehe nach draußen über die Baumgruppe und die Wiese, die dreihundert Meter weiter von einer flachen Mauer begrenzt wird. Auf der Landstraße fahren die Autos mit eingeschaltetem Abblendlicht. Niemand befindet sich in meinem Garten. Der Regen hat den Alten heute abgehalten. Ich wette, sein Enkel vermag das nicht. Den werden wir hier nicht das letzte Mal gesehen haben.

Ein Lufthauch streift mein Ohr. Jedes einzelne Haar in meinem Nacken stellt sich auf. Mein Instinkt erwacht, doch nicht schnell genug, dass ich mich rechtzeitig umdrehen kann. Mit einem lauten Knall fliegt die graue Holztür zu. Schon ist das Herzklopfen wieder da. Der Schweiß ist sogar noch schneller. Ich kann sie hören, meine stoßweise Atmung.

Alles Blödsinn! Der Wind pfeift durch die alte Lady und hat die Tür zugeschlagen. Bestimmt ist irgendwo im Haus ein Fenster offen. Keine Panik.

Doch mein Körper hört nicht auf meinen Verstand, der selbst nicht an die beruhigenden Worte glaubt, sondern nur ein Notfallprogramm abspult. Mina hat früher immer gesagt: »Paulchen, deine Angst ist dein einziger Feind. Vergiss das nicht.« Dann hat sie mir diesen rosaroten Panther als Plüschtier geschenkt, den ich heimlich in einer der Kisten mit hierher geschmuggelt habe, ohne dass Robert ihn zu Gesicht bekommen hat. Er ist fast drei Jahrzehnte alt und seine Schnauze so abgewetzt, dass man durch den dünnen Stoff seine Füllwolle sehen kann.

Bumm. Bumm. Bumm.

Der Raum hinter mir ist leer. Die Tür zu. Ich nähere mich ihr und sehe sie das erste Mal von dieser Seite. Jemand hat Striche gezeichnet und Daten daneben geschrieben. Auf der linken Seite gibt es einen blauen Handabdruck. Hier hat ein Kind gelebt. Zumindest eine Zeit lang. Die letzte Markierung wurde in Höhe meiner Hüfte gemacht. Ich streiche darüber. *May, 28th.* Leider steht das Jahr nicht daneben.

Vor meinen Füßen steht ein Karton. Gerade groß genug für ein Paar Schuhe. Er muss bis zum Verkauf des Hauses unbemerkt hinter der aufgeklappten Tür geblieben sein. Dort hab ich ihn nicht gesehen, als ich mit dem Anwalt den Boden besichtigte. Anders kann ich mir nicht erklären, dass er noch hier ist. Wenn ich jetzt das Skelett einer hundertjährigen Maus darin finde, dann ist das so.

Ein bisschen Staub rieselt vom Deckel auf meine Hand. Keine Maus. Nur Briefe. Ich blättere sie durch. Sie stecken alle in aufgeschnittenen Umschlägen. Die Schrift darauf ist verschnörkelt. Die Handschrift einer Frau. Private Korrespondenz der ehemaligen Besitzerin. Ich werde dafür sorgen, dass sie die Post zurückerhält. Lesen werde ich sie nicht. Die Frau lebt. Sie ist kein Geist, dessen letzte Worte sich auf dem Papier verewigt haben. Verrückt, wie mich dieser Raum sofort an Gespenstergeschichten denken lässt. Man könnte meinen, ich wäre in der HafenCity besser aufgehoben als in einem Herrenhaus in Südengland. Tatsächlich hat dieser Raum etwas, das mich an Sepiafotografien erinnert. Im ganzen Haus geht es mir so, dass ich spüre, wie mich nur eine Membran von einer vergangenen Zeit trennt, in der es hier Leben gegeben haben muss. Feste, Familientreffen und romantische Begegnungen. Vermutlich ist das Wunschdenken. Ein Ersatz für die Lücke in meinem Herzen.

Die Tür lässt sich öffnen. Natürlich. Das Schlimmste, was passieren kann, ist Angst. Mit der Kiste unter dem Arm steige ich die Stiege hinunter. Mina war die beste Mutter, die ich je hatte. Ihre Stimme ist die kleine Stimme, die ich in meinem Kopf höre, wenn es droht, brenzlig zu werden. Wenn Panik einsetzt. Sie hindert mich daran, wieder zu vergessen. So hoffe ich zumindest. Als ich das Waisenhaus damals mit achtzehn verließ, endeten die Qualen.

Von draußen höre ich das Schlagen einer Autotür. Ich bringe den Karton in mein Schlafzimmer und begebe mich nach unten. Eine Klingel gibts noch nicht. Deshalb ist es nicht verwunderlich, dass er die Tür einfach öffnet. Wie ein schwarzer Labrador schüttelt er sich und die Tropfen von seinem Mantel fliegen durch die Luft. Ein imposanter Anblick. Ich frage mich, ob er den Schirm im Wagen gelassen hat, weil er keine Haare besitzt, die nass werden können.

»Schnapp dir deine Schuhe. Wir haben ihn gefunden«, sagt er und dreht mir den Rücken zu. Durch die offene Tür kann ich Alex sehen, der selbst bei diesem Wetter eine Sonnenbrille trägt und ohne Schirm neben dem Wagen steht. Um seine Mundwinkel spielt ein Grinsen. Ich spiele mit dem

Gedanken, mir Zeit zu lassen, damit er bis auf die Boxershorts durchnässt ist, bevor er die Tür hinter mir schließen kann.

»Wo ist er?«, frage ich.

Daddy läuft weiter zur Beifahrertür. Wieder so eine Frage, die er nicht beantworten will.

Bumm. Bumm. Bumm.

KAPITEL 12

Cedric sieht auf den leblosen Körper herab. Die Augen, weit aufgerissen, wirken wie Murmeln. Das wird Ärger geben. Dabei trifft ihn keine Schuld. Doch nachdem dieser nutzlose Telly ihn gestern im Polizeiwagen vorgefahren hat, war Margarethe schlecht auf ihn zu sprechen. Sie würde schon einen Weg finden, ihm diesen Unglücksfall anzuhängen, und dann kam dieses unglückselige Thema mit der Aufsichtsperson wieder auf den Tisch. Als wäre er ein Kindergartenkind! Cedric spuckt aus. Das wird er nicht zulassen. Solange Kraft in seinen Knochen steckt, kann er sich wehren.

Während des Regens wird keiner hier herauskommen und sich das Malheur ansehen. Alles, was er tun muss, ist schnell sein. Also geht er zum Schuppen und holt den Spaten. Jetzt gilt es eine Stelle zu finden, an der niemand graben wird. Das Gemüsebeet kommt nicht infrage, das Blumenbeet ist überfüllt und strahlt, als wollte es ein Ticket für die ›Chelsea Flower Show‹ ergattern. Das würde sie merken, wenn er darin wühlen würde. Da der Hof größtenteils geschottert ist, muss er zur Wiese laufen. Dafür braucht er die Schubkarre. Der Leichnam ist schnell hineingekippt und Cedric schiebt ihn inklusive des Gartengeräts Richtung Weiher. Als er die Wiese erreicht, hat er das erste Mal das Bedürfnis, sich das Hemd auszuwringen. Sie wird Fragen stellen. Daran zweifelt er nicht. Sie wird ihn für verwirrt halten, weil nur ein Idiot bei diesem Wetter spazieren geht. Doch solange sie das Ding nicht entdeckt, wird sie sich wieder beruhigen.

Er treibt den Spaten tief in die Erde und häuft sie neben

dem Loch auf. Es füllt sich schnell mit Regenwasser und die Ränder brechen ein. Also muss er es doppelt so groß machen wie beabsichtigt. Sobald es die richtige Tiefe hat, schmeißt er das Viech hinein. Das orangefarbene Fell klebt ihm am Körper – man könnte meinen, die Katze hätte auf der Fahrt hierher fünf Kilogramm abgenommen. Tatsächlich wird sie sich einige Male übergeben haben, bevor es mit ihr zu Ende ging.

Das Rattengift.

Als Cedric gestern Nachmittag den Spaten zurückgestellt hat, war ihm die Flasche doch noch von dem losen Brett gefallen. Das gute Zeug hat sich auf dem gesamten Schuppenboden verteilt. Als er es wegfegen wollte, hat ihn Margarethe aufgefordert, ›endlich seinen Hintern ins Haus zu bewegen‹. Und jetzt hat es Tiffany, die Üppigste ihrer Lieblinge, erwischt.

Er schiebt die Erde über den Kadaver und wischt sich das Wasser aus den Augen. Neben seinem rechten Schuh glitzert etwas. Er langt mit seiner kalten Hand nach unten und hebt es auf. Eine goldene Gliederkette. Sieht aus wie die, die Telly immer um den Hals trägt. Bevor der sich einfallen lässt, sie hier oben zu suchen, steckt Cedric sie lieber ein.

Im Haus ist es still. Er vermutet seine Familie in den Stallungen. Cedric öffnet die Tür zu Tellys Zimmer. Eine Schande, dass der Junge in dem Alter immer noch zu Hause wohnt. Er sollte ausziehen und heiraten, nicht in einem Zimmer leben, in dem die Poster seiner Jugendhelden hängen. Telly arbeitet nicht auf dem Hof. Er ist Polizist. Der Erste, der nicht in die Fußstapfen seiner Vorfahren tritt. Wozu also hierbleiben? Das Zimmer hat sich seit seinem vierzehnten Lebensjahr nicht verändert. Auf der Kommode stehen seine Trophäen, die er bei irgendeinem Hobby gewonnen hat. Cedric kann sich nicht erinnern wobei, und die Schrift auf dem Marmorsockel ist zu klein, als dass er sie lesen könnte. Ein Fußball liegt neben dem Schrank. Auf der Gardine sind Comic-Helden abgebildet.

Die Decke liegt zerknüllt am Fußende seines Bettes, daneben das T-Shirt, in dem er geschlafen hat. Das wird sie wütend machen. Cedric weiß, wie sehr Margarethe Unordnung hasst. Er lässt die Kette auf Tellys Nachttisch fallen und stützt sich ab, während er in die Knie geht.

»Was machst du da?«

Cedric dreht sich um und sieht seinen Enkel in der Tür stehen. Das Haar klebt ihm am Kopf und von Nase und Kinn tropft Wasser.

»Eh!«, schnauft er und wirft das Shirt auf Tellys Bett.

»Du hast hier drinnen nichts zu suchen.«

Er sieht ihm in die Augen, bis Telly den Kopf nach unten nimmt. Wusste er es doch! Der Junge ist schwach. Nicht körperlich, aber im Geist. Nicht einmal gegen einen Greis, wie er einer ist, kann er sich durchsetzen.

»Mutter hat dich gesucht.«

Cedric hat nicht vor, darauf einzugehen. Er hat einen Weltkrieg miterlebt, Hunger und Entbehrung ertragen, Freunde beerdigt und Eltern; das Gut über schwere Jahre hinweg am Leben erhalten – alles allein –, weil sein Weib mit seinem besten Freund abgehauen ist. Und jetzt soll er Bericht erstatten, wenn er den Lokus aufsucht? Nicht mehr in diesem Leben! Er humpelt an ihm vorbei auf den Flur.

Telly verschwindet in seinem Zimmer und schlägt die Tür hinter sich ran. Cedric vermutet, dass sich der Junge immer noch in der Pubertät befindet, weit entfernt davon, ein Mann zu sein. Eine Weile bleibt er stehen, wo er ist. Er hat nicht vor, zu Margarethe zu gehen, doch manchmal in diesen Tagen fällt es ihm schwer, wieder in Bewegung zu kommen, wenn er einmal angehalten hat.

Plötzlich hört er ein Scharren auf dem Parkettboden und weiß sofort, dass Telly Möbel rückt. Die Dekoration seines Zimmers ist ihm egal, es muss etwas anderes dahinterstecken. Cedric ärgert immer noch der Tonfall, mit dem dieser Jungspund ihn angelassen hat, also hinkt er näher zur Tür und dreht den Knauf. Einen winzigen Spalt öffnet er die Tür. Gerade so weit, dass er ins Zimmer sehen kann. Das Schöne an diesem Alter ist, denkt er sich, dass niemand hinterfragt, warum er etwas tut. Wenn sie es für merkwürdig halten, stempeln sie ihn einfach als verwirrt ab. Und keiner fragt mehr nach. Das eröffnet ihm ungeahnte Freiheiten, denkt Cedric. Auch in der Öffentlichkeit. Die Leute akzeptieren, dass er immer seine Meinung sagt und sich nie Gedanken über Konsequenzen macht. Cedric muss niemandem mehr nach dem Mund reden.

Telly kniet vor seinem Bett mit dem Rücken zur Tür. Er muss es dichter an die Wand geschoben haben, denn Cedric kann jetzt die ehemaligen Abdrücke auf dem Boden sehen. Eine der Dielen liegt neben Telly. Cedric reibt sich die Hände. Sieht so aus, als hätte der Junge ein Geheimversteck. Er beobachtet, wie Telly in seine Jackentasche greift und ein Messer herauszieht. Kurz, mit Holzgriff. Könnte ein Jagdmesser sein. Er verstaut es in dem Hohlraum im Boden und legt die Diele wieder darüber.

Cedric muss sich beeilen, wenn er nicht erwischt werden will. Telly kann jeden Moment aus diesem Zimmer kommen. Er schlüpft in das angrenzende Badezimmer und schließt die Tür so leise wie möglich. Kaum hat er sich von ihr entfernt, hört er Schritte auf dem Flur. Sie verstummen vor seiner

Tür. Cedric hält die Luft an. Nach einer Weile betätigt er die Toilettenspülung. Die Schritte entfernen sich. Es juckt ihm in den Fingern in Tellys Zimmer nachsehen zu gehen, doch er entscheidet sich dagegen.

Cedric öffnet die Tür. Vor ihm steht seine Tochter. Margarethe erinnert mehr an eine Kugelstoßerin als an seine zierliche Frau Marie. Er selbst ist kaum einen Meter und fünfundsechzig groß. Von wem hat sie diese Bernhardinerstatur, wenn nicht von Leonard, dem schlechtesten Freund, den Cedric je gehabt hat?

»Wir müssen reden«, sagt sie und dreht ihm den Rücken zu. Eines muss er ihr lassen: Sie weiß, wie man sich Gehör verschafft.

In der Küche schenkt sie ihm und sich Kaffee ein. Cedric wärmt sich die Finger an der heißen Tasse.

»Du warst draußen?«

Er versteht es nicht als Frage. Sie kann die Pfützen sehen, die er hinterlässt.

»Du musst damit aufhören, Papa!«

Cedric presst die Lippen aufeinander.

»Du belästigst die Leute.«

»Ich mache meinen Job«, zischt er durch die Zähne.

»Du hast seit zwei Jahrzehnten keinen Job bei den Humphreys mehr. Der neue Besitzer will seine Ruhe haben. Verstehst du das nicht? Er hat Familie. Du machst den Leuten Angst.«

»Ich habe den Humphreys etwas versprochen und daran halte ich mich. Es ist eine Pflicht und ein Privileg.« Beim letzten Wort haut er mit der Faust auf die Tischplatte. Die Tasse scheppert auf der Untertasse und Kaffee schwappt über.

»Die Humphreys sind größtenteils tot!«

Cedric schüttelt den Kopf. Sie muss damit aufhören. Sie hat keine Ahnung, wovon sie redet. Kein echtes Pommeroy-Blut fließt durch ihre Adern. Sie kann ihn nicht verstehen.

»Ich tue es für Jackie!«

»Jackie ist tot! Papa! Er ist tot! Ich weiß, wie sehr du an ihm gehangen hast. Und dass du dir die Schuld gibst.« Sie legt ihre Hand auf seine, streicht mit den Fingern über seinen Handrücken. Cedric zieht sie weg, als hätte sie eine Schleimspur hinterlassen.

»Bitte komm doch zur Vernunft.«

»Ihr seid es, die nicht klar im Kopf sind.« Er springt auf. »Ihr alle.« Er macht eine allumfassende Geste mit dem Finger, die auch Telly im Obergeschoss einschließt. »Alle verrückt oder schwach. Kein Pommeroy-Blut.«

Sie rollt mit den Augen. »Diese alte Geschichte wieder? Was willst du von mir? Soll ich weinen, weil du mich nicht als deine Tochter anerkennst? Du bist nicht bei Sinnen, Papa. Beruhige dich. Niemand will dir etwas Böses. Das ist dein Heim und wir sind deine Familie. Wir sind alles, was du hast. Finde dich damit ab – oder besser noch: sei dankbar dafür!«

»Kein Pommeroy-Blut. Keiner von euch.« Er schlurft zur Tür.

»Mama hat dich nicht betrogen und das weißt du genau!«, ruft sie ihm hinterher. Er kann hören, wie ihr massiger Körper den Stuhl zurückschiebt.

»Kein Pommeroy-Blut«, brummt er, während er die Eingangstür öffnet. Vor ihm steht dieser Pflanzenheini.

»Entschuldigung, ich …«

Cedric drängt ihn zur Seite. Von hinten hört er die Stimme seiner Tochter.

»Wo willst du hin?« Sie hat die Verfolgung aufgenommen.

»Ich will zu Jackie.«

Sie flucht. Cedric geht an dem weißen Lieferwagen vorbei, den dieser Harris mitgebracht hat.

»Kann ich Ihnen helfen«, hört er Margarethe in der Entfernung fragen. Sie klingt gereizt.

»Ja. Ich habe eine Entdeckung gemacht. An der Straße. Ich denke, Sie sollten sich das ansehen. Es geht um Ihre Katzen. Sie sind doch diejenige, die Himalayakatzen besitzt, richtig?«

Cedric beschleicht das Gefühl, dass er sich aus dem Staub machen sollte.

KAPITEL 13

Im Dorset County Hospital in Dorchester geht es zu wie in einem Taubenschlag. Während Andrej und ich in einem Plastikschalensitz warten, werden fünf Notfälle an uns vorbeigerollt. Eine amputierte Hand, zwei Herzinfarkte und zwei Männer, die frisch aus einer Schlägerei kommen müssen. Vermutlich miteinander. Seit ich hier sitze, geht es mir ein bisschen besser. Ich weiß, wo Robert ist und dass man ihm hilft. Er liegt nicht irgendwo auf einem Bahngleis, auf das er sich im Dunkeln verirrt hat.

Andrej hat auf der Fahrt kein Wort mit mir geredet. Erst auf dem Parkplatz klärte er mich auf. Man habe Robert im Straßengraben entdeckt. Ein Wagen muss ihn gestreift haben. Wir hatten gehofft, ihn einfach besuchen zu können, doch offensichtlich ist das Einverständnis des Arztes notwendig und der befindet sich im Operationssaal. Die Schwester bat uns, so lange zu warten.

»Wie lange bist du noch in England?«, frage ich, um meine Gedanken abzulenken, die um den Zustand meines Freundes kreisen. Andrejs kahler Schädel lehnt an der mintgrünen Wand. Er hat die Augen geschlossen.

»Ich habe noch einige Termine mit den Anwälten. Höchstens eine Woche.«

Andrej ist irgendwie im Immobiliengeschäft tätig. Ich formuliere das so schwammig, weil sich mir seine Aktivitäten ebenso klar darstellen wie ein Bergpfad bei Nebel. Ich weiß, dass er Firmen kauft, die kurz vor der Pleite stehen, dass er das Inventar, die Grundstücke und die Immobilien verwertet und dass er seine Kunden über Mund-zu-Mund-Propaganda findet. Es gibt keine Website, kein Werbematerial. Ich kann nicht einmal sagen, wie viele Mitarbeiter bei ihm beschäftigt sind.

Die Tür geht auf und ein Mann im blauen Kasack kommt auf uns zu. Andrej steht schon neben mir. Ich benötige eine Sekunde länger. Die Mimik des Arztes hat mich einen Augenblick gelähmt.

»Sind Sie die Angehörigen von dem jungen Mann, der gestern bei uns eingeliefert wurde? Robert Schulz?«

»Mein Schwiegersohn hier ist sein bester Freund«, sagt Andrej, bevor ich antworten kann.

»Hat er Familie?«

»Nicht hier im Land«, sage ich. Die Frage des Arztes gefällt mir nicht.

Er wirft erst einen Blick auf Andrej, dann kann ich sehen, wie seine Schilde innerlich hochfahren. Seine Augen kriegen diesen distanzierten Glanz, als träte er hinter der Iris einen Schritt zurück. Nach einer Sekunde Schweigen wendet er sich an mich.

»Es tut mir sehr leid, Ihnen das mitteilen zu müssen, aber Ihr Freund ist vor einer halben Stunde gestorben. Er …«

Hinter dem Mann hat sich eine Schwester gebückt, um sich die Schuhe zuzubinden. Sie hat die Finger einer Klavierspielerin und die Figur einer Ballerina. Ich kann hören, wie ihre Sohlen auf dem Linoleum quietschen, als sie mit gesenktem Haupt an uns vorbeigeht. Sie trägt ein Kopftuch. Die Haarfarbe darunter kann ich nicht erkennen, doch ich tippe auf sattes Braun, wenn ich mir ihre Wimpern und Augenbrauen so ansehe. Die Worte des Arztes schnellen zu mir zurück und treffen mich wie der Stein aus einer Schleuder.

»Was?«

»Es tut mir sehr leid. Hirnblutungen. Wir haben getan, was wir konnten.«

Ich fokussiere sein Gesicht. Es wird einfach nicht scharf. »Sie müssen sich irren.«

»Er hatte Papiere bei sich.«

Ich sehe zu Andrej. Der Gedanke schockiert mich, doch in diesen Tagen ist er derjenige, der einem Vater für mich am nächsten kommt. Auch wenn er mich hasst. Robert meinte immer, das eine würde das andere nicht ad absurdum führen. Ich solle mich glücklich schätzen, dass es Menschen in meinem Leben gibt, die bezeugen, dass ich existiert habe. Ein Satz, der mir immer schwer zu schaffen gemacht hat, da meine Existenz keine Basis besitzt, keinen Anfangspunkt, nur Nebel.

Und jetzt gerade zieht er wieder vor mir auf. Ich sehe ihn in der Unschärfe im Gesicht des Arztes, an den wackelnden Wänden des Ostflügels im Klinikum und merke, wie ich die Fahrt hierher schon vergessen habe.

»Paul?« Das ist Andrej. Ich folge dem Ursprung seiner Stimme mit meinem Blick.

»Wir sollten jetzt gehen.«

Gehen? Wohin?

»Paul?« Eine Hand auf meiner Schulter.

»Sie haben sich geirrt. Ich muss nachsehen.«

»Das haben sie nicht.« Seine Hand drückt mich.

»Wie kannst du da so sicher sein?«

»Ich habe heute früh mit ihm telefoniert.«

Mein Herz klopft außerhalb des gewohnten Taktes. Das Wasser steigt mir in die Augen. Nichts hiervon ist real. Eine Überreaktion meines Körpers auf … auf …

»Paul! Lass uns gehen!«

Ich stemme meine Fäuste in die Seite. »Was hast du? Wann? Wieso hat er mich nicht angerufen?«

»Danke, Doktor«, sagt Andrej und entlässt den Arzt damit, der so schnell in die Richtung abdreht, aus der er gekommen ist, als flöhe er. Ich wünschte, ich könnte auch fliehen. Doch der Griff meines Schwiegervaters hält mich an Ort und Stelle.

»Was ist hier los, Andrej? Was ist mit Robert?«

»Er ist tot!«

Ich schüttele den Kopf und fahre mir durch die Haare. »Das kann nicht sein. Er wollte doch nur ein kurzes Stück zu Fuß laufen!«

»Ein Unfall«, sagt er. Ich höre den veränderten Tonfall.

»Wo ist dann der Unfallfahrer? Hä? Wo ist er?«

»Geflohen. Das ist gar nicht so selten.« Er ist unglaublich ruhig. Wie schafft er das nur?

Ich weiß, dass ich Robert sehen muss. Mit eigenen Augen. Ich muss mich vergewissern oder eher – ich muss ihnen beweisen, dass sie sich irren. Was bedeuten schon die Papiere? Die hätte man ihm gestohlen haben können.

»Warte! Du sagtest, du hast mit ihm telefoniert.«

»Lass uns rausgehen.« Er läuft einfach los. Natürlich tut er das. Er weiß, dass ich hilflos bin ohne die Aufklärung, die er geben könnte. Ich spiele mit und folge ihm.

Auf dem Parkplatz zieht er Zigaretten aus der Tasche und steckt sich eine an. Bevor er sie zurück in seine Jacketttasche schiebt, bietet er mir eine an. Ich schüttle den Kopf.

»Meine Männer haben herausgefunden, dass er in dieser Klinik liegt. Am Morgen war er noch ansprechbar. Ich habe mich auf sein Zimmer verbinden lassen und mit ihm gesprochen.«

»Einfach so? Die haben dich auf sein Zimmer gestellt, obwohl ihr nicht verwandt seid?«

»Ja. Das haben sie.«

»Und? Du hast mit ihm gesprochen. Also ging es ihm gut.«

»Ja. Er hat gesprochen. Er hatte Schmerzen. Das hat er mir gesagt. Und dass ich dich verständigen soll. Das habe ich getan.«

»Aber wieso? Wenn es ihm gut ging …«

»Komplikationen. Vermute ich. So was kann vorkommen.«

»Das hast du heute schon einmal gesagt.« Ich fühle mich wie ausgehöhlt.

»Blutungen müssen nicht sofort entstehen. Ich bin kein Arzt. Aber so viel weiß ich.«

»Woher?« Ich sehe ihn an.

Seine Mundwinkel zucken bei dem Versuch, ein Lächeln zu verhindern. »Das war ein harter Schlag. Das verstehe ich.«

»Dann verstehst du sicher auch, weshalb ich ihn sehen muss. Das Krankenhaus wird sichergehen wollen. Sie brauchen eine korrekte Identifikation.«

»Willst du das wirklich tun? Ich könnte Alex bitten.«

»Nein. Er war mein Freund. Meinetwegen ist er hier in diesem Land. Meinetwegen hat er sich verletzt. Wegen meines schrottreifen Autos musste er laufen. Versteh bitte, dass ich nicht einfach nach Hause gehen kann.«

Er nickt. »Dann lass uns wieder reingehen.«

»Warte.« Ich halte ihn mit dem Arm zurück. »Was ist passiert? Hat er etwas zu dir gesagt?«

Andrej streicht sich mit der Hand über die Glatze. »Er konnte sich nicht erinnern.«

»Das kann doch nicht sein.«

Er lässt die Kippe fallen und tritt sie mit seinen schwarzen

Lederschuhen aus. »Lass uns zurückgehen. Du hast recht. Wir sollten ihn uns ansehen. Allerdings kann ich das auch übernehmen, wenn du willst. Mir macht das nichts …«

Ich atme tief ein. Diesen Steilpass werde ich heute nicht nutzen.

»Ich kann auch Alex bitten und wir beide gehen in den Pub und trinken etwas.« Er winkt seinem Chauffeur, der den Wagen heranfährt.

»Nein. Ich werde das machen. Das schulde ich ihm.«

Ein weiteres Nicken. »Ich kann meine Termine hier absagen und wir fliegen noch heute Abend beide nach Hamburg. Was denkst du? Lana wird sich freuen.« Er legt mir den Arm auf die Schulter. Das hat er noch nie gemacht.

»Wovon redest du? Sie ist in Malta.«

»Ich bin mir sicher, dass sie abreist, wenn wir erzählen, was passiert ist.«

»Du meinst wegen Robert.«

»Ich meine, dass du jetzt allein bist in diesem alten Kasten. Ohne vernünftige Türschlösser und ohne jemanden, der dir hilft, ihn auf Vordermann zu bringen. Deine Frau wird dich in so einer Situation … ich meine, weil dein Freund gestorben ist … sie wird dich nicht allein lassen wollen. Ich kenne meine Tochter. Sprachreisen kann sie später immer noch machen.«

»Das kann ich ihr nicht antun. Das wäre nicht fair. Ja, sie würde kommen, aber das will ich nicht von ihr verlangen. Außerdem – ich kann doch nicht alles stehen lassen. Andrej, ehrlich! Das ist nicht der Moment, um mit mir das alte Thema aufzuwärmen.«

Er zieht sich ein Stück zurück und hebt die Hände zu einer Entschuldigung. »Es war nur ein Angebot. Ich will dich in dieser schweren Stunde nicht allein lassen.«

Lieb gemeint, denke ich. Doch ich zweifle an dem genannten Beweggrund. »Mach dir keine Sorgen. Ich bin es gewohnt, allein zu sein.«

Er legt den Kopf schief und bekommt Ähnlichkeit mit Onkel Fester aus der Addams-Family.

»Sag mal, was ist eigentlich aus deinem Bentley geworden?«, frage ich. Wir sind mit einem Ford hierhergefahren.

»Wildwechsel«, antwortet er und klopft mir kräftig auf die Schulter, bevor er mich zurück zur Glastür schiebt.

KAPITEL 14

Wir können nicht sofort zu ihm. Andrej teilt mir mit, dass er mit dem Arzt gesprochen hat. Der gab ihm die Information, dass Robert auf dem Weg in die Kühlkammer des Krankenhauses sei. In meinem Magen entsteht ein Gefühl, als hätte ich drei Tage nichts gegessen. Der einzige Bruder, den ich je hatte, liegt auf einem Edelstahltisch und wird in einen fensterlosen Raum gerollt. Was habe ich mir nur gedacht? Meine Träume und Fantasien von einem Märchenschloss haben zu seinem Tod geführt. Andrej könnte recht haben. Das alles nimmt Dimensionen an, die ich nicht mehr kontrollieren kann. Meiner Familie – und Robert war Familie – soll nichts zustoßen. Das war immer mein höchstes Ziel. Das Bedürfnis, Lana anzurufen, wird übermächtig. Ich möchte hören, dass es ihr und Theo gut geht. Möchte sie in den Arm nehmen, ihr von dem letzten Tag erzählen und meinen Sohn abends ins Bett bringen. Wie kostbar ist unsere gemeinsame Zeit. Ich verschwende sie mit der Renovierung, statt in Malta bei meiner Familie zu sein. Ich verstehe, was Andrej gemeint hat.

»Vielleicht sollte ich wirklich für ein paar Tage heimfahren«, sage ich zu ihm, während wir auf denselben Plastikstühlen warten wie vor einer Stunde.

»Das ist die einzig richtige Entscheidung«, sagt er. Er ist nicht der Typ für große Emotionen, doch ich kann sehen, wie er sich entspannt.

»Wollen Sie mir bitte folgen?« Der Arzt ist vor uns aufgetaucht.

Meine Muskeln fühlen sich müde an, als ich mich aus dem

Stuhl quäle. Ich muss Robert sehen, doch ich habe es nicht eilig damit. Der Gedanke, was mich gleich erwarten wird, schnürt mir die Kehle zu. Andrej neben mir steht wie immer kerzengerade da. Dieser Mann ist eine Maschine. Sein Alter hat keinen Einfluss auf sein Fitnesslevel. Ich bin froh, dass er hier ist.

Wir folgen dem Mann durch den Flur zum Fahrstuhl. Die Türen öffnen sich und dem Anlass angemessen spricht keiner von uns ein Wort. Nicht beim Einsteigen, bei der Fahrt nach unten und nicht, als wir den Flur im Keller betreten. Hier gehen die Neonröhren erst an, als sie unsere Bewegung wahrnehmen. Ein Schauer läuft mir über den Rücken, dass der Bereich zuvor im Dunkeln gelegen hat. So wie die Toten hier unten, die an einen noch dunkleren Ort gegangen sind. Zumindest in meiner Vorstellung. Mein Mund wird trocken. Keller sind nicht meins. Das war schon immer so. Ich kann nicht sagen, wo diese Urangst herkommt. Ich sehe mich um, doch wir sind weit und breit die einzigen … Lebenden. Wir müssen nicht lange laufen. Nur ein paar Schritte. Dann öffnet der Mann eine Tür mit einer Chipkarte. Er wirft Andrej einen Blick zu. Sieht so aus, als wollte er dessen Einverständnis einholen, dass man mir das zumuten könne.

Das reicht, um mich aufzurichten. Robert war mein Freund. Ich reiße mich zusammen und denke an die schönen Momente, die wir in den letzten beiden Jahren erlebt haben. An Abende bei Bier und Kartenspiel und Theos zweiten Geburtstag, an dem Robert ihm eine Mundharmonika geschenkt hat. Seine Enttäuschung darüber, dass mein Sohn noch zu klein für dieses Spielzeug war, hielt noch einige Tage an. Vor einem Jahr hatte er eine gerissene Sehne und Lana hat mich täglich mit gekochtem Essen bei ihm vorbeigeschickt.

Wie er jetzt vor mir auf dem Edelstahltisch liegt, steigen mir Tränen in die Augen. Es geht so schnell, dass mir die Sicht verschwimmt und ich mich an dem Gestell, das ihn nach unten abstützt, festhalte, um dem Sog in meinen Beinen nicht nachzugeben. Sein Gesicht zeigt einige Blessuren auf der Haut. Mehr lassen sie mich nicht sehen. Mehr ist auch nicht notwendig. Ich nicke dem Arzt zu. Er ist es, soll das heißen. Natürlich ist er es. Mein Verstand hat nur gegen die Wahrheit angekämpft, die mir wie so oft ein weiteres Mal vor Augen geführt hat, dass das Leben nicht fair ist.

Beim Rausgehen höre ich die Neonröhren brummen und erst jetzt nehme ich den Geruch wahr. Ich habe mal gelesen, dass man Verwesungsgeruch sofort erkennt, auch wenn man noch nie einer Leiche begegnet ist. Es ist ein Code, den wir in uns tragen, ohne die dazugehörige Erfahrung gemacht zu haben. Der Arzt geht zurück zur Tür, um sie für uns zu öffnen. Er stößt dabei gegen den Schrank an der Wand und ich höre, wie das Obduktionsbesteck in einer silbernen Schale klappert. Es ist sauber. Ich hatte etwas anderes erwartet.

Er macht sich nicht die Mühe, Robert zurück in das Aufbewahrungsfach zu schieben. Die Angehörigen schnellstmöglich ins Leben zurückentlassen heißt hier die Devise. Dort, wo geatmet wird und Träume Gewicht haben. Auf dem einen lasten sie mehr als auf dem anderen. Ich kenne Roberts Träume nicht. Wieso habe ich nicht nachgefragt? Er hat mir nie den Eindruck vermittelt, als gäbe es Wünsche, die er verschlossen in seinem Inneren bewahrt. Er trug sein Herz immer auf der Zunge und wirkte zufrieden. Keine versteckten Traumata, keine Päckchen – ich war ein Idiot! So ein Mensch existiert nicht.

Auf dem Parkplatz wartet Alex auf uns. Ich steige hinten ein, der Chauffeur hält Andrej die Tür auf.

»Willst du dir einen Makler suchen, der es sofort verkauft oder ein Team von Handwerkern die notwendigsten Reparaturen machen lassen, bevor du es abstößt?«, fragt er, als Alex den Motor startet.

»Ich denke drüber nach.«

Die Landschaft zieht vorbei.

»Du musst das ja nicht sofort entscheiden. Wir bringen dich eben rum. Dann holst du dein Gepäck und heute Abend siehst du Theo und Lana wieder.«

So fürsorglich kenne ich ihn nicht. Normalerweise legt er Wert darauf, meine Existenz zu leugnen, selbst wenn ich mich im selben Raum befinde. »Danke, dass du dich so kümmerst.«

»Du hast niemanden mehr. Das ist doch selbstverständlich.«

»Ganz so ist es nicht. Ich habe meinen Freund verloren. Eine Familie habe ich nach wie vor.«

»Natürlich.«

Alex schaltet das Radio an. Andrej schaltet es wieder aus. So wird die Stille lauter. Am liebsten würde ich die Augen schließen und mich vom Fahrgeräusch einlullen lassen. Der Regen zieht horizontale Linien an der Fensterscheibe und hypnotisiert mich. Der Himmel hängt so tief, dass er die Baumkronen küsst.

»Was wirst du als Nächstes tun?«, frage ich ihn.

»Ich muss mich um Geschäftliches kümmern. Aber am Sonntag habe ich Zeit. Vormittags gibt es zwar einen … Termin, aber dann komme ich zum Mittagessen, ja?«

»Morgen ist Samstag.«

»Ich weiß.«

»Du sagst also alles ab.«

»Die Familie ist mir wichtiger.«

»Hm.«

Wir fahren die Hauptstraße entlang, von der in wenigen Kilometern die Zufahrt zu meinem Haus abbiegen wird. Mein Haus. Noch ist es meines. Damit meine ich nicht die Besitzverhältnisse auf dem Papier. Es ist in meinem Kopf. In meinen Gedanken. Ein rohgeschliffener Diamant, den ich so weit bearbeiten muss, dass meine Familie seine Schönheit erkennen kann. Dann wird es auch zu ihrem Haus. Da bin ich mir ganz sicher. Robert hat das verstanden. Er hat es nicht so vor seinem geistigen Auge gesehen wie ich, doch er hat meinen Traum mit mir gelebt. Er war nie redselig, was seine Familie anbelangte, doch ich vermute, dass es da so einige Themen gab, die ihn belastet haben. Er sprach nie über sie. Vielleicht waren sie tot, wie meine Eltern, aber ich hatte immer den Eindruck, als gäbe es sie noch. Nur hatte er sie aus seinem Leben ausgeschlossen. Er hat verstanden, dass ich etwas für meine Familie aufbauen wollte. Ein Heim. Wie ich schon einmal sagte – natürlich könnte das auch eine Doppelhaushälfte im Hamburger Umland sein. Doch Humphrey Manor – es hat mich einfach gefunden.

»Ich muss ein wenig nachdenken. Das soll nicht undankbar klingen, aber ich würde gern eine Nacht über alles schlafen und mich morgen früh bei dir melden.«

Andrej dreht den Kopf nach hinten und legt den Nacken dabei in Falten. »Du denkst darüber nach, hierzubleiben? Allein?«

»Warum denn nicht?«

»Nach allem, was passiert ist?«

»Er wird auch nicht wieder lebendig, wenn ich abreise.«

»Du wärst allein in dem alten Kasten.«

»Ich kann meine Schlafzimmertür abschließen. Was hast du für ein Problem?«

»Ich denke, du bist zu leichtsinnig.«

»Wieso? Was soll passieren?« Wieso denkt er das? Er kann unmöglich von dem Einbruch vor zwei Nächten wissen. Es sein denn, er hat seine Finger dabei im Spiel gehabt. Ich habe diese Sache längst als Versuch abgetan, uns zu vertreiben. Nicht gefährlich nur gruselig.

»Dein Freund ist tot, mein Lieber.«

»Ein Autounfall auf der Straße.«

Er wiegt den Kopf hin und her. Eine Macke von ihm. Ich schätze, er hat einfach zu oft den ›Paten‹ gesehen.

»Wer sollte Robert etwas anhaben wollen?«, frage ich. Der Regen wird intensiver, die Welt hinter der Scheibe verschwimmt in einem dichten Grau. Das Glas ist angenehm kühl und beruhigt meine Nerven.

»Du solltest nicht unterschätzen, welche Kreaturen solche öffentlichen Videos anziehen können. Wenn bekannt wird, dass du allein in dieser Bruchbude lebst, werden sie kommen. Das garantiere ich dir.«

Ich öffne die Augen und sehe ihn an.

»Willst du wirklich meine Tochter in diese Gegend holen?«

Darum geht es also die ganze Zeit. Mein toter Freund ist nur eine Gelegenheit, um mir ein weiteres Mal vor Augen zu führen, dass Lana in Daddys Nähe besser aufgehoben wäre. Soll ich wirklich zu ihm sagen, dass er sie aus dem Nest entlassen soll, dass wir unser eigenes Leben brauchen und dass nicht ich es bin, der so weit von Daddy wegziehen will, sondern meine Frau?

Natürlich war dieses Haus meine Idee. Aber in England

nach einem Eigenheim zu suchen, das kam von Lana. Andrej tut mir leid, weil ich mir vorstellen kann, wie es sich anfühlen muss, wenn das eigene Kind lieber das Land verlässt, statt ein täglicher Teil des Lebens zu sein. Doch wer ihn kennt, weiß von seiner Übergriffigkeit, sich in jedes Detail im Leben seiner Tochter einzuklinken. Sie ist eine starke Frau – sicher stärker im Charakter als ich. Sie hat es nicht nötig, sich abzugrenzen. Dennoch kreuzt sie mit ihm bei jeder Gelegenheit die Klingen, wenn ich dieses Klischee bedienen darf.

Manchmal frage ich mich, ob ich das Ergebnis eines solchen Kampfes war. Sie liebt mich, da bin ich sicher. Doch wir beide kommen aus völlig verschiedenen Welten und ich denke, sie hätte mich nie gefunden, wenn sie nicht nach mir in meiner Welt gesucht hätte.

KAPITEL 15

Mitten in der Nacht wache ich auf. Mein T-Shirt klebt am Oberkörper. Die letzten Ausläufer einer Panikattacke verlassen meine Brust. Meine Atmung beruhigt sich, mein Herz schlägt immer langsamer, bis es ein Tempo erreicht, das mir meine Kraft zurückgibt.

Seit mein Schwiegervater mich am Haus rausgelassen hat, habe ich gearbeitet. Nachgedacht habe ich nicht, wie er es von mir verlangt hat. Ich konnte nicht. Mein Geist hat sich gegen diese Aufgabe gewehrt. Stattdessen habe ich alte Tapete von Wänden gerissen und eines der Bäder im Obergeschoss mit Bleiche behandelt, um hartnäckige Verschmutzungen von den Fliesen zu entfernen. Die Toilette und das Waschbecken habe ich herausgeschlagen und in den Container vor dem Haus geworfen. Die neue Keramik wird in der nächsten Woche geliefert. Dann kann ich die letzten Handgriffe an diesem Zimmer abschließen.

Ich habe sie gebraucht, die körperliche Arbeit. Jedes Mal, wenn meine Gedanken zu Robert gewandert sind, suchten meine Augen nach dem Hammer oder einem anderen Werkzeug, mit dem ich rohe Gewalt ausüben konnte.

Lana hat zwischendrin angerufen und Trost gespendet. Trost, den ich zunächst nicht annehmen wollte, weil es mich zwang, meine Gedanken auf das abscheuliche Ereignis zu lenken, das ich bis dahin mit Erfolg verdrängt hatte. Eine Zeit lang schaffte ich es, die Gefühle nicht hochkochen zu lassen, doch als sie mir erzählte, dass Theo die Gutenachtgeschichte aus seinem Lieblingsbuch heute Abend auswendig nachgesprochen hat, kamen mir stumme Tränen. Lana hat mich mit Floskeln verschont. Kein: ›Alles wird wieder gut‹ Oder: ›er ist jetzt an einem besseren Ort.‹ Meine Frau hat Gefühle, ist aber nicht gefühlsbetont. Sie und ich schweigen gern gemeinsam in Situationen, die uns überfordern, die wir nicht beherrschen können. Dann sind wir uns einig. An dem Tag, als wir uns vor einigen Jahren kennenlernten, auf der Tanzfläche in einem verrauchten Klub in Hamburg, wirkte sie auf mich wie ein Partygirl. Die blondierten Haare, das aufwendige Make-up, ihre Ausgelassenheit. Ich hätte darauf gewettet, dass sie mit den täglichen Herausforderungen des Lebens nicht umgehen kann, ohne ihre Familie um Hilfe zu bitten. Doch sie ist ein harter Knochen, wie man so schön sagt. Sie ist geübt darin, mit Kummer umzugehen und mit Entbehrung. Die perfekte Frau für mich. Nicht, weil die Ehe mit mir so herausfordernd ist, sondern weil wir uns auf Augenhöhe befinden.

Sie hat mich nicht nach meinen Plänen gefragt in unserem Telefonat. Ich habe nichts dazu gesagt. Natürlich hatte Andrej sie Stunden zuvor kontaktiert und ins Bild gesetzt. Ich kann hören, wie er ihr nahegelegt hat, mit mir erneut über die Sinnhaftigkeit dieses Hauses zu reden.

Ich halte ihn für einen hochintelligenten Mann. Doch er scheint sie nach achtundzwanzig Jahren immer noch nicht zu kennen. Lana macht nicht, was Daddy ihr sagt. Das ist so, seit ich sie kenne. Keine Ahnung, ob sie mich geheiratet hätte, wenn es anders wäre. Sie liebt mich, da bin ich sicher, doch sie hatte weitaus bessere Optionen.

Jetzt sitze ich aufrecht in meinem Bett und lasse meinen Blick durch das Zimmer streifen. Vier kahle Wände – lange dauert dieser Ausflug nicht. Andrej wollte nicht, dass ich hier allein übernachte. Ich teile seine Befürchtungen nicht. Dieses

Zimmer gehört mir. Das Haus gehört mir. Es fühlt sich nicht feindselig an, eher wie mein Nest, mein Schneckenhaus.

Eine Minute später knipse ich das Licht im Schlafzimmer an. Nach meinem Einkauf im Elektrofachmarkt habe ich die fehlenden Räume beleuchtet. Teils hängen Glühbirnen von der Decke. Ein weiterer Schritt, um dieses Heim behaglicher zu gestalten. Das Parkett knarrt unter meinen Füßen. Eines Tages wird hier ein wolliger Läufer liegen, doch die knarrenden Dielen würde ich gern so belassen. Sie gehören zum Charakter dieser alten Lady. Um das Treppenhaus auszuleuchten, benötige ich mehr als eine Glühbirne. Ich sehe es vor mir mit einem königlichen böhmischen Kronleuchter. Ich streife durch die Nachbarräume. In jedem knipse ich das Licht an und gehe zum nächsten. Sie sind kahl, unmöbliert, teils unberührt und damit in dem Zustand, in dem ich das Haus übernommen habe. Jede gestrichene Wand, jede frische Tapete, jede Fußleiste macht dieses Haus zu einem Teil von mir.

Ich kann dem nicht den Rücken zuwenden. Ein gesprungenes Fenster in einem Abstellraum rührt mich zu Tränen. Ich weiß nicht, wieso sie gerade jetzt aus mir herausbrechen. Alles, was ich heute erlebt habe, rollt sich in meinem Magen zu einem Knäuel zusammen, wird größer und drängt nach draußen. Ich sinke auf meine Knie. Der kalte Steinfußboden fängt mich auf. Diesen Traum werde ich nicht aufgeben. Dann war alles umsonst. Ich glaube nicht an Schicksal, an Bestimmung oder Karma. Ich lasse Zielstrebigkeit meine Richtlinie sein. Kein Unfallflüchtiger wird mich davon abbringen, meiner Familie ein Heim zu schenken, das sie verdient.

Ich verlasse das Obergeschoss und gehe nach unten. Die grüne Tapete mit dem Rombenrelief ist in einem ausgezeichneten Zustand. Sie ist altmodisch, doch ich möchte sie so lassen. Ich kann vor mir sehen, wie dieses Haus zum Leben erweckt wird, wenn Theo durch die Halle fegt. Das Treppengeländer hat das Potenzial, als Rutsche zu dienen. Seine Skater werden irgendwo in der Ecke liegen. Ich höre seine Mutter schon, wenn sie ihm hinterherruft, er solle seine Jacke aufhängen, statt sie achtlos im Eingangsbereich fallen zu lassen. Am bunten Bleiglas über der Eingangstür zieht der Regen seine Linien. Hin und wieder zuckt ein Blitz durch den nächtlichen Himmel, ohne dass Donner darauf folgt. Dann strahlen die Farben wie in einem Kaleidoskop. Theo wird es lieben. Und Lana? Meiner Frau werde ich den schönsten Wintergarten bauen, den sie sich für ihre Bücher und die flauschige gelbe Decke vorstellen kann, in die sie sich immer einrollt, wenn sie auf der Couch in einem Buch versinkt. Das Glashaus soll zu ihrem Raum werden, ihrem Refugium. Ein schöner Gedanke, dass ich bei seiner Renovierung Hilfe erhalten werde.

Morgen früh rufe ich Andrej an und sage ihm, dass ich weitermache. Es wird länger dauern und ich bin nicht sicher, wie die Filmaufnahmen laufen sollen ohne Robert. Doch ich gebe nicht auf.

Vor keinem der Fenster befinden sich Vorhänge. Ich denke an den Alten zurück. Wie hieß er doch gleich? Pommeroy! Richtig. Es würde mir nicht auffallen, wenn er im Garten stünde und mich dabei beobachtete, wie ich durch die Räume gehe. Ob ihm auffällt, dass ich allein bin? Es kann nicht schaden, die verschiedenen Eingangstüren zu überprüfen. Ich gehe zum Glashaus und in die Küche. Überall ist abgeschlossen. Die Tür in der Halle ist inzwischen mit einem kräftigen Riegel gesichert. Eine neue ist bestellt. Den Keller zu überprüfen, ergibt keinen Sinn, weil diese Tür nur von außen erreichbar ist. Eine eigenartige Sache, wenn ich so darüber nachdenke. Wer plant einen Weinkeller und macht ihn dann nur von außen zugänglich? Es gibt Pläne, die mir beim Kauf übergeben wurden. Da könnte ich ja einen Blick reinwerfen. Nicht, dass ich das nicht schon getan hätte, aber eine nähere Überprüfung der Bestände könnte nicht schaden. Ich gehe ins Arbeitszimmer, einem Raum gegenüber dem Wohnzimmer. Der einzige möblierte Raum, weil die Schränke eingebaut sind. Hier haben Robert und ich unsere ersten Videos gedreht: wie wir das Parkett abschliffen, zweckmäßige Lampen anbrachten, die ausreichend Licht spendeten, die Fensterrahmen und das Türblatt abschmirgelten und neu lackierten und Holzwurmlöcher in den Regalböden ausbesserten. Hier steht ein Schreibtisch, den ich vor zwei Wochen in Weymouth gekauft habe. Antike Optik, aber neu, mit eingelegtem flaschengrünen Leder. Die Dokumente liegen in der obersten Schublade. Nachdem ich sie auf dem Tisch ausgebreitet habe, suche ich die Küche. Der Zugang zum Keller ist außen neben der Küchentür. Leider gibt es fürs Kellergeschoss keinen Plan. Ich frage mich, ob es älter als der Rest des Gebäudes ist. Wenn ich an die Feldsteine denke, aus denen die vierzig Zentimeter dicken Wände bestehen, erscheint mir das nicht so abwegig. Das Herrenhaus könnte später auf diesen Teil draufgesetzt worden sein. Würde den ungewöhnlichen Anschluss erklären, die Tatsache, dass man nur von außen dorthin kommt.

Ich vergleiche das Erdgeschoss mit dem Grundriss, den ich vom Keller im Kopf habe. Vermutlich erstreckt sich der ganze Bereich von der Küche bis zu meinem Arbeitszimmer. Wenn ich an die Ausmaße der katakombenartigen Räume im Untergeschoss denke, erscheint es mir nur logisch, dass das komplette Haus unterkellert ist. Was habe ich also übersehen? Es muss etwas geben.

Dann fällt es mir auf.

Das Arbeitszimmer. Der Raum ist auf dem Plan sieben mal zehn Meter groß. Das kann nicht stimmen. Höchstens fünf, aber nicht zehn. Mein Blick schnellt zu der Einbauwand. Leere Regale von der einen Seite bis vor zur Fensterwand. Ist es so einfach? Eine versteckte Tür im Bücherregal? Ein Geheimgang? Warum nicht? So etwas gehört doch in jedes gute Herrenhaus. Theo wird durchdrehen vor Freude, wenn wir so was gemeinsam entdecken.

Ich taste das Holz ab. Auf den ersten Blick ist nichts erkennbar. Es muss einen Mechanismus geben, um die Tür zu öffnen. Mit beiden Händen drücke ich an verschiedenen Stellen. Nichts tut sich.

Dann knackt es laut, als ich genau in der Mitte in Brusthöhe mein gesamtes Gewicht nach vorn verlagere. Ein saugendes Geräusch, als öffnete ich den Deckel zu Tutenchamuns Sarkophag – die Regalreihe gleitet nach hinten.

Vor mir steht eine gemauerte Wand. Hm. Na, schön. Das hatte ich nicht erwartet. Langsam lehne ich mich mit dem Hintern gegen den Schreibtisch und starre darauf. Das ergibt keinen Sinn. Wieso sollte man so einen Mechanismus einbauen und dann nirgends hingelangen? Das ist wie ein Fenster, vor dem sich eine Mauer befindet. Eine ganze Weile sitze ich so da. Bis mir plötzlich auffällt, dass sich die Steine sehr stark voneinander unterscheiden. Die Ränder bestehen aus glattem Sandstein, doch in der Mitte bis zum Boden sind es Ziegel. Sie schimmern in einem ähnlichen Braun, doch es sind eindeutig gebrannte Ziegel.

Irgendwo hier muss sich ein Vorschlaghammer befinden. Ich laufe in die Halle, dann ins Wohnzimmer. Dort liegt er in der Werkzeugkiste. Es ist ein Werkzeug, für das man beide

Hände benötigt. Mit ordentlich Schwung lasse ich ihn gegen die Ziegel prallen.

Schon beim ersten Aufschlag kann ich spüren, dass die Steine schmal sein müssen. Außerdem klingt es hohl. Das ist die richtige Spur. Adrenalin schießt durch meine Adern, als ich wieder und wieder auf das Mauerwerk eindresche. Langsam lockern sich die Steine zwischen den Fugen und einer nach dem anderen fällt nach hinten. Zehn Minuten später existiert ein Durchgang. Lasse und Elko aus dem Waisenhaus kommen mir in den Kopf. Wer weiß, vielleicht kommt man von diesem Haus nach Narnia. Ich muss schmunzeln, auch wenn mir das Loch Gänsehaut macht.

Der Geruch kommt mir bekannt vor. Es ist der nasse Duft nach Erde, Moos und Kälte, der an den Wänden des Weinkellers haftet. Mein Herz wummert los. Der Gedanke, in das Verlies zu gehen, fühlt sich unkomfortabel an. Ich vermisse Robert. Er hätte einen Spruch auf den Lippen, der seine Angst verrät, und würde mich dazu bringen, die Ruhe zu bewahren. Jetzt ist er an dem dunkelsten Ort, allein und ich kann ihm nichts Beruhigendes sagen, um ihm die Angst zu nehmen. Die Taschenlampe ist oben, aber ich habe mein Handy dabei. Das sollte reichen. Ich halte es durch den mannshohen Spalt und beobachte, wie der Raum dahinter erleuchtet wird. Er ist noch einmal genauso groß wie mein Arbeitszimmer. Bücherregale an den drei Wänden und – Bücher! Ich sehe alte Einbände mit einer Staubschicht. Warum haben die Besitzer sie nicht mitgenommen? Sie mussten den Raum gekannt haben. In seiner Mitte … eine bronzene Wendeltreppe, die nach unten führt. Die Stufen bestehen aus einem Gitter, das mich in den dunklen Schlund des Kellers blicken lässt. Morgen ist der auch noch da. Vielleicht sollte ich auf Tageslicht warten.

Andererseits … der Keller hat keine Fenster und ich muss sichergehen, dass niemand von draußen die Chance hat, das Haus zu betreten, während ich schlafe. Ich schlucke meine Nervosität beiseite und gehe auf die Treppe zu.

Ein kräftiges Klopfen durchbricht die folgende Stille. Es kommt von meiner verbarrikadierten Eingangstür.

KAPITEL 16

In der Stresemannstraße, ganz dicht bei der Neuen Flora, wirkt ein Häuserblock, als wäre er die letzte Erinnerung an ein zerbombtes Hamburg nach dem Zweiten Weltkrieg. Im obersten Geschoss fehlen die Scheiben und um das Gefühl zu verstärken, sie wären durch eine Granate nach draußen gedrückt worden, läuft man durch Glassplitter, wenn man auf die Eingangstür zugeht. Ein Mix aus nichtssagenden Graffiti an der sonst grauen Fassade unterstreicht seine Seele des hoffnungslosen Widerstandes.

Gretel kickt mit der Fußspitze eine Ratte beiseite, die sich auf der obersten Stufe die Schnurrhaare putzt. Die zierlichen Finger stecken in Handschuhen, mit denen sie, unter wütendem Protest der verzogenen Holztür, die schließlich aufschiebt.

»Hallo?«

Die Tür hat so laut geknarrt, da lohnt es sich nicht, sich anzuschleichen. Sie schließt sie hinter sich und knipst eine kleine Taschenlampe an: gerade einmal so groß wie ein Kugelschreiber, doch mit einem Strahl, der zwanzig Meter weit ausleuchtet. Vor der Tür fahren die Autos durch tiefe Pfützen und werfen das Wasser auf den Bürgersteig. Gretel spürt, dass die Atmosphäre hier drinnen eine ganz andere ist – weniger … belebt. Sie lässt das Treppenhaus links liegen und betritt die erste Wohnung im Untergeschoss. Das Türblatt am Eingang ist entfernt worden. Dahinter streift sie mit dem Licht Wände, von denen der Putz bröckelt und den Blick auf rotes Mauerwerk lenkt. Unter ihren Halbschuhen knirschen kleine Steine, die von draußen hereingebracht worden sind oder Reste eines zerstörten Stuckfrieses sind, der an einigen Stellen noch die Decke ziert. Nirgends gibt es Türen. Selbst das winzige Badezimmer mit der schlammig aussehenden Toilette verzichtet auf Schutz vor neugierigen Blicken. In einem der hinteren Räume liegen Matratzen. Eine fleckiger als die andere. Daneben Drogenbesteck und Spritzen, abgebrannte Kerzenstummel in der Ecke, direkt neben einem Kinderbuch. Gretel geht die paar Schritte und liest *das Apfelmäuschen.*

Hinter ihr gibt es ein Geräusch. Gretel knipst die Taschenlampe aus. Die Schritte kommen näher. Sie spielt mit dem Gedanken, nach dem Buch zu fragen. Es hat einen wunden Punkt getroffen. Gretel denkt an eine Zeit, als sie vor über fünfzig Jahren samstagmorgens immer zum Kiosk gegangen ist, um die Zeitung für ihre Mutter zu holen. Die war zu dieser Zeit mit dem Wohnungsputz beschäftigt, während ihr Vater mit seinen Kumpels Skat gespielt hat. Die Bar lag gleich an der Ecke und manchmal hatte Gretel die Gelegenheit genutzt, durch eines der Fenster zu sehen. Die Männer spielten Karten, doch hauptsächlich tranken sie, jeder mit einer hübschen jungen Frau auf dem Schoß. Kein einziges Mal hatte sie ihrer Mutter davon berichtet. Eines Tages war sie von ihrem Vater gesehen worden, wie ihre roten borstigen Haare im Fenster auftauchten.

Er hatte ihr danach eine Zeitschrift gekauft. Sie hatte sie in ihrem Zimmer versteckt. Gretel liebte ihre Mutter. Sie hatte jeden Tag geschuftet, Wohnungen für die Bessergestellten geputzt, bis sie vor zehn Jahren an einem Aneurysma in ihrer Hamburgerwohnung gestorben war. Dieselbe Wohnung, in der sie ihr Leben lang gewohnt hatte, ohne Badezimmer, nur mit einem WC und eingebauter Dusche in der Küche. Ihren

Vater hatte Gretel das letzte Mal gesehen, als sie fünfzehn war. Gretels Mutter redete nicht über den Tag, an dem er verschwunden war. Er war wie immer zum Frühschoppen gegangen. Gretel hatte bei einer Freundin übernachtet. Samstag Abend kam sie heim, doch er war nicht da.

Nach dem Tod der Mutter hatte Gretel die Zwischendecke im Flur entrümpelt: als Basis eine Holzdecke auf zwei Metern und fünfzig Höhe, die ihre Eltern eingebaut hatten, um Heizkosten angesichts der hohen Altbauräume zu sparen und Stauraum zu gewinnen. Sie fand seine Uhr und seine Brieftasche.

Er nähert sich ihr wankend, das hört sie an der Unregelmäßigkeit der Schritte. Das linke Bein ist etwas langsamer. An eine Verletzung glaubt sie nicht. Eher an Drogen. Noch hat er kein Wort gesagt. Sie fragt sich, ob er sie für eine Komplizin hält, eine Leidensgenossin, die sich erschlagen lässt vom Leben, statt mit allen Mitteln zu kämpfen. Eine Einstellung, die Gretel noch nie teilen wollte. An diesem Punkt, an dem er und seine Artgenossen sich befanden, stand man doch schon in der Warteschlange vor einer Klappe, durch die man sich dem Ende näherte. Warum nicht gleich kurzen Prozess machen und sich den goldenen Schuss setzen? Das hatte Gretel nie verstanden. Wozu warten? Auf ein noch größeres Ausmaß des Leids? Um zu sehen, wie lange man sich biegt, bis man bricht? Wozu biegen, wenn man nicht brechen will?

Gretel schüttelte den Kopf. Sie konnte ihm helfen, beim Brechen. Zwei Sekunden später hält sie ihm die Klinge an die Eier.

»Hassan, nehme ich an«, sagt sie. »Dich habe ich gesucht.«

Seine rot unterlaufenen Augen wandern an ihrem Kostüm herab. Gelbe Seide.

»Das ist kein Traum. Ein so schönes Delirium wünschst du dir vielleicht.«

Er verzieht das Gesicht und sieht aus, als hätte man ihn gebeten, die Dreifachwurzel aus fünfundsechzig zu ziehen.

»Die Autobombe vor sechs Tagen.«

Kaya zappelt. Er will sich zurückziehen, also sticht sie zu. Ein spitzer Schrei dröhnt durchs Gemäuer. Gretel wappnet sich davor, dass Verstärkung aus einer anderen Wohnung zu ihnen stoßen wird. Andererseits – jeder Einwohner dieses Hauses kann leidenschaftslos als lebender Toter bezeichnet werden. Gretel rechnet mit wenig Gegenwehr und noch weniger Enthusiasmus, sich für das Leben eines anderen einzusetzen.

Stille.

Ihr Messer wandert zu seiner Kehle. »Ich möchte einen Namen.«

Er presst die Lippen zusammen und schüttelt den Kopf.

»Einen Namen, Hassan. Es tut sonst nur weh.«

Er atmet hektisch. Viel zu schnell, wie sie sieht. Hoffentlich kollabiert er nicht. Dann endet ihre Spur an dieser Stelle. Sie sieht nach unten zu seinem Arm. Der Gummischlauch ist noch darum gewickelt.

»Mist! Hast du dir das Zeug schon gespritzt?«, fragt sie.

Seine großen Augen beobachten sie immer noch, als wäre sie nicht real. Der Mann ist wie weggetreten, doch das könnte zu seinem Normalzustand gehören. Sie richtet die Hand mit der Taschenlampe auf die Armbeuge. Eine gewölbte, knotige Vene vom regelmäßigen Stechen in dieselbe Stelle, aber kein frischer Einstich. Perfekt. Er war noch nicht dazu gekommen. Sie musste ihn unterbrochen haben.

»Den Namen, Hassan!«

Kein Erfolg. Sie schiebt ihn in die Ecke des Zimmers, das Messer vor sich auf seinen Kehlkopf gerichtet. Dann holt sie Handschellen aus der Handtasche von Chanel, die passend zu ihrem Kostüm in einem blassen Gelb gehalten ist. Sie führt die Handschellen hinter einem Heizungsrohr hindurch und schließt sie um beide Handgelenke. Es sieht nicht sehr stabil aus, doch sie hofft auf den psychologischen Effekt, nach dem geschlossene Handschellen dazu führen, dass sich deren Träger ihrem Schicksal ergeben.

»Wir können das hier schnell hinter uns bringen, oder ganz langsam«, sagt sie. Sie greift in die Handtasche und holt eine Folie heraus. Nach einem Blick durch den Raum steckt sie die wieder weg. »Die werden wir nicht brauchen, oder?« Ein Lächeln, das ihm zeigen soll, dass man das Haus so oder so entkernen müsste, bevor hier wieder Menschen leben können. Ein schneller Schnitt – sein T-Shirt hängt in Fetzen. Sie hat sich keine Mühe gegeben, die Brust nicht zu streifen. Ein kleiner Vorgeschmack, um ihm die Entscheidung leichter zu gestalten.

»Ich brauche diesen Namen, Hassan. Ohne gehe ich hier nicht weg. Du kannst selbst entscheiden, wie groß das Stück von dir am Ende ist, wenn ich gehe.«

»Das ist eine Verwechslung.«

Sie nickt und schneidet ihm eine Brustwarze ab. Gretel hat sich bereits mit dem Gedanken abgefunden, dass dieses Kleid nicht mehr zu retten ist. Tatsächlich kein Verlust für sie, denn dieses Oberschicht-Äußere einer hanseatischen Ehefrau ist ein Image, das sie verabscheut. Privat trägt sie gern T-Shirts ihrer Lieblingsrockbands, die sie in den Achtzigern gehört hat. Beruflich muss es Kleidung sein, die als Tarnung dient und ohne Tränen entsorgt werden kann.

Hassan braucht lange, um sich von dem Schock zu erholen. Sie gleitet mit dem Messer zu der anderen Brustseite. Heftig wehrt er sich, doch der Spielraum an der Heizung ist klein; schnell hat er sich verausgabt.

»Wer hat etwas davon?«

»Ich weiß gar nichts. Sie müssen mir glauben«, flennt er.

»Dann bist du eines Morgens aufgewacht und hattest eine Eingebung? Oder war es eine SMS von einer anonymen Nummer?«

Sie ritzt den Anfangsbuchstaben seines Namens auf seinen Bauch. Er jault und schüttelt heftig den Kopf.

»Die Infos habe ich im Stadtpark bekommen.«

»Von wem?«

»Ein Kind.«

»Was?«

»Ein Mädchen.«

»Red keinen Blödsinn!« Sie ritzt das A. Tiefer dieses Mal. Die Blutung hört nicht so schnell auf wie die letzte. Hassan schwitzt so stark, dass Brust und Gesicht zu glänzen begonnen haben. Die Haut wird fahl. Das kann sie trotz der schlechten Lichtverhältnisse sehen. Viel Zeit bleibt nicht. Dieser Mann hat den Kreislauf eines Kolibris. Es bedarf nicht viel, um ihn auf die andere Seite zu befördern. Kein Wunder, dass er bei seinem Auftrag so jämmerlich versagt hat.

»Was heißt: Mädchen? Wie alt?«

»Acht. Höchstens zehn.«

Gretel spürt einen Stich. Egal, was sie Mats Ulrich vor zwei Tagen weisgemacht hatte, sie würde niemals einem Kind Schaden zufügen. Welche Kreaturen spannten Kinder für ihre Zwecke ein?

»Erzähl!« Sie zieht ihm die Schuhe aus und greift nach dem nackten kleinen Zeh des rechten Fußes.

Weitere Schreie. Erneut keine Hilfe aus dem Rest des Hauses. Das lebende Hamburg vor der Tür dreht sich weiter, wie sie hört: lachende Menschen, Autohupen, kein Interesse an einem Junkie.

»Ich sollte zu diesem Spielplatz gehen, nicht weit vom Planetarium entfernt und auf einer Bank warten.«

»Auf einem Spielplatz?«

Er nickt heftig. Gretel widersteht dem Bedürfnis, den Zeh abzutrennen. Es würde ihn über die Klippe stoßen und die Informationen sind wichtiger als die Befriedigung ihres Sinns für Gerechtigkeit.

»Und dann?«

»Sie nannte mir den Namen und die Stelle, wo er immer den Wagen parkte, um joggen zu gehen. Den Rest überließ man mir.«

»Und das ist alles?«

Heftiges Nicken.

»Wer hat dir von dem Mädchen erzählt?«

»Was?«

»Wer hat dich mit ihr in Kontakt gebracht? Du bist doch nicht zufällig angesprochen worden und jemand muss dich bezahlt haben.«

»Ich wurde nicht bezahlt«, heult er.

»Verständlich. Also wer? Ganz ehrlich. Soweit ich weiß, hat jemand Neues den Job übernommen und ich wette, du stehst ganz oben auf seiner Liste. Wäre es da nicht schön, wenn ich die Person eher erwischen könnte?«

Ein Leuchten tritt in seine verheulten Augen. »Erwin! Erwin Neuss hat mich dorthin geschickt. Er arbeitet auch im Klub. Steht draußen am Eingang.«

»Und Mats weiß Bescheid, ja?«

Er schüttelt den Kopf. »Nein. Der will von so was nichts wissen. Hat zu viele schlechte Erfahrungen gemacht. Die Bullen haben ihn ständig auf dem Kieker. Er schmeißt jeden raus, der krumme Geschäfte macht. Deshalb bin ich weg dort. Er hat was läuten hören.«

Gretel ist beeindruckt. Der Mann ist für sie nutzlos, aber es ist schön, zu hören, dass in manchen Menschen mehr steckt, als ihr Ruf vermuten lässt.

Trotzdem muss sie zurück auf den Kiez gehen. Freitag Nacht. Der Klub wird bersten. Die Sicherheitsmaßnahmen müssen seit ihrem letzten Besuch hoch sein. Eine andere Umgebung wäre besser. Doch in der Zeit wird Hassan seinen Freund warnen.

Gretel hört das scharrende Geräusch, wie die Tür im Hausflur aufgeschoben wird. Sie wird nicht geöffnet, sie wird langsam aufgeschoben. Sie kennt den Besucher. Keine Zeit für lange Pläne. Ein gezielter Schnitt durch die Kehle lässt Hassan für immer verstummen. Das Monster würde ihn ohnehin nicht laufen lassen, so senkt sie das Risiko, dass Hassan über sie plaudert.

Sie hat nicht mehr die Zeit, die Wohnung zu verlassen. Sie muss darauf bauen, dass er die Treppe nach oben nimmt oder die hintere Wohnung im Erdgeschoss untersucht. Natürlich tut er das nicht. Als er durch die Türöffnung kommt, versteckt sie sich schon hinter der Wand im Badezimmer.

KAPITEL 17

Ein stummer Blitz erhellt den Nachthimmel, als ich die Tür öffne. Regen prasselt auf die Auffahrt und die Schultern meines Freundes. Ein Stich fährt mir in die Brust und raubt mir sekundenlang den Atem. Erst nach einem Stöhnen finde ich zurück zu meiner Stimme.

»Robert!«

Zurückzugehen ist ein Reflex, dem ich nicht widerstehen kann. Der Tote vor mir streckt die Hand aus, als wollte er mich eben noch berühren, bevor ich zurück in die Welt der Lebenden entfliehen kann. Ich knalle die Tür zu und spüre, wie ich am ganzen Körper zu zittern anfange. Da steht er, regendurchweicht, die Haare am Kopf klebend, seine Locken lang gezogen über den Ohren. Die Schürfwunden, die ich in der Kühlkammer auf seinem Gesicht gesehen habe, waren noch an Ort und Stelle. Die Halluzination war täuschend echt und doch sagen mir die Härchen in meinem Nacken, dass vor der Tür etwas ist, vor dem ich mich schützen muss. Nicht nur die Reflexion meiner Trauer, sondern etwas anderes. Etwas, von dem Böses ausgeht.

Ein kräftiges Klopfen lässt die Tür zittern.

Mist!

»Paul!«

Ich gehe einen weiteren Schritt zurück, dichter an die Treppe heran. Es ist seine Stimme. Ich drehe durch. Dabei habe ich nichts getrunken. Ich mache mir nicht einmal was aus Alkohol oder irgendeiner Art von Drogen.

»Lass mich rein! Ich kann es dir erklären!«

Das kaputte Fenster, die geisterhaften Fußspuren, der Alte im Garten, der Bulle, dem ich nicht traue. Nicht, weil er mir seine Verbindung zum Haus verheimlicht hat, sondern weil ihn immer wieder dieser nervöse Tick mit dem zuckenden Auge ereilt, wenn er denkt, ich sehe ihn nicht. Mein toter Freund steht auf meiner Türschwelle. Ich glaube nicht an Geister, aber an böswillige Absichten glaube ich. Jemand will mich von hier vertreiben.

Ein weiteres Wummern. »Mach schon, Kumpel! Lass mich rein! Es regnet in Strömen.«

Also gut. Was auch immer als Nächstes geschieht, ich kann dem nicht entfliehen. Also öffne ich die Tür wieder. Er stürmt an mir vorbei in die Halle, schüttelt seinen Kopf wie ein Labrador, der jüngst aus dem See gestiegen ist, und streift seine klitschnasse Jacke ab.

»Du bist es wirklich!« Er steht im Licht vor mir. Aus Fleisch und Blut.

Robert nickt.

Einen Augenblick sage ich gar nichts. Er muss beginnen. Ich weiß nicht, welchen Faden ich als Erstes aufnehmen soll.

»Es tut mir leid.«

»Was …?«

»Andrej …«

Mehr ist nicht nötig. Aus meinem Herz wird ein Betonbrocken, als mir die verschiedenen Möglichkeiten durch den Kopf huschen. Er fährt sich mit den Händen durchs Gesicht. Die Schürfwunden bleiben. Keine Theaterschminke. Mein Freund hatte einen Unfall. Okay, dieser Teil stimmt.

»Lass uns in die Küche gehen. Ich kann kaum erwarten, was du mir sagen willst«, sage ich und weise ihm den Weg. Ich fühle mich wohler, wenn er vor mir geht.

»Es tut mir leid, Alter. Lass mich erzählen, was geschehen ist.« Robert ist stehen geblieben. Ich gehe an ihm vorbei, in die Küche und setze Kaffee auf.

»Du hast die restlichen Glühbirnen eingeschraubt, wie ich sehe. Mehr hast du in der Zeit nicht zustande gebracht?« Sein Ton ist bei Weitem nicht so bissig, wie seine Worte vermuten lassen. Darin schwingt die Frage mit, wie viel er sich gerade erlauben kann. Dann, nach einer Schweigeminute: »Er hat mich aufgestöbert, im Krankenhaus.« Seine Finger umklammern die Tasse, die ich ihm gegeben habe, als wäre er den Weg vom Krankenhaus hierher gegangen. Durchgefroren, von Kälte gezeichnet. Er sieht mich nicht an, sondern sucht im Kaffee nach Erkenntnis.

»Zuerst war alles normal. Er war erleichtert, mich gefunden zu haben. Hat mir erzählt, welche Sorgen du dir machst.«

»Du bist doch angefahren worden?«

Er nickt. »Dieser Typ hat mich mitten auf der Straße gestreift. Der kam aus dem Nichts.«

»Kannst du ihn identifizieren?«

Ein Kopfschütteln. »Von hinten. Er kam von hinten.« Er nimmt einen weiteren Schluck. »Alles, an das ich mich erinnere, ist Schmerz. Und dass ich im Krankenhaus wieder aufgewacht bin.«

»Und dann?«

»Andrej hat mit dem Arzt gesprochen. Die wollten mich entlassen. Bettenmangel, weiß der Teufel.«

»Mit einer Gehirnerschütterung?«

Er zuckt die Achseln. »Nachdem der Arzt weg war, kam er wieder rein.«

Er sieht mich an.

»Was dann?«

Er zieht die Luft tief durch die Nase ein. »Sein Ton hatte sich geändert. Ich kann im Detail nicht alles erzählen, was er zu mir gesagt hat. Das würde zu weit führen. Aber im Endeffekt lief alles darauf hinaus, dass ich meinen Tod vortäuschen sollte.«

Ich bedeute ihm mit einer Geste, dass er zum Anfang zurückspulen sollte. »Was heißt das: Du kannst mir nicht alles im Detail erzählen? Das bist du mir schuldig. Glaubst du nicht? Ich habe vor einigen Stunden in der Kühlkammer eines Krankenhauses gestanden und auf eine vermeintliche Leiche geschaut.«

»Ich musste in dem Ding liegen, Alter!«

»Warum?«

»Er hat gesagt, es wäre zu deinem Besten!«

»Das wirst du mir erklären müssen. Immerhin hat er dich ja überzeugt. Meinen Freund.«

»Ey, Alter. Ich habe ihm geglaubt. Er hat etwas gefaselt von Anschlägen auf dich und dass es wichtig wäre, dass du zurück nach Hamburg gehst. Zurück zur Familie und dort für sie sorgst.«

»Warte. Was ist mit meiner Familie?«

»Gar nichts. Zumindest hat er nichts gesagt. Er meint, du wärst hier nicht sicher und wenn du mir wichtig wärst, sollte ich mitspielen. Es gäbe keinen anderen Weg, dich zum Gehen zu überzeugen.«

Das Ganze muss eine Halluzination sein. Es ergibt überhaupt keinen Sinn. Ein Gespinst des übernächtigten Hirns eines überforderten Mannes.

»Du hast deinen Tod vorgetäuscht, um mir zu helfen?«

»Ja.«

»Und dafür hast du in Kauf genommen, dass du ein Leben

lang untertauchen musst.« Ich lehne mich zurück und verschränke Arme und Beine.

»Nein. Natürlich nicht. Er wollte, dass es wie ein großes medizinisches Wunder aussieht. Ich – scheintot – werde nach einem Tag wieder wach und du erhältst die Nachricht in Hamburg.«

»Bist du wirklich mein Freund, dass du dich in so ein hohles Spiel reinziehen lässt? Was soll der Blödsinn?«

»Ich weiß, wie das klingt. Er war total überzeugend. Er sagt, das Gerücht geht um, dass niemand lange in diesem Haus überlebt. Er wollte nur das Beste für seine Familie.«

»Was redest du denn da?«

»Irgendjemand hier in der Gegend ist durchgeknallt.«

»Da stimme ich dir uneingeschränkt zu. Einen Unfalltod vortäuschen? In einem öffentlichen Krankenhaus? Wie zur Hölle ist euch das gelungen? Lassen die jeden in die Leichenkammer?«

»Nein. Tatsächlich war ich der Einzige dort. Andrej hat einen der Pfleger geschmiert, damit er den Arzt mimt. Ursprünglich wollten sie nur sagen, ich wäre gestorben, aber als du darauf bestanden hast, mich zu sehen, da mussten sie improvisieren. Er hat mich mit Talkumpuder blass geschminkt und ich habe die Luft angehalten. Ich hätte nie im Leben gedacht, dass du mir das abkaufst.« Er deutet ein Lächeln an. Mir steigt die Galle nach oben. So kann man sich in einem Menschen täuschen.

»Komm schon! Ich bin hier. Oder etwa nicht?«

Ich stehe auf und gehe zum Kühlschrank. Darin liegen Wiener Würstchen, von denen ich mir zwei nehme und esse, während ich zu der Tür schlendere, die nach hinten auf den Hof führt.

»Du solltest gehen.«

»Was?«

Ich drehe den Schlüssel im Schloss und öffne die Tür. »Ruf Andrej an! Er kann dich morgen mit zurücknehmen. Er wollte ohnehin nach Hamburg fliegen. Ich wette, er schickt Alex vorbei, um dich zu holen.«

»Du wirfst mich raus?«

»Jetzt red nicht, als wären wir verheiratet. Du bist tot. Schon vergessen? Du wirst auf keinen Fall hier übernachten.«

Der Regen trifft die Steinfliesen.

»Ich kann nicht.« Der Ton in seiner Stimme klingt besorgt.

»Warum nicht.«

»Ich kann nicht zurück. Andrej geht davon aus, dass ich untergetaucht bin. In einem Hotel im Ort. Er weiß nicht, dass ich hier bin.«

»Wieso bist du dann hier?«

»Ich hab einen Fehler gemacht. Das ist mir klar geworden. Ich wollte dieses Spiel nicht mehr mitspielen.«

»Also glaubst du inzwischen nicht mehr daran, dass mir jemand …« Ich setzte Gänsefüßchen in der Luft. »… nach dem Leben trachtet.«

»Es tut mir leid.«

»Robert, ich bin müde. Geh zurück in dein Hotel.«

»Paul.« Er steht auf. »Bitte. Du bist hier nicht sicher.«

Ich drücke die Tür mit der Handfläche zu.

»Was ist hier los, Robert?«

KAPITEL 18

»Nichts? Gar nichts? Dusty, der Junge glaubt, ich würde mich damit zufriedengeben!« Margarethe Badger klatscht die Pranken auf die Tischplatte und bringt das fragile Konstrukt aus dem letzten Jahrhundert damit bedenklich zum Wanken. Ihrem Mann Dusty wirft sie einen geringschätzigen Blick zu.

»Du stehst hier nicht auf, bis das geklärt ist. Warum hast du meine Katzen getötet? Soll ich deine Kollegen verständigen, damit sie die Befragung fortführen? Wäre dir das lieber? He?«

Telly starrt auf die Wunde neben seinem Daumennagel, die in den letzten Stunden immer weiter eingerissen ist.

»All die Jahre, die ich dich verteidigt habe … Dusty! Jetzt sag doch auch mal was! Wenn sie dich auf dem Spielplatz gehänselt haben oder du aufgemischt worden bist in der Zehnten … immer habe ich mich eingesetzt. Hab die Eltern aufgesucht und jedem Einzelnen klargemacht, mit wem sie sich anlegen. Und jetzt muss ich erkennen, dass sie alle recht hatten? Ist das deine Form der Dankbarkeit? Die Kids, die dich als Freak beschimpft haben. Die hatten recht! Jetzt sehe ich es auch. Du bist nicht ganz richtig im Kopf!«

Telly spürt, wie seine Nasenlöcher immer kälter werden, je schneller er atmet.

»Du gehörst überwacht, wenn ich das richtig sehe. In eine Zelle, mit Gummi und Medikamenten!«

»Ach, Maggie!«

»Halt dich raus, Dusty!« Tellys Vater schüttelt den Kopf und vergräbt das Gesicht in seinen Händen.

»Ich hab's so satt, dass ich für alle immer den Dreck

wegräumen muss. Keiner von euch macht sich die Finger schmutzig. Der Hof, das Haus, der Alte – alles bleibt immer an mir hängen und das Einzige … das Einzige, das mir jemals etwas bedeutet hat, wird aufgeschlitzt und in die Einfahrt gelegt. Als wolltet ihr, dass ich aufgebe und euch in diesem ganzen Sumpf einfach zurücklasse. Aber den Alten lasse ich hier. Dass ihr das nur wisst. Wenn ich einmal gehe, dann lasse ich alles zurück, was mich an einem glücklichen Leben hindert.«

»Ach, Maggie. Keiner will, dass du gehst.« Tellys Vater legt ihr die Hand auf den fleckigen Arm.

»Er hat meine Katzen getötet, Dusty. Er hat sie aufgeschlitzt. Hältst du das für einen Dummejungenstreich?«

»Nein. Aber wir sollten uns anhören, was er dazu zu sagen hat.«

»Du willst reden, ja?« Sie holt tief Luft. »Was, glaubst du, was ich hier seit zwei Stunden versuche?«

»Ich meine ja nur, dass wir ihm zuhören sollten.«

Sie schiebt sich mit samt dem Eichenstuhl zurück, weg vom Tisch. Telly zuckt zusammen, doch will er es sich nicht anmerken lassen. Die Wut seiner Mutter kann ungeahnte Ausmaße annehmen, wenn er nicht aufpasst.

»Was grinst du so, Telly? Habe ich etwas Lustiges gesagt? Bin ich in deinen Augen nur ein Witz?«

Er knirscht mit dem Kiefer.

»Ich habe mit Vince Mulligan gesprochen.«

»Oh, Mum!«

»Ach! Jetzt findest du deine Stimme wieder. Ja? Das kannst du dir gern anhören. Er ist wahnsinnig stolz auf seinen Jungen. Seit fünf Jahren führt er diesen Pub und er läuft besser als zu Vinces Zeiten.«

»Weil Ed ein Säufer ist.«

»Ach, und du glaubst, das macht einen fabelhaften Geschäftsmann aus ihm? Ich will dir was sagen, mein Junge. Ed hat es geschafft, trotz seiner schlechten Noten etwas aus sich zu machen. Er hat drei Kinder und eine Frau. Der Pub wirft Gewinne ab, was in der heutigen Zeit schon an ein Wunder grenzt, nachdem sich im letzten Jahr die Insolvenzen in der Gastronomie fast verdoppelt haben. Eddi hatte nicht die besten Voraussetzungen und trotzdem hat er sich gemausert. Aus einem Vierer-Schüler ist ein Unternehmer geworden. Und was machst du? Du wirst Polizist. Nur um deinen alten Klassenkameraden einen reinzuwürgen. Gott weiß, dass sie dich bis aufs Blut gequält haben. Aber jeder andere wäre weggegangen. Hätte in der Fremde ein neues Leben begonnen und nicht zurückgeschaut.«

»Das ist jetzt aber unfair, Maggie. Du wolltest doch nie, dass er geht.«

»Weil er da draußen nicht allein überleben kann! Aber ich konnte ja nicht wissen, dass er sein ganzes Handeln darauf ausrichten würde, alte Feinde zu jagen. So was macht einen blind und rasend, Dusty. Und jetzt sieh dir an, was daraus geworden ist! Sieh dir an, auf wen er seinen Hass gerichtet hat! Wir sind diejenigen, die es zurückbekommen. Ich muss leiden, weil ich mein Leben lang zu ihm gehalten habe. Sag was dazu! Sag was! Los!«

Telly schäumt. So lebendig hat er sich schon lange nicht gefühlt. Heute ist der Tag, der Tag, auf den er schon so lange wartet. Er wird endlich über die Klippe springen.

»Was sagst du dazu, du Verlierer!«

»Ed Mulligan ist der größte Säufer von allen. Allein sein Freundeskreis reicht aus, um dem Pub das Fortbestehen zu sichern.«

Margarethe schüttelt den Kopf. »Das ist doch nur Neid, der da aus dir spricht. Glaubst du, ich weiß nicht, wie du ihn schikanierst? Vince hat mich deshalb angesprochen. ›Maggie‹, hat er gesagt, ›dein Junge macht sich zum Gespött der ganzen Gemeinde, wenn das so weitergeht.‹«

»Das kann nicht dein Ernst sein. Es gehört zu meinem Job, zu prüfen, ob er die Regeln einhält. Letzte Woche habe ich ein paar Jugendliche im Pub erwischt«, sagt Telly.

»Sie waren zwanzig! Genau das meine ich. Jedem anderen wäre der Unterschied nicht aufgefallen, doch du suchst einen Anlass, um ihn aufzumischen. Du legst dich mit ihm an, obwohl du es besser wissen müsstest.«

»Was willst du damit sagen?«

»Dass er dir deinen Arsch heute wie damals aufreißen kann. Glaubst du, der interessiert sich für deinen Job? Für ihn bist du immer noch der Junge aus der Schule, der den Buchstabierwettbewerb gewonnen hat. Der wird kaum Rücksicht darauf nehmen, für wen du arbeitest, insbesondere, wenn dein Chef mit seinem Vater jeden Sonntag beim Pokern zusammensitzt.«

Telly hat genug. Er erhebt sich von seinem Stuhl, viel zu vorsichtig, wie er findet. Also schiebt er ihn mit dem Fuß an den Tisch, dass es scheppert.

»Was glaubst du, wo du hingehst?«

»Ins Bett.«

»Und meine Katzen?«

»Denen scharre ich morgen ein Loch«, murmelt er.

Sie starrt ihn an. Sein Vater zieht die trägen Lider hoch. Der beste Moment, um zu verschwinden. Er dreht sich um und geht. Hinter ihm steigert sich seine Mum in wüste Beschimpfungen hinein, während sein Vater wenige Worte einbringt. Sollen sie. Die Meinung von Vince Mulligan ist ihr wichtig! Der Mann war schon zu Tellys Kindheit für seine Affären bekannt, während die Mutter von Ed zu Hause gegen Leukämie kämpfte. Feines Vorbild! Und der wollte ihm etwas über Schikane erzählen. Ed und seine Gang hatten ihn bis zum Ende der Schulzeit gequält und sie taten es heute noch. Warum er zur Polizei gegangen war? Aus drei Gründen. Erstens, damit er eine Waffe tragen durfte. Zweitens, damit er lernte, wie er sie nicht einsetzte. Er hatte es sich immer so vorgestellt wie beim professionellen Betreiben von Kampfsportarten. Wer die ganzen Tricks kannte, durfte sie nur noch zur Verteidigung einsetzen. Alles andere wäre doch unfair.

Telly sieht auf die Uhr. Schon nach zwölf. Er verdreht die Augen. Nur vier Stunden bis der Alte aus den Federn kommt. Sie beide teilen sich ein Badezimmer. Sobald der vor dem Spiegel seine morgendlichen Grunzlaute ausstößt, ist an Schlafen nicht mehr zu denken. Telly sieht auf die lockere Diele, unter der er das Messer versteckt hat. Sie hat es sicher nicht gefunden, sonst wäre ein Hurrikan über ihnen hereingebrochen.

»Telly!«, kräht seine Mutter aus der Küche. »Telly! Komm zurück!«

Er hört die Stuhlbeine über die Steinfliesen scharren.

»Was noch?«, ruft er.

»Wo ist Tiffany?«

»Hä?«

Ihr massiger Körper quält sich die ächzenden Stufen hoch. »Tiffany. Wo ist sie? Im Hof liegen Liz und Trude. Wo ist mein Liebling Tiffany?« Ihr Tonfall lässt darauf schließen, dass sie auf einen glücklichen Ausgang der Geschichte hofft. Telly, der noch in der Tür zu seinem Zimmer steht, vernimmt ein Knarren neben sich. Die Nachbartür wird einen Spalt geöffnet und ein Auge erscheint dahinter. Ein zweites. Beide mit tief hängenden Schlupflidern und der Rest des dörren Gesichtes seines Großvaters.

»Telly, sprich.« Sie ist schon fast oben.

Cedric zieht eine durchsichtige Linie mit dem Daumennagel vor seiner Kehle. Dann schließt er die Tür. Telly atmet tief ein. Was für ein Irrenhaus! Neben ihm erscheint seine Mutter im Obergeschoss. Sie keucht. Die Arbeit auf dem Hof hat augenscheinlich keinen Einfluss auf ihre Fitness.

»Tot«, murmelt er. Geht in sein Zimmer und schließt die Tür.

»Du Wahnsinniger! In eine Anstalt gehörst du, wie diese Humphrey. Langsam glaube ich, dass hier etwas im Wasser ist. Nur Durchgeknallte überall. Und glaube ja nicht, dass ich das Blut aus deinem Shirt wasche. Das kannst du selbst erledigen. Bin ja nicht deine Putzfrau!«

Jede einzelne Stufe knarrt, während sie nach unten wankt. Er kann vor seinem geistigen Auge sehen, wie sie sich am Geländer abstützen muss, um ihr krankes Bein nicht zu belasten. Durchblutungsstörungen, hat ihr Hausarzt gesagt. Einen Spezialisten wollte sie nicht aufsuchen. Zu wenig Zeit, hatte sie gemeint. Der Hof macht sich nicht von allein. Standardsatz seiner Mutter. Er kann ihn nicht mehr hören. Dennoch weiß er, dass er nicht gehen wird. Nicht heute, nicht in der nächsten Zeit. Ein schöner Traum, doch nicht für ihn. Er wird bleiben müssen und die Dinge im Auge behalten. Das war schon immer so. Seit seiner Kindheit. Kein Wunder, dass sie ihn damals aufgezogen haben. Ein Junge, der keinen Spaß an Blödsinn hatte, sondern lieber Regeln befolgte. Das ist der dritte Grund, weshalb er Polizist geworden ist. Telly ist der größte Marvel-Fan aller Zeiten. Zumindest in diesem Landstrich.

Was kommt dichter an seine Superhelden ran, die er so verehrt, als ein Polizist – ein Mensch, der seine Fähigkeiten dazu nutzt, die Schwachen zu beschützen und ein Auge auf seine Lieben zu haben.

KAPITEL 19

»Ich fürchte mich vor ihm«, sagt Robert. Wir stehen immer noch vor der Tür und er bekniet mich, bleiben zu dürfen.

»Weil du sein Spiel nicht weiter mitspielen willst?«

»Ja. Du weißt doch, wie es Fred und Katharina ergangen ist.«

»Das weiß ich nicht. Und du auch nicht. Das ist doch bloß ein blöder Spruch von mir gewesen. Zugegeben, manchmal mache ich mir so meine Gedanken. Der Kerl kann schon furchteinflößend sein. Aber es hätte mehr Nutzen für ihn, mich zu töten als dich.« Ich verziehe das Gesicht.

»Mag sein, dass ich übertreibe, aber als er mich aufgesucht hat, war er überzeugend. Dem Mann kann man einfach nichts abschlagen.«

»Diese Gabe hat Lana geerbt.« Ich ziehe eine Grimasse.

»Kann ich deinem milden Ton entnehmen, dass du geneigt bist, mir zu verzeihen?«

Was er sagt, gibt mir einen Augenblick zu denken. Er hat zusammen mit meinem Schwiegervater seinen Tod vorgetäuscht, nur damit ich meinen Traum aufgebe. Sich mit solchen Leuten zu umgeben, heißt: reif für die Klapse zu sein. Andererseits habe ich in diesem Leben auch schon viele Fehler gemacht. Wer bin ich, über einen schwachen Moment zu urteilen? So schwer nachvollziehbar, wie die ganze Geschichte sein mag. Meine Wut ist inzwischen verraucht und ich bin froh, nicht mehr allein zu sein.

»Ich fühle mich, wie von Irren umgeben. Daddy will mir was sagen? Dann soll er das tun und nicht so eine Scharade spielen.«

»Du würdest das Haus niemals aufgeben.«

»Dann wird er wohl akzeptieren müssen, dass ich als Erwachsener meine eigene Meinung habe. Ich glaube, dich nicht zu kennen. Tut mir leid, aber das, was du da gemacht hast, ist ein absoluter Vertrauensbruch. Wenn ich wirklich in Gefahr wäre, müsstest du mit mir reden.« So langsam kommt mir der Gedanke, dass Robert dieses Spiel nicht freiwillig mitgespielt hat. Es ist, wie ich sage. Ein normaler Mensch würde das nicht tun. Auch nicht unter den Umständen, die er beschreibt. Er verheimlicht mir etwas. Der Mann muss etwas Schreckliches gesagt oder verlangt haben. Sonst hätte er meinen Freund niemals dazu gebracht.

Schön und gut. Was mache ich jetzt mit der Erkenntnis? Ihm verzeihen und akzeptieren, dass wir alle unsere Achillesferse haben – oder hart bleiben? Ich vertage diese Entscheidung und beschließe, ihn die nächsten Tage genau zu beobachten.

»Ich habe einen Geheimgang in den Keller entdeckt. Würdest du mir Rückendeckung geben, wenn ich da runtergehe?«

Seine Augen weiten sich. »Kann ich die Kamera mitnehmen?«

»Na, endlich. Ich dachte schon, ich müsste den Kanal einstampfen.«

Er folgt mir ins Arbeitszimmer.

»Wie hast du das denn aufbekommen?«

»War gar nicht schwer, wenn man an der richtigen Stelle drückt. Der Rest hat ein wenig Kraft benötigt.«

»Bei deinen Lauch-Armen …«

»Ich dachte, du wolltest bleiben.«

»Schon gut. Wie bist du darauf gekommen?«

»Ich hab mich gefragt, warum es nur einen Eingang von außen in den Keller gibt. Das ist doch nicht logisch.«

»Hast recht.«

»Und laut der Pläne …« Ich deute auf den Schreibtisch. »Müsste dieser Raum viel größer sein.«

Robert wandert mit dem Finger über das Papier. »Ausgezeichnet. Hast du eine Taschenlampe?«

»Moment. Die gehe ich holen.« Ich lasse ihn stehen und stürme in die Küche, wo ich sie zuletzt in eine Schublade gelegt hatte. Ein Lächeln huscht über mein Gesicht. Er lebt. In diesem Moment will ich nicht weiter nachdenken. Ich bin glücklich.

Er steht im Arbeitszimmer, mir den Rücken zugewandt. Als ich um die Ecke zurückkomme, steckt er soeben sein Handy in die Hosentasche. Ein Grund für mich, um stehen zu bleiben. Ist es zwei oder drei Tage her, dass er eine Nachricht von Andrej erhalten hat? Seine Erklärung damals klang ebenso fadenscheinig wie heute Abend. Ich bin ein Schaf. Meine schreckliche Kindheit hat dazu geführt, dass ich nach jedem Strohhalm greife, der sich mir bietet. Etwas stimmt hier nicht.

»Wollen wir?«

Ich kann sehen, wie er zusammenzuckt. Sein Gesicht drückt pure Freude aus, als er mich ansieht. Nur seine Augen wirken unruhig. Ich bin gespannt, wohin das führt.

»Ich filme mit dem Handy.«

»Tu das.« Ich gehe vor. Ein komisches Gefühl, ihn in meinem Rücken zu haben. Doch wenn Daddy sich etwas in den Kopf gesetzt hat, wird er es erreichen. Es hat keinen Sinn sich zu wehren. Und dass er etwas mit dem Auftauchen von Robert an meiner Tür zu tun hat, daran habe ich mittlerweile keinen Zweifel mehr. Es muss ihm wichtig sein. Sonst hätte er sich nicht die Blöße gegeben, sein Geheimnis zu lüften. Was auch immer er vorhat, ich werde ihm auf die Schliche kommen, bevor er es umsetzen kann.

»Nachdem mich ein Minivan gestreift hat, bin ich endlich wieder aus dem Krankenhaus entlassen worden und konnte zurück nach Humphrey Manor.«

Robert spricht ins Handy. Seine Worte schmecken bitter. Er klingt beinahe stolz. War der Unfallfahrer auch eine Erfindung? Ich habe ihn das überhaupt nicht gefragt. Das Handy auf mich gerichtet redet er weiter: »Keine Sekunde zu früh, denn mein bester Kumpel hat einen Geheimgang entdeckt. Er startet im ehemaligen Arbeitszimmer und führt bis in den Keller. Wenn ihr wissen wollt, was wir auf dem Weg entdecken und was es Gruseliges auf Humphrey Manor zu sehen gibt, dann solltet ihr euch unseren nächsten Beitrag anschauen.«

Ich weiß, dass er an dieser Stelle schneiden wird. Einen Tag später wird er den Rest der Aufnahme senden. Das macht die Leute neugierig. Sie werden folgen, nur um die Auflösung des Rätsels nicht zu verpassen. Ein Geheimgang in einem alten Herrenhaus. Das klingt zu schön, um wahr zu sein. Fast, als wäre es ein Marketing-Gag.

»Hört ihr das? Klingt wie Wasser, das heruntertropft. Ob wir uns tatsächlich auf unseren Keller zu bewegen, Paul?«

»Ins Kellergeschoss bestimmt«, sage ich. »Aber es würde mich nicht wundern, wenn es ein völlig neuer Raum ist. Wir haben unten keine Treppe gefunden, die ins Haus nach oben führt. Das spricht dafür, dass wir an einer Stelle rauskommen, die wir noch nicht kennen.« Jetzt höre ich das Geräusch auch. Ich leuchte hauptsächlich auf meine Füße, weil mich das Tropfgeräusch nervös macht. Ich habe nicht vor, auf dem Hintern zu landen und mir den Steiß zu prellen, weil ich die nassen Stufen übersehen habe. Aber sie sind trocken. Auch die Wände um mich herum, mittlerweile aus massivem Stein, in den der Wandelgang hineingehauen wurde. »Ich habe das Gefühl, dass die Treppe zu lang ist, um nur ins Erdgeschoss zu führen.«

»Habt ihr das gehört? Wir betreten jetzt die Gefilde unter dem Keller. Ich fühle mich wie Bruce Wayne, als er das erste Mal die Höhle unter Wayne Manor erkundet.« Robert kommentiert.

Ich muss schmunzeln. Da ist er wieder. Der gute alte Nerd Robert, der Superhelden-Unterwäsche trägt. Wenigstens etwas, das beständig ist. »Nimm dich in Acht vor Fledermäusen«, sage ich. Mein Fuß berührt die letzte Stufe und ich hebe den Strahl der Taschenlampe. Vor mir reflektieren die seidigen Fäden eines überdimensionalen Spinnwebens das Licht. Mit einem Schnaufer bleibe ich stehen, sodass Robert in meinen Rücken prallt.

»Was ist?«

»Hier ist seit Längerem niemand durchgegangen. Spinnweben über die ganze Breite des Durchgangs.«

»Cool!«

Ich finde es beruhigend, habe ich mich doch gefragt, ob jemand einen Weg ins Haus gefunden hat, den wir nicht kennen. Dieser ist es nicht. Einmal mehr erscheint mir Robert wahrscheinlich als nächtlicher Eindringling und Steinwerfer.

Mit der Taschenlampe streife ich das Gespinst ab und leuchte in den Raum. Es ist ein breiter Gang, der an seinem Ende um eine Ecke führt.

»Hier geht's weiter.«

»Wir sind unten, Leute. Seht ihr diesen Gang? Der ist nicht das Ende. Wir werden ihm jetzt folgen. Für mehr Content solltet ihr dasselbe tun. Morgen geht's weiter.«

Ein weiterer Schnitt.

»Guck dir das an! Der Gang ist einfach in den Felsen gehauen.«

»Das Grundstück ist absolut eben. Wo kommt diese Gesteinsschicht her?«

»Da fragst du den Falschen«, sagt Robert. »Der Boden sieht aus wie …« Er kratzt mit dem Schuh im Staub. »Das sind Steinfliesen. Oder eher Blöcke. Sieht alt aus.«

»Die Fundamente des Hauses sind aus dem siebzehnten Jahrhundert. Ich könnte mir vorstellen, dass das hier älter ist.« Ein Schauer läuft mir über den Rücken und ich schüttele mich, als meine Gedanken zu der Spinne abschweifen, die am Ende der Treppe wohnt oder gewohnt hat. Hoffentlich steht ihr Körper in keinem Verhältnis zu dem Konstrukt, das sie hinterlassen hat.

Vor uns knickt der Gang nach links ab. Ich lausche in die Stille, dann lasse ich meinen Körper dem Strahl der Taschenlampe folgen.

Ein kurzer Gang, von dem ich sehe, dass er in einen Raum mündet. Das Licht wird von der rückwärtigen Wand reflektiert.

»Ich glaube, damit ist die Frage beantwortet, ob wir im Keller rauskommen. Das sieht nicht so aus.«

»Ich stimme dir zu, Kumpel«, sagt Robert. »Glaubst du, das ist unter dem Keller?«

»Wir sind so viele Windungen in der Wendeltreppe nach unten gegangen, ich kann nicht einmal sagen, in welche Richtung wir gegangen sind.«

»Stimmt.«

Der Raum tut sich vor uns auf. Ich wünschte, ich hätte eine Lampe mitgebracht, um sie aufzustellen. Doch wer konnte schon wissen, dass wir nicht im Weinkeller landen würden.

»Was ist das für ein Tisch? Sieht aus wie für die Ritter der Tafelrunde«, fragt Robert. Er filmt wieder.

»Das ist kein Tisch, glaube ich.« Ich trete näher. Die Ausmaße der Steinplatte vor mir sind immens. Die Taschenlampe kann sie nicht mit einem Mal erfassen. »Sieht aus wie ein Altar.«

»Wie kommst du darauf?«

»Weiß nicht. Liegt vielleicht an den Wachsrückständen. Guck mal. Hier müssen Kerzen gestanden haben.«

»Hat man hier heidnische Rituale abgehalten?«

»Oder Kerzen aufgestellt, um den Raum auszuleuchten.«

Langsam umrunde ich den Opferstein. Es tut mir leid. Ich kann mir nicht helfen, aber genauso sieht die Platte aus. Heller Sandstein, der sich abhebt von den schwarzen Wänden – dieser Raum ist gemauert – und dann dieser dunkle Fleck im oberen Drittel.

»Wow! Leute! Wir haben was gefunden!« Robert klingt aufgeregt. Er hat den Block auf der anderen Seite umrundet. Im Licht sehe ich ihn auf die Knie gehen.

»Das sieht mir aber nicht altertümlich aus.«

Er hat recht. Vor unseren Füßen liegen drei große Müllsäcke, fest verknotet.

»Mach auf!«, fordere ich ihn auf.

»Wollt ihr wissen, was hier drin ist?«, fragt er. Das Handy hat er vor sein Gesicht gedreht. »Dann sehen wir uns morgen zur selben Zeit am selben Ort.«

Ich muss grinsen. Robert versteht sein Geschäft. Er beendet die Aufnahme und startet eine neue. Dann gibt er das Handy mir.

»Lass mich reinschauen«, sagt er und fummelt an dem Seil herum, das einen der Säcke verschnürt.

KAPITEL 20

In der einen Hand halte ich das Handy in der anderen die Taschenlampe. Zuerst trifft der Strahl nur Roberts Gesicht, um die mystische Stimmung einzufangen, die hier unten herrscht. Außerdem soll unser Publikum bis zur letzten Minute zittern und an den Nägeln kauen. Wer ist die Zielgruppe für solche Beiträge, wie wir sie machen? Wohl kaum Menschen, die schon immer mal ein Schloss renovieren wollten. Nein! Es sind diejenigen, die auf Geistergeschichten hoffen, die ein blutiges Geheimnis wittern. Diejenigen, die diese Atmosphäre brauchen – englische Landschaft, Traditionen, Backsteine mit Geschichte und staubige Mahagonioberflächen –, um verwerfliche Geschichten plausibel zu finden. Sie müssten nur zwei Stockwerke schräg nach oben in ihrem Neubaublock gehen oder durch das Fenster eines der Einfamilienhäuser in ihrer Straße schauen. Geschichten gibt es überall. Jeder kann sie aus seinem Leben erzählen, viele von uns müssen erst älter werden, um zu erkennen, welcher Art ihr eigenes Trauma ist. Andere, ich zum Beispiel, wissen, dass da eine Geschichte lauert, die nur vergessen worden ist. Bin womöglich ich mein bestes Publikum? Ein Mann, der ein Haus mit Geschichte kauft, weil er seine eigene verloren hat – so wie Tootles aus ›Peter Pan‹ seine Murmeln. Doch ist bei mir damit so wie bei ihm auch der Verstand verloren gegangen? Ich hoffe nicht.

Ein Mann, der ein Loch in seiner Existenz mit der Vergangenheit von Fremden füllt. Das klingt erbärmlich. Zum ersten Mal sehe ich mich durch Andrejs Augen. Würde ich so einen Mann für meine Tochter wollen?

»Ach, du Scheiße!«

»Was ist?« Roberts Blick ist ernst. Ich richte das Licht auf den offenen Plastiksack. Er öffnet seine Hand, die er aus ihm herausgezogen hat. Eine Armbanduhr, geflochtenes rotes Band, Zifferblatt mit einer Micky Maus. Galle steigt mir auf. Es ist nur eine Uhr, doch in meinem Kopf formen sich die schlimmsten Gedanken.

»Da ist noch mehr.« Er steckt die Hand zurück in den Müllbeutel.

»Noch mehr Uhren?«

Er holt eine weitere heraus und hält sie in die Kamera. Das beruhigt mich etwas. Womöglich sind wir über ein Versteck mit Diebesgut gestolpert.

»Äh! Hier ist eine Zahnspange. Und da eine Brille. Sieht aus wie von einem Kind.«

Meine Entspannung löst sich ins Nichts auf. »Das ist nicht gut.«

Er nickt.

Ich schalte die Kamera aus. »War's das?«

Ein Kopfschütteln, das mir Gänsehaut über die Arme jagt. »Da drin liegen noch Klamotten. Sieh hier!« Er holt ein gefaltetes T-Shirt heraus. Eine kurze Hose. Einen Rock. Und … Unterwäsche. Alles kleine Größen.

»Sieht getragen aus, irgendwie verwaschen.«

»Lass uns bei der Polizei anrufen. Hast du denen von mir erzählt?«

»Du meinst, dass ich dich vermisse und du gestorben bist?«

Ein Augenrollen mit schlechtem Gewissen im Mundwinkel.

»Den morbiden Teil konnte ich noch nicht erwähnen. Würdest du lieber inkognito bleiben, wenn Badger hier auftaucht?«

»Ach, Quatsch! Ich wollte nur wissen, worauf ich mich

einstellen muss. Wäre ja blöd, wenn das Krankenhaus Ärger bekommt.«

»Die sind ja ahnungslos, oder?« Meine Wut ist plötzlich zurückgekehrt. Sie hat in einem Winkel meines Verstandes gewartet und zunächst akzeptiert, dass meine Seele ein Abenteuer mit meinem besten Freund erleben will. Doch jetzt ist sie zurück und beschwert sich, dass mein Lebensweg mit Betrügern gepflastert ist.

»Ja. Natürlich. Ich hab hier kein Netz.«

»Nimm den zweiten Sack mit hoch und lass uns vom Haus aus anrufen.«

»Warte.«

»Willst du erst reinsehen?«

»Eigentlich wollte ich mich noch ein wenig umschauen, aber jetzt, da du es sagst.«

»Lass mich.«

Ich merke, wie ich es hinter mich bringen will. Mein rasendes Herz erträgt keine weitere Minute der Ungewissheit mehr. Dennoch plumpst es ein Stockwerk tief, als ich ihn öffne und hineinleuchte.

»Was ist?«, fragt Robert.

Tief atme ich durch die Nase ein, um gegen die aufkommende Übelkeit anzukämpfen. »Knochen.«

»Was?« Er schaut auf sein Handy. Ich kann seine Gedanken in einer Comicblase über dem Kopf sehen: ›Das hätten wir filmen sollen‹, steht da. ›Diesen Gesichtsausdruck macht er kein zweites Mal.‹

Ich hätte meinen Kumpel für sensibler gehalten. Allerdings war das vor vierundzwanzig Stunden. Inzwischen bin ich um einiges schlauer. Vielleicht liegt es aber auch daran, dass ich einen Sohn habe, dem die Kleidungsstücke passen würden.

Robert ist Single. Das Gefühl, das die Kinderuhr bei mir ausgelöst hat, ist ihm womöglich fremd. Ich greife mir ans Handgelenk.

»Alles okay?«, fragt er.

»Ja, ja. Mich nimmt das mit. Außerdem musste ich an eine Uhr denken, die ich als Kind besessen habe.«

»Im Waisenhaus?«

Ich überlege. »Dort hatte ich keinen Besitz. Muss davor gewesen sein.«

Er starrt mich an.

»Ich kann mich auch irren.«

»Du hast eine Erinnerung an die Zeit davor?«

Ich zucke mit den Schultern. »Es waren Tennisschläger drauf, glaube ich. Und sie hatte ein blaues Band.«

»Wie alt warst du?« Das Grinsen auf seinem Gesicht deutet Großes an. Was das angeht, verstehen wir uns blind und stumm. Robert weiß um meine Kindheit und um die Lücken davor.

»Ich weiß nicht. Jung. Ich hatte nie wieder eine Armbanduhr danach. Nutze immer mein Handy, wie du weißt.«

»Wo ist sie jetzt?«

Ich zucke die Achseln.

»Wer hat sie dir geschenkt? Was ist los? Du bist ganz weiß.«

»Meine … Mutter«, sage ich. Wie durch Milchglas erkenne ich die Schemen einer blonden Frau vor meinem geistigen Auge. Das sticht mir direkt ins Herz. Ich schließe die Lider, als könnte ich das Bild dadurch verschwinden lassen. Es tut weh, länger hinzuschauen. »Das ist der falsche Moment«, sage ich. »Lass uns verschwinden. Ich will nicht herausfinden, was hier unten vielleicht noch begraben liegt. Ich will zurück ins Haus und den Eingang zu diesem Horrortunnel verbarrikadieren.«

»Okay. Ich folge dir. Wollen wir …«

Ich schüttele den Kopf, als er das Handy hochhält. Der Weg zurück fühlt sich viel zu lang an, obwohl ich ihn doppelt so schnell laufe. Ich bitte Robert, die Polizei zu verständigen, sobald er wieder Empfang hat. Was ihm auf der Wendeltreppe gelingt.

»Sie schicken jemanden«, sagt er, als wir oben durch das falsche Bücherregal treten.

Ich stelle die Säcke auf dem Boden ab. Erneut hineinsehen will ich nicht. Möglich, dass sich bei Licht alles als ein Irrtum herausstellt. Nein … eher nicht.

»Weiß Lana, dass es dir gut geht?«, frage ich ihn.

Seine Augen flehen um Gnade. »Nein. Sie hat keine Ahnung.«

Die Frage hatte ich nicht stellen wollen, doch sie würde mich beschäftigen. »Was denkt er, wie sie reagiert? Sie wird es natürlich herausfinden.«

»Ich weiß es nicht. Er weiht mich nicht in seine Gedanken ein.«

Hm. Gegenwartsform. Das klingt nach mehr als einer Gelegenheit, bei der die beiden sich zusammengetan haben. Wenn das stimmt, lügt er mich immer noch an. Dann ist seine Antwort von eben nichts wert. Ich schweige eine Weile.

»Wie fühlst du dich jetzt? Ich meine, da unten liegen Knochen, direkt vor deinem Haus, wenn man so will. Dann dieser Gang. Weiß der Teufel, wo die hinführen und wer alles Zutritt zu diesen Räumlichkeiten hat. Willst du immer noch deine Familie herholen?«

Verdammt! Diese Frage habe ich mir auch schon gestellt. Es kratzt an meinem Stolz, dass ein Vertrauter von Andrej mich mit der Nase daraus stößt. Könnten die beiden hinter dem

Fund stecken? Die Sachen sehen alt aus, doch in der Stadt gibt es Flohmärkte. Ein paar Tierknochen … jetzt juckt es mir in den Fingern, erneut in den Sack zu sehen.

Bevor ich dazu komme, ertönt die Türglocke. Die Polizei ist da. Ich bleibe Robert die Antwort schuldig und gehe zum Eingang. Badger steht davor. Er sieht nervös aus.

»Wir haben etwas gefunden.«

»Wir?«, fragt er.

»Mein Freund ist wieder da. Er hatte einen Autounfall und lag im Krankenhaus in Dorchester.«

»Das freut mich für Sie. Dass er wieder da ist, meine ich.«

Mehr als ein Nicken schaffe ich nicht. »Kommen Sie rein.«

Unser Dorfpolizist nimmt die zwei Säcke in Augenschein. Er breitet den Inhalt auf dem Fußboden aus und sagt eine Weile nichts.

»Was halten Sie davon?«, frage ich. »Das sind menschliche Knochen, meinen Sie nicht?«

Er sammelt alles wieder ein, steckt die Fundstücke in die Säcke zurück und reibt sich die Stirn. »Ich bin kein Experte. Heute ist es spät, aber morgen werden ein paar Kollegen aus Dorchester kommen.«

»Sie wollen bis morgen warten?«, wirft Robert ein.

»Ja. Diese Dinge haben dort Jahrzehnte gelegen. Da muss ich die Kollegen nicht aus dem Bett klingeln. Ist ja kein frischer Tatort.«

Seine Formulierung finde ich ungewöhnlich, doch für den Moment behalte ich das für mich.

»Die beiden Säcke nehme ich mit.« Er hebt sie an und dreht sich zur Tür. Ich öffne ihm und stelle fest, dass es draußen regnet. Er tapst damit zum Polizeiwagen und ich frage mich, warum er nicht einmal Handschuhe angezogen hat. Das sind

Plastiksäcke. Darauf könnte man doch Fingerabdrücke sichern und herausfinden, wer sie als Letzter in den Händen gehalten hat. Er als Profi sollte das besser wissen als ich. Jetzt sind nicht nur unsere Fingerabdrücke drauf, sondern auch seine. Wir konnten nicht wissen, was darin ist, als wir die Säcke öffneten. Er schon.

Als er vom Hof fährt, fällt mir der dritte Sack ein, der immer noch unter meinem Haus liegt und in den niemand reingesehen hat.

KAPITEL 21

An diesem Morgen ist ein Dutzend Polizisten bei uns aufgetaucht und hat die Grotte, wie ich den Gang inzwischen nenne, in Augenschein genommen. Die Bat-Höhle ist inzwischen vollständig ausgeleuchtet, auch wenn ich das nur erahnen kann, da sie mich nicht nach unten lassen. Männer in weißen Schutzanzügen betreten und verlassen regelmäßig das Arbeitszimmer. Inzwischen glaube ich nicht mehr an eine Beteiligung von Andrej, der heute Morgen nach Deutschland geflogen ist, um einen Freund zu besuchen, wie er sagte. Er und Robert hätten wissen müssen, dass die Polizei hinzugezogen werden würde.

Der letzte Sack wurde nach oben geschleppt. Ich weiß nichts über seinen Inhalt. Ich habe Badger gefragt, der nur eine Randfigur bei dieser Sache darstellt und etwa über genau so viel Informationen verfügt wie ich. Auch wenn er vorgibt, nicht über Interna reden zu dürfen.

»Mister Wagner? Wo können wir uns ungestört unterhalten?« Ein Mann Mitte vierzig ist an mich herangetreten. Seine Gestalt erinnert mich an einen Mathelehrer aus der Oberstufe, der mir für zwei Jahre das Leben zur Hölle gemacht hat. Die beiden teilen sich den gleichen Schnurrbart sowie den braunen Haarkranz.

»In der Küche, wenn Sie wollen.« Ich gehe voraus. Dort treffen wir Robert, der Kaffee brüht.

»Möchten Sie eine Tasse?«, frage ich.

»Nein, danke. Ich bin Detective Chief Inspector Paxton und der ermittelnde Polizeibeamte in diesem Fall, oder besser gesagt, diesen Fällen.«

Ich schlucke. »Es handelt sich also nicht um Artikel vom Flohmarkt?«, frage ich.

»Sie haben den Sack mit den Knochen gesehen?«

»Ja.«

Für einen Augenblick halten wir drei inne in unseren Bewegungen.

»Das sind menschliche Knochen. Das genaue Alter muss noch bestimmt werden, doch sie gehören zu kleinen Personen.«

»Personen?« Robert tritt an den Tisch.

»Der dritte Sack. Haben Sie gestern noch hineingesehen?«

»Wir haben die Steinplatte gefunden und die Polizei gerufen, nachdem wir die Knochen entdeckt haben. Danach war uns nicht nach weiteren Erkundungen«, sage ich.

»Sieht so aus, als hätten Sie als Einziger Zutritt.«

»Was wollen Sie damit sagen?«, frage ich.

»Verzeihung. Reine Gewohnheit. Mir ist bewusst, dass Sie das Haus erst kürzlich erworben haben.«

»Wird jemand vermisst?«, fragt Robert.

»Ich kann zu laufenden Ermittlungen nicht ins Detail gehen. Das verstehen Sie sicher. Mister Wagner, bitte melden Sie sich, wenn Ihnen noch etwas auffällt, Sie etwas finden oder sehen. Wir sind an allem interessiert, auch wenn es Ihnen noch so unwichtig erscheint.«

Ich sehe Robert an. Sein Blick wird ernst.

»Machen wir.« Ich erzähle ihm nichts von dem nächtlichen Besucher vor einigen Tagen. Badger weiß Bescheid. Man kann davon ausgehen, dass er seine Kollegen unterrichtet.

»Dann verabschiede ich mich jetzt. Die Kollegen werden mir in einigen Minuten folgen. Dann können Sie Ihr Eigentum wieder in Beschlag nehmen.«

»Danke.«

»Unser Beitrag hat zwanzigtausend Aufrufe.«

»Was?« Ich öffne die Augen. Bin für eine halbe Stunde auf meinem Bett eingenickt, weil die Nacht so kurz war. »Welcher Beitrag?« Noch hallen die Worte nach, da bin ich auf einmal hellwach. Eine böse Vorahnung beschleicht mich.

»Das Filmmaterial von gestern. Ich habe gestern einen etwas längeren Beitrag gesendet und heute früh gleich die Szene bis zu dem Moment, an dem ich den Sack öffne.«

»Das ist nicht dein Ernst!«

Robert schickt mir diesen Blick völliger Verwunderung, der nur eines bedeuten kann – er weiß genau, was mich stört.

»Du kannst das doch nicht online stellen! Die Polizei wird durchdrehen.« Fieberhaft gehe ich im Kopf mein nicht vorhandenes Wissen zu solch derartigen Fahrlässigkeiten durch.

»Es ist mit Sicherheit strafbar«, sage ich schließlich, ohne zu wissen, ob ich richtigliege. Nur um ihn in Angst und Schrecken zu versetzen. Ich bin geschockt. Wie kann er so blauäugig handeln?

Robert hebt keines meiner Worte an. »Die Polizei in Form unseres Dorfsheriffs hat nichts zu diesem Thema gesagt.«

»Aber das ist doch normaler Menschenverstand, der einem das sagt.«

»Mein Menschenverstand rät mir, diese Chance nicht ungenutzt zu lassen. Zwanzigtausend Aufrufe! Weißt du, was das bedeutet?«

»Das hatten wir bei unserem vierten Beitrag auch, als du die Tour durch den Keller und später die Schnitte zur Drohne gesendet hast.«

»In einer Stunde, mein Lieber.«

»Was?«

»Ganz richtig.« Er dreht sein Handy zu mir und zeigt

mir den Beitrag. Mit enger Kehle beobachte ich mich in der Vergangenheit, wie ich die Wendeltreppe hinter mir lasse und durch einen dunklen Tunnel gehe. Der Lichtstrahl der Taschenlampe erzeugt eine Spannung, die ich gestern Abend nicht so empfunden habe. Der Zuschauer ist begrenzt, in dem, was er sieht. Die Kamera hat bei Weitem nicht das erfasst, was unser Auge im Hintergrund wahrgenommen hat. Also wartet man auf ein klapperndes Skelett, das hinter einer Ecke hervorgesprungen kommt. Natürlich nur in der Theorie. Alle Zuschauer wissen, dass dies kein Hollywoodfilm ist. Keiner rechnet ernsthaft mit dem Fund, den wir schließlich gemacht haben.

Es handelt sich um das letzte Video, das er hochgeladen hat. Es stoppt kurz bevor er die Uhr aus dem Sack zieht. Eigentlich haben wir kein Insiderwissen preisgegeben. Es sind schon eintausend Aufrufe mehr. Dieses Video geht viral. Ich sehe die steigenden Follower-Zahlen. Sehe weitere Anstiege in den Klickzahlen der alten Videos. Wir haben es geschafft. Ohne etwas zu sagen, gebe ich Robert sein Handy zurück.

»Sag nicht, du bist sauer.«

Ein Kopfschütteln, mehr kann ich nicht geben. Der Preis ist zu hoch, schwirrt es mir durch den Kopf.

»Hast du Angst vor den Bullen?«

»Theo ist drei«, sage ich. »Ich habe die Uhr von jemandes anderen Liebling aus diesem Sack gezogen. In unserem Keller. Jeder weiß es nun.«

»Aaaaa.« Er hebt den achtsamen Zeigefinger.

»Ja, ich weiß. Wir haben nicht gesagt, was gefunden wurde. Aber das wird sich schneller herumsprechen, als du den nächsten Beitrag hochladen kannst.«

»Also wird es einen geben!« Er sieht aus wie ein Golden Retriever, nachdem Herrchen nach der Leine gegriffen hat.

»Robert! Sie werden es das Horrorhaus nennen. Doch es ist nicht einmal die Angst davor, was geschieht, wenn mein Sohn in der Schule gehänselt wird. Allein der Gedanke, was hier stattgefunden haben muss. Ich kann unmöglich meine Familie herbringen.«

Jetzt ist er ernsthaft überrascht. »Du willst nicht mehr herziehen?«

»Wie könnte ich? Meinem Sohn ein Heim geben, an dessen Wänden Blut klebt?«

»Verstehe. Und Lana? Was, denkst du, hält sie davon?«

»Ich habe sie noch nicht angerufen. Wollte erst mal einen klaren Kopf kriegen. Sie selbst wird es aus der Bahn werfen, was vermutlich den Kindern angetan wurde, nicht so sehr der Ort. Da ist sie mit Sicherheit gleichgültig.«

Roberts Blicke ruhen auf mir. Über zwanzigtausend Klicks in einer Stunde. Drei Viertel davon Likes. Wir haben es geschafft und das ist das Ende. Kurz bevor ich meine Entscheidung aussprechen kann, dass ich das Haus veräußern muss, wird mir bewusst, dass es dafür zu spät ist. Wer wird schon Charles Manson's Manor kaufen wollen? Stattdessen wird mich die Presse als den Verlierer des Jahrhunderts feiern. Ich vergrabe mein Gesicht in den Händen. Dieses Video hat alles zerstört – ach, Quatsch! Auch ohne Video wären die Tatsachen kurzfristig ans Licht gelangt.

»Was grübelst du?«

»Ich stecke fest«, sage ich. »Der Preis des Anwesens ist eben in den Keller gegangen und wohnen können wir hier nicht.«

Robert geht in die Knie und kommt somit auf Augenhöhe.

»Was ist denn mit dir geschehen? Der Paul, den ich kenne, hätte sich nicht so schnell niederzwingen lassen.«

Ich rolle mit den Augen. »War ein bisschen stressig, die

letzten Tage. Ein Freund hat das Zeitliche gesegnet«, sage ich mit einem Schmunzeln.

»Der hatte es bestimmt verdient.« Robert zieht mich mit sich nach oben. Dann klopft er mir auf die Schulter. »Du machst das Beste draus. Das ist deine Superhelden-Fähigkeit. Ja, ich weiß, dass ich dir in den Rücken gefallen bin, weil ich den falschen Leuten getraut habe. Aber jetzt bin ich zurück und sage: Wir bleiben hier. Wir renovieren den Kasten. Wir produzieren Likes, und wir erregen Aufmerksamkeit und wenn du auf dem Peak bist, nutzen wir diese Chance, damit sich die Sache endlich ökonomisch lohnt. Mach eine Pension draus, für Leute mit morbiden Neigungen. Oder ein Retreat für Geisterjäger. Was du willst! Dir stehen doch alle Türen offen. Warum den Leuten nicht den Tratsch bieten, die Sensation, nach der sie dürsten. Vermarkte es klug! Du könntest sogar eine True-Crime-Sache draus machen. Lass uns die Verbrechen auflösen oder zumindest in der schmutzigen Wäsche der ehemaligen Besitzer graben.«

Robert hechelt wie nach einem Dauerlauf. Er hat sich in Rage geredet. Das erste Gefühl von Abneigung gegen seine Rede, weil er vorschlägt, aus dem Schmerz anderer Familien Kapital zu schlagen, weicht Interesse. Die Idee, ein wenig zu recherchieren, gefällt mir. Immerhin gehört mir hier alles. Ich sollte ein Recht haben, erfahren zu dürfen, was hier vorgefallen ist. Mein erster Gedanke ist, den Anwalt anzurufen, der das Anwesen damals im Namen der Familie an mich verkauft hat. Doch davon wird die Polizei nicht begeistert sein. Sie werden als Erste mit der Familie sprechen wollen.

»Habe ich deine Neugierde geweckt?«, fragt er grinsend.

Ich nicke langsam. »Erinnerst du dich daran, dass die

ehemalige Besitzerin vor vielen Jahren in eine Nervenheilanstalt eingeliefert wurde.«

»Klar.«

»Mich würde interessieren, was zuvor vorgefallen war.«

Das Grinsen auf Roberts Gesicht wird größer. »Nehmen wir
die Kamera mit, wenn wir zu ihr fahren?«

KAPITEL 22

Heute ist Gretel in Pink unterwegs. Wie ein Himbeerbonbon aus vergangenen Zeiten leuchtet ihr Kostüm aus festem Stoff mit weißen Streifen an den Säumen. Sie hat mit dem Gedanken gespielt, ein Hütchen aufzusetzen, doch dann war ihre Ähnlichkeit zur ehemaligen Queen so groß, dass sie es bleiben ließ, auch wenn es sie in den Fingern gejuckt hat. Die Kostüme gehen langsam zur Neige, sie wird nächste Woche mal wieder an den Neuen Wall zum Shoppen fahren. Nicht nur, weil der Job eine gewisse Verschleißrate nach sich zieht, sie hat auch etwas zugelegt um die Hüften. Bewegungsfreiheit ist das A und O. Sie kann sich nicht leisten, dass ihr bei einem Ausfallschritt die Naht reißt oder noch schlimmer, die Luft zum Kampf fehlt, weil ihre Kleidung einem Korsett aus dem neunzehnten Jahrhundert gleicht.

Erwin Neuss ist Türsteher in der ›Nackten Ente‹. Seine durchschnittliche Größe von einem Meter und achtzig macht er durch Muskelmasse wett. Eine Herausforderung auf der Suche nach schwarzen Anzügen, wie er sie vor dem Nachtklub jeden Abend trägt, vermutet Gretel. Dazu eine tiefschwarze Ray-Ban, um die Besucher zu verunsichern. Er muss Adleraugen haben, wenn er damit im Dunkeln arbeiten kann.

Erwin lebt mit seiner Frau nahe der Elbchaussee. Nicht direkt am Wasser, doch dicht genug, um eindeutig zu den oberen zwei Prozent der Bevölkerung zu gehören, was die Höhe des Einkommens anbelangt. Seine Frau arbeitet tagsüber in einer Kita in Barmbek. Er ist gelernter Mechatroniker und hat sich während der Ausbildung Geld in Bars dazuverdient.

Die Geschichte des Elternhauses liegt im Dunkeln, doch so weit musste Gretel nicht forschen. Für ihre Zwecke reichten die einschlägigen sozialen Netzwerke, Querverlinkungen zu Freunden, Interneteintragungen der Handwerkskammer über Absolventen und ein zehn Jahre alter Zeitungsartikel aus dem Netz, der einen stolzen Erwin als Sieger eines Ringerwettbewerbs zeigt. Von da an war es nicht schwer herauszufinden, wo er zur Schule gegangen war und insgesamt festzustellen, dass kein einziger Schritt auf seinem Lebensweg einen derartigen Reichtum rechtfertigte, den die schneeweiße Altbauvilla suggeriert, vor der sie jetzt steht. Reich geheiratet hatte er nicht. Die Recherche zu seiner Frau Tanja war ebenso einfach, vielleicht zu einfach, da Tanja ihr komplettes Leben auf Instagram teilt – öffentlich, für jeden einsehbar. So weiß Gretel, dass Erwin samstags immer eine seiner geliebten Massagen bekommt, während Tanja mit den Mädels zum Brunchen loszieht. Auch heute gibt es ein nagelneues Foto in ihrer Story, das sie mit einem Glas Champagner und zwei weiteren Mittzwanzigern im ›Alex‹ an der Alster zeigt. Unterschrift: *Bärchen du verpasst was*. Bärchen – sein richtiger Profilname lautet ›Win ErwinWin‹ – hatte vor zehn Minuten geantwortet, er wäre auf dem Weg zur heimischen Streckbank. Gretel darf keine Zeit verlieren.

Sie weiß, dass die beiden eine Haushaltshilfe haben, keine Kinder. Sie betritt die Auffahrt des Nachbarhauses, steigt die Treppe zum Eingang nach oben und klingelt. Eine Frau älteren Semesters öffnet ihr die Tür – eine glückliche Fügung. Sie trägt normalerweise eine Brille, wie Gretel an den Abdrücken auf ihrer Nase erkennen kann. Doch heute hat sie die nicht auf. Womöglich hat der Gang zur Tür sie abgelenkt. Gretel bittet um kurzes Gehör, um ihr die Vorzüge ihrer Sekte nahezubringen.

Die Augen der Frau weiten sich vor Schreck. Sie ist stärker beeindruckt als Mats Ulrich vor ein paar Tagen, dem sie mit dem Tode gedroht hat. Schnell wird Gretel abgefrühstückt und die Tür vor ihren Augen zugeschlagen. Sie bleibt eine Weile auf dem Absatz stehen. Eine Minute später taucht die Frau am Fenster auf, Gretel war gerade in Begriff, zu gehen. Sie zögert, winkt ihr zu, vermittelt den Eindruck, als wolle sie zurückkommen. Die Frau schließt die Vorhänge. Gretel eilt die Treppe herunter, doch anstatt dem Weg zur Straße zu folgen, wechselt sie hinter einem großen Rhododendronbusch die Richtung. An einer Stelle, die für die Frau nicht mehr einsehbar ist. Hier geht es zur Garage, die sich neben dem Haus befindet. Oder man quetscht sich wie Gretel neben dem Gebäude vorbei, um in den hinteren Teil des Grundstücks zu gelangen. Sie stützt sich mit behandschuhten Händen auf den Stabmattenzaun, der an dieser Stelle nur achtzig Zentimeter hoch ist, und schwingt sich auf die andere Seite. Dieser Bereich ist von außen nicht einsehbar. Dank Tanjas … oder sollte sie sagen: des Instagram-Profils von ›Little Missie‹ kennt sie den Grundriss des Hauses auswendig. Der Raum mit der Massageliege befindet sich im Souterrain. Der Bereich kann von innen oder über die Terrasse betreten werden. Direkt daneben befindet sich das Sportzimmer mit einer Komplettausstattung, die jedes Fitnessstudio alt aussehen lässt. Angrenzend eine Dusche, die von beiden Räumen begehbar ist. Gretel hat die Nachbarin gewählt, die sich direkt neben dem Teil des Hauses mit dem Sportzimmer befindet. Alle Nachbarn besitzen Kameras, die einen Teil des Vorgartens filmen. Wäre Gretel einfach durch ihr Grundstück gelaufen, hätte das Fragen aufgeworfen. So gibt es eine plausible Erklärung dafür, dass die ältere Frau das Grundstück betritt. Wenn sie schnell genug ist, merkt vielleicht keiner, dass sie noch beim Nachbarn vorbeigeschaut hat. Den Versuch ist es wert.

Hier hinten gibt es keine Kameras. Die sind alle auf den Eingangsbereich des Hauses gerichtet. Gretel bricht die Schiebetür auf. Im Haus ist sie flink. Sie holt die Spritze aus der Handtasche, das Messer liegt bereits in ihrer Hand. Aus dem Nachbarraum hinter der Dusche hört sie Stimmen. Die beiden fachsimpeln darüber, dass ihrer beider Jobs niemals durch künstliche Intelligenz ausgeführt werden können. Gretel denkt an Massagesessel und ticketgesteuerte Schließsysteme und muss schmunzeln.

Die beiden sind in ihr Gespräch vertieft, niemand hört, wie sie sich anschleicht. Die Kreppsohlen an den Ballerinas lassen sie lautlos über den kuschligen Teppich gleiten. Ein Schnäppchen aus der Toskana, wie sie von ›Little Missie‹ weiß. In einem Moment, als sich Harry – so heißt Erwins Physiotherapeut, der extra jeden Samstag zur Massage kommt, weil Erwin nach dem langen Stehen jeden Abend fünf Tage die Woche, Kreuzschmerzen hat – aufrichtet, setzt sie die Spritze direkt in seinen Nacken. Ein kräftiger Ausatmer ist sein einziges Geräusch, bevor er an Körperspannung verliert und Gretel ihn mit einem Zug an seinem Shirt nach hinten zu sich zieht. Er gleitet in ihre Arme, schwer wie ein Regal voller Bücher und wird von ihr auf dem Teppich abgelegt. Sie umrundet die Liege und stellt sich neben den dösenden Erwin, der mit dem Kopf nach unten von einer Szene berichtet, die sich am gestrigen Abend vor dem Nachtklub zugetragen hat.

Die eine Hand legt sie in seinen Nacken, die andere führt die Klinge zur Kehle. Eigentlich schade um die schöne Arbeit von Harry. Erwin fühlt sich schlagartig völlig verspannt an.

Das spürt sie in seiner Nackenmuskulatur, die sich innerhalb kürzester Zeit in Stahl verwandelt hat.

»Harry?«

»Der ruht sich aus. Lassen Sie locker, sonst kriege ich Zuckungen in der Hand mit dem Messer.«

»Wer sind Sie?«, brummt er. Gretel kann hören, dass er nicht verängstigt ist. Muss an ihrer Stimme liegen. Die ist alles andere als furchteinflößend. Vielleicht sollte sie darüber nachdenken, zu flüstern. Das bringt viel mehr Unsicherheit ins Spiel.

»Ich habe mit Kaya gesprochen. Er sagt, du hättest ihn in den Stadtpark geschickt.«

»Kaya? Wer ist das?« Gretel sieht die ersten Schweißtropfen in seinem Nacken zusammenlaufen. Sein Kopf ist puterrot. »Du hast keine Ahnung, mit wem du dich angelegt hast, Alte. Glaubst du, du kannst hier einfach so rausmarschieren? In deinem Sinne hoffe ich, dass du noch so eine Spritze dabeihast. Ich glaube nicht, dass du es sonst mit mir aufnehmen kannst.«

»Ich bin so froh, dass du es ansprichst.« Einen Griff in ihre Handtasche später hat Gretel die Spritze in der Hand, die wie ein Kugelschreiber funktioniert. So schnell hat Erwin nicht einmal registriert, dass die Hand von seinem Nacken gelöst wurde, da sinkt er schon in einen traumlosen Schlaf.

Zehn Minuten später wird er wach, Hände und Füße an seiner Rudermaschine fixiert.

»Nach Harry brauchst du nicht rufen. Der wird noch eine Weile schlafen. Ich habe Zeit. Das Ganze kann so lange dauern, wie du willst. Doch ich wette, du willst, dass es schnell geht. Denn Tanja wird sich früher oder später auf den Weg hierher machen. Und Tanja möchtest du nicht dabeihaben.

Das verspreche ich dir. Wenn du glaubst, dass ich keine Frauen foltere, weil ich selbst eine bin, dann ist das sexistisch. Ich hoffe, du bist ein moderner Mann und nicht in alten Denkmustern verhaftet.«

Ein prustender Laut von Erwin.

»Die Socken entferne ich aus deinem Mund, wenn ich denke, dass du bereit bist zu reden. Ach ja. Und es sind Harrys Socken, falls du dich fragst. Du hattest keine an.« Sie grinst. Er reißt die Augen auf und protestiert lautstark. Natürlich kann er sie identifizieren. Doch das stört sie nicht. Die Polizei wird er nicht verständigen, wenn sie gegangen ist.

»Du arbeitest für Leute, die einen Bombenleger brauchten … Kaya. Ich spare dir das Vorgeplänkel. Kaya wird den Drogenhandel in Zukunft nicht weiter ankurbeln und auch für deine Geschäfte steht er nicht mehr zur Verfügung. Wer ist der Auftraggeber?«

Ein Kopfschütteln. Erwin schnauft so laut, dass sie befürchtet, er könne das Panzertape zerreißen, mit dem seine Hände die Griffe der Rudermaschine halten. Vor ihm hat sie einige seiner Gewichte aufgereiht. Gretel schnappt sich eine Fünf-Kilo-Hantel, geht zum vorderen Teil der Rudermaschine, wiegt das Gewicht in der Hand und zwinkert ihm zu.

»Das wird jetzt wehtun, Schätzchen.« Präzise saust der Edelstahl auf Erwins rechten Fuß herunter und zerquetscht ihm den kleinen Zeh und den daneben. Er stößt einen Urschrei aus, der bis zu den Nachbarn zu hören gewesen sein muss. Gretel vermutet, dass in dieser Nachbarschaft jeder sein eigenes Leben führt. Rechts und links von Erwin und Tanja wohnen Rentner. Selbst wenn sie etwas gehört haben – sie bezweifelt, dass sie Interesse zeigen. Tanjas Social-Media-Account ist voller Videos von wilden Partys. Wenn die Nachbarn die Polizei holen, dann wegen Ruhestörung.

Gretel wartet ab, bis er aufgehört hat, zu jaulen.

»Fangen wir noch mal an. Du hast ja noch einige weitere Gliedmaßen. Und wenn wir ein Ende erreichen, warten wir auf Tanja.«

Jetzt hat sie geflüstert. Gretel stellt mit Genugtuung fest, dass er eine Gänsehaut bekommt, obwohl in diesem Raum über fünfundzwanzig Grad herrschen müssen.

»Wie heißt dein Auftraggeber?« Sie zieht das Klebeband von seinem Mund und lässt zu, dass er die Socke ausspuckt. »Wenn du schreist, bist du tot und ich suche in deinen Unterlagen nach einem Anhaltspunkt. Tanja wird mir sicher helfen.«

»Nein. Ich weiß gar nichts. Die lassen mich nichts wissen. Das hat Gründe.«

»Wer sind die?«

»Ich weiß es nicht.«

Sie befestigt das Ende des Panzertapes wieder an seiner Wange und dreht ihm den Rücken zu.

»Reichen fünf Kilo für den großen Zeh oder sollte ich gleich zu einer größeren Hantel greifen?«

Er stöhnt und wimmert. Gretel schnappt sich zehn Kilo und bewegt sie mit einer Leichtigkeit im Raum, als zeigte sie nicht das Äußere einer zarten Pflanze, und als sei die Hantel ein Tambourinstab. Möglich, dass sie sich etwas mit der Aufnahme bei der Nachbarin einfallen lassen muss. Erwin ist ein zäher Brocken. Das hier könnte länger dauern. Vielleicht täuscht sie eine Ohnmacht neben dem Rhododendron vor und klingelt noch mal bei der Alten wegen eines Glases Wasser.

KAPITEL 23

An diesem Sonntagmorgen hängt der Himmel grau und tief über den Ruhestätten der Toten. Kein Vogel singt auf dem Friedhof in Stade, Schleswig-Holstein. Andrej Kroll ist gekommen, um Abschied von seinem besten Freund zu nehmen. Eckard Niemann war ein Mann, wie man ihn heute nur selten trifft. Mit Herz und Seele im Hier und Jetzt. Er investierte seine gesamte Energie in das, was vor ihm lag. Kein Problem in der Vergangenheit hinderte ihn daran, sein Bestes zu geben. Keine Sorgen über die Zukunft lenkten seinen Fokus ab. So dachte Andrej zumindest. Dass er seinen Freund nicht kannte, weiß er jetzt.

Der Regen läuft in Rinnsalen die schwarzen Schirme herab und hinterlässt Spuren auf dunklen Mänteln. Die trauernde Menge hat den Kopf geneigt, die Hände vor dem Körper verschränkt und starrt ins Nichts, während die Ohren der Stimme des Pfarrers lauschen, der nach einigen schweren Sätzen Eckards Bruder das Wort übergibt. Andrej Kroll hält den Blick auf die beiden Teenager neben der Witwe gerichtet. Sie sind ein einziger Widerspruch. Leni wirft in unregelmäßigen Abständen Blicke auf ein Smartphone, das sie aus der Manteltasche zieht. Lukas trägt In-Ear-Kopfhörer, die seine Mutter bestimmt noch nicht entdeckt hat. Sein abwesender Blick ist anders als der der Menge. Er hört Musik. Andrej spürt den Stich. So simple Tätigkeiten, die wir mit der Zeit kultiviert haben. E-Mails checken, Social Media nach Unterhaltung durchsuchen, die Welt mit Podcasts und Musik ausblenden. Und doch steht ihr heute auf der Beerdigung vor dem Grab eures Vaters, der im geschlossenen Sarg beerdigt wird, weil der Zug keine ansehnlichen Stücke von ihm übrig gelassen hat, denkt er.

Er selbst wünschte, Musik würde ihm helfen, wie sie Lukas hilft. Doch die Zeiten sind lange vorbei. Irgendwann, lange nachdem man erwachsen geworden ist, kommt der Punkt der völligen Akzeptanz. Dann spart man sich die Energie für Kämpfe, die aussichtslos sind, und konzentriert sich darauf, die Asche abzuschütteln und nach vorn zu sehen. Die Vergangenheit existiert nicht. Nur der Augenblick. Eckard Niemann ist tot.

Er hat seinen Bruder Ernst nie gemocht. Andrej auch nicht. Der jüngere Bruder steht an der Stirnseite des Sarges und holt einen Zettel aus der Tasche. Mit Füller geschrieben. Andrej kann sich vorstellen, wie er zu Hause an seinem Hippie-Schreibtisch aus Treibholz gesessen hat und einige Zeilen auf Büttenpapier schreibt, um sie an diesem Sonntagmorgen vorzutragen. Dass die Beerdigung an einem Sonntag stattfindet, ist eine Ausnahmeregelung für die Familie.

Er schiebt die Brille auf seiner Nase nach oben, streicht eine Strähne hinters Ohr und beginnt zu lesen: den ›Begräbnis-Blues‹ von W. H. Auden. Andrej atmet tief durch; ein wundervolles Gedicht, und genau die richtigen Worte für diesen Moment, nur von der falschen Person vorgetragen. Ernst liebt Theatralik. Heute steht er endlich auf einer Bühne und niemand kann ihn dort runterzerren oder gehen, wenn er es will. Andrej spielt einen Augenblick mit dem Gedanken, ein Zeichen zu setzen. Doch das kann er der Witwe nicht antun. Sie wäre Ernst danach ausgeliefert.

Der ewige Junggeselle endet mit den Worten: »Ich dachte, Liebe währet ewig: Falsch gedacht.«

Ist das eine Träne in seinem Augenwinkel oder nur der Regen, der kein Mitleid mit dieser trauernden Gemeinde hat? Andrej kann ihn blinzeln sehen. Es ist eine Träne; er versucht, der einen Schubs zu geben. Na also! Da rollt sie und schon kann er das Taschentuch aus der Jackentasche ziehen, um sie wegzutupfen. Kein Applaus. Natürlich nicht. Andrej möchte darauf wetten, dass Ernst deswegen verstimmt ist. Vielleicht ist dies doch nicht die Bühne, die er sich gewünscht hat. Vielleicht reichen berühmte Worte, die Ernst nur aus ›Vier Hochzeiten und ein Todesfall‹ kennen kann nicht, um die Aufmerksamkeit von seinem toten Bruder auf ihn zu lenken. Endlich! Nachdem er sein Leben lang in dessen Schatten geprobt hat, ein Paradiesvogel zu sein.

Andrej hebt seine unversehrte Augenbraue und wendet den Blick ab. Lexi sieht wütend aus. Sie presst die Zähne so stark aufeinander, dass die Kieferknochen hervortreten. Ein Schmunzeln stiehlt sich in Andrejs Gesicht, weil er weiß, was Eckard jetzt sagen würde: »Da hätten wir uns das Geld für die Filler sparen können, Schatz.«

Hinter ihr stehen Mitarbeiter aus seiner Firma. Sie wirken ganz besonders stumm. Andrej fragt sich, ob Eckard bewusst gewesen ist, wie sich seine Stellung verändert hat, seit dem Entschluss zum Freitod und der anschließenden Durchführung. Der seriöse Geschäftsmann, der wie eine alte Eiche fest verwurzelt jedem Sturm getrotzt hat. Gefällt und zerteilt in einer Kiste aus Tropenholz. Bereit, der Erde und den darin lebenden Geschöpfen übergeben zu werden. Werden sie ihn in Erinnerung behalten, wie er war? Unerschrocken, mit kühlem Kopf und messerscharfem Verstand. Immer seine schützenden Hände über seinen Untergebenen, wie die Blätter des erwähnten Baums? Oder sehen sie nur seine Flucht vor der

Zukunft? Für Eckard gibt es nur noch Vergangenheit. Uns anderen bleibt nur die Gegenwart. Unsere Welten haben sich getrennt, denkt Andrej. Kein Wunder, wenn sie vergessen, wie er war. Auch ich hadere mit dem Bild, das ich von ihm hatte.

Ernst steht wieder an seinem Platz, doch einen Schritt vor allen anderen. Endlich wird er gesehen. So glaubt er zumindest. Andrej weiß, dass Sichtbarkeit noch nie Ernsts Problem war, sondern das, was man sieht. Ein Mann, der sein Wohlbefinden immer an erste Stelle setzt. Sein sorgsam gefaltetes Seidentuch verhüllt seinen Hühnerhals. Weiße Windrosen auf schwarzem Grund. Die Anspielung auf sein Lieblingshobby konnte er sich selbst heute nicht verkneifen. Ernst ist besonders stolz auf seinen Segelschein. In seinem Sommerurlaub trommelt er regelmäßig sieben Leute zusammen, mit denen er eine Tour durchs Mittelmeer macht. Hydra, Paros … Ernst kennt die schönsten Buchten, die coolsten Strandbars und die Häfen, in denen die ganz dicken Jachten liegen. Dann sitzt er am Abend bei einem Bier oder Tequila mit seinen zeitweiligen Freunden zusammen und schwadroniert über den Lebensweg der Besitzer, die er sofort gegoogelt hat, sobald er den Namen der Jacht lesen konnte. So weiß Andrej es aus Erzählungen von Freunden. Ernst sonnt sich in deren Erfolg, denn wer etwas weiß, ist im Spiel, wenn auch nur auf der Zuschauerbank statt, wie Ernst glaubt, auf dem Feld. Dann beeindruckt er die Mannschaft, deren Führer er als Captain geworden ist mit Seemannsgarn und Segelweisheiten. Gibt den Macher unter den Mädels, die von Tour zu Tour jünger werden und dankbar einer Einladung zu einem Segeltrip gefolgt sind, denn wann bietet sich so eine Chance ein zweites Mal? Und er träumt vom eigenen Boot. Der Gelegenheit, seinen Nullachtfünfzehn-Job bei Bosch an den Nagel zu hängen und das

Leben zu führen, für das er geboren wurde. Ein Leben auf einem Boot. Jeden Tag ein anderer Hafen, sich treiben lassen, nur die Verantwortung für eine Person zu tragen – die einzige, die zählt. Wie können zwei Brüder nur so verschieden sein?

Eckard liebte das Sonntagsfrühstück – das sollte einer sagen, statt über Straßentauben mit Kreppkragen zu reden. Andrej hatte dieser legendären Mahlzeit im Hause Niemann schon beigewohnt, die sich über drei Stunden erstrecken konnte. Eier, frische Brötchen, Pancakes und Speck, geräucherter Lachs und jede Menge Obst. Gespräche, Kinder, die mit dem Hund spielten, Pläne, die geschmiedet, Sorgen, die geteilt und zerstreut wurden. Blank poliertes Silberbesteck, das nicht, wie in anderen Häusern für Gäste, sondern nur für die Familie aufgedeckt wurde. Schneeweiße, gestärkte Tischdecken und Stoffservietten. Leni und Lukas im Schlafanzug, wenn sie Lust darauf hatten. Lexi in einer weiten Leinenhose mit einer ihrer zahllosen weißen Blusen. Eckard entspannt und glücklich, weil er wenige kostbare Stunden mit der Familie verbringen konnte.

Andrej war immer ein bisschen wehmütig gewesen, weil er Lana dieses Leben nie hatte bieten können. Ihre Mutter war zu früh gestorben und Katharina hatte nie Gefallen an einem Familienleben gefunden. Sie aß morgens nur eine Grapefruit, bevor sie ihr Tagesprogramm mit zwei Stunden Tennis startete.

Die Trauergemeinde setzt sich in Bewegung. Die Familien haben ihre Rosen niedergelegt, der Sarg ist abgesenkt. Jetzt kommt der Teil, den die wenigsten verkraften würden. Also geht man zum Leichenschmaus oder nach Hause, um die schwarze Kleidung abzulegen, durchzuatmen und das Erlebnis in die hinterste Ecke des Gedächtnisses zu schieben, wo es einen nicht daran hindert, sein gewohntes Leben fortzusetzen.

Andrej schiebt sich an einigen schwarzen Mänteln vorbei. Den Regenschirm konnte er einklappen. Es klart auf. Am Weg hat er Lexi eingeholt. Sie trottet hinter ihren Kindern her. Beide betätigen ganz offen ihre Handys. Es scheint sie nicht zu stören. Als er sie erreicht, legt er ihr eine Hand auf die Schulter.

»Kann ich dir irgendwie helfen? Heute oder generell?«

Ihre braunen Augen wirken glasig hinter den tief hängenden Lidern. Sie schüttelt den Kopf, doch der feste Zug um ihren Kiefer lockert sich.

»Ich kann ihn ablenken für die Dauer des Essens. Vielleicht setzt er sich zu mir und erzählt mir die Geschichte noch einmal, wie sie in Hamburg seinen Koffer auf dem Rollfeld verloren haben.«

Sie lächelt. Es sieht müde aus. »Ich bin sauer«, sagt sie und bleibt stehen. Ihre Augen lassen keinen Zweifel an dem eben gesagten.

»Es war viel zu früh. Ich wäre auch sauer.«

»Nicht aufs Leben … auf ihn!« Eine tiefe Falte schlängelt sich über ihrer Oberlippe nach außen.

Andrej fällt keine passende Antwort ein.

»Das ist doch kein Grund! Das bisschen Geld! Keinen von uns interessiert es. Nicht einmal ihn hat es interessiert.«

Andrej wiegt den Kopf hin und her. Er hatte sich seine eigenen Gedanken dazu gemacht, als er vom Selbstmord seines Freundes erfuhr.

»Ich glaube nicht, dass es ihm ums Geld ging oder das verlorene Prestige. Eckard war ein Mann, der sich nach der Insolvenz wieder aufgerappelt hätte«, sagt er.

»Siehst du!«

»Ich denke, es ging tiefer. Er fühlte sich wie ein Versager. Er hat die Leute im Stich gelassen. Er hat euch im Stich gelassen. Er konnte es nicht verhindern.«

»Siehst du ihn so? Als Versager? Oder hat er dir das gesagt? Du hättest mich warnen müssen!« Das Feuer kehrt in ihre Augen zurück. Andrej wirft einen Blick über ihre Schulter zu den Kindern, die zwanzig Meter entfernt am Wagen lehnen und ihre Smartphones bedienen.

»Natürlich nicht! Weder noch. Ich bin enttäuscht, dass er diesen Ausweg für sich gewählt hat. Damit hätte ich nicht gerechnet.«

»Für sich! Da sagst du es!«

»Ja, ja. Das sind nur Gedanken, die ich mir gemacht habe. Ihm war wichtig, euch nicht zu enttäuschen, und womöglich hat es ihm zugesetzt, dass das Unternehmen nach zwanzig Jahren vor dem Ruin steht.«

»Ich werde Insolvenz anmelden. Gleich morgen treffe ich mich mit dem Anwalt.«

»Ich begleite dich.«

»Danke.«

Lexi hakt sich bei ihm ein. Er spürt, wie ihr Gewicht an seinem Arm zieht. Nicht viel – die Frau ist ein Blatt im Wind –, sie wirkt kraftlos. Es wird mehr als seinen Arm benötigen, um ihr wieder auf die Beine zu helfen. Andrej weiß, dass er sie unterstützen wird, ob sie es will oder nicht. Eckard hatte seine Ratschläge nicht angenommen – er wird dafür sorgen, dass Lexi es tut.

Als sein Freund vor einigen Wochen am Telefon darüber redete, dass der nächste Jahresabschluss ein aufgebrauchtes Eigenkapital bescheinigen würde, und sein Unternehmen in vier Monaten zahlungsunfähig wäre, da hatte Andrej ihn beruhigt und auf Möglichkeiten hingewiesen. Eine Insolvenz ist keine Schande mehr, hatte er ihm gesagt. Manche großen Unternehmen betreiben es wie einen Sport. Such dir rechtzeitig die richtigen Leute, die dich dabei begleiten, dann kannst du es in Eigenregie durchführen und verlierst dein Anlagekapital nicht. Doch Eckard wollte davon nichts hören. Das Unternehmen war in dritter Generation im Familienbesitz. Er fühlte sich verpflichtet, es durchzubringen. Ein Käufer sollte gefunden werden. In Andrejs Augen ein sinnloses Unterfangen bei derartiger Überschuldung. Doch Eckard trieb jemanden auf – eine E-Mail, die im richtigen Augenblick in sein Postfach flatterte. Eine Werbewurfsendung von einer Firma, die Interesse bekundete, sein Unternehmen zu übernehmen. Sie sprachen nicht über Details, doch Andrej riet ihm davon ab, mit jemandem Geschäfte zu machen, der ein Angebot unterbreitete, ohne die Geschäftsräume besichtigt zu haben.

»Du weißt von seinem Versuch, einen Investor zu finden?«, fragt er.

Natürlich tut sie das. Wie hatte Andrej bis heute annehmen können, Eckard hätte Lexi in eine so wichtige Entscheidung nicht eingeweiht.

Ein Nicken. »Ich bin schuld, dass er sich nicht mehr getraut hat, mir unter die Augen zu treten, nachdem sie ihn abgezockt hatten.«

Andrej kann sie kaum verstehen, weil eine Traube von Trauernden neben ihnen lauter murmelt. Er zieht sie ein Stück zur Seite und sie bleiben neben einer Konifere stehen, deren nasse Äste sich nach außen biegen.

»Was meinst du?«

Sie schließt die Augen und greift sich an die Stirn. Eine Last liegt auf ihren Schultern, die Andrej beinahe sehen kann, seit sie heute Morgen aus dem Auto auf dem Parkplatz ausstieg. »Das war das einzige Mal, dass ich mich eingemischt habe. Es ging doch schließlich um unser Privatvermögen. Er hat das Geld trotzdem abgehoben und denen in den Rachen geworfen. Geld, das für die Ausbildung von Lukas und Leni reserviert war. Kein Wunder, dass er sich schämte. Er muss gedacht haben, dass ich mich von ihm abwenden würde, weil er auch noch unsere Reserven verschwendet hatte.«

»Und?«

»Natürlich wäre ich aus der Haut gefahren. Doch dazu hatte ich keine Gelegenheit mehr, wie du weißt.«

»Verstehe«, sagt Andrej.

»Ich glaube nicht, dass er sich für die Insolvenz geschämt hätte oder er sich schuldig fühlte, seine Mitarbeiter im Stich gelassen zu haben. Ich denke, er konnte nicht mit dem Fehler leben, den er gemacht hatte. Vielleicht glaubte er, seine Familie betrogen zu haben. Und ein bisschen war es ja auch so.«

»Lexi. Was genau hat er getan? Mir hat er davon nichts erzählt.«

»Das glaube ich gern. Er hatte eine Vertraulichkeitsvereinbarung unterschrieben. Das sagte er immer wieder.«

Er wischt die Bemerkung mit der Hand beiseite. »Das ist normal. Doch daran hält sich niemand im Freundes- und Familienkreis. Wofür hat er euer Geld verwendet?«

Die Witwe setzt eine angestrengte Miene auf, als löse sie ein Kreuzworträtsel. »Lass mich schauen, dass ich das zusammenkriege. Denn ganz verstanden habe ich es nicht. Schon allein deswegen habe ich ihn davon abhalten wollen.« Sie wirft ihm einen dieser rührenden Blicke zu, den schöne Frauen auf Lager haben, ohne sich ihrer Macht bewusst zu sein.

»Sie waren bereit, den Vertrag zu unterschreiben. Eckard

ist zwei Mal in München gewesen und hatte sich mit dem Geschäftsführer getroffen. Ein Serbe oder Pole oder so. Ich erinnere mich nicht mehr an seinen Namen. Plötzlich war die Rede davon, die Kaufsumme über eine ausländische Bank aufzutreiben, die angeblich eine Sicherheit sehen wollte. Und jetzt halte dich fest: Eckard sollte zunächst einhunderttausend Euro bei dieser Bank hinterlegen. Ein Standardprozess, wie sich der Geschäftsführer ausdrückte. Das würde der Bank zeigen, dass er ein seriöser Geschäftsmann ist. Der Mann wollte ihm das Geld danach von seinem Privatkonto überweisen. So hätte Eckard keinen Verlust und die Bank wäre zufriedengestellt.«

»Das kann nicht dein Ernst sein!«

»Leider ja.«

»Und da hat er mitgemacht?«

Der Wind zerrt an ihren braunen Haaren. Einige Strähnen haben sich aus der Hochsteckfrisur gelöst, die er heute zum ersten Mal an ihr gesehen hat. Lexi trägt ihr Haar immer offen. »Er war richtig verzweifelt und hat nach jedem Strohhalm gegriffen. Das weiß ich heute. Die Angst war zu groß, sich eine Chance durch die Finger gleiten zu lassen.«

»Und dann?«

Tränen laufen ihr übers Gesicht, als lösten sich ihre Augen auf und suchten den Weg zum Boden – in die Erde, in der ihr Mann begraben wird. Andrej sieht den Kleinbagger aus dem Augenwinkel, der über den Friedhof rollt. Zu früh, denkt er. Die Trauergemeinde ist doch noch anwesend. Er schickt ein Stoßgebet zum Himmel, dass Eckards Familie nicht erleben muss, wie sie die Erde über seinem offenen Grab anhäufen, um ihr Werk mit einem kräftigen Schaufelschlag darauf zu vollenden. Das knackt das Tropenholz und das Erdreich kann schneller von den Überresten seines Freundes Besitz ergreifen.

»Dann kam die Polizei und hat mir berichtet, was er getan hatte.« Sie kramt nach einem Taschentuch. Andrej ist schneller.

›Was er getan hatte …‹ Die Worte hallen nach. Eckard hatte so viel getan. Alles versucht. Nicht aufgegeben und schließlich versagt. Er musste überzeugt davon gewesen sein, dass sein Tod der beste Ausweg für alle wäre. Andrej verflucht sich, dass er nicht der Freund gewesen war, dem Eckard sich in diesem Moment anvertraut hatte.

»Hast du noch Unterlagen von dieser Firma? Namen, E-Mails, Visitenkarten? Irgendwas?«

»Ich suche danach. Versprochen. Doch es könnte etwas dauern. Sein Laptop ist verschwunden. Ich muss die Polizei fragen, ob die ihn mitgenommen haben.«

KAPITEL 24

»Die kennen auch keine Lady Humphrey.« Robert legt sein Handy auf den Küchentisch und starrt in den verwilderten Garten hinaus.

Ich deute ihm mit dem Zeigefinger vor dem Mund an, dass ich noch einen Moment benötige.

»Ja. Ganz genau«, sage ich in mein Telefon. »Agatha Humphrey.« Mein Grinsen steckt Robert an.

»Wer ich bin?«

Robert zuckt die Achseln.

»Ihr Neffe natürlich. Aber ich würde sie gern überraschen. Wissen Sie, wir haben uns sehr lange nicht gesehen, weil ich im Ausland gelebt habe. Sie hören es an meinem Akzent. Sie wird sich riesig freuen, aber vielleicht könnten Sie ihr nichts davon erzählen, dass ich sie besuchen möchte. Wäre das möglich?«

Zwei erhobene Daumen von Robert.

»Großartig! Dann sehen wir uns zur Teezeit. Danke sehr!« Ich lege auf.

»Du hast sie!« Robert klopft mir auf die Schulter.

»Das wird DCI Paxton nicht gefallen«, sage ich.

»Mag sein, aber zunächst einmal hatten sie mehr als einen Tag Zeit, um die Frau als Erste aufzusuchen. Und ich gebe dir vollkommen recht – man hat dir ein Horrorhaus verkauft. Natürlich hast du Fragen. Und du willst ja auch nicht den Ermittlungen vorgreifen, sondern herauskriegen, wieso sie dort nicht mehr lebt. Du greifst der Polizei in keiner Weise voraus.«

Das liebe ich so an Robert. Er bringt meine Gedanken so auf

den Punkt, dass sie mich überzeugen, selbst wenn ich Zweifel habe.

Die Privatklinik trägt den melodischen Namen: Blueberry Fields. Sie liegt mittig zwischen dem beschaulichen Örtchen Swyre und Lincolnbury. Das Gelände passieren wir durch ein schmiedeeisernes Tor, das nach Kontaktaufnahme per Gegensprechanlage geöffnet wird, die im Gegensatz zu den steinernen Pfosten hochmodern ist. Ein Kiesweg schlängelt sich durch sanfte Hügel, die wie ein Smaragd leuchten. Knorrige Eichen, unter denen tiefbraune Schafe mit weißem Kopf und hellen Beinen grasen, vervollständigen die Jane-Austen-Oase.

Die Sonne hat heute an Kraft gewonnen und die meisten Wolken verdrängt. Robert lässt das Fenster herunter und ich kann die Bienen summen hören. Oder vielleicht bilde ich es mir nur ein, weil es passen würde, zu diesem Paradies. Wenn ich an meine eigene Auffahrt denke, so könnte ich mir auch so einen Garten Eden vorstellen. Theo würde Schafe lieben. Eine perfekte Idylle – wären da nicht die Kinderknochen im Keller.

Es gibt einen Parkplatz für die Angestellten und einen für Gäste. Unser Leihwagen wirkt neben den Oldtimern, die hier stehen, wie ein Verwandter, der eben aus dem Gefängnis entlassen wurde, mit der Kleidung, die er vor dreißig Jahren bei seiner Inhaftierung getragen hat. Dieses Sanatorium ist eindeutig für betuchte Gäste, nicht für jedermann.

»Wenn du sie nicht kennst, wer hat dir dann das Haus verkauft?«, fragt Robert, während mein Blick noch über den Fuhrpark gleitet.

»Das lief alles über Anwälte. Es hieß, der Eigentümer möchte nicht in Erscheinung treten. Das war alles.« Ich zucke die Achseln.

»Glaubst du, die haben hier alle eine Schraube locker?«, fragt er und fährt das Fenster hoch. Man könnte meinen, ihm graut davor, auszusteigen.

»Ich wette, die haben hier keine ernsthaften Fälle. Alles Leute mit viel Geld, die nach einem positiven Mindset suchen oder mal für ein paar Wochen ihre Seele streicheln lassen wollen.«

»Nun, deine Tante ist schon seit Jahren hier drin.« Er setzt bei dem Wort Tante Gänsefüßchen in der Luft.

»Ich wette, sie ist eine der wenigen, deren Keller von der Spurensicherung durchsucht wurde.«

»Auch wieder wahr. Na, dann los!«

Wir betreten das Haus durch einen imposanten Eingang und landen in einem unerwartet dunklen Flur.

»Ich melde uns an«, sage ich und begebe mich in einen Raum zu meiner Rechten, über dessen Tür ein Resopalschild mit dem Wort *Anmeldung* hängt. Der Raum hat ein Fenster, was ihn wie eine Oase erscheinen lässt. Der Mangel an Licht in diesem Flur drückt mir auf die Stimmung. Das Kinderheim hatte genauso einen Flur und lange dunkle Gänge. In meinen Ohren klingen grobe Absatzschuhe auf abgenutzten Dielen, vor meinem geistigen Auge sehe ich Schwestern mit strengen Frisuren und grauen Uniformen. Um die Ecke habe ich einen Teewagen mit Scones und Erdbeermarmelade in Silberschälchen gesehen. Hier wird wahrscheinlich niemand in den Keller gesperrt, bis er aufgehört hat zu weinen. Dennoch … diese Institution kann nicht verleugnen, dass hier Menschen aufbewahrt werden. Menschen, deren Leben nicht den üblichen Weg genommen hat. Doch was ist schon normal? Die Kindheit von Lana, die ihre Mutter als Teenagerin an den Krebs verlor und seitdem Frauen von ihrem Vater vorgesetzt bekommt, deren ehrgeizigstes Ziel es ist, Influencerin zu sein? Möglich. Ich sollte mich nicht beschweren. Ich hatte ein Dach über dem Kopf und selbst in der dunkelsten Hölle kann man einen Engel treffen.

»Paul Wagner«, sage ich zu der gemütlich aussehenden Frau hinter dem Tresen, die ihre große grüne Brille zurechtrückt und ein Lächeln aufsetzt. »Ich wollte meine Tante besuchen. Agatha Humphrey.«

»Ja, richtig. Ich bin informiert worden. Mögen Sie bitte noch einen Augenblick Platz nehmen? Um die Ecke befindet sich unsere Wohnhalle. Vielleicht wollen Sie ein Stück Kuchen? Es wird sie dann gleich jemand abholen.«

Ihre Stimme bringt meinen nervösen Puls zehn Punkte nach unten. Sie erinnert mich an Mina. Auch wenn ich glücklich bin, diesem Haus in Hamburg endgültig entkommen zu sein, so gibt es dennoch eine wehmütige Verbindung dorthin. Menschen, denen ich nicht gleichgültig war. So etwas wie Familie.

»Hier könnte ich es eine Weile aushalten«, sagt Robert und schnappt sich einen Teller in der Größe einer Untertasse, der mit einem Rosenmuster verziert ist. »Was meinst du, wenn ich ein wenig durchdrehe und diesen Samtvorhang da hochklettere, lassen die mich hier einziehen?«

»Du willst zwischen alten Leuten auf einem Chintzsofa sitzen und Tee schlürfen?«

»Warte, du hast recht. Die sind alle über siebzig.«

Ich sehe mich bewusst um. Der Satz war nur so dahergesagt, aber tatsächlich – das ist keine Nervenheilanstalt. Das sieht aus wie ein Altersheim.

»Wie heißt dieser Ort noch mal?«, fragt Robert.

»Du musst noch Clotted Cream draufschmieren. Nur mit Erdbeermarmelade sind die sehr trocken«, sage ich und deute auf seinen aufgeschnittenen Scone. »Blueberry Fields. Die haben sich erspart, die Bezeichnung in den Titel zu setzen. Ich schau noch mal nach … ja, hier steht nur ›Sanatory‹. Ich bin davon ausgegangen, dass es das ist, was wir suchen, und es hat ja auch geklappt. Vielleicht ist an den Gerüchten überhaupt nichts dran.«

»Also treffen wir eine Frau, die im Vollbesitz ihrer geistigen Kräfte ist. Die wird wissen, dass du nicht ihr Neffe bist.«

»Schon klar. Ich klär das, sobald sie auftaucht. Mir ist einfach wichtig, mit jemandem von der Familie zu sprechen. Letztendlich wird ohnehin alles rauskommen. DCI Paxton machte auf mich den Eindruck eines Beamten, der jeden Stein umdrehen wird, um den Schuldigen zu finden.«

»Soll ich filmen, während wir mit ihr reden?«

»Nein. Ich will wissen, woran ich bin. Was wir später damit anfangen, werden wir dann entscheiden. Sag mal, was ist mit Andrej? Hat er sich noch mal bei dir gemeldet?«

Er beobachtet mich, bevor er antwortet. Meine Miene verrät keine Emotion. »Ich habe ihm eine Nachricht geschickt«, sagt er, klappt die Hälften des Scones zusammen und beißt hinein. Erdbeermarmelade quillt an den Seiten heraus. »Ich habe ihm meine Beweggründe mitgeteilt.«

»Gab es eine Reaktion?«

»Er wünschte mir viel Glück.«

»Das hat er geschrieben?«

»Nein. Er schrieb: Gott sei mit dir!«

Eines muss man Andrej lassen. Er ist ein Typ für coole Abgänge. Man kann diesen Satz auch weniger positiv auspacken, doch das sage ich Robert lieber nicht. Er geht fest davon aus, dass Fred und Katharina auf dem Grund des Comer Sees liegen, an dem Andrej ein Ferienhaus besitzt.

»Hast du Lana schon angerufen und mit ihr gesprochen?«

»Worüber? Über die Leichen im Keller oder den lebenden toten Freund?«

Er zieht eine Grimasse. Marmelade tropft von seinem Kinn und landet auf dem orientalischen Teppich. »Letzteres.«

»Nein.«

»Und über die Leichen?«

»Auch nicht. Aber ich habe Andrej heute früh angerufen und ihm mitgeteilt, dass er in unserem Haus nicht willkommen ist, nach dem, was er mit dir und meinem Seelenfrieden abgezogen hat.«

Robert hört auf zu kauen. »Du hast ihn konfrontiert?« Krümel fliegen in die Luft.

»Natürlich. Glaubst du, das lasse ich ihm durchgehen, wie die bissigen Bemerkungen über meinen Schulabschluss oder mein Einkommen?«

»Hast du keine …«

»Bitte sag jetzt nicht: Angst.«

Er zuckt die Achseln.

»Wir reden hier über meinen Schwiegervater. Nur weil sein Unternehmen sehr unübersichtlich ist, er sowohl im Immobilienbereich, der Gastronomie und – was für ein Klischee! – im Verkauf von Kleinwagen mitmischt … ach, die Reinigungsfirma habe ich ganz vergessen … heißt das nicht, dass er ein Mitglied der Unterwelt ist. Ich sehe Daddy gern so, weil ich ihn für ein Schlitzohr halte. Und mit Sicherheit ist er ein Gauner. Doch guck ihn dir an, diese Two-Face-Optik gepaart mit dem Pate-Gehabe! Der gefällt sich in der Rolle. Er macht mich gern klein und er ist übergriffig, wenn es um meine Familie geht. Wahrscheinlich ist er nur schrecklich allein. Und ich bin gekommen und habe ihm noch seine geliebte Tochter weggenommen. Natürlich war ich nicht gut genug. Wer wäre das schon gewesen.«

»Hast recht.«

»Ich glaube, er gehört zum Kaliber ›Hunde die bellen beißen nicht‹. Katharina ist abgehauen und Fred hat er rausschmeißen müssen. Natürlich arbeitet der nicht mehr als Chauffeur für ihn. Ich habe darüber nachgedacht. Die Aktion mit dir. Der Drang, mich unbedingt nach Hamburg zurückzuholen – da spricht pure Verzweiflung aus dem Mann. Ich kann es ein Stück weit verstehen. Wenn es meine Tochter wäre, würde ich so nicht handeln, doch verstehen kann ich es.«

»Du verzeihst ihm?«

»Um Himmels willen. Er hat komplett überzogen. Ich bin gespannt, wie er das seiner Tochter erklären will.«

»Mister Wagner?« Vor uns steht eine junge Blondine in einer weiten nachtblauen Hose und Pferdeschwanz. Robert und ich erheben uns, wobei Robert sich die Kuchenkrümel vom Shirt putzt.

»Folgen Sie mir bitte.«

Ich würde mich gern vorstellen. Ein paar Sätze sagen, die ich mir zurechtgelegt habe, doch sie hat uns schon den Rücken zugedreht und ich muss mich bemühen aufzuschließen. Sobald mir das gelungen ist, schickt sie mir ein freundliches Lächeln von der Seite.

»Sie haben Ihre Tante eine Weile nicht gesehen?«, fragt sie. Ihr Lächeln wirkt, als dächte sie in diesem Augenblick an ihre Lieblingstante.

»Das ist richtig. Ich war lange Zeit im Ausland.« Wie ein Rindvieh fühle ich mich. Ein Betrüger. Nicht besser als Andrej, der mir eine ebenso fantastische Geschichte vorgegaukelt hat, um zum Ziel zu kommen. ›Du tust es für deine Familie‹, flüstert eine kleine Stimme in meinem Kopf. ›Das war auch Andrejs Motiv‹, antwortet ihr prompt eine andere, mürrische.

»Sie wird sich riesig freuen. Agatha bekommt selten Besuch.«

»Das tut mir sehr leid.« Es wäre besser, umzukehren und die Frau nicht unnötig aufzuregen. Doch es ist zu spät. Wir gehen schon durch einen Gang von dem Zimmer abgehen.

»Weiß Sie, dass ich komme?«

Die Frau bleibt vor einer Tür stehen und legt die Hand auf den Knauf. »Mir ist bewusst, dass Sie sie gern überraschen wollten. Doch wir haben es hier mit älteren Menschen zu tun. Manche von ihnen sind krank. Ich hoffe auf Ihr Verständnis, dass wir solche Überraschungen mit einigen Risiken betrachten. Deshalb ist sie vorgewarnt worden. Tut mir leid. Ich denke, es wird für sie beide dennoch ein wundervolles Wiedersehen. Ich lasse Sie nun allein.«

Sie öffnet die Tür und geht. Mit einem Knarren wird uns Einblick in das dahinterliegende Zimmer gewehrt. Ich hatte eine Art Krankenzimmer erwartet. Weit gefehlt. Vor mir liegt ein schickes Apartment im echten Louis-seize-Stil, einer modernen hellen Couch und luftigen Vorhängen vor bodentiefen Fenstern.

Eine große Frau mit grauem Bubikopf in einem Tweedkostüm steht vor einem der Fenster, den Rücken uns zugewandt. Sie blickt in den Garten hinaus. Robert schubst mich einen Schritt nach vorn.

Sie dreht sich kurz um, wirft uns einen schnellen Blick zu und dreht sich dann wieder zum Fenster, die Arme verschränkt. »Ich bin neugierig, was Sie von mir wollen, junger

Mann. Mein Neffe sind Sie mit Sicherheit nicht und dass ich
nicht mit Reportern rede, sollte inzwischen jedes Käseblatt im
Umkreis von hundertfünfzig Meilen wissen.«

KAPITEL 25

Petrov International Real Estate. Gretel hat eine Website dazu gefunden. Großspurig, verzichtet auf Schnickschnack, wirkt für alle Hilfesuchenden, als wären sie endlich an die richtige Adresse geraten. Doch sie sieht auf den ersten Blick, dass hier etwas nicht stimmt. Die Namen der Mitarbeiter, alle sehr wohlklingend. Stephen Williams, Grant Big, John Smith, Dan Curd – entweder sind sie zu alltäglich oder haben Angst vor dem World Wide Web. Roger Adams zum Beispiel ist nicht online auffindbar. Auf keiner Social-Media-Plattform, in keinem Netz wie LinkedIn oder XING. Man sollte doch meinen, dass der IT-Spezialist einen zarten Hang zu digitalen Medien hat. Keiner der angepriesenen Anwälte, Berater, Immobiliensachverständigen, Leute aus dem Acquisition Department oder Projekt Manager ist online mit Firmenadresse und Jobbeschreibung auffindbar – außer auf dieser Website. Einer der Namen erweist sich als ein vor mehr als hundert Jahren verstorbener Zauberer. Ein anderer ist eine Figur aus einem Kinderbuch. Bei John Smith hat Gretel sich nicht die Mühe gemacht zu suchen. Der gleicht bewusst der Nadel im Heuhaufen, hat sie das Gefühl. John Smith ist jemand, der nicht gefunden werden will.

Petrov International Real Estate – das ist der Firmenname, den Erwin ihr vor dem letzten Schlag mit der Hantel gegeben hat. Danach war er nicht mehr in der Lage, einen zusammenhängenden Satz zu sprechen. Gretel bezweifelt, dass ihm das jemals wieder gelingen würde. Ihr Mitgefühl hält sich in Grenzen. Erwin fällt in die Kategorie ›überflüssig‹, aber ›riskant‹.

Es war von Anfang an klar, dass er sie würde identifizieren können. Er hat keine Kinder wie Mats Ulrich. Außerdem ist er beteiligt, im Gegensatz zu Mats, den sie quasi nur nach dem Weg gefragt hatte. Erwin hätte nicht nur auf Rache gesonnen, sondern wäre so dumm gewesen, seine Auftraggeber zu informieren. Auch wenn Gretel damit rechnete, dass die ohnehin von ihr wussten, konnte es nicht schaden, das Risiko so gering wie möglich zu halten. Es hieß: sie oder er. Darüber musste sie kein weiteres Mal nachdenken.

Diese Firma mit Sitz in Wien war das, was ihre Mutter eine Mogelpackung nannte. Sie pflegte den Begriff hauptsächlich für ihre Nachbarin aus dem dritten Stock, die viel Zeit auf Make-up, Frisur und Kleidung verwendete, doch hier passte er ebenso gut. Erwin hatte keinen Namen gekannt. Man kannte seine Nummer und die Leute hatten ihn kontaktiert, um einen Auftrag erledigen zu lassen. Er hatte selbstständig mit Kaya Kontakt aufgenommen, einem ehemaligen Chemielaboranten, der während des Studiums auf Abwege geraten war. Der hatte Fritz Fischer dazu geholt. Die fantastische Geschichte über das Mädchen auf dem Spielplatz hatte Gretel viel Zeit und Erwin seine linke Hand gekostet, bis klar war, dass Kaya an dieser Stelle fantasiert haben musste. Ein unglückliches Zusammentreffen von Stress und Kayas zermanschtem Gehirn, dem Gretel mit ihrer Folter den Todesstoß verpasst hatte. Es hatte nie ein Treffen im Stadtpark gegeben. Kaya hatte zunächst von Erwin ablenken wollen, vermutete sie, weil er dessen Rache fürchtete. Diese Firma war die heißeste Spur. Doch wie es aussah, war die Londoner Adresse, die hier angegeben wurde, nur ein Briefkasten. Sie konnte es dennoch versuchen. Es gab noch eine weitere Adresse in London. Vielleicht gab es zu einer von denen ein Bürogebäude. Gretel würde es herausfinden.

Sie formuliert eine E-Mail an Petrov International Real Estate, in der sie schreibt, dass sie per Zufall über diese Seite gestolpert ist und sich gefragt hat, ob ihr dieses Unternehmen helfen könne. Sie sucht langfristige Finanzierungsmöglichkeiten für Geld, das sie von ihrem letzten verstorbenen Mann geerbt hat. Details würde sie nur am Telefon besprechen, da sie einen leichten Hang zur Paranoia habe. Ihr verstorbener Mann Gunther, ein ehemaliger Weltmeister im Skispringen, habe ihr beigebracht, in finanziellen Dingen diskret vorzugehen. Sie traut den neuen Medien nicht und würde sich über ein Telefonat oder bei Interesse ein persönliches Treffen sehr freuen. So schickt sie die E-Mail ab. Keine Adresse, nur eine Telefonnummer. Sie unterschreibt mit Evelin. Klingt gediegen, wie sie findet. Kein Nachname. Die werden nichts im Netz über sie finden. Zu wenig Angaben. Das Spiel kann man auch auf beiden Seiten spielen.

Gretel fragt sich, wie es gewesen wäre, wenn sie wirklich geheiratet hätte, mit einem Mann im Zentrum von Gretels Lebens, der ihre finanziellen Themen regelte. Sie kommt zu dem Schluss, dass es anstrengend geworden wäre, vor jemandem ihre Aufträge zu verheimlichen, ihn womöglich schützen zu müssen, sobald man die Verbindung zu ihr hergestellt hätte. Das Leben war ohne Mann um vieles leichter. Sie benötigte keinen festen Wohnsitz. Ein neues Hotelzimmer alle paar Wochen reichte aus.

Doch nicht nur der Gedanke, dass dieser Mensch eine Krücke oder gar ihre Achillesferse werden könnte, stößt sie ab. Sie braucht niemanden, der sie ihr Leben lang nur zurückhält, der die Macht hat, sie zu betrügen, ihre Schwächen kennenzulernen und das zu seinem Vorteil zu nutzen. In ihrem ganzen Leben ist sie noch keinem Mann begegnet, der nicht das

Bedürfnis gehabt hatte, sie zu beschützen und ihr Stück für Stück die Flügel zu stutzen. So zu enden wie ihre Mutter, das kommt für sie nicht infrage.

Auf dem Bildschirm wird eine ungelesene Nachricht angezeigt. Das ging schnell. Über Personalmangel muss dieses Unternehmen nicht klagen. Gretel ist sich ohnehin sicher, dass die fehlenden Arbeitskräfte, über die in Deutschland so sehr geklagt wird, größtenteils in die Schattenwirtschaft abgewandert sind. Ob es sich hier um eine deutsche Unternehmung handelt, sei zunächst noch dahingestellt.

In der Antwortmail begrüßt man sie herzlichst und zeigt sich verzückt, dass sie den Weg zu Petrov International Real Estate gefunden hat. Sofort wird nachgehakt, ob sie schon etwas von diesem Unternehmen gehört hätte. Sicherlich würde der Name in ihren Kreisen als Erfolgsgarant propagiert werden. Ein gewisser Herr Daniel Turner erkundigt sich nach konkreten Wünschen von Evelin und fragt ganz nebenbei nach ihrem Wohnort. Er wolle herausfinden, in welcher Stadt man sich am besten mit ihr treffen könne. London und Wien wären kein Problem, aber vielleicht fände sich noch etwas in Evelins Nähe. Sie hätten Büros überall in Europa und sind gewillt, nahezu jeden Kundenwunsch zu erfüllen.

Der Mann schreibt ein perfektes Deutsch trotz seines englischen Namens und dem wohlklingenden Titel: Head of Strategic Business Development & Key Account Manager. Er bietet an, sich in den kommenden Tagen bei Evelin zu melden. Gretel versteht, dass er nicht aufdringlich wirken will, obwohl es ihm in den Fingern juckt, doch sie hat nicht die Zeit, länger zu warten. Sie geht davon aus, dass entweder das Monster auf die Zielperson angesetzt wurde oder ein anderer Auftragskiller. Vier ihrer Leute beschützen ihren Kunden und dessen

Familie Tag und Nacht, doch kann das keine befriedigende Dauerlösung sein. Sie muss die Quelle finden.

Über die letzten Jahrzehnte hat sich Gretel ein effizientes Netzwerk aufgebaut. Menschen, die sie fürstlich bezahlt, damit sie ihr nicht in den Rücken fallen. Männer und Frauen, die ihr etwas schuldig sind, die ihr teilweise ihr Leben oder das ihrer Angehörigen verdanken. Gretel verlässt sich nicht auf Loyalität oder den klassischen Händedruck. Nicht einmal in der Familie. Vor fünf Jahren wollte ein Mann Gretel anheuern, der sie beauftragte, seine Schwester und deren Kinder zu ermorden, während sein wohlhabender Vater im Sterben lag. Gretel hat in ihrem Job keinen Platz für Herz und Mitgefühl, doch sie kann sich ihre Aufträge aussuchen. Keine Kinder! Diese goldene Regel befolgt sie seit dem ersten Tag. Sie weiß, dass sie das nicht zu einem guten Menschen macht. Dass sie unschuldigen Menschen das Leben genommen hat, weiß sie auch. Wenn sie es nicht tut, kriegt ein anderer den Auftrag. Und das wäre ärgerlich, denn sie ist gut in ihrem Job. Doch was Kinder betrifft, ist sie eisern. Die junge Familie hatte damals zwei Wochen später einen tödlichen Autounfall. Gretel las von der Tragödie in der Zeitung. Es gab andere Menschen in ihrem Gewerbe, die keinerlei Grenzen kannten. Das Monster war einer von ihnen, wie sie wusste: ein rumänischer Hüne, der auf den ersten Blick ungemein attraktiv wirkte, so muskelbepackt. Auch besaß er mit Ende vierzig noch alle seine Haare, die trotz seiner slawischen Abstammung im Licht golden schimmerten, als hätte er skandinavische Vorfahren. Als Kind musste er entweder viel geschrien haben oder es gab einen anderen physischen Grund, weshalb seine Stimme gelitten hatte. Sie klang wie ein Reibeisen und wurde von ihm fast nie benutzt. Gretel hatte das ein oder andere Mal mit ihm zusammengearbeitet.

Wobei ›zusammen‹ nicht das richtige Wort war. Es gab Auftraggeber, die betrieben schlaues Investment, indem sie nicht nur einen Fachmann aus Gretels Branche auf die Zielperson ansetzten. Gerade wenn diese Person von eigenen Wachleuten geschützt wurde. Oder auch wenn ihnen die Zeit im Nacken saß. Sie bezahlten gern das Doppelte, um sicherzugehen. Das bedeutete Konkurrenz und Druck. Etwas, mit dem Gretel wunderbar zurechtkam, ebenso wie der Hüne: Cornel Popescu, dessen Nachname das Einzige ist, das auf einen geistlichen Hintergrund bei ihm schließen lässt.

Gretel glaubt nicht, dass dieser Mann viel für Gott übrig hat. Er ist dafür bekannt, dass er keine Lieblingswaffe besitzt. Ihm ist alles recht und sei es ein Kugelschreiber. Er hat keine Regeln, die ihm zur Schwäche werden können so wie bei Gretel, die Aufträge ablehnt, wenn sie gegen ihren Kodex verstoßen. Außerdem tötet er zum Spaß, was ihn in Gretels Augen zum Gefährlichsten aller Konkurrenten macht. Er macht mit seinem Verhalten die Preise kaputt. Doch jeder, der versucht hat, ihn in die Schranken zu weisen, ist in so kleinen Stücken geendet, dass seine Familie sich das Geld für einen Sarg sparen konnte.

Alles, was über den Mann bekannt ist, ist sein Name. Möglich, dass er diese Spur selbst gelegt hat. Gerüchten zufolge hat seine Mutter ihn in München bei einem Fußballspiel der Bayern zur Welt gebracht, wo sie ihn auf der Damentoilette im Stadion liegen ließ. Er war dann von einem Waisenhaus zum nächsten gereicht worden. Angeblich hätten sich die Unfälle gehäuft, sobald er aufgenommen worden war. Mit vierzehn die erste Verurteilung nach dem Jugendstrafrecht. Weitere folgten, bis man erkannte, dass alle Maßnahmen ins Leere liefen und Cornel in einem Jugendgefängnis am besten gesichert war. Dort trainierte er bis zum Tage seines Ausbruchs seinen Körper zu einer Killermaschine. An dem Tag, als er verschwand, starben drei Wärter und zwei Häftlinge. Seitdem ist er auf freiem Fuß. Das war etwa vor zehn Jahren. Besseres Marketing hätte er sich nicht wünschen können. Er erhielt Schutz, er erhielt Aufträge seitdem und es gab immer jemanden, der ihm Übungsmaterial schickte. Gretel hatte gehofft, dass sich ihre Wege und ihre Klingen niemals kreuzen würden. Nun war es so weit. Er war hinter ihrem Kunden her und damit hinter ihr. Ein Auftrag, den sie leider nicht hatte ablehnen können.

Das Monster war ihr einen Schritt voraus, da er alle Fakten kannte und sie noch einige Fäden entwirren musste. Doch sie nutzte die Zeit, solange ihre Informanten meldeten, dass er sich in Deutschland befand. Wenn er Anstalten machte, das Land zu verlassen, dann wurde es spannend.

Bisher war es ihr gelungen, unsichtbar zu bleiben. An dem Abend, als er in Kayas besetztem Haus aufgetaucht war, hatte sie sich zunächst im Badezimmer versteckt. Nachdem er vorbeigelaufen war, hatte sie die Chance genutzt, in den ersten Stock zu fliehen. Die Haustür war näher gewesen, doch sie ließ sich nicht geräuschlos betätigen. Auf der Straße wäre sie zwar vor einem Anschlag sicher gewesen – vorerst. Doch er hätte sie gesehen und identifiziert. Der erste Stock war riskant, weil sie in der Falle saß, aber eine bessere Chance, langfristig betrachtet. In einem der Räume gab es so etwas wie Leben. Wenn man es denn so bezeichnen wollte. Dort lagen vier Junkies, alle auf einem Trip, alle irgendwo verloren zwischen ihrer Vergangenheit und der Hölle. Der Raum stank nach frischen Exkrementen und anderen Körperflüssigkeiten. Sie hatte keine Zeit vergeudet, das Kostüm ausgezogen, die frische Unterwäsche mit dem Dreck des Bodens beschmiert, ebenso ihr Gesicht, hatte sich auf eine der gelbstichigen Matratzen gelegt, einen Schlauch, den sie vom Boden gefischt hatte, umgebunden, und die Augen halb geschlossen, bevor der Hüne in der Tür erschienen war. Er sah wütend aus, dass er den Auftrag nicht selbst hatte ausführen können. Das Risiko, dass er dies an einem der wandelnden Toten ausließ, war hoch, doch Gretel sah eine achtzigprozentige Chance, dass es sie nicht treffen würde. Draußen hatte ein Hund gebellt. Das Geräusch ließ ihn zusammenfahren und er war gegangen.

Rückblickend betrachtet glaubte sie, dass er genau wusste, dass sie da war. Ein Gebäude, das er beobachtet hatte. Eine lange Straße, die sie entlanggehen musste, bevor sie in den Hausflur abgebogen war. Er musste sie gesehen haben. Musste wissen, dass Kaya nur Augenblicke zuvor noch geatmet hatte. Dass der Täter keine Chance gehabt hatte, zu entkommen. Warum hatte er sie nicht getötet? Sie alle. Es wäre ein Leichtes gewesen. Mit bloßen Händen. Gretel war gut, doch nicht gut genug um es mit einem ausgebildeten Killer wie Cornel aufzunehmen, den man als Söldner in Krisengebieten anheuern konnte.

KAPITEL 26

»Wir sind keine Reporter«, sage ich und betrete den Raum. »Mein Name ist Paul Wagner. Mein Freund Robert und ich renovieren das Haus Ihrer Familie. Ich meine, das ehemalige, also … wir … ich habe es gekauft. Vor zwei Tagen sind dort Knochen eines Kindes … mehrerer …« Ich stocke. So weit habe ich überhaupt nicht gehen wollen, doch nun sprudelt es einfach aus mir heraus.

»Die Polizei war sicher schon bei Ihnen. Uns sagt man nichts, aber ich denke, ich habe ein Recht darauf zu erfahren, was dort geschehen ist.«

Sie hat sich nicht umgedreht. Steht immer noch vor dem Fenster und starrt in den Garten.

»Ich hatte ursprünglich vorgehabt, mit meiner Familie dort einzuziehen. Mein Sohn ist drei Jahre alt. Wir kommen extra aus Deutschland. Meine Frau ist noch nicht hier. Sie weiß nichts von den Vorfällen. Ich kann nicht einmal sagen, wie sie darauf reagieren wird. Doch so langsam platzt meine Seifenblase. Wie kann ich meine Familie an so einen Ort holen? Verstehen Sie? Es liegt mir fern, Sie zu belästigen. Alles, was ich will, ist: sie zu schützen. Ich bin in der Hoffnung hergekommen, dass Sie eine Erklärung haben, die …«

Tja, was will ich eigentlich? Hoffe ich darauf, dass sie abstreitet, etwas mit den Leichen zu tun zu haben? Was würde mir eine solche Aussage bringen?

»Sie wollen von mir wissen, was passiert ist?« Wieder ein kurzer Blick in meine Richtung. Sie macht deutlich, dass sie die völlig falsche Ansprechpartnerin ist.

»Sie haben dieses Haus, das Heim Ihrer Familie seit Generationen, wenn ich das richtig verstanden habe, verlassen, um hier zu leben. Es muss etwas vorgefallen sein.«

Sie dreht sich nicht um. Durch meinen Verstand geistert der Gedanke, ob diese Frau ein Gesicht besitzt und wie es aussieht. Gegen das Licht von draußen blickend, hatte ich keine Gelegenheit, sie zu erkennen.

Sie steckt die Hände in die Taschen ihres engen Rocks und senkt den Blick. »Es gab eine Tragödie vor langer Zeit in unserer Familie. Das ist lange her. Einige Jahrzehnte. Danach war es mir nicht mehr möglich, dort zu wohnen.«

Ich trete ein paar Schritte dichter an sie heran, auch wenn es mir schwerfällt. Diese Frau versprüht eine greifbare Distanz. »Hat es etwas mit den Kinderleichen zu tun?«

»Es war eine schlimme Zeit damals.« Ihre Stimme bricht. »Leute sind verschwunden. Kinder …« Sie nimmt die Hand an die Stirn.

Ich warte ab.

»Sie haben einen Sohn, sagen Sie?«

»Ja. Theo.«

»Wollen Sie sich das dann wirklich anhören? Sie sollten das Haus verkaufen und in Deutschland bleiben. Das ist mein Rat. Es bringt nur Unglück. Sie haben recht. Die Polizei war hier. Gestern. Sie haben mir Fotos gezeigt und berichtet, was Sie gefunden haben.«

Sie hat also von uns gehört. »Ich würde gern mit Ihnen darüber reden.«

»Ich weiß nicht viel, das Ihnen weiterhelfen wird. Die Informationen, über die ich verfüge, hat jeder, der in unserer Gemeinde lebt. Vor langer Zeit gab es viele Vermisstenfälle. Angefangen hat alles mit dem Sohn des Fleischers. Tyler. Er kam nicht von der Schule nach Hause. Es wurde eine Suchaktion gestartet. Leider ohne Erfolg. Man hat ihn nie wieder gesehen. Drei Wochen später die Tochter einer Friseurin aus Lincolnbury. Sie hieß … warten Sie … Kline. Lucinda Kline. Ebenfalls spurlos verschwunden. Man hat ihren Teddy im Bach gefunden. Soweit ich weiß, fehlt von ihr bis heute jede Spur. Dann Raymond Stokes, der Sohn von Archibald Stokes, einer der Bauern. Den Hof gibt es noch. Es ist der größte in der Gegend. Wird mit ihm aussterben. Er hat keine Nachkommen.«

Ich habe die Knochen mit eigenen Augen gesehen. Ich weiß, dass es sich um Kinder handelt. Dennoch schnürt mir diese Geschichte die Kehle zu.

»Wie viele?«

»Sechs. Es waren sechs Kinder innerhalb eines Jahres und zwei Erwachsene.«

»Es sind zwei Erwachsene verschwunden?«

»Die sind zwei Tage später wieder aufgetaucht. Es handelte sich um ein Pärchen, das frisch in die Gegend gezogen war. Man hatte sie vermisst und eine Suche eingeleitet. Ihr Baby hat man halb verhungert in seiner Wiege gefunden. Sie fanden sie in einer Hütte für Jäger im Wald. Er hatte sie erschossen und dann sich selbst gerichtet. Man war damals davon ausgegangen, dass sie etwas mit dem Verschwinden der Kinder zu tun hatten, denn kurz darauf stoppte der Horror.«

Ich denke über ihre Worte nach. »Hatte dieses Paar Zugang zu Ihrem Keller?«

»Ich habe von der Treppe gehört. Nein. Diese Wand befand sich dort, solange ich in diesem Haus wohnte. Ich hörte, Sie haben sie eingerissen. Mir war nicht einmal bekannt, dass sich das Regal bewegen lässt. So viele Jahrzehnte wohnten ich und meine Eltern in diesem Haus und niemand von uns hat etwas gemerkt. Kaum zu glauben, oder?«

Ich finde auch, dass das schwer zu schlucken ist, halte es jedoch für klüger, nicht darauf hinzuweisen.

»Sie muss vor meiner Zeit gezogen worden sein. Die Wand. Die Gründe sind mir nicht bekannt. Doch das war vor über sechzig Jahren. Ich bezweifle, dass es etwas mit diesen armen Geschöpfen zu tun hat.«

»Haben Ihre Vorfahren das Haus erbaut?«, frage ich.

»Nein. Wir Humphreys leben dort seit etwa einhundertfünfzig Jahren. Mein Großvater hat mir erzählt, dass wir es im Kartenspiel von einem Alfred Winston Ludwig gewonnen haben. Ein reicher, aber nicht adliger Mann. Tatsächlich muss seine Familie so etwas wie einer Sekte angehört haben oder vielleicht ging das damals auch in Richtung Hexerei. Ich weiß es nicht. Ich kann mir vorstellen, dass dieser Gang aus jener Zeit stammt.«

»Es gibt also eine Geschichte dazu.«

»Nicht direkt. Ich weiß nur, dass dieser Ludwig fanatisch war. Er glaubte daran, dass sie nur in den Himmel kämen, wenn sie in dem Grund und Boden beerdigt werden würden, der seit Jahrhunderten in Besitz seiner Familie ist.«

»Also stammt die Kapelle aus jener Zeit.«

»Genau. Das sind seine Vorfahren, die dort liegen. Es gibt noch einen Mann im Dorf, der mit ihm im weiteren Sinne verwandt ist. Jedenfalls blieb Ludwig damals in seinem Haus, als er es räumen sollte. Irgendwann sind sie ihn suchen gegangen, haben ihn und seine Familie aber nie mehr gefunden. Sie waren verschwunden und blieben es. Sogar von den Jagdhunden fehlte jede Spur.«

Sie schweigt. Ich lasse die Information eine Weile sacken.

Dann geht mir ein Licht auf. »Sie wollen sagen, er hat den Gang genutzt, um bleiben zu können? Und dass er und seine Familie dort unten verrottet sind?«

Wieder dreht sie sich zu mir um, hebt die Achseln und verzieht den Mund.

»Natürlich hat er meinen Vorfahren nichts von dem Gang erzählt.«

Das klingt fantastisch, aber nachvollziehbar. Doch mit den heutigen Geschehnissen hat es nichts zu tun. »Sie wissen also nicht, wieso diese Säcke unter Ihrem Haus lagen?«

»Nein.«

»Aber der einzige Zugang zu diesem Gewölbe führt durch das Arbeitszimmer. Wie erklären Sie sich das? Wenn das die Knochen der vermissten Kinder sind, muss diese Wand jüngeren Datums sein. Es geht gar nicht anders.«

»Sie brauchen sich nicht aufregen. Genau dasselbe habe ich der Polizei gesagt. Wenn! Doch womöglich handelt es sich um etwas anderes.«

»Ein anderes Verbrechen?«

Sie zuckt die Achseln.

»Ist das nicht ein bisschen viel für einen Ort?«

»Die Polizei stellt DNA-Untersuchungen an. Noch wissen sie nicht, um wen es sich bei den Knochen der zwei Kinder handeln kann.«

»Zwei? Sie sagten doch, es wurden sechs vermisst.«

»Richtig. Deshalb denke ich, es handelt sich um einen anderen Fall. Es wurden nur Knochen von zwei Kindern gefunden.«

Ich habe das Gefühl, sie spielt Katz und Maus mit mir. Auch wenn ich mich daran erinnere, dass Paxton etwas in der Art gesagt hatte. Diese Frau weiß viel. Sie behauptet, nicht involviert zu sein. Dennoch kann sie uns nicht in die Augen sehen. Ich drehe mich zu Robert und stelle fest, dass er nicht mehr in der Türlaibung steht. Er muss zurück in die Wohnhalle gegangen sein. Ich kann kaum glauben, dass er sich dieses Gespräch entgehen lässt. Eher hätte ich vermutet, dass er es heimlich aufzeichnet. Wahrscheinlich isst er ein Stück Kuchen und gönnt uns unsere Privatsphäre. Ungewöhnlich für einen neugierigen Menschen wie ihn.

»Vielleicht hat man einfach noch nicht alle gefunden«, sage ich.

»Das hoffe ich«, entgegnet sie. Sie flüstert beinahe.

»Sie haben noch nicht erwähnt, warum Sie den Ort verlassen haben. Es muss im Haus doch etwas vorgefallen sein.«

»Sechs Kinder in einem Jahr. Fünf Kinder kamen aus dem Ort. Das sechste nicht. Das letzte Kind, das verschwunden ist, war mein Neffe. Er hatte mich immer in den Ferien besucht. Seine Eltern, meine Schwester und ihr Mann, haben damals eine Kreuzfahrt gemacht und er blieb bei mir. Wir haben ihn nie wiedergesehen.« Sie schlägt die Hände vor das Gesicht und schluchzt. »So viele Jahre quält mich diese Geschichte schon. Ich habe keinen Kontakt mehr zu meiner Familie. In diesem Haus will ich nicht mehr leben. Es erinnerte mich jeden Tag an die Schuld, die ich an seinem Tod habe. Doch auch der Umzug hierher hat nichts verändert. Wie könnte es auch! So eine Schuld nimmt man mit ins Grab.«

Sie dreht sich um, den Blick auf den Boden geheftet. Mit winzigen Schritten geht sie in den Raum hinein. Es wirkt, als schäme sie sich, mir ins Gesicht zu schauen. Passiert das mit einem Menschen, der quasi isoliert jahrzehntelang in seinen vier Wänden lebt, ohne am Leben dort draußen teilzunehmen? Wer wird sie besuchen, wenn sie den Kontakt zu

ihrer Familie abgebrochen hat, zu ihrer Schwester? Hat sie
Freunde? Geht sie auf die Menschen in dieser Einrichtung zu?
Mir wird klar, dass das Angst ist, mit der sie zu kämpfen hat.
Ich sehe es ihr an. Ihr Oberkörper zittert leicht, die dünnen
Finger noch mehr. Sie ist eine schöne Frau, doch wirkt sie
älter als sechzig. Geradezu ausgezehrt, als hätte sie den letzten
großen Krieg noch erlebt.

Langsam hebt sie den Kopf. Ich kann sehen, dass sie die
Lippen aufeinanderbeißt. Diese Einrichtung bewohnt sie
nicht nur als Altersdomizil. Ich wette, sie geht ungern unter
Menschen. Komisch, dass uns die Dame vorhin nichts dazu
gesagt hat. Doch ich verstehe jetzt, dass sie Lady Humphrey
nicht überraschen wollten. Diese zerbrechliche Frau verträgt
keine Überraschungen.

Ihre Augen wandern an mir nach oben. »Es tut mir leid,
dass ich so abweisend war. Ich bin selten unter Menschen,
müssen Sie wissen.« Als sie kurz vor mir steht, schiebt sie
ihre Brille aus den Haaren auf die Nase. Offensichtlich ist sie
weitsichtig.

Ich versuche, ihr das freundlichste Lächeln zu schenken,
das ich auf Lager habe. In dem Augenblick, als meine Hand
ihre ergreift, treffen sich unsere Augen. Diese Begegnung –
dieser Nachmittag war augenscheinlich zu viel für sie. Ihre
Gesichtsfarbe wird so fahl, dass ich Angst habe, sie würde vor
meinen Augen zusammenbrechen. Und dann geschieht es. Sie
schnappt ein einziges Mal nach Luft, verdreht die Augen und
stürzt. Ich ziehe sie an der Hand zu mir und verhindere, dass
sie nach hinten auf den Glastisch fällt. Gleichzeitig rufe ich
nach Hilfe. Die Frau wiegt so viel wie ein Kleiderständer. Es
ist nicht schwer, sie auf die nahe Couch zu legen.

»Lady Humphrey!«

»Was ist passiert?« Ein Mann in Pflegerkleidung steckt den Kopf zur Tür herein.

»Sie ist plötzlich zusammengebrochen.«

Er kommt mit schnellen Schritten. »Machen Sie sich keine Gedanken. Das ist der Betablocker. Der Arzt hat ihre Dosis vor vier Tagen erhöht. Das zieht ihr den Blutdruck nach unten. Ist nicht das erste Mal.«

Er kniet sich neben sie und schreit sie geradezu an, während er ihre Beine auf zwei Kissen lagert.

»Lady Humphrey!«

Ihre Lider zucken, schließlich öffnet sie das rechte.

»Na, sehen Sie! Bisschen wenig getrunken heute, oder? Ich werde Ihnen etwas holen.

Bitte achten Sie auf sie, bis ich wieder da bin«, sagt er zu mir.

»Schon gut, Lenni. Mir geht es gut.« Sie richtet sich unter Mühen auf. »Ich habe mich so erschreckt. Dachte …« Sie hält inne und starrt mich an. Lenni ist in der Tür stehen geblieben und runzelt die Stirn.

»Was soll das?«, fragt sie.

»Was meinen Sie?«

»Ist das ein schlechter Scherz? Sie sagten, sie hätten das Haus gekauft. Sind Sie am Ende doch ein Reporter, der nach dem Fund auf eine Sensation aus ist?«

Lenni kommt auf mich zu. Er lässt seine kräftigen Finger in der Faust vor seiner Brust knacken.

»Nein! Wie kommen Sie darauf? Ich kam, um über das Heim meiner Familie zu sprechen. Ich kann den Kaufvertrag herbringen, wenn Sie wollen. Was ist denn los?«

Sie steht auf. Dieses Mal zeigt sie keine Berührungsängste. Ihre Hand greift nach oben und berührt meine Wange. Ich weiß, was sie fasziniert. Sie berührt mein Feuermal unter dem linken Auge.

»Das kann nicht sein. Ich bilde mir das nur ein. Weil ich schuld bin, dass er an diesem Nachmittag allein war.« Tränen rinnen ihr das Gesicht herab.

»Es tut mir leid, dass Sie so viel Grausames erleben mussten.«

»Sie sehen aus wie er. Wussten Sie das?«

Ich trete einen Schritt zurück.

»Es ist albern. Ich weiß. Doch Sie sehen aus wie Jack. Er hatte auch so ein Mal. An genau derselben Stelle. Nur wenige Menschen haben das. Ich frage mich, wie hoch die Wahrscheinlichkeit ist, einen zweiten Menschen zu treffen, dessen Feuermal dieselbe Größe hat und sich an derselben Stelle befindet. Wo sind Sie aufgewachsen?«

»Ich komme aus Deutschland.« Meine Stimme klingt, als käme sie aus dem Flur. »Ich bin in einem Waisenhaus aufgewachsen.« Die Härchen in meinem Nacken stehen senkrecht. Etwas ist in den letzten Sekunden passiert. Etwas, das sich nicht rückgängig machen lässt. Lady Humphrey und ich sind durch eine Tür gegangen, von der ich nicht einmal wusste, dass sie da ist. Im übertragenen Sinne natürlich. Jetzt bin ich es, dem schwindelig wird.

KAPITEL 27

Seine schulterlangen Haare sind dünner. Noch ein paar Jahre und sie werden zu einem Kranz nach außen wandern. Die Arme, nach wie vor kräftig wie bei einem Boxer, stellt er gern zur Schau. Deshalb die kurzen Ärmel an den Shirts. Passt zum Image eines Pubbesitzers, wie Telly findet. So kann man die Tattoos sehen. Ed ist bei der Wahl seiner Körperbemalung nicht so kreativ gewesen. Den linken Arm ziert der Name seiner Frau Theresa in einem roten Herz mit dornigen Rosen. Den rechten die Namen seiner drei Söhne: Chris, Ash und Donnie.

Telly beobachtet ihn, wie er ein Tom Browns zapft und dabei mit einem Gast über einen Anstieg der Kriminalitätsrate in den letzten zehn Jahren diskutiert.

»In meinen Augen hat das viel mit dem Intelligenzniveau der Polizei zu tun. Gerade beim Nachwuchs«, verkündet er lautstark. »Obwohl wir seit dem Brexit weniger Ausländer in unserem Land haben als in den Jahren zuvor, und – nagele mich nicht fest – ich sage nicht, dass ich ein Befürworter dieser Maßnahme bin. Dennoch hat sich nichts geändert. Ich sage dir, es ist schlimmer geworden!«

Er knallt dem Gast sein Glas hin. »Die Probleme sind hausgemacht.« Seine Arme gehen nach oben wie bei Bugs Bunny, der Elmer Fudd ein Schnippchen geschlagen hat und nicht verhindern kann, dass die Brillanz seines Planes ans Tageslicht kommt.

Telly sitzt am Ende der Theke und isst seine Fish and Chips. Grace Dunning hat sie ihm vor zehn Minuten gebracht. Sie hat sie ihm mit einem Lächeln serviert, wobei ihre Grübchen in den Wangen erschienen sind, die Telly so hinreißend findet.

Grace arbeitet seit einem Jahr als Kellnerin im ›Flying Dog‹. Sie war nach Lincolnbury gezogen und niemand wusste irgendetwas über sie. Keine Familie in der Nähe, keine Freunde, nicht einmal eine alte Flamme. Die Gerüchteküche hatte hochgekocht, doch Grace redete eisern mit niemandem über ihre Vergangenheit.

Wie viel Vergangenheit konnte so eine junge Frau schon haben?, dachte Telly. Sie war höchstens dreißig. Doch sie war ein Lichtblick. Und seit sie bei Ed angefangen hatte, brummte der Laden auch um die Mittagszeit. Telly hatte keine Lust verspürt, dem wöchentlichen Sonntagsessen zu Hause beizuwohnen. Nicht nach diesem Wochenende und so war er an den Ort gegangen, an dem er ihr liebreizendes Gesicht sehen konnte, auch wenn das bedeutete, Ed Mulligans Hackfresse und seinen verbalen Dünnschiss ertragen zu müssen.

»Schau dir doch nur mal an, was gerade in Humphrey Manor passiert«, sagt Ed.

Telly horcht auf.

»Das ist eine Nummer zu groß für unsere hiesige Dorfpolizei. Da holen sie Leute aus der Stadt ran, die hier die Leute befragen.«

Telly verdreht die Augen.

»Weißt du denn, was da los ist?«, fragt der schmächtige Mann vor ihm.

»Sie haben Leichenteile gefunden.«

»Nicht dein Ernst!«

»Ganz sicher. Unser guter Telly hier kann dir das bestätigen. Stimmt's, Telly?« Ed zwinkert ihm auf eine Art zu, als wären sie alte Knastbrüder. Wahrscheinlich sind sie das auch, wenn er an das Leid denkt, das er in seiner Jugend ertragen musste.

»Ich will einfach nur in Ruhe Mittagessen«, sagt Telly und senkt den Blick auf seinen Teller.

»Komm schon, Telly. Ich habe gehört, du hast die Säcke mit nach Hause genommen, bevor sie bei der Spurensicherung gelandet sind.« Er kratzt sich am Bauch und grinst in Tellys Richtung.

»Darf er das?«, fragt der Schmächtige.

»Natürlich nicht. Sein Chef ist ausgeflippt, als er es erfahren hat. Telly ist offensichtlich erst zu Mum und Paps gefahren, bevor er auf der Wache vorbeikam.« Jetzt lacht er herzhaft und ein Teil der Gäste steigen ein, die angefangen haben, dem Gespräch zu lauschen. Telly sieht, wie hinter vorgehaltenen Händen getuschelt wird, die Blicke alle in seine Richtung.

»Dein Alter redet zu viel, wenn er gesoffen hat«, zischt Telly und durchbohrt zwei Chips mit seiner Gabel.

Ed rutscht hinter dem Tresen zu ihm herüber wie ein Glas, das auf der Theke angeschoben wird. »Mein Vater ist weder ein Lügner noch ein Säufer. Schreib dir das hinter die Ohren, du Waschlappen.«

»Er redet über Dinge, von denen er nichts versteht.« Telly kaut mit gesenktem Blick. Seine Stimme ist leiser, als er es sich gewünscht hätte.

»Sieh mich an, du Pfeife.«

»Sagtest du nicht, er ist Polizist?« Diese Worte stammen von dem Gast, der sein Bier in die Hand genommen hat, aus Sorge, es könnte demnächst von der Theke rauschen.

»Er spielt nur Bulle«, sagt Ed und lehnt sich nach vorn, sodass er beinahe Tellys Nase berührt. Telly hebt den Kopf. Im Hintergrund sieht er Grace in der Küche stehen. Sie hat aufgehört, womit auch immer sie sich soeben beschäftigt hat. Ihre Lippen sind leicht geöffnet. Telly glaubt, sie zittern zu sehen. Das gibt ihm Kraft. Er richtet sich auf. Ein kläglicher Versuch. Seine Statur ist nach wie vor der von Ed Mulligan unterlegen.

»Mir ist egal, was dein Dad glaubt, von meinem Chef erfahren zu haben. Du bist ein Zivilist. Er ist ein Zivilist. Ich rede mit keinem von euch über diesen Fall.«

»Waren es wirklich Kinderleichen?«, fragt eine ältere Frau von einer Bank am Fenster.

Telly dreht sich verwirrt um. Als er zurückschaut, hat Ed nach seinem Hemd gegriffen und zieht ihn zu sich heran. »Heute bist auch du Zivilist. Das weiß ich, weil du als Bulle hier immer in Uniform auftauchst, weil du denkst, dass die Leute dann mehr Respekt vor dir haben. Du irrst dich, Badger. Sie lachen über dich, wie sie es schon vor zwanzig Jahren getan haben. Sie lachen, weil du eine Witzfigur bist. Ein Trottel, ein Nichts. Du sagst mir nicht in meinem Pub, was mich oder meinen Vater etwas angeht. Hast du verstanden? Weder in Zivil noch wenn du Bulle spielst. Du wirst immer ein Kalb bleiben, Badger. Vergiss das nicht. Während wir auf den grünen Weiden grasen …« Er wirft einen anzüglichen Blick zu Grace, die sofort die Augen senkt. »… wirst du immer noch an den Zitzen deiner Mutter hängen.«

Dröhnendes Gelächter im Pub.

Telly spürt die Hitze in seinem Nacken. Das ist nicht gut. Er muss hier raus. Doch kann er Grace hier allein lassen? Unter diesen Hyänen? Die Stimmung ist gefährlich. Es knistert. So muss sich ein Raum voller Attentäter anfühlen, kurz vor einer Palastrevolution. Er sollte sie mitnehmen. Plötzlich spürt er

Wasser in seinem Gesicht. Er hustet. Wasser läuft ihm die Luftröhre hinab.

Was? Ed!

»Du sahst aus, als bräuchtest du eine Abkühlung.« Das Schwein steht vor ihm und grinst. Er hat den Zapfhahn mit dem Soda in der Hand. Bei Telly schrillen die Alarmglocken. Er stößt einen Schrei aus, der nicht aus seinem Mund zu kommen scheint, sondern von weit her. Mit einem Satz ist er über die Theke gesprungen und auf Ed gelandet. Ein kräftiger Fausthieb von unten aufs Kinn und Eds Zähne knallen aufeinander.

Adrenalin! Es rauscht durch seine Adern und flutet jede Zelle schneller, als er einatmen kann. Was für ein Rausch! Dieser Saftsack unter ihm hat immer noch diesen erstaunten Gesichtsausdruck. Großartig! Er holt zu einem zweiten, einem dritten Schlag aus. Plötzlich wird er zur Seite weggezogen. Hände greifen nach ihm, ziehen ihn von Ed weg. Dessen Fratze verzieht sich mürrisch. Er rappelt sich auf und schnauft wie ein Stier kurz vor dem Angriff. Panik steigt in Telly hoch. Er befindet sich in einem Klammergriff, aus dem er sich nicht befreien kann. Wer zur Hölle?

»Lasst mich!«, schreit er. »Polizei! Ihr werdet alle verhaftet!« Sofort bereut er diesen unüberlegten Satz, doch es hat geholfen. Er ist frei. Ed stürmt schon auf ihn zu. Der Platz hinter der Theke ist nicht breit. Telly versucht, mit einem Satz zu fliehen. Ed erwischt ihn am Knöchel, zieht ihn zurück und nun beginnt der Schmerz. Niemand hält ihn mehr fest. Das müssen sie auch nicht. Ed wusste schon immer, wie er jemanden krankenhausreif schlägt. Telly spart sich die Schreie. Er kann nicht einschätzen, ob sich überhaupt noch jemand im Pub befindet oder alle geflohen sind.

Jetzt heißt es durchhalten. Narben heilen und der Schmerz lässt irgendwann nach. Das hat er immer. Hin und wieder dreht er den Kopf beiseite. Das eine Mal hämmert Ed mit der Faust in den Fußboden. Doch das macht ihn nur wütender. Irgendwann fühlt Telly eine drückende Müdigkeit und er hat das Gefühl, der Szenerie von außen beizuwohnen. Er hat nur vergessen, wen er bei diesem Zweikampf anfeuern sollte. Eigentlich ist es ja kein Kampf – eher eine Hinrichtung.

»Stopp!«, schreit jemand in weiter Ferne.

Telly kann nichts sehen, aber er fühlt sich leichter. Ist das weil …? Nein. Er ist nicht tot. Ed ist von ihm runtergestiegen. Das Bild wird schärfer und er sieht das Blut, das von Eds Nase sein Kinn entlangläuft und nach unten tropft. Sein Auge sieht irgendwie komisch aus. Jetzt ziehen ihn zwei Arme nach oben.

»Badger? Können Sie aufstehen?« Die Stimme kommt Telly bekannt vor. Ein weiterer Ruck in seinem Bewusstsein. Sie gehört zu Sam, einem netten Kollegen.

»Komm!« Jetzt sieht er dessen Gesicht über seinem.

»Du siehst ja grauenvoll aus. DCI Paxton und ich waren gerade auf dem Weg ins Zentrum, als wir die Durchsage von Sally hörten.«

Sally, die Kollegin auf der Wache.

Jetzt wird langsam deutlich, welche starken Arme den wütenden Ed Mulligan im Zaum halten. Das muss DCI Paxton sein. Er führt Ed ab.

»Komm! Brauchst du einen Arzt?«

Telly stellt sich auf. Ein bisschen wackelig ist der Boden unter seinen Füßen. Gewohnheitsmäßig geht sein Blick zur Tür in die Küche. Dort steht Grace. Das Handy hält sie in der Hand. Ein warmes Gefühl rauscht durch seine oberen

Gliedmaßen. Richtige Entscheidung, sagt sich Telly und denkt an den ersten Schlag, den er Ed verpasst hat.

Sie sorgt sich um mich.

Er zwinkert ihr zu und folgt Sam zum Streifenwagen.

KAPITEL 28

»Sie kennen Ihre Eltern also nicht.« Die kleine Frau hält meinen Arm, als wolle sie mich stützen. Ich lasse mich auf die Couch sinken. Sie folgt.

»Ich hole was zu trinken«, sagt Lenni und verschwindet.

»Sie haben praktisch keinen Akzent.«

»Was?«

»Ihr Englisch. Sie klingen nicht deutsch. Eher wie jemand, der unsere Sprache schon in jungen Jahren gelernt hat. Wie sind Sie in dem Heim gelandet? Wie alt waren Sie?«

Robert erscheint im Türrahmen. Er wirft einen Blick auf mich und verhält sich wie der stirnrunzelnde Lenni. Sogar die Arme verschränkt er auf dieselbe Art und Weise.

»Wo warst du?«, frage ich ihn.

»Entschuldige, ich habe einen Anruf bekommen.« Er sieht schuldbewusst aus. Schon wieder. Mir ist egal, was er mit Daddy ausheckt. Ich habe dafür jetzt keine Zeit.

Die Frau neben mir sieht überhaupt nicht mehr wie die ängstliche Dame von eben aus. Ein Feuer funkelt in ihren Augen und sie sitzt so dicht an meiner Seite, dass ich ihr Parfum riechen kann. Ein Duft, der mich an Ferien am Mittelmeer erinnert.

»Ich kenne meine Eltern nicht. Ich war fünf, vermutlich, als ich im Kinderheim in Hamburg ankam. Leider erinnere ich mich nicht an die Zeit davor. Alles, was damals geschehen ist, liegt unter einem dicken Schleier. Ich kann mich an meine Kindheit nicht erinnern.«

»Oh, mein Gott!« Sie streckt die Arme aus und zieht mich an sich.

»Paul?«

Ich werfe Robert einen hilfesuchenden Blick zu.

»Du bist es wirklich! Du musst es sein! Aber wie ist das möglich?«

»Ich kann mir nicht vorstellen …«

»Wovon redet sie? Wer bist du?«, fragt Robert.

»Sie geht offensichtlich davon aus, dass ich ihr verschollener Neffe bin.« Ich zucke die Achseln.

»Hast du unseren Schwindel denn nicht aufgeklärt?«

»Doch! Von Beginn an war klar, dass mir Humphrey Manor gehört.«

»Natürlich gehört es dir! Es muss ja in der Familie bleiben«, sagt sie und schickt mir ein strahlendes Lächeln. »Du musst es doch gespürt haben, als du das Haus das erste Mal betreten hast.«

»Ich habe mich zu Hause gefühlt«, sage ich.

»Du warst jedes Jahr für ein paar Wochen da. Deine Mutter ist Archäologin und viel unterwegs. In der Zeit hast du bei mir gewohnt.«

»Meine Mutter?« Mein Herz rast.

Sie nickt.

»Paul! Mir gefällt das nicht. Ich denke, du solltest die ganze Geschichte mit Abstand betrachten. Lass dich nicht einwickeln. Du kennst diese Frau überhaupt nicht.« Robert ist dichter herangetreten.

Sie sieht mich an. Da ist etwas. Ich kann es nicht in Worte fassen. Ein Teil von mir möchte unbedingt glauben, dass sie recht hat.

»Erinnerst du dich gar nicht an mich? Vielleicht ein bisschen? Nun, es ist einige Jahrzehnte her und die meisten wissen nicht, was vor ihrem fünften Lebensjahr geschehen ist. Wir sind immer zum Bach gegangen und haben dort selbst gebaute Boote ins Wasser gesetzt, mit vier hast du einen Hund an der Straße gefunden, der humpelte. Wir haben ihn für ein paar Wochen aufgepäppelt, bis sich irgendwann sein Besitzer gemeldet hat, der unsere Anzeige in der Zeitung las. Du hast ihn Mister Fox genannt, weil er so rötliches Fell hatte. Oben auf dem Dachboden hast du dir dein eigenes Fort gebaut, aus alten Kartons und jeder Menge Decken. Manchmal mussten wir sogar Lunch und Dinner dort oben zu uns nehmen, und einmal haben wir beide in diesem Fort übernachtet. Und dann das Glashaus. Wie hast du das geliebt! Früher war es voller …«

»… Kamelien«, sage ich und meine Tränen laufen, ja, sie strömen die Wangen herunter und benetzen mein Shirt.

»Ganz genau«, haucht sie und drückt mich ein weiteres Mal.

»Das ist unmöglich!«

»Ich weiß. Wo bist du nur gewesen?«

Lenni tritt durch die Tür und sieht nicht begeistert aus. Er sieht unsere feuchten Gesichter und dass Agatha eine Hand auf meinen Arm gelegt hat.

»Alles in Ordnung, Lenni. Wir haben eine gemeinsame Vergangenheit«, sagt sie und streicht mir über die Wange. Ich finde diese intime Geste nicht schlimm. Ich mag die Frau … Agatha. Ich sehe sie nicht in meiner Vergangenheit. Ich sehe nur das Haus plötzlich vor mir, wie es bewohnt aussieht. Wo die Möbel stehen. Und ich sehe den Garten. Alles andere ist verschwommen oder überhaupt nicht existent. Ihre Geschichten klingen vertraut, doch ist es nicht so, als hätte jemand einen Schleier gelüftet. Alles könnte sich so zugetragen haben. Nur ist dieses kindliche Bewusstsein komplett verschüttet. Ich habe keinen Zugang dazu.

Lenni nickt, stellt ein Tablett mit Gläsern und einer Karaffe mit Eis und Zitronenscheiben ab und richtet sich zu seiner vollen Größe auf. »Soll ich noch ein wenig bleiben, Agatha?«

»Nein, danke. Wir kommen klar. Mein Neffe hat mir so viel zu erzählen. Vielleicht möchten die beiden heute hier zu Abend essen. Was denkt ihr? Würdest du für mich bei Tina Bescheid geben? Ausnahmsweise? Wir müssen eine Familienvereinigung feiern.«

»Paul?« Robert sieht mich an.

Ich nicke.

»Du glaubst wirklich, dass ihr verwandt seid?«

»Ich weiß es nicht. Es klingt vollkommen verrückt, aber Agatha hat recht. Darf ich Agatha sagen?«

»Das musst du.«

»Als ich das Haus zum ersten Mal im Netz gesehen habe, gab es dieses tiefe Gefühl in mir, dass ich mich dort zu Hause fühlen könnte. Lana hat mich besessen genannt und ich stimme ihr zu. Der Gedanke, auf Humphrey Manor zu leben, hat mich nicht mehr losgelassen. Ich liebe meine Familie und ich gehe überall mit ihnen hin. Dennoch war es mir wichtig, das Haus zum Teil unseres Lebens zu machen. Niemand hat das richtig verstanden.«

»Ich dachte, du brauchst ein Hobby«, sagt Robert.

»Mag sein, aber viel wichtiger war mir diese Verbundenheit, die ich plötzlich gespürt habe. Als gäbe es eine Basis, ein Fundament, auf dem ich aufbauen könnte. Ich habe bis heute geglaubt, diese Basis für meine Familie mit diesem Heim zu schaffen. Stattdessen war es meine eigene Basis, die ich jahrzehntelang gesucht habe und die ich nun endlich wiederfinden konnte.«

»Und wie erklärst du dir das Waisenhaus in Hamburg, wenn du Engländer bist? Das ist er doch, oder?«

»Du wurdest in London geboren, deine Mutter in Humphrey Manor und dein Vater ist Schotte. Er kommt aus der Gegend um Edinburgh. Die beiden haben sich an der Uni kennengelernt.«

»Meine … Eltern. Leben sie noch?«

Sie ist den Tränen nahe. »Ja. Deine Mum unterrichtet am University College. Sie haben sich getrennt, vor langer Zeit. Dein Dad ist noch in der Gegend, glaube ich. Doch ich weiß es nicht. Wir haben keinen Kontakt mehr.«

Das ist ein harter Brocken, den ich kaum verdauen kann. Meine Eltern. Mir ist nie der Gedanke gekommen, dass diese Leute existieren, dass sie etwas anderes als tot sind, und dass ich sie wiedersehen könnte.

»Was hat man dir in Deutschland erzählt?«

Ich ordne meine Gedanken. Um mir ein wenig Zeit zu verschaffen, schenke ich drei Gläser Wasser ein. Meine Hand zittert so sehr, dass einige Tropfen auf dem Tablett landen.

»Gar nichts.«

»Nichts?«

Ich schüttele den Kopf. »Meine älteste Erinnerung ist eine aus dem Kinderheim. Soweit ich weiß, kannte niemand die Namen meiner Eltern. Der Name, den ich trage, wurde mir gegeben.«

»Was heißt das, der wurde dir gegeben?«

»Ich trage den Namen eines Toten«, sage ich und weiß, dass ich die Verwirrung in den Gesichtern der beiden auflösen muss. Ich werde zum allerersten Mal in meinem Leben über das Geheimnis reden, das mir Mina kurz vor ihrem Tode anvertraut hat.

KAPITEL 29

»Erst muss ich euch von Mina erzählen«, sage ich. Robert steuert einen Sessel an und setzt sich. Agatha faltet die Hände auf dem Schoß und sieht mich voller Erwartungen an.

»Mina hat Klavier gespielt, mit großer Leidenschaft. Sie malte Aquarelle und, soviel ich weiß, hat sie jeden Pullover gestrickt, den ihr Mann Josef bis zu seinem Tode getragen hat. Sie war kreativ und liebte das einfache Leben. Das ursprüngliche. Wenn sie wüsste, dass ich einen Social-Media-Kanal betreibe, würde sie mit den Augen rollen. Mina war glücklich, wenn sie am Wochenende das gute Geschirr aus dem Schrank holen konnte, um ihrem Mann und sich drei Gänge zu servieren. Alles Hausmannskost, versteht sich. Sie hat leidenschaftlich gern gekocht, hauptsächlich deutsche Küche, mit Rezepten ihrer Großmutter. Die wenigen Male, die ich als Kind in ihrem kleinen Haus zu Gast war, gab es Kirschstreusel zum Kaffee und selbst gemachte Limonade. Mina brauchte keinen Reichtum, keine Urlaubsreisen oder schicke Klamotten. Alles, was sie sich immer gewünscht hatte, war eine Familie.

Bevor sie starb, lange, nachdem ihr Josef schon tot war, hat sie mir erzählt, dass sie alles versucht haben. Sie konnten keine Kinder bekommen. Sie hielt es für einen Wink des Schicksals, als sie eines Morgens auf dem Hamburger Hauptbahnhof ein Kind entdeckte, das sich auf der Damentoilette versteckte.«

»Du willst mir doch nicht erzählen, dass du das warst?«, fragt Robert.

Ich zuckte mit den Achseln und deute an, dass ich ihn enttäuschen muss.

»Sie wollte mit mir zu einem Beamten gehen. Irgend-
jemandem, der ihr helfen könnte, doch dann gab ich ihr ein
Stück Papier, das alles verändert hat.«

»Daran erinnerst du dich noch?«, fragt Agatha.

Ich schüttle den Kopf. »Es kommt mir real vor, weil sie mir
davon erzählt hat, doch ich glaube nicht, dass ich eigene Erinnerungen abrufe. Alles aus dieser Zeit ist verschwunden.
Na, jedenfalls war ich abgemagert und schmutzig und habe
kein Wort gesagt. Sie sagte mir, dass ich Verletzungen gehabt
habe.« Ich deute auf die Narbe, die meine linke Augenbraue
spaltet. »Ich trug blaue Flecken am ganzen Körper und viel
später diagnostizierte man auch eine gebrochene Rippe.«

»Und du kannst dich nicht erinnern, was geschehen ist?«
Agatha macht große Augen.

»Mich würde viel eher interessieren, was auf dem Zettel
stand. Spann uns nicht so lange auf die Folter!«

»Richtig. Auf dem Zettel stand: *Bitte kümmern Sie sich um
dieses Kind. Er benötigt Schutz. Bitte verständigen Sie nicht die
Polizei.*«

»Das ist unglaublich!« Beide unisono.

»Das war der Punkt, an dem Mina eine Entscheidung getroffen hat, von der sie glaubte, die beste für mich zu sein. Sie
hat auf dem Sterbebett bitterlich geweint und sich bei mir
entschuldigt, dass sie mir damit die Chance genommen hat,
jemals etwas über meine Vergangenheit zu erfahren.«

»Sie ist nicht zur Polizei gegangen, richtig?«, fragt Agatha.

Ich schüttele den Kopf. »Sie hat mich mit nach Hause genommen. Sie und ihr Mann lebten damals noch in Lüneburg.
Als sie dort ankam, hat Josef ihr die Ohren lang gezogen, wie
sie so schön sagte. Doch schließlich hat sie sich durchgesetzt.
Keine Polizei. Ich habe dort einige Wochen gelebt. Tatsächlich

erinnere ich mich auch nicht an diese Zeit. Es muss zu kurz gewesen sein.«

»Ich wünschte, dein Gedächtnis wäre in anderen Bereichen auch so schlecht.«

»Wenn du an die Sache mit dem vorgetäuschten Tod denkst, dann vergiss es lieber.«

Robert wirft einen Blick zu Agatha, die verwirrt aussieht. »Ich dachte eigentlich an die peinliche Episode vom Kiez letztes Jahr. Aber danke für den Hinweis.«

»Jack? Ich meine, Paul. Das ist doch dein Name?«, fragt Agatha.

Ich nicke.

»Hat sie gesagt, in welcher Sprache der Zettel verfasst war?«

»Nein. Und ich habe nie gefragt. Ich wusste nicht, dass es Optionen gab und sie … keine Ahnung, vielleicht hat sie es vergessen.«

»Oder sie wollte am Ende nicht, dass du doch noch forschst und feststellst, dass du in einem ganz anderen Land als vermisst giltst«, sagt Robert. Dafür erntet er einen bösen Blick von mir. Mina hat immer nur mein Bestes gewollt. Ich lehne es ab, so über sie denken zu wollen.

Agatha berührt mich am Arm. »Sie hatte Angst um dich. Wenn ein Kind so eine Botschaft bei sich trägt – sie wird besorgt gewesen sein, dass du nach wie vor in Gefahr schwebst.«

Agatha gefällt mir.

»Wie ging es weiter? Du bist doch schließlich im Waisenhaus gelandet.«

»Einige Wochen habe ich, wie gesagt, bei ihnen gelebt, bis auch Mina einsehen musste, dass das keine Lösung war. Ich besaß keine Geburtsurkunde. Ich war nirgends gemeldet. Sie waren nicht als meine Erziehungsberechtigten eingetragen.

Ich hatte weder Anspruch auf medizinische Versorgung noch auf Schulbildung. Ich flog sozusagen unter dem Radar. Außerdem wurden die Nachbarn langsam misstrauisch. Mina heckte zunächst eine Lösung aus, mit der sie sich strafbar machte. Sie fälschte eine Geburtsurkunde, rückwirkend und sorgte dafür, dass ich beim Standesamt eingetragen war. Sie hat bei der Gemeinde gearbeitet, es war ein Leichtes für sie, alles in die richtigen Wege zu leiten.

Doch irgendwann hatte Josef sie überzeugt, dass sie ewig Kriminelle wären, wenn sie nicht einen legalen Weg finden würden, für mich zu sorgen. Also ging sie schließlich zur Polizei und gab an, sie hätte mich mit einem Rucksack, in dem meine Papiere und ein paar Sachen waren, an einem Bahnhof gefunden.«

»Ist der Schwindel nicht aufgeflogen, als man die Papiere überprüft hat?«, fragt Robert.

»Nein. Sie war gründlich. Sie hat mein Alter auf fünf Jahre datiert und für meine angebliche Mutter eine Frau gesucht, die ein Jahr zuvor bei einem Brand gestorben war. Die Eltern der Frau waren tot, sie unverheiratet, keine weitere Familie, Vater unbekannt. Das Erste, was sie taten, war: mich in ein Heim zu stecken. Das Waisenhaus in Hamburg. Mina und Josef bemühten sich um eine Adoption oder zumindest eine Pflege, doch man machte ihnen keine Hoffnung, weil sie krank und beide schon über vierzig waren. Als klar war, dass sie mich nicht so schnell zu sich holen könnten, kündigten beide ihre Jobs in Lüneburg, zogen nach Hamburg, und Josef fing als Hausmeister in diesem Waisenhaus an. Mina kam aus einer Familie, in der jeder ein Musikinstrument gespielt hat. Sie fand später eine Stelle als Betreuerin und Musiklehrerin in dem Heim. So konnten wir schließlich doch den ganzen Tag zusammen sein.«

»Wie traurig. Sie muss dich sehr geliebt haben.« Agathas Gesicht wirkt zerfurchter als zuvor.

»Ich hatte jahrelang keine Ahnung. Alles, woran ich mich erinnern kann, ist das Waisenhaus und diese beiden netten alten Leute. Dass wir eine gemeinsame Vergangenheit hatten, ahnte ich nicht.«

»Das muss alles sehr viel für einen Fünfjährigen gewesen sein. Mina hatte recht. Du warst fünf, als du verschwandest.«

Erneut fühlt es sich an, als hätte mich jemand eine Klippe hinabgestoßen. »Macht es euch was aus, wenn ich ein paar Schritte laufe, vor dem Essen. Ich will euch nicht allein lassen, doch ich muss ein wenig nachdenken. Ist das in Ordnung, Agatha?«

Sie erhebt sich. »Geh ein paar Schritte durch den Park! Er ist ganz wundervoll zu dieser Jahreszeit. Die Rhododendronblüte ist durch, aber die Hortensien blühen. Es gibt einen Bereich hinter dem Haus, der von Hecken umgeben ist. Dahin gehe ich, wenn ich allein sein will und mich vor dem Trubel drücke. Dort stehen die Rosen in voller Blüte und es gibt Bänke, auf die man sich setzen kann.«

Ich muss schmunzeln, als sie den Trubel in dieser Einrichtung anspricht. Auf mich wirkt die Isolation hier drinnen erdrückend. Doch das mag an meiner Vergangenheit und meiner Erfahrung mit solchen Häusern liegen.

»Ich bin bald wieder zurück.«

Robert wirft mir einen hilfesuchenden Blick zu, doch ich kann ihn nicht mitnehmen. Ich muss in Ruhe eine Entscheidung treffen. Was sage ich? Mehrere Entscheidungen. Doch zuerst brauche ich Ordnung in meinen Gedanken. Auf dem Weg zum Ausgang sehe ich Lenni, der sich mit einer Frau in Schwesterntracht unterhält. Er verschränkt augenblicklich die Arme vor der Brust. Ich frage mich, ob diese viktorianisch anmutenden Uniformen, die das Personal trägt, und die mich an historische Filme aus England erinnern, dazu dienen, den Bewohnern das Gefühl zu vermitteln, sie verbrächten ihren Lebensabend in ihrem eigenen Herrenhaus. Es hat etwas Unterwürfiges der Aristokratie gegenüber, diese gestärkten Schürzen, die leinenen Kittel, die bis zum Hals geschlossen sind und das Häubchen auf dem Kopf, das auf strengen Frisuren thront.

Heute wohne ich in Agathas Herrenhaus. Ein Haus, das sie nur verlassen und verkauft hat, weil ihr Neffe spurlos verschwand. Ich. Zumindest sieht es so aus. Zu behaupten, ich wäre Herr meiner Gefühle in diesem Moment, wäre gelogen. Ich bin überwältigt von den Möglichkeiten, die sich plötzlich auftun. Als hätte jemand einen Scheinwerfer auf meine finstere Zukunft gerichtet. Wenn das alles wahr ist, dann leben meine Eltern. Dann haben sie mich nicht verlassen und ich besitze eine Familie – ja, eine Vergangenheit. Wenn all das wahr ist, warum sollte ich das Haus dann abstoßen?

Weil die Leichen von zwei Kindern in meinem Keller lagen, verpackt in Säcken, ihre Kleidung getrennt von ihnen. Galle stößt mir auf. Bis zu einem gewissen Grad passt meine Geschichte perfekt zu dem Verschwinden von Agathas Neffen. Doch was jetzt? Soll ich mir einfach die Adresse ihrer Schwester besorgen, dorthin fahren und rufen: Mum, ich bin wieder zu Hause? Und vergessen, dass in dem Mauern von Humphrey Manor Dinge geschehen sind, die jeden Familienvater in Angst und Schrecken versetzen? Vielleicht sagt Agatha die Wahrheit. Vielleicht bin ich Jack – ich weiß überhaupt nicht, welchen Nachnamen er getragen hat. Doch damit sind meine Fragen nicht beantwortet. Wie bin ich verschwunden? Wer ist dafür verantwortlich? Warum lebe ich und andere Kinder sind tot? Wer hat den mysteriösen Zettel geschrieben, den Mina gefunden hat? War es womöglich Agatha, die mich vor meiner eigenen Familie schützen wollte? Hat sie mich aufs Festland gebracht? Und wenn ja, würde sie es heute zugeben?

Sobald ich durch die Terrassentür nach draußen trete, wird es ruhiger. Im Haus herrscht eine Grundlautstärke, ein Gemisch aus klobigen Absätzen auf Parkett, Hintergrundmusik aus dem Salon, Geflüster des Personals und tickenden Uhren. Nicht im übertragenen Sinne. Sie haben in jedem Zimmer eine dieser altmodischen Standuhren stehen, selbst im Eingangsbereich.

Ich lege meinen Kopf in den Nacken und schließe die Augen. Die Sonne wärmt meine Wangen. Die Luft riecht nach Duftwicken und Rosen. Ich schlage die Richtung ein, die Agatha mir genannt hat. Den versteckten Garten finde ich ohne Probleme. Der Durchgang in der Hecke ist so schmal, dass man sich drinnen unbeobachtet fühlt. Dort steht eine Bank unter einem Apfelbaum, genau in der Mitte. Mit jeder frischen Bö weht Blumenduft zu mir. Absoluter Frieden liegt auf diesem Ort und plötzlich weiß ich, dass ich das Rätsel lösen muss. Das Grauen um Humphrey Manor aufdecken muss. Nur dann kann ich dort mit meiner Familie leben. Genauso einen Garten könnten wir im hinteren Teil anlegen. Die Anlagen sind bereits ähnlich gestaltet. Er müsste nur auf Vordermann gebracht und gepflegt werden. Vielleicht frage ich Agatha, was sie davon hält, den Alten zurückzuholen. Wenn die Geschichten stimmen, die ich von seinem Enkel gehört habe, war er der Familie immer verbunden. Und kräftig wie ein Ochse war er, das konnte man sehen.

Ich will meinen Traum nicht aufgeben. Dieses Haus gehört zu mir, so oder so. Wie Agatha in diese Geschichte hereinpasst und welche Rolle sie gespielt hat, werde ich herausfinden.

KAPITEL 30

Ed Mulligan schiebt die Brille auf der Nase nach oben und schließt die Tür zum Pub ab. Den letzten Gast musste er rauswerfen. Wie die Schmeißfliegen haben sie ihn eingekreist, nachdem er von der Wache zurückgekehrt ist. Eine Verwarnung haben sie ihm ausgesprochen. Ed lacht. Auch ein Detective Chief Inspector Paxton kann nicht verhindern, dass diese Gemeinde ihre eigenen Regeln hat. Und eine davon lautet, dass man die Bürger, die zum Wohlstand der Gemeinde beitragen, nicht verärgert oder verhaftet. Der Pub ist seit Generationen im Familienbesitz. Die Mulligans gehören zum Stadtbild, wie Fish and Chips zur britischen Esskultur. Telly Badger glaubt, dass seine Uniform irgendetwas an den Machtverhältnissen verändert, doch da irrt er sich. Und er liegt ebenfalls falsch, wenn er denkt, dass er ungeschoren mit diesem Verhalten durchkommt. Ed weiß, wann der günstigste Zeitpunkt gekommen ist, um ihm mit seinen Jungs aufzulauern. Ein, zwei Tage wird er Gras über die Sache wachsen lassen. Nicht weil er fürchtet, unter Verdacht zu geraten, sondern weil er will, dass Badger sich in Sicherheit wiegt. Was für ein Genuss wird es werden, Telly an einen einsamen Ort im Wald zu zerren und ihm dort die Haut über die Ohren zu ziehen. Dieses Mal wird er nicht nur mit einer Demütigung davonkommen. Dieses Mal soll er etwas verlieren. Einen Finger oder einen Zeh. Vielleicht ein Ohr. Die Zeit ist reif, zu demonstrieren, wie weit ein Mulligan in dieser Gemeinde gehen kann. Sie werden es alle wissen, und niemand wird etwas dagegen unternehmen. Seine Vorfahren haben über drei Generationen hinweg die

Bürgermeister von Lincolnbury gestellt. Sein Vater ist Vince Mulligan, der Mann, dem der Pub gehörte und der vor drei Jahrzehnten eines der entführten Kinder aus den Klauen der Serienmörder gerettet hat. Seine Familie genießt seit Generationen ein Ansehen, an dem keine Uniform, kein Rang und keine Schulnoten kratzen können. Auch wenn Badgers Vater ein Cousin seines Vaters ist, so ist Ed doch der direkte Nachfahre dieser Linie.

Der Zeitpunkt ist perfekt, um zu untermauern, was Lincolnbury ihnen schuldet, perfekt, um zu zeigen, was Ed erwartet. Welche Behandlung er für angemessen hält und welche Strafen denjenigen drohen, die sich mit ihm anlegen.

Der Wichser hat pures Glück gehabt, als er ihn heute einige Male im Gesicht getroffen hat. Ed wird sicherstellen, dass das kein zweites Mal geschieht. Sein linkes Auge ist so angeschwollen, dass er die Kontaktlinsen entfernen und seine alte Brille aufsetzen musste. Wie ein Buchhalter sieht er aus, findet Ed. Brillen sind für Schwächlinge, doch er kann leider nicht darauf verzichten, weil er ohne Sehhilfe fast blind ist.

Er steckt die Hände in die Taschen seiner Jeans und pfeift ein Lied. Ein kräftiger Wind bläst ihm heute Abend ins Gesicht, lässt die Flaggen an der Autovermietung tanzen und die Blätter in den Bäumen rascheln. Doch das kann seine Stimmung nicht trüben. Auch die Wahrnehmung, dass erste Regentropfen den Bürgersteig vor seinen Füßen dunkel färben, stört ihn nicht. Er denkt an den Moment, an dem er Telly Badger in seinen Fängen hat.

Warum warten, fragt er sich. Warum die Jungs dazuholen? Das ist eine Sache zwischen ihm und diesem Muttersöhnchen. Er könnte ihn aus seinem Bett zerren und k.o. schlagen. Dann aus dem Farmhaus schleppen und in das Waldstück dahinter bringen. Dort hatte sein Bruder Jesse die Hütte, in der er als Kind mit ihm gespielt hat. Es war nur ein dürftiger Unterstand aus alten Brettern und einigen Planen, doch Ed weiß, dass er dort immer noch ist – nach all den Jahren. Jesse wäre stolz, wenn er ihn heute sehen könnte. Er führt das Pub, hat drei Söhne und niemand in dieser Stadt wagt es, sich mit ihm anzulegen. Und die eine Person, die aus der Reihe tanzt, wird er heute Nacht einnorden. Das stellt die Ordnung wieder her.

Ed geht trotz des einsetzenden Nieselregens weiter, vorbei an seinem Haus, wo im Wohnzimmer Licht brennt. Theresa sitzt wie jeden Abend vor der laufenden Glotze und durchstöbert das Internet in ihrem Handy. Wenn sie ein weiteres Abo abschließt, das ihr eine Traumfigur innerhalb von sechs Wochen verspricht, wird er ihr das Ding wegnehmen. Dann kann sie zusehen, wie sie sich ihre Zeit vertreibt.

Theresa war mal eine richtige Schönheit, als sie in der Highschool miteinander gegangen waren. Die Beste im Gymnastikverein der Schule. Hat Preise gewonnen und sogar ein Stipendium fürs College erhalten. Damit war Schluss, nachdem ihr Sohn Chris neun Monate nach dem Abschlussball geboren wurde. Sowohl mit ihrem Wunsch, aufs College zu gehen als auch mit der Traumfigur. Sie hatte sich einigermaßen aufgerappelt, nach ein paar Jahren. Doch dann kam Ash und drei Jahre später Donnie. Ed bezweifelte, dass sie ernsthaft etwas an ihren Polstern ändern wollte. Diese halbherzigen Versuche, für die er ein Vermögen bezahlte, fügten jedes Jahr weitere Pfunde hinzu. Inzwischen kam sie kaum noch von der Couch runter. Höchstens, um eine neue Tüte Chips aufzumachen.

Wohl wissend, dass sie ihn gerade nicht vermisst, pfeift er sein Lied und überlegt, wie er Badger aus seiner Höhle holt. Ein Projekt, das ihn mehr und mehr fasziniert, je weiter er aus der Stadt herauskommt. Bei jedem Schritt schmerzt sein Gesicht, doch das facht die Wut nur noch mehr an, die er auf diese Ratte hat.

Als er auf den Hof der Badgers einbiegt, zuckt ein Blitz quer über den Himmel und taucht die Gebäude in gespenstisches Licht. Der Donner folgt wenige Sekunden später. Ed muss sich beeilen. In wenigen Minuten wird ein Wolkenbruch niedergehen, der seinen schönen Plan vereiteln könnte.

Tellys Zimmer liegt im ersten Stock, direkt über dem kleinen Vordach. Ed zieht sich ein altes Fass heran, das neben dem Scheunentor steht, und klettert darauf. Von dieser Position kann er sich wunderbar auf das Dach ziehen. Diese Pfeife wohnt immer noch bei seinen Eltern! Ed schüttelt den Kopf und grinst. Da kann man ja gar nicht anders, als Witze über ihn reißen. Telly Badger ist von Geburt an ein Opfer. Genau wie sein Vater! Im Dorf weiß man Bescheid. Schlappschwänze, die Badgers, allesamt.

Es ist noch nicht völlig dunkel, doch Ed hat keine Angst, dass man ihn sehen könnte. Wohnzimmer und Küche gehen in die andere Richtung – nach hinten raus. Die Familie ist im Haus, die Straße zu weit entfernt, als dass man ihn hier kraxeln sieht. Gebückt schleicht er zu Tellys Fenster. Schon von unten hat er gesehen, dass es offen steht. Ohne ein Geräusch zu verursachen, zieht er sich am Fensterbrett hoch, sodass er ins Zimmer blicken kann. Das Bett ist leer. Damit hat er nicht gerechnet. Offensichtlich ist Badger noch nicht schlafen gegangen. Ed hätte ihn für so pflichtbewusst gehalten, dass er vor einem Arbeitstag früh ins Bett ginge. Doch womöglich hatten sie ihn auch suspendiert. Durchaus denkbar. Sein Vater ist dicke mit Badgers Chef. Der hat ihm diese Frechheiten bestimmt nicht durchgehen lassen.

Ed weiß, was sich gehört. Er und sein Bruder sind in einem Haushalt groß geworden, in dem Zucht und Ordnung herrschte, wie sein Vater immer zu sagen pflegte. Etwas, das sie bei Telly von Anfang an versäumt hatten. Sonst wäre er nicht so ein Weichei geworden. Ed hatte über die Jahre viel von seinem Vater gelernt und das Erlernte an seine Söhne weitergegeben. Schwäche wurde nicht toleriert. Er erinnert sich, als wäre es gestern gewesen, wie sein Vater ihn in den Weiher geworfen hatte, um schwimmen zu lernen. Oder wie er vor seinen Freunden übers Knie gelegt und verdroschen wurde, weil sie beim Spielen die Milchflaschen mit dem Fuß- ball getroffen und zerstört hatten. Das formte einen Mann, machte ihn hart. Man lernte, wie man sich von seinen eigenen Gefühlen distanzierte und im Sinne der Familie dachte. Mit Telly hatte das niemand getan, also war es an ihm, Telly zu zeigen, was er erwartete.

Unten auf dem Hof gibt es Bewegung. Zunächst hört er nur eine morsche Tür, dann sieht er Badger unter sich vor dem Eingangsbereich auftauchen. Er bleibt stehen, starrt zur Straße und rührt sich nicht. Erst denkt Ed, er würde eine Zigarette rauchen. Doch nicht Telly, der hat Angst vor Lungenkrebs.

Mittlerweile ist es fast finster. Ed fasst einen Entschluss und wirft sich nach vorn. Als seine Brust den Kopf von Badger trifft, zieht er Arme und Beine zusammen und umklammert den stürzenden Körper. Wie erwartet gibt Telly kein Geräusch von sich, das seine Familie alarmieren könnte. Jetzt heißt es, den Überraschungsvorteil für sich nutzen. Badger ist kein Kind mehr. Auch wenn er Ed körperlich unterlegen ist, so wird es dennoch kein Kinderspiel, ihn bis in den Wald zu schleppen, ohne dass der sich wehrt. Ein wenig bereut Ed, so überstürzt gehandelt zu haben. Panzertape wäre nicht schlecht gewesen. Er hat nur eine Chance, sein Vorhaben heute umzusetzen. Er muss Telly bewusstlos schlagen. Also drückt er dem strampelnden Mann unter sich die Kehle zu und schaut sich um. Nicht weit von ihm entfernt erblickt er einen Stapel Holzlatten. Sieht so aus, als reparierten die Badgers das Scheunentor. Das muss reichen, auch wenn er befürchtet, dass die Latte nachgeben könnte. Eher als Tellys Dickschädel. Doch er will ihn ja nicht umbringen, nur ausschalten, bis sie sich im Wald befinden.

Mit einem Arm um Tellys Kehle – damit der keinen Laut von sich gibt – rutscht er auf Knien zu dem Stapel. Er schnappt sich eine Latte und schlägt zu. Ohne lange nachzudenken. Sieht, wie Telly zuckt, und schlägt noch mal. Und ein weiteres Mal. Bis Telly liegen bleibt. Dann legt er das Ding beiseite und wischt sich den Schweiß von der Stirn. Ein hektischer Blick in alle vier Himmelsrichtungen bestätigt ihm, dass sie immer noch allein sind. Gut so! Jetzt gibt es kein Zurück mehr. Telly atmet. Auf seinem Schädel zeichnet sich ein dünnes Rinnsal hellen Bluts ab. Es fließt langsam. Ed macht sich keine allzu großen Sorgen. Das ist eine oberflächliche Wunde. So wie bei seinem Hund Derrick, den sein Vater verdroschen hatte, als der – Ed war noch klein – eine Lammkeule von der Anrichte gestohlen hatte. Er hatte genauso geblutet, war aber nach einer guten Stunde wieder aufgestanden und nach draußen getorkelt. Danach hatte Ed ihn nie wieder gesehen, doch seine Mum hatte ihm erklärt, dass er im Dunkeln von einem Auto überfahren worden war. Er hätte die Pfoten von der Lammkeule lassen sollen. Das wusste Ed heute.

Er greift dem bewusstlosen Telly unter die Arme und zieht ihn Richtung Scheune. Direkt dahinter liegt das Feld. Es gibt eine Stelle, an der das Feld schmaler wird und von wo man nur dreihundert Fuß zu gehen braucht, bis man den Waldrand erreicht. Dorthin will er. Zu dem Ort, den ihm sein Bruder gezeigt hat. Der einzige Ort, den Dad nicht kannte und wo er sie nicht finden konnte, selbst wenn er gesucht hätte.

Der Weg über das Feld ist beschwerlich. Beinahe wäre er unter dem schweren Kerl zusammengebrochen und nie wieder aufgestanden. Doch Ed weiß, wie man seinen Schmerz ausblendet. Er hat es früh gelernt und es hilft ihm seit seiner Kindheit. Die Schläge, die er heute Mittag hatte einstecken müssen, spürt er hin und wieder unter der Anstrengung. Doch die sind nur ein Ansporn, seinen Plan umzusetzen.

Den Weg im Wald findet er mit geschlossenen Augen. Die Dunkelheit ist kein Hindernis. Er war viele Jahre nicht hier, doch er erinnert sich an jeden Baum, jede Wurzel und die Stelle, an der er den Hang hinablaufen muss, um an der Lichtung anzukommen.

Tellys Kopf wackelt bei jedem Schritt an seinem Rücken hin und her. Er hat ihn sich schließlich über die Schulter geworfen. Es besteht kaum ein Unterschied zwischen ihm und einem Fass Bier. Dennoch macht er sicher drei Kreuze, wenn er bei der Hütte angekommen ist. Es ist nicht mehr weit. Der Ruf der Eule und der Mond, der wie ein Wächter am Himmel steht, begleiten ihn. Sein kalter Schein leuchtet ihm den Weg. Die Regenwolken haben sich verzogen, dennoch ist das Unterholz nass und die Luft riecht nach Moos und Erde.

Dort zwischen zwei Bäumen. Da ist es! Er war in den Jahren nach Jesses Verschwinden immer wieder mal da. Am Anfang häufiger, irgendwann hatte er sie vergessen. Es ist an der Zeit, seiner Vergangenheit einen Besuch abzustatten.

Heute.

Kaum hat er den Bretterverschlag erreicht, lässt er Badger

fallen. Der sinkt wie ein Sack Mehl nach unten und rührt sich nicht. Gut so. Er kann ihn unbesorgt noch eine Weile liegen lassen. Ed schiebt einige Brombeerranken beiseite und wirft einen Blick ins Innere. Komplette Finsternis. Dort könnte ein Mann stehen, er würde ihn nicht sehen. Soll Badger sich doch in die Hose machen, wenn er an diesem Ort wach wird. Wahrscheinlich findet er vor Tagesanbruch nicht aus dem Wald. Der Gedanke gefällt Ed. Ist zwar nicht so gut, wie ihm ein Ohr abzuschneiden, andererseits würde der wahrscheinlich daran krepieren und Ed müsste auf die Genugtuung verzichten, in Zukunft seine reumütige Visage im Pub zu sehen. Nein. Badger und alle anderen sollen wissen, wie gefährlich es ist, sich mit Ed anzulegen. Dazu muss der aber aus dem Wald rausfinden. Ob man ihm diesen Anschlag verzeihen würde, in dieser Gemeinde? Da ist Ed sich nicht sicher. Das Risiko ist zu hoch, dass Leute von außerhalb in den Fall involviert werden. Das sieht er ja bei den Knochen, die sie gefunden haben.

Bisher hat ihm Dad nicht gesagt, ob Jesse darunter ist oder nicht. Ed befürchtet, dass er keine Informationen bekommen wird. Gleich nach dem Fund der Leichenteile hat er mit seinem Vater gesprochen, hat ihn an Jesse erinnert, doch der hat sich wie immer in sein Schneckenhaus zurückgezogen und nicht mehr mit ihm geredet. Er hofft, dass man ihm Bescheid sagen wird. Doch sicher ist er sich nicht. Was macht er dann, wenn feststeht, dass Jesse tot ist? Wenn klar ist, dass er vor dreißig Jahren gestorben ist? Wird er aufhören, darauf zu hoffen, dass er eines Tages zu seinem kleinen Bruder zurückkehrt und mit ihm durch die Welt reist, so wie sie es früher immer geplant hatten? Er wäre heute wie damals zehn Jahre älter als Ed. Hätte womöglich Familie und keine Lust, dem Traum eines Kindes nachzujagen. Doch das spielt keine Rolle. Jesse ist tot. Das Killerpärchen aus dem Wald hat ihn getötet und seiner Familie und all den anderen keinen Hinweis gegeben, wo sie die Körper finden könnten. Sie haben sich einfach aus dem Staub gemacht.

Es wird Zeit. Ed zerrt den bewusstlosen Telly durch die Öffnung in das dunkle Verlies. Früher lag eine Plane auf den Brettern. Die muss der Sturm weggeweht haben. Heute ist es Buschwerk, das jedes Mondlicht aussperrt. Badger knallt auf den Waldboden. Geräuschlos. Ed fühlt sich befreit. Er zupft die Brombeerranken wieder vor den Eingang und kehrt der Hütte den Rücken. Er muss hier weg. Er hat mit diesem Ort so viele positive Erinnerungen verbunden. Erinnerungen an eine Zeit, in der es ein erwachsenes Vorbild gegeben hatte, das ihn bestärkte, er selbst zu sein. Eine Zeit nur aus Spiel und Abenteuer. Doch heute riecht es hier nur nach Moder, Tod und Verderben. Er spürt, dass sein Bruder von ihm gegangen ist, endgültig, und dass er diese Zeit loslassen muss. Angefangen mit ihrer geheimen Hütte. Vielleicht ist es nicht verkehrt, wenn Badger nie mehr aufsteht und keinem im Ort von diesem Platz erzählen kann.

Hinter Ed knackt es im Gebüsch. Er bleibt stehen, hält den Atem an, doch sehen kann er nichts. Baumriesen, in deren Mitte er ameisenklein wirkt und sich auch so fühlt. Schatten im Unterholz … er hört es rascheln, doch nichts offenbart ihm die Quelle des Raschelns. Er dreht sich um und geht weiter. Wieder ein Knacken. Dann hört er ein Zischen. Nur ganz kurz und Ed wird am Kopf getroffen. Er gerät ins Taumeln und geht in die Knie. Die Brille rutscht ihm von der Nase und landet irgendwo auf dem Waldboden. Das muss ein niedriger Ast gewesen sein, gegen den er gelaufen ist. Armstark. Er muss besser aufpassen. Doch zunächst muss er seine Brille finden. Ohne Sehhilfe besteht der Wald nur aus schemenhaften schwarzen Umrissen.

Fluchend tastet er den Boden ab. Es raschelt und dann vernimmt er das charakteristische Knacken kleiner Äste, die von Schuhen zerdrückt werden.

Ed spart sich eine Nachfrage. Schweiß bricht aus. Das war kein Ast. Seine Finger fliegen über das feuchte Moos. Keine Brille. Nirgends. Er kriecht vorwärts. Dann ein Knirschen unter dem linken Knie – die Brille. Schwer keuchend sieht er auf. Die schemenhafte Gestalt vor ihm verdeckt den Mond. Sie hebt etwas über den Kopf.

»Jesse?«

Dann rauscht ein Knüppel auf Ed nieder und spaltet seinen Schädel entzwei.

KAPITEL 31

Telly kann nur einen Fuß vor den anderen setzen. Er bewegt sich langsam, schwankt. Manchmal fällt er hin, dann muss er sich wieder aufrappeln. Alles begleitet von Dunkelheit, gespenstischen Lauten und Schmerzen; die haben volle Kontrolle über seinen Körper. An einer Kiefer hält er plötzlich an, stemmt die Arme gegen den Stamm und übergibt sich. Der Inhalt seines Mundes schmeckt nach Eisen. Heute Nacht wird er sterben.

Seine Kleidung ist dieselbe, die er tagsüber getragen hat. Welcher Tag, das ist die Frage. In dieser Sekunde herrscht Nacht und er befindet sich im Nirgendwo. Er könnte im Wald hinter seinem Haus sein, in den Rocky Mountains in den Staaten oder in einer Traumwelt, die er nie wieder verlassen kann. Nichts ergibt Sinn. Ihm fehlt eine Passage an Zeit, an die er sich nicht erinnert. Wenn er gestern Abend ins Bett gegangen ist und dies nur ein schrecklicher Traum ist, dann hat er es vergessen. Doch so ist das mit Träumen, oder? Sie ergeben keinen lückenlosen Sinn. Das Beste wäre es, sich zu entspannen und zu warten, bis er daraus aufwacht.

Die Schmerzen fühlen sich real an. Nur schlimmer als alles, das Telly je zugestoßen ist. Funktioniert das so im Traum? Er weiß es nicht. Er hat sich vorgenommen, in Bewegung zu bleiben. Etwas treibt ihn an. Dann tritt er auf das Ende eines Asts, der nach oben schnellt und ihm mit der belaubten Seite ins Gesicht schlägt. Die Blätter piken in seine Augen und er stößt einen Schrei aus, weil er sich so erschreckt hat. Zu real für einen Traum. Er schmeckt den Moder, spürt die kalte Luft auf seiner Haut und dann diese Schmerzen – sie wecken sein Bedürfnis, sich vor ein Auto zu werfen.

Seine Wangen sind nass, doch er kann nicht sagen, ob es sich um Tränen handelt oder Blut. Er weiß, dass er eine Wunde am Kopf hat, die zuvor noch nicht da gewesen ist. Er weiß, dass er sich im Wald befindet. Jeder Wald endet irgendwo. Also läuft er dahin, wo er seinen Rand vermutet. Das ist die Richtung, die ihm irgendwie heller erscheint. Es könnte ein Trugschluss sein und er läuft tiefer hinein, auf eine mondbeschienene Lichtung zu.

Plötzlich liegt vor ihm das Feld. Er kann das Bauernhaus seiner Familie sehen. Es schläft. Finsternis vor den Fenstern. Finsternis dahinter. Die Geräusche des Waldes befinden sich in seinem Rücken. Vor ihm fegt der Wind über die raschelnden Ähren im Feld. Telly zögert. Dann dreht er sich langsam um und wirft einen Blick zurück. Was sich dort drinnen versteckt, kann er nicht sagen, ebenso wenig, was sich dort zugetragen hat. Er wagt den Schritt nach draußen. Im selben Augenblick befürchtet er, dass die Entfernung zu seinem Heim wachsen wird, je schneller er darauf zugeht. Ihm ist nach Schreien zumute. Doch er reißt sich zusammen.

Das Feld hat er schließlich in kürzerer Zeit durchquert als vermutet. Wieder eine Bestätigung dafür, dass das kein Traum ist. Er schlängelt sich durch das hohe Gras, das neben der Scheune wächst und achtet auf seine Schritte, um nicht in die rostige Egge zu treten, die dort liegt. Das ist sein Zuhause. Nicht einfach nur eine Kopie davon in seinem schlafenden Kopf.

Das Mondlicht täuscht. Es macht alles so surreal. All das passiert. Er pirscht von hinten auf sein Elternhaus zu, statt wie üblich zu dieser Zeit im Bett zu liegen.

Vor der Eingangstür hält er an. Er klingelt nicht sofort. Ein Versuch zeigt ihm, dass sie abgeschlossen ist. Sein Fenster steht offen. Er könnte über das Fass nach oben klettern. Doch schon beim Hochhieven auf das Fass spürt er, dass ihm sein Kopf einen Strich durch die Rechnung machen wird. Sein Puls ist augenblicklich so hoch, dass er anfängt zu japsen. Keine Chance. Er braucht medizinische Hilfe. Er wird sie wecken müssen. Seine Eltern.

Nachdem der Klingelton durch die Stille geklungen ist, dauert die eine Weile an, dann wird das Licht angeknipst. Der Hof wird sofort heller. Das erste Geräusch, das Telly in dieser Nacht hört, ist seine Mutter, die seinen Vater fragt, ob er jemanden erwarte. Das Fenster zu ihrem Schlafzimmer ist geöffnet. Telly kann alles hören. Ihr Zimmer liegt direkt neben seinem, links über dem Eingang. Er hört sie schimpfen, dass es nach Mitternacht ist. Also ist er schon eine Weile unterwegs. Sie haben ihn nicht vermisst. Sonst hätte seine Mum sofort beim Ton der Klingel nach ihm gefragt.

Telly spürt, wie die Anspannung von ihm abfällt. Es gibt keinen Grund mehr, sich aufrecht zu halten. Seine Eltern sind auf dem Weg. Sie werden einen Krankenwagen rufen. Allein der Gedanke weicht seine Knie auf. Er spürt, dass er schwankt und der Boden unter ihm droht nachzugeben. Mit der rechten Hand stützt er sich am Holzrahmen der roten Tür ab. Die alte Farbe bröckelt unter seinem Schweiß. Der Schweiß ist neu. Jetzt spürt er ihn am Nacken und auf der Stirn. Seine Arme frösteln und die Härchen stellen sich auf. Dann klappern seine Zähne aufeinander. Telly kennt sich mit Erster Hilfe aus. Er weiß, dass er auf einen Schockzustand zusteuert. Hoffentlich beeilen sie sich. Er kann seine Mutter geradezu vor sich sehen, wie sie mühsam die Treppe nach unten wankt. Eine steile Angelegenheit aus einer Zeit, in der man sich um angenehme Tritthöhen keine Gedanken gemacht hat. Er wünschte, sie würde wegen ihres Beines endlich einen Arzt aufsuchen. Ein Glas Wasser könnte ihm schon helfen, eine warme Decke … vielleicht liegt es auch am Blutverlust. Wie lange er im Moos gelegen hat, kann er nur schätzen. Möglich, dass er zu Beginn viel verloren hat. Doch dann würde er nicht hier stehen.

Drinnen poltert es. Draußen sackt Telly in sich zusammen. Sein Hintern berührt den steinernen Fußboden, doch der Schmerz durch den Aufprall bleibt aus. Wie in Watte eingehüllt fühlt sich sein Körper an. Ein letzter Blitz zuckt durch seinen Schädel, als er am Hinterkopf aufschlägt. Der Hof liegt auf der Seite. Die Scheune, die Einfahrt, der Traktor, das Heu und eine Gestalt, die sich in eine dunkle Ecke drückt.

Telly kann sie ganz deutlich sehen. Sie kommt ihm bekannt vor. Dann ist es das verzerrte Gesicht seiner Mutter, das vor ihm auftaucht, mit ihm redet, alles lautlos. Telly fühlt sich unendlich erschöpft. Nur einen kurzen Moment wird er die Augen schließen. Er macht sie zu, doch Entspannung stellt sich nicht ein. Stattdessen wächst der Druck auf seiner Brust und das Gefühl, als quetschte man das Leben aus ihm heraus.

Als er die Augen öffnet, liegt er unter einer weißen Decke, die Sonne scheint durchs Fenster und es riecht nach einem Gemisch aus Blut, Urin und Desinfektionsmittel. Sieht aus wie ein Krankenzimmer. Neben ihm steht ein Monitor, der die Herzströme überwacht. Er ist nicht angeschlossen. Vor ihm an der Wand ein Fernseher. Auf einem Stuhl an der Wand neben einem Tisch, der so klein ist, dass nur eine Person daran sitzen kann, sieht er seine Klamotten liegen, sorgsam gefaltet.

Er hebt die Decke an. Sie haben ihm ein Krankenhausnachthemd angezogen. In seiner Armbeuge zieht es. Dort sitzt eine Braunüle. Der Schlauch führt zu einem Ständer, an dem ein Beutel Natrium-Chlorid-Lösung hängt. Kochsalz. So schlimm kann es ihm also nicht gehen. Wie er sieht, ist die Lösung seit geraumer Zeit durchgelaufen. Man hat ihn schlafen lassen, vielleicht auch vergessen. Er blinzelt kräftig und entscheidet sich dann den Knopf für die Schwester zu drücken.

Wenige Minuten später fliegt seine Tür auf. Eine kräftig gebaute Krankenschwester stürmt herein, begrüßt ihn mit einer Lautstärke, die einem Tauben geholfen hätte, die Hörkraft wiederzufinden. Sie reißt seine Bettdecke auf entwürdigende Art beiseite und beglückwünscht ihn dazu, dass das Laken trocken geblieben ist. Er wäre immer wieder ohnmächtig geworden in der letzten Nacht und hätte lange geschlafen. Man wüsste nie. Telly traut sich kaum, nach seinem Befund zu fragen, geschweige denn nach einem Arzt oder dem weiteren Werdegang. Die Krankenschwester drückt ihm zwei Pillen in die Hand, die sie in einem Plastikbecher mitgebracht hat. Dann geht sie ins Badezimmer und holt Wasser für ihn, um die Dinger runterzuspülen. Telly mag kein Leitungswasser. Er hasst den Chlorgeschmack. Die dralle Rothaarige steht schon am Fenster und öffnet es bis zum Anschlag. Eine gute Idee. Vertreibt den Geruch von Elend und Tod. Telly atmet tief ein.

»Sie sind wach. Da sind wir alle erleichtert.« Das muss der Arzt sein. Er ist völlig geräuschlos neben Telly aufgetaucht und lächelt. »Ich bin Doktor Stewart. Wie geht's dem Kopf?«

Tellys Hand fährt nach oben. Schon wieder hat er vergessen, dass er verkabelt ist. Die Armbeuge schmerzt. An seinem Kopf spürt er einen Verband und ihm kommt ein dumpfes Gefühl zu Bewusstsein, das dort schon die ganze Zeit lauert.

»Was ist passiert?«, fragt er den Arzt.

»Ich hatte gehofft, das könnten Sie mir sagen.« Der Mediziner verzieht das Gesicht, schiebt seine Gleitsichtbrille auf der Nase zurecht und sieht Telly direkt in die Augen. »Sie wurden niedergeschlagen. So viel können wir sagen. Ich bin kein Gerichtsmediziner, aber meiner Meinung nach befindet sich die Wunde, die Ihnen zugefügt worden ist, so weit oben am Hinterkopf, dass Sie unmöglich irgendwo drauf gefallen sein können. Nur umgekehrt ergibt es Sinn. Wenn Sie also kein Schrank getroffen hat, dann tippe ich auf den stumpfen Gegenstand, geführt durch fremde Hand, wie es in den Krimiserien immer so schön heißt. Erinnern Sie sich nicht?«

Telly schüttelt den Kopf.

»Machen Sie sich keine Sorgen. Das ist vorübergehend. Wir haben Sie heute früh in die Röhre geschoben. Sie waren ganz benommen. Es gibt ein kleines Hämatom. Winzig. Doch wir müssen es beobachten. Wenn es nicht von allein verschwindet, droht eine Operation. Aber machen Sie sich jetzt noch keine Gedanken. In vielen Fällen klingt es ganz von allein ab. Nur vergrößern darf es sich nicht. Wie fühlen Sie sich?«

»Ausgeruht.«

»Exzellent. Wir werden die Blutung in regelmäßigen Abständen kontrollieren. Jetzt gehe ich Ihre Familie anrufen. Damit sie Sie besuchen können.«

»Warten Sie noch einen Moment.«

»Ja?« Der Arzt, der bereits im Gehen war, dreht sich wieder um. Er wirkt wie ein Mann, der drei Jobs gleichzeitig hat.

»Können Sie als Erstes bei Sam Finch auf der Wache in Lincolnbury anrufen? Er ist dort Beamter. Und besteht vielleicht die Möglichkeit, dass ich mit ihm telefoniere? Ich habe mein Handy nicht bei mir, aber vielleicht ist es möglich, dass …«

Der Arzt nickt. »Natürlich. Ist Ihnen etwas eingefallen?«

»Möglich.«

»Sehen Sie den Apparat neben sich? Auf dem Rollwagen.« Telly dreht sich nach links. Dort steht ein Telefon. Es hat den gleichen Cremeton wie der Wagen. Telly muss es einfach übersehen haben. »Kennen Sie die Nummer?«

»Ja.«

»Einfach die neun davor wählen und Sie sind raus aus dem Krankenhaus.«

»Danke sehr. Kann jemand das Gespräch mithören?«

Der Arzt und die kräftige Schwester sehen sich an. »Nein. Sie können völlig ungestört telefonieren. Hilda ist auch jeden Moment so weit.« Die Schwester runzelt die Stirn, stellt sich neben ihn und stöpselt den Tropf ab. Es zwickt ordentlich. Schwester Hilda hat keine Lust auf Zärtlichkeiten.

Als die beiden gegangen sind, lehnt er sich zum Rollwagen. Seine Schulter schmerzt, das war ihm noch gar nicht aufgefallen. Neugierig zieht er das Baumwollhemd beiseite und betrachtet seinen Körper. Die Vorderseite ist passabel. Da man ihn abgestöpselt hat, kann er aufstehen. Die Rückseite kann er in einem großen Spiegel neben der Tür betrachten. Viel ausziehen muss er nicht. Das Kleidungsstück besitzt den Stoff vorn und hinten nur die Schnur, die es im Nacken zusammenhält. Auf seiner Schulter finden sich blaue Flecken, ebenso im Nacken und vorn am Hals, wie er jetzt sieht. Daher kommt der Schmerz am Kehlkopf, wenn er Spucke nach unten schluckt.

Auf dem Gang hört er das Getrappel von Füßen. Er sollte keine Zeit mehr verschwenden. Viel zu lange schon war er weg gewesen. Er geht zurück zu seinem Bett, setzt sich darauf und greift zum Hörer.

»Herr Badger?«

Der Arzt steckt den Kopf herein.

»Ja.«

»Versuchen Sie, Bettruhe zu halten. Das ist das Beste für den Kopf. Keine Anstrengung, keine Aufregung. Zur Toilette gehen dürfen Sie, aber mehr auch nicht. Zunächst bitte auf Fernsehen und Bücher verzichten. Das war es, was ich Ihnen noch sagen wollte.«

»In Ordnung.« Telly starrt die Tür eine Weile an, obwohl der Arzt sie längst wieder geschlossen hat.

»Sam?«, fragt er eine Minute später, als er seinen Kollegen an der Strippe hat.

Sam ist aus dem Häuschen. Offenbar hat Tellys Mum ihn heute Morgen auf der Wache abgemeldet, weil er mit Gehirnerschütterung im Krankenhaus liegt. Ob Mulligan das war, will er wissen. Telly hält einen Moment inne.

»Hör zu. Es ist dringend. Ihr müsst rausfahren zu unserem Hof. Geht in das Stück Wald direkt dahinter. Einfach übers Feld. Es ist nicht weit. Dann ein Stück in den Wald hinein. Ich kann dir wirklich nicht sagen wie lange. Versucht es einfach.«

Was sie dort finden würden, will Sam wissen.

»Da liegt ein Toter. Zumindest denke ich, dass er tot ist. Ich glaube, ich habe ihn umgebracht«, sagt Telly und blickt von seinem Schoß auf, weil die Stille im Raum plötzlich greifbar geworden ist.

Vor ihm steht Hilda mit einem Frühstückstablett.

KAPITEL 32

Der Mann lässt sie warten. Gretel sitzt an diesem Montagmorgen in einem angemieteten Konferenzraum in Hamburg-Neustadt und lauscht dem Straßenlärm, der durch das angekippte Fenster in das kühle Zimmer dringt. Vor ihr ein Block, ein Kugelschreiber und ein kristallklares Bonbon in blauer Folie eingewickelt. Sie steht auf und geht zum Getränkewagen an der Wand. Der Kaffee lacht sie an, doch Gretel hat nicht vor, es sich gemütlich zu machen.

Seit zehn Minuten sitzt sie in diesem Konferenzzimmer, dessen Aura hauptsächlich durch die verkehrsweiß gestrichenen Wände dominiert wird. Daniel Turner macht seine Sache gut. Er zeigt kein übertriebenes Interesse, sitzt nicht als Erster in diesem Raum und meldet sich nicht per Telefon, um über seine Verspätung zu berichten. Er lässt sie zappeln, sodass in ihr Unruhe wächst, die wiederum Erleichterung weichen kann, wenn er dann schließlich auftaucht. Vermutlich eine Stunde später.

Sie hat ihn bewusst nicht angerufen, nur um feststellen zu dürfen, dass er nicht erreichbar ist, keine Nachricht geschickt oder auch unten am Empfang dieses Hotels nachgefragt, ob eine Notiz für sie hinterlassen wurde. Sie wird dieses Spiel nicht mitspielen. Gretel schiebt den Stuhl beiseite, schnappt sich ihre Handtasche von Hermès und geht. Ihr heutiges Outfit steht ganz im Zeichen der großen Euroscheine. Es muss nicht schön, aber überzeugend sein. Und Gretel sieht heute nach Geld aus. Solche Leute warten ungern. Für sie gilt das, nebenbei gesagt, auch.

Als sie das Hotel durch den Haupteingang verlässt, trifft sie auf einen Mann im Drehkreuz der Tür. Auffälliger marineblauer Anzug, akkurater Haarschnitt, ein goldener Siegelring am kleinen, manikürten Finger der Hand, mit der er die Tür nach vorn schiebt. Russe.

Gretel lässt sich nichts anmerken. Der Mann mustert sie mit einem Blick und erkennt sofort sein potenzielles Opfer. Das Hotel, das sie soeben verlässt, beherbergt üblicherweise Geschäftsleute. Eine halbe Türumdrehung später steht er neben ihr auf dem Bordstein.

»Evelin?«

»Kennen wir uns?« Sie muss den Kopf in den Nacken legen, um ihm ins Gesicht zu schauen, so dicht steht er vor ihr.

»Daniel Turner. Wir hatten telefoniert.«

»Und ich dachte, Sie wären nicht mehr interessiert«, sagt sie ohne Vergebung in der Stimme.

»Es tut mir wahnsinnig leid. Sehen Sie, die Mietwagenfirma hat einen Fehler gemacht. Ich musste über eine Stunde auf mein Auto warten. Lassen Sie uns doch bitte hineingehen.«

»Junger Mann, mein Gatte hat immer gesagt, es ist wichtig, solche Eventualitäten einzukalkulieren. Ich muss gehen. Ich wünsche Ihnen einen schönen Tag.« Sie strebt das nahe gelegene Parkhaus an, in dem sich ihr eigener Wagen allerdings nicht befindet. Er steht in der Seitenstraße. Natürlich gemietet. Nach etwa dreißig Metern klingelt ihr Telefon.

»Er steht unschlüssig auf dem Bordstein. Folgt dir aber nicht.«

»Danke, Karl. Grüß Sandra von mir.«

Das Gespräch wird beendet. Gretel biegt in die Seitenstraße ab. Von hier kann sie ihn beobachten. Der Mann führt ein kurzes Telefonat, sieht nicht glücklich aus. Dann macht er kehrt und geht in die entgegengesetzte Richtung. Gretel läuft zu ihrem Wagen und nimmt die Verfolgung auf. Er schlendert zunächst hinter einer Gruppe Mädels her, die in jeder Hand zwei Einkaufstüten aus dem Alsterhaus tragen. Dann taucht ein schwarzer Wagen am Bordstein auf und hält an. Volvo V70, getönte Scheiben, Münchner Nummernschild. Ein Leihwagen. Der Mann hat seine Fassade abgelegt. Das unterwürfige Verhalten, das übertriebene Lächeln. Er geht wie ein Sportler. Der Anzug sitzt plötzlich wie eine zweite Haut. Ein wenig ausgebeult hinten am Jackett. Für Gretel besteht kein Zweifel, dass sie sich auf der richtigen Spur befindet. Dort trägt er normalerweise seine Waffe.

Die beiden verlassen die Innenstadt. Die ersten Universitätsgebäude tauchen zu Gretels Rechter auf. Weiter gehts über die Grindelallee Richtung Flughafen. So ihre Vermutung. Schließlich hält der Wagen kurz vor der Gärtnerstraße. Der angebliche Daniel Turner springt heraus. Auf dieser Straße einen Parkplatz zu suchen, ist zwecklos. Gretel bleibt ein Stück entfernt in zweiter Reihe stehen. Hier fällt es nicht auf. Die Straße ist zweispurig in beide Richtungen plus zwei Spuren für den Bus. Ein ständiges Kommen und Gehen. Gretel ist nicht die Einzige. Alle zwanzig Meter steht jemand mit Warnblinklicht, inklusive des Elektro-Postautos auf der Gegenfahrbahn.

Turner betritt einen Blumenladen. Gretel behält den Laden im Auge, während sie aussteigt. Der Mann hat ihr Sichtfeld verlassen. Noch kann sie sich unter die Menschen auf dem Bürgersteig mischen. Sobald sie das erste Fenster des Geschäftes erreicht, sitzt sie auf dem Präsentierteller. Wie zum Beweis, dass hier tatsächlich Blumen verkauft werden, kommt eine Frau aus dem Eingang, als sich Gretel nur wenige Schritte entfernt befindet. Sie hält einen großen Strauß

Sommerblumen im Arm. Schon beim Näherkommen hatte sie ihre Zweifel, ob der Florist nur dem einen Gewerbe nachgeht. Die Schilder mit unschlagbaren Preisen sind aus der Ferne lesbar. Die Mietpreise in dieser Straße sind hoch. Sie kennt die Gegend. Nicht weit von hier hat sie mit ihren Eltern gewohnt. Ihre Mutter hat bis zu ihrem Tode die Wohnung behalten. Sie wusste, dass sie dank der Mietpreisbindung damals nichts Vergleichbares zu diesem Preis mehr finden würde. Während im Erdgeschoss überall Läden einzogen, für deren Mieten die Besitzer ein Vermögen aufrufen konnten, kämpften die Bewohner darüber gegen die mehr oder weniger höflichen Aufforderungen, auszuziehen. Wenn ein Geschäft in dieser Straße nicht ausgesprochen rentabel war, dann hielt es sich nicht. Kein Wunder, dass sich das Straßenbild ständig im Wandel befand. Aus einem Billardstudio wurde nach sechs Wochen ein Poke-Bowl-Laden. Die fröhliche Thai-Massage wich dem Physiotherapeuten.

Gretel wechselt die Straßenseite, wobei sie fast von einem ausscherenden Taxi überfahren wird, und lässt sich in einen Korbstuhl vor einem Café sinken. Sie bestellt einen Cappuccino und holt ihr Fernglas aus der Handtasche. Es ist winzig. Fast wie ein Opernglas. Gegenüber steht die Tür zum Laden offen. Daniel Turner befindet sich im Gespräch. Dann dreht er ihr den Rücken zu, geht an der Theke vorbei, auf der die Blumenstiele gekürzt werden, und nimmt die Treppe, die nach oben führt. Gretel vermutet, dass darüber eine Wohnung oder ein Büro liegt, zu dem die zwei Fenster gehören, die sie sehen kann. Sie hat die große Handtasche mit dem Richtmikrofon dabei, doch der Ort, die lauten Fußgänger, Straßenlärm und die Baustelle ein Stück von ihr entfernt, machen seinen Einsatz unmöglich. Außerdem kann sie es nicht unbeobachtet aus der Tasche zaubern, auch wenn sie zu gern wüsste, was hinter den Fenstern der Wohnung vor sich geht. Dort bewegt sich nichts und Gretel beschließt, nach einem Hintereingang zu suchen.

Das Auto lässt sie stehen. Doch sie entscheidet sich für eine Perücke. Das reicht. Neue Kleidung braucht sie nicht. Aus Erfahrung weiß sie, dass die meisten Männer eine Frau mit neuer Frisur nicht mehr wiedererkennen.

Im Hinterhof ist sie allein. Das ist die Gelegenheit für das Richtmikrofon. Die Verbindung zu den Fensterscheiben im ersten Stock ist unverstellt. Es ist einen Versuch wert. Doch bevor sie das Gerät einschalten kann, erscheint Turner in der Hintertür im Erdgeschoss. Gretel bleibt nichts anderes übrig, als sich zwischen eine Hauswand und einen Busch zu quetschen. Er geht so dicht an ihr vorbei, dass sie sein kräftiges Eau de Toilette riechen kann. Jean Paul Gaultier. Kein hübscher Mann, wie sie findet. Nur der Typ: teure Kleidung und Undercut.

Als er weg ist, betritt sie das Gebäude durch dieselbe Tür. Dahinter befindet sich ein Flur. Gretel wählt die Treppe nach oben. Wenige Minuten später hat sie sich zu dem Raum Zutritt verschafft: eine Einzimmerwohnung. Ohne Einrichtung. Küchenzeile, ein Stuhl, ein Tisch mit Papieren und einem Laptop darauf. Etwas summt. Wahrscheinlich der Kühlschrank. Der Laptop ist noch an. Der Typ sollte den Zyklus für den Bildschirmschoner überdenken. Andererseits sagt ihr der offene Laptop, dass er vorhat, augenblicklich zurückzukommen. Sein E-Mail-Programm ist geöffnet. Sie klickt einige Nachrichten durch. Findet ihre eigene Konversation, dann etliche andere Anfragen, die er an potenzielle Kunden gerichtet hat. Sie stellt fest, dass sie die Einzige ist, die ihr Geld anlegen wollte. Alle anderen haben Geldsorgen. Turner benutzt verschiedene Namen. Wählt unterschiedliche Treffpunkte. Oft im Ausland. Er tritt als Käufer auf oder als Bankberater. In einem Mail-Verlauf gibt er sogar an, über delikate Informationen zu verfügen, die er gegen Bares zur Verfügung stellen würde. Doch er ist der Handlanger. Ein Angestellter. Da ist sie sich sicher. Gretel notiert sich einige Namen. Einer springt ihr ins Auge. Das wird ihrem Klienten nicht gefallen. Sie macht Fotos von jeder einzelnen Mail und schickt sie sofort raus.

Konversation mit Auftraggebern gibt es nicht. Dieser Jungspund ist nicht der Kopf hinter Petrov International Real Estate. Dazu gehören mehr Leute. Er ist der Einsammler. Die Zeit wird knapp. Jeden Moment wird er in der Tür auftauchen und sie hat nur die Möglichkeit, sich in der Toilette zu verstecken. Doch sie trifft ihn weder, als sie die Wohnung verlässt, noch im Treppenhaus oder im Hinterhof. Stattdessen erreicht sie ein Anruf.

»Er ist am Flughafen. Hat sich ein Ticket nach London gekauft. Viertel vor elf geht seine Maschine. Er sitzt in einem Restaurant und wartet. Nur Handgepäck, so wie es aussieht.«

»Danke.« Gretel legt auf.

Showtime. Sie muss ihren Mann kontaktieren und die Entscheidung treffen, ob sie vor Ort gebraucht wird oder lieber ihre Recherche fortsetzen soll. Doch zunächst die Nachricht: *Da kommt ein verspätetes Geschenk. Gegen Mittag in London. Ich kann es für euch abholen.*

Wenig später trudelt die Antwort ein: *Das schaffen wir. Besorg du lieber das Essen.*

Gretel hat so ihre Zweifel, doch sie kann ohnehin nicht dieselbe Maschine nehmen. Sie beschließt, mit einer anderen Airline zwei Stunden später zu fliegen. Dann trifft eine

Nachricht von ihrem Kunden ein. *Finde heraus, wer hinter der Firma steckt!*

Natürlich ist ihm das wichtig, insbesondere nach den Informationen, die sie ihm eben hat zukommen lassen. Sie muss einen Weg finden, die Drahtzieher aufzuspüren und dennoch nach London zu reisen. Sie werden sie brauchen. Ganz gleich, was sie sagen.

KAPITEL 33

Gegen Mittag klopft jemand so energisch gegen unsere Tür, dass ich annehme, es ist DCI Paxton mit einem Hausdurchsuchungsbeschluss. Als ich öffne, steht nur Desmond Harris davor. Er trägt graue Arbeitskleidung und hält ein zusammengerolltes Stück Papier in der Hand.

»Unser Vertrag«, sagt er feierlich, als ich darauf blicke.

»Guten Morgen, Herr Harris.«

»Nennen Sie mich Desmond. Guten Morgen.«

»Desmond. Kommen Sie doch herein. Ich würde Ihnen gern meinen Freund Robert Schulz vorstellen. Er ist noch in der Küche und trinkt seinen Kaffee. Bei uns ist es gestern Abend etwas später geworden.«

»Der Mann mit der Kamera.« Offensichtlich freut er sich darauf, Robert kennenzulernen.

»Richtig, Sie kennen ja unsere Videos.«

»Und ich habe mitverfolgt, wie rasant Sie in den letzten Tagen an Popularität gewonnen haben. Doch nun kam eine Weile nichts. Sie müssen das Eisen schmieden, solange es heiß ist, wie man so schön sagt.«

Wir gehen durch den Flur in die Küche. Ich habe nicht vor, auf die Ereignisse der letzten Tage einzugehen. Doch mir ist bewusst, dass Harris kommerzielle Beweggründe hat, um uns zu helfen. Verständlich, von seiner Warte aus gesehen. Es wundert mich nicht, dass er keine Zeit verloren hat, seinen Vorschlag in die Tat umzusetzen. Mir soll es recht sein. Wir müssen vorankommen.

»Das ist Robert«, sage ich zu ihm, als wir die Küche betreten. Wir ertappen ihn in dem Moment, als er den Löffel ableckt, den er zuvor in dem Glas Nuss-Nugatcreme versenkt hat.

»Freut mich, Desmond Harris. Ein Fan ihrer Reels auf Instagram und Youtube.«

»Mister Harris würde uns gern unterstützen bei der Restauration des Glashauses. Außerdem spendet er zu diesem Zweck alle Pflanzen, die notwendig sind, um dem Raum zu altem Glanz zu verhelfen.«

»Tatsächlich?« Robert klingt, als klebten seine Zähne zusammen.

»Im Gegenzug erwähnen wir ihn großzügig auf unserem Kanal in Text und Bild. Eine Hand wäscht die andere.«

Robert gefällt die Idee, das kann ich sehen.

»Haben Sie eine Leiter mit, Desmond? Eine sehr hohe Leiter. Mit unserer erreichen wir die oberen Sprossen nicht.«

»Calvin und Lionel packen gerade das Gerüst aus. Ich denke in ein bis zwei Stunden können wir mit der Arbeit beginnen, wenn das in Ihren Zeitplan passt.«

»Das passt. Gefällt mir«, sagt Robert und prostet mir mit dem Löffel zu.

»Wollen wir beide in der Zwischenzeit einen Ausflug in meine Gewächshäuser machen? Wir könnten die Pflanzen zusammenstellen, die sie im Glashaus haben wollen.«

»Wenn Sie mir zwei Minuten zum Umziehen geben, bin ich bereit. Sie haben den Vertrag mitgebracht. Darf ich mir den ansehen? Dann haben wir den formellen Teil schon mal hinter uns gebracht.«

»Ich bitte darum.« In seinem Mondgesicht erscheint ein strahlendes Lächeln. Er wirkt wie ein Broker, dem an der Börse ein glückliches Termingeschäft geglückt ist. Natürlich sollte ich dankbar sein, doch in mir regt sich Widerstand, weil der Fund der Leichenteile ihm als glückliche Fügung erscheint. Ich überfliege das Dokument. Es ist kurz. Eine Seite, auf der er seine finanzielle und körperliche Unterstützung anbietet und in dem Zuge in vier Beiträgen gefilmt und erwähnt wird. Außerdem möchte er, dass ein Beitrag eingeschoben wird, der auf unserem Kanal sein Geschäft in Lincolnbury vorstellt.

Ich unterschreibe.

Zehn Minuten später sitzen wir in seinem Land Rover Defender, bei dessen Farbe ich an das Batmobil denken muss, und fahren Richtung Stadt. Auf der Rücksitzbank liegt eine aufgerollte Hundeleine.

»Sie haben einen Hund?«, frage ich, um den Mann ein bisschen besser kennenzulernen, den ich so nah an meinem Leben teilhaben lasse.

»Sechs. Labradore. Meine Frau besitzt eine Zucht. Tolle Tiere. Ich nehme sie zur Jagd mit.«

»Das heißt, dass wir uns in Zukunft bei Ihnen melden können, wenn wir einen Rehbraten benötigen?«

»Enten. Ich jage Enten. Wissen Sie, der Labrador ist ein ausgezeichneter Schwimmer. Hat richtige Schwimmhäute zwischen den Zehen. Meine Frau hat die Zucht, ich das Gartencenter und am Wochenende gehe ich auf die Jagd. Das ist ein wunderbarer Ausgleich. Sie sollten sich auch etwas suchen, sobald Sie hier wohnen. Gerade mit einem Anwesen wie Humphrey Manor. Sie wollen doch noch herziehen? Oder hat sich das inzwischen geändert?«

»Nein, nein. Ich fühle mich diesem Ort sehr verbunden. Den gebe ich nicht ohne Weiteres auf.« Ich hatte nicht über die Vorfälle reden wollen, dennoch ist mir diese Bemerkung rausgerutscht. Er macht davon keinen Gebrauch. Starrt auf die Straße und steuert seinen SUV auf einen Parkplatz vor dem Gartencenter.

»Ich werde ein paar Aufnahmen machen. Mit dem Handy. Die können wir später verwenden und ein bisschen Werbung machen.«

Das gefällt ihm.

»Vielleicht erzählen Sie ein wenig über Ihr Geschäft. Wie Sie angefangen haben und was uns hier alles erwartet.«

Also streifen wir über Anzuchtbeete so groß wie Weizenfelder mit Rhododendren, Heide, Hortensien und allerhand blühenden Büschen, deren Namen ich nicht kenne. Harris berichtet davon, wie sein Großvater in Sissinghurst gelernt hat und wie das Gärtnern seit Jahrzehnten die gemeinsame Leidenschaft seiner Familie darstellt. Sein Vater hat im Ort die ersten Gewächshäuser betrieben und Harris hätte das Geschäft schließlich vom Obst- und Gemüseanbau zum Verkauf von Nutz- und Zierpflanzen entwickelt. Bis zu seinem Tode hat sein Vater, wie auch der Rest der Familie, mitgearbeitet. Ein Familienunternehmen, auf das er stolz ist. Sie hätten eine riesige Auswahl und könnten alles beschaffen, was nicht vorrätig wäre.

Robert wird schon einen Weg finden, diese interessante, aber für unsere Follower langweilige Führung etwas aufzupeppen.

»Jetzt schauen wir mal, was für Humphrey Manor geeignet ist«, sagt Harris. Der Bezug zum Herrenhaus reicht, um den Beitrag vernünftig einzupassen. Während wir in eines der Gewächshäuser gehen, filme ich mit.

»Was halten Sie von ein paar hohen Palmen? Sie müssen die Dimensionen des Bauwerkes ausnutzen und nichts kann das besser als eine Palme.«

»Zwei?«, frage ich.

»Was halten Sie von vier?«

»Sie sind sehr großzügig, Mister Harris.«

»Ich bin ein Freund davon, die Dinge zu erhalten, die schon zu Zeiten unserer Vorfahren existierten. Das Haus ist dort, seit ich denken kann, und mein Vater und mein Urgroßvater kannten es seit ihrem ersten Atemzug. Es darf sich nichts verändern. Die letzten Jahre haben ihm nicht gutgetan. Wenn Sie es richtig anstellen, könnten Sie die Rettung für dieses Haus sein.«

»Das ist freundlich von Ihnen. Danke für das Vertrauen.«

Er schwenkt den Kopf von links nach rechts und knipst im Vorbeigehen mit Zeigefinger- und Daumennagel eine verblühte Rose ab. »Ich bin kein vertrauensvoller Mensch.«

Ich gehe hinter ihm in der Furche und kann sein Gesicht nicht sehen. Es fällt mir schwer, seine letzte Bemerkung zu deuten, also verzichte ich darauf.

»Sie haben sich viel aufgebaut. Darauf können Sie stolz sein.«

Die Kamera läuft.

»Was ist Ihr Job, Mister Wagner? Womit verdienen Sie Ihr Geld?« Nach wie vor geht er vor mir her und dreht sich nicht um.

»Ich befinde mich gerade im Umbruch. Mein aktuelles Projekt ist das Haus. Ich werde mir etwas suchen müssen, sobald wir hier wohnen. Ich bin Journalist. Ich werde etwas finden.«

Keine Antwort von ihm.

»Haben Sie Vorlieben, was die weiteren Pflanzen angeht. Vielleicht ein süßlich duftender Jasmin.«

»Ich dachte, Kamelien wären schön. Viele Kamelien in dunklen Rottönen und Pink.«

Er bleibt stehen, was dazu führt, dass ich fast auf ihn drauf pralle. »Eine ausgezeichnete Wahl. Wussten Sie, dass es früher viele Kamelien im Glashaus gegeben hat?«

»Tatsächlich ist mir das bekannt.«

»Woher?« Seine kleinen Augen zieht er zu Schlitzen.

»Ich hatte das Glück, Lady Humphrey kennenzulernen. Sie hat mir davon berichtet.« Dass es sich um eine der wenigen Erinnerungen handelt, die ich möglicherweise an das Haus meiner angeblichen Tante habe, geht ihn nichts an. Nicht, bevor ich entschieden habe, wie ich weiter vorgehen will.

»Wann?«

»Wie meinen Sie das?« Sein harter Ton ist mir nicht entgangen.

»Wann haben Sie sie kennengelernt? Beim Kauf?«

»Nein. Tatsächlich gestern. Ist das wichtig?«

Als befände er sich am Beginn einer neuen Szene und der Regisseur hätte gerade ›Action‹ gerufen, wandelt sich Harris’ Gesicht zu dem eines zuvorkommenden Engländers, wie ich es seit meinem Aufenthalt häufiger erlebt habe. Nur dass mich dieser Wandel irritiert. So als hätte ich eine Kaffeebohne in einer Schachtel Pralinen gefunden.

»Kamelien, also. Ich habe da etwas, das wird Ihnen gefallen.« Er richtet die Worte an den Zuschauer hinter der Kamera und mir wird bewusst, dass dieser Wandel in seiner Mimik für ihn bestimmt war. Nicht für mich. Was ist Desmond Harris für ein Mensch? Ganz sicher nicht der, den ich kennengelernt habe. Unser Kennenlernen war nicht zufällig. Er kam am ersten Tag aus einem bestimmten Grund zu uns. Wir sollten ihm helfen. Er hat sich mit Sicherheit nicht gemeldet, weil er ein Menschenfreund ist. Nun schließt das Fehlen altruistischer Motive in diesem Fall nicht das Vorhandensein von

Hilfsbereitschaft als eine seiner Eigenschaften aus. Nicht zwingend. Was es ausschließt, ist die Skrupellosigkeit, mit der er sein Ziel trotz der Knochen verfolgt.

Doch wer bin ich, darüber zu urteilen, wenn ich selbst bei diesem Spiel mitspiele. Charakterlich nicht besser. Nur um ein paar Kamelien zu bekommen, die ich mir selbst leisten könnte, weil sie mir eine Brücke in die Vergangenheit bauen könnten?

Nein. Das ist es nicht. Die Stimme in meinem Kopf schreit: Du willst jeden Einzelnen kennenlernen, der Jack gekannt hat, weil du glaubst, dass er deine Fragen beantworten kann.

KAPITEL 34

Die Liste, die wir erstellt haben, klingt wie ein süßlich duftendes Versprechen: dass im Glashaus der Sommer nie enden wird und Humphrey Manor ein orientalisches Flair innewohnen wird, wie es für Herrenhäuser seines Schlages und seines Alters angemessen ist. Nach etwa einer Stunde habe ich genügend Filmmaterial, dass wir eine Dokumentation über das Gartencenter epischen Ausmaßes senden könnten. Harris wirkt entspannt, nachdem er mir sein Reich gezeigt hat, und unterhält mich auf der Rückfahrt mit Geschichten über seine Hündin Cosma. Cosma, so sagt er, ist eine von zehn Nachfahren von Ida of Merlins Kingdom und Goya of Arts Spectaculars. Sie hätte ein wenig Wamme vom Vater – was auch immer das sein mag – und den knochenstarken Körper der Mutter geerbt. Alles in allem eine fröhliche Vertreterin ihrer Art mit einem ausgeprägten Hang zum Will to please.

»Hatten Sie nie das Bedürfnis, wegzuziehen? Raus in die Welt und zu erkunden, was es außerhalb der Gemeinde zu entdecken gibt?«, frage ich. Das war womöglich etwas plump. Und anmaßend. Aber ich habe das Bedürfnis, das Thema zu wechseln oder mich mit der Hundeleine zu erdrosseln.

»Doch. Als junger Mann bin ich nach London gegangen. Ist lange her. Da sind Sie noch nicht einmal zur Schule gegangen. Doch nach einigen Jahren, in denen ich versucht habe, ein Stadtmensch zu werden, habe ich aufgegeben. Verstehen Sie mich nicht falsch. Ich sage das ohne Bedauern oder Scham. Im Gegenteil. Ich bin stolz darauf, dass meine Liebe zu diesem Landstrich und seinen Menschen so groß ist, dass ich nicht weiter gegen meine Instinkte angekämpft habe. Ich kam zurück und stieg in die Gärtnerei meines Vaters ein. Gurken und Tomaten, wie ich vorhin schon sagte. Der Rest ist Geschichte.«

Er sieht souverän aus. Stattlich, trotz seiner kurzen, gedrungenen Figur, wie er hinter dem Lenkrad seines Bond-Wagens sitzt. ›Der Rest ist Geschichte‹ klingt tatsächlich nach dem Abschluss einer Dokumentation. Ist es das, wonach Harris sucht? Eine in Stein gemeißelte Statue zum Andenken an seine Erfolge? An ihn? Bin ich der Mittelsmann auf dem Weg zu seinem Denkmal? Geht es gar nicht um Verkaufszahlen? Das Geschäft floriert. So hatte es eben den Anschein, als wir durch Gewächshäuser proppenvoll mit Kunden, teils Touristen, gelaufen sind. In einem Nebengebäude wird lokales Kunsthandwerk angeboten. Von getöpfertem Geschirr, über Handtücher zu duftenden Kerzen konnte man alles kaufen, das einem Besucher den Charme von Südengland zurückbringt, wenn er es zu Hause betrachtet. Daneben gab es ein Café, das Cream tea servierte. Dieser Mann hat keine Geldsorgen. Diesem Mann geht es ums Image. Er hat die Werbung mit so kleinen YouTube-Eintagsfliegen wie uns überhaupt nicht nötig.

Also was ist dran an der harmlosen Geschichte, die er eben erzählt hat? Ist er womöglich zurückgekommen, weil er keinen Job finden konnte in London? Ging er nicht ursprünglich weg, um Abstand zwischen sich und seinen Geburtsort zu bringen? Den Ort, an dem er aufgewachsen ist? Was ist hier passiert, dass ihm das notwendig erschien? Und hat er es nicht als Versagen betrachtet, schließlich doch in Vaters Firma eingestiegen zu sein? Ohne seinen eigenen Weg zu gehen? Seinen Traum, den er zweifelsohne einmal gehabt haben mag, zu leben? Ich zweifle stark an dem geradlinigen Pfad, den er mir so vollmundig verkauft hat. Im Grunde kann es mir egal sein. Zu jeder Zeit, an jedem Ort. Doch nicht heute und nicht hier. Nicht, nachdem ich gestern einen Menschen kennengelernt habe, der Anspruch auf meine Gene erhebt. Nicht, nachdem ich heute Morgen in einem Haus aufgewacht bin und zum ersten Mal aus tiefster Überzeugung wusste, dass ich hierhin gehöre. Dass das Blut in meinen Adern mit dem jahrhundertalten Mörtel zwischen den Sandsteinen der Mauern eine Einheit bildet. Hätte er mich gestern angelogen, wäre es mir nicht aufgefallen. Heute sind meine Sinne geschärft. Was sagte er? Ich wäre noch nicht einmal in der Schule gewesen, als er weggegangen ist? Dann könnte ich zu der Zeit etwa fünf Jahre alt gewesen sein.

In Humphrey Manor finden wir Calvin und Robert auf dem Gerüst, von wo sie die altersschwache Farbe mit Handschleifgeräten entfernen.

»Keine Sorge, ich habe ein paar Einstellungen gedreht, wie es vorher ausgesehen hat, und den Aufbau des Gerüstes habe ich im Zeitraffer im Kasten«, sagt Robert.

»Ein Profi«, kommentiert Harris und legt seine Umhängetasche in die Küche auf den Tisch. »Wenn ich mir ansehe, wie schnell die beiden vorankommen, dann kann ich morgen die Farbe mitbringen. Lassen Sie mich ein Telefonat mit einem meiner Männer führen, damit morgen früh auch wirklich alles bereitsteht. Ich schicke gleich jemanden in den Baumarkt. Ein strahlendes Weiß?«

»Was? Ach so, ja, gern. Was ich Sie noch fragen wollte: Wie gut kannten Sie die Familie? Ich meine die Humphreys.«

»Nicht sehr gut.«

»Ich hatte im Gedächtnis, dass Sie mir gegenüber Lady

Humphrey erwähnten. Sie muss doch noch viele Jahre hier gelebt haben, nachdem …«

»Nachdem … was?«

»Bevor, hätte ich sagen sollen. Bevor sie in dieses Heim ging. Jemand erzählte mir, es handelte sich um eine Klapsmühle. Waren das nicht sogar Sie?«

»Nicht, dass ich wüsste. Klingt eher nach etwas, das der alte Cedric verzapfen würde. Wussten Sie eigentlich, dass seine Vorfahren in diesem Haus gelebt haben? Nein. Ich weiß kaum etwas über die alte Lady. Ich hörte, sie wäre nicht mehr ansprechbar. War sehr überrascht, dass Sie mit ihr kommuniziert haben. Sie waren dort? Warum?«

Mir fällt auf, dass er von mir mehr Informationen erhält als ich von ihm. Das war anders geplant. Doch womöglich bin ich hier nicht der Einzige mit einem Plan.

»Ja. Ich war dort. Sie ist ganz reizend und überhaupt nicht klapprig.«

Er wartet ab, doch ich gehe nicht näher auf meine gestrige Unterredung ein. Er weiß, dass es unhöflich wäre, weiter zu fragen.

»Ich würde ganz kurz telefonieren. Obwohl es doch etwas dauern könnte. Nur zur Warnung. Wir haben heute Morgen eine Lieferung Glasvasen für den Shop erhalten – alle angerissen. Eine Riesen-Katastrophe. Ich kenne den Händler. Der bockt immer, wenn es um Reklamationen beim Transport geht. Eigentlich hätte der Einkauf dort nicht mehr bestellen dürfen. Aber irgendwie ist die Information in unserem CRM-System untergegangen. Jetzt muss der Chef die Kohlen aus dem Feuer holen.« Er zuckt die Achseln und schenkt mir das Lächeln eines Multimilliarden Dollar schweren Viehhändlers aus Montana.

»Lassen Sie sich nicht stören«, sage ich und gehe aus der Küche über den Flur in den Teil des Wohnzimmers, der an das Glashaus grenzt.

»Wie kann ich euch helfen?«, frage ich nach oben.

»Willst du den Boden mit unserem Gerät abschleifen?«

»Staubt euch das nicht zu sehr? Ihr tragt keine Maske und ich habe nur eine.«

»Mach die Türen auf. Dann zieht es unten weg und erreicht uns hier oben nicht«, sagt Robert.

»Aye, aye, Captain«, sage ich und salutiere. Calvin zieht die Brauen hoch. Robert winkt ab. »Ich gehe mich erst mal umziehen.«

Jedes Mal, wenn ich seit gestern Abend die Treppe benutze, tue ich das bewusst. Ich gleite mit meinen Händen über das weiche Holz, nehme den warmen Karamellton in mich auf und höre auf das Knarren der einzelnen Stufen. Es ist ein Gefühl von Vertrautheit. Mehr nicht. Vor meinem geistigen Auge tauchen keine Bilder auf, wie ich als Junge das Geländer runterrutsche oder zwei Stufen auf einmal nehme, wenn ich sie erklimme. Das Gefühl in meiner Brust könnte auch eine Wunschvorstellung sein, die mir vorgaukelt, dass ich Erinnerungen habe, anstatt dass Geschichten von Agatha in meinem Kopf spuken. Zeitweise bin ich geneigt, die Sehnsucht über die Realität zu stellen.

Vielleicht gibt es noch keine Déjà-vu-Erlebnisse, weil es im Inneren mit Möbeln und Wandfarbe völlig anders aussah als heute. Ich könnte Agatha bitten, an einem Nachmittag vorbeizukommen und mir ein paar Tipps zu geben. Der Gedanke stimmt mich glücklich. Hoffentlich gefällt er ihr genauso gut. Als wir sie verließen, bat ich sie, ihre Schwester, meine Mutter, nicht zu kontaktieren. Zu abstrakt fand ich den Gedanken an echte Eltern, dass ich mir Bedenkzeit erbeten habe. Gedanklich bin ich diesbezüglich noch nicht viel weiter. Sie wird fragen, wenn wir uns das nächste Mal treffen, da bin ich sicher.

Ich werfe Hemd und Jeans auf den Stuhl und steige in die Arbeitshose. Ein Blick über die Einrichtung dieses Zimmers macht mir klar, dass mein Schlafzimmer das nächste Projekt von uns sein sollte. Auch wenn es für den Kanal nicht so interessant ist, wie eine antike Bibliothek zu restaurieren. Ich fühle, dass dieser Lebensstil momentan einen Landstreicher beschämen würde. Man könnte meinen, ich wäre nicht mit Herz und Seele dabei. Als hätte ich keine Wurzeln geschlagen. Das habe ich und sie reichen tief, wenn ich die Klischees weiter bedienen will.

Als ich die Treppe nach unten komme, fällt mir auf, dass das provisorische Licht aus dem Abgang strahlt, das die Polizei installiert und nicht mehr mitgenommen hat. Es handelt sich um einen Strahler, der am Fuß der Treppe hinter der eingerissenen Wand im Arbeitszimmer steht. Er brennt und eines der Flatterbänder der Polizei hat sich gelöst. Sie haben uns gesagt, dass wir sie abnehmen dürfen. Dass sie ihre Untersuchungen abgeschlossen haben und wir hingehen können, wo wir wollen. Doch das haben wir nicht getan. Keiner von uns konnte es.

Jetzt baumelt es am Boden wie eine Luftschlange am Morgen nach Silvester. Ich gehe dichter heran. Lausche. Kalte Luft schlägt mir entgegen. Es riecht nach einem Morgen am See. Während ich die Stufen hinabsteige, habe ich ein Bild von Harris im Kopf, der mit seiner Hündin zur Entenjagd aufbricht, noch bevor sich der frühe Nebel verzogen hat. Wir sind hier ziemlich dicht an der Küste. An manchen Tagen kann ich das Meer riechen. An allen höre ich die Möwen schreien. Seen habe ich noch keine entdeckt.

Jetzt sehe ich Desmond Harris vor mir, wie er mit seinen kurzen, dicken Fingern über die Steinplatte streicht, die ich als Opfertisch in meinem Geist abgespeichert habe.

KAPITEL 35

Andrej sitzt in seinem Bentley in der Victoria Street in London und denkt nach. Gestern Abend ist er noch zurückgeflogen, nachdem Lexi Niemann ihm eine Adresse genannt hat. Eine Visitenkarte, die sie in einem Jackett von Eckard gefunden hat. Rein zufällig. Wie er Lexi kannte, würde sie Eckards Kleidung nicht ohne Weiteres zusammenräumen. Sein Mantel würde auch noch in einem halben Jahr in der Garderobe hängen. Seine Schuhe in der Diele auf dem Abtreter stehen. Ja, sie war sauer. Aber das hinderte sie nicht daran, ihn bedingungslos zu lieben. Er dachte an die Zeit, direkt nachdem Lanas Mutter gegangen war. Er hatte ihre Kleidung nicht ansehen können. Nach einer Woche war alles verschwunden und in Kisten verpackt. Kisten, die er als Spenden ins Ausland schicken ließ.

Jetzt saß er hier hinter getöntem Glas und beobachtete eilende Geschäftsleute, Fahrradkuriere, die halsbrecherische Manöver zwischen Kolonnen von schwarzen Taxis vollführten und den ein oder anderen roten Doppelstockbus, aus dessen offenem Verdeck Touristen die Sehenswürdigkeiten fotografierten. Die Adresse war eine Finte. Man hatte ihn im Foyer des vierstöckigen Gebäudes aufgehalten. Eine Empfangsdame hinter einem Tresen, die ihm versicherte, dass die Adresse zwar durchaus korrekt war, jedoch die Büros, über die er sprach, derzeit nicht vermietet waren. Ob er sie sich einmal ansehen könne, hatte er gefragt. Das hatte sie verneint. Man würde gerade renovieren. Andrej hatte sich verabschiedet und von draußen beobachtet, wie sie ein Telefonat führte, direkt nachdem er durch die Glastür verschwunden war. Was ihr nicht aufgefallen war: Alex hatte sich nach oben geschlichen, während Andrej sie abgelenkt hatte.

Seit seinem Eintreffen im Bürogebäude ist eine Stunde vergangen. Andrej beobachtet den Eingang. Vor etwa zwei Minuten haben zwei stämmige Typen das Haus durch den Haupteingang verlassen. Das gefällt ihm nicht. Er verlässt den Schutz seines Wagens und überquert die Straße. Die Sig Sauer P226 verdeckt seine Jacke. Er stößt die Glastür auf und steuert die Fahrstühle an. Hinter ihm zetert die junge Frau. Sie ist aufgesprungen und hat dabei ihren Stuhl gegen die Wand gestoßen. Ziemlich viel Aufregung, weil ein alter Mann ein leeres Büro besichtigen will, findet Andrej.

Die Fahrstuhltür öffnet sich, er verschwindet darin und drückt die 3. In dieser Etage sollten die Räume sein. Ihr Geschrei verblasst, je höher er fährt. Mit einer Hand im Rücken wartet er auf das Öffnen der Fahrstuhltür. Er steht seitlich.

Pling.

Ein Flur wie jeder andere erscheint. Kein Zeichen menschlichen Lebens. Andrej schleicht über den Teppich. Am Ende des Ganges findet er das Logo, das er von der Visitenkarte kennt. Man hat versucht, die Folie von der Scheibe zu kratzen, doch die Umrisse sind noch erkennbar. Die Tür ist einen Spalt geöffnet. Schluss mit dem Versteckspiel. Er zieht die Waffe hervor, hält sie vor seinen Körper und öffnet mit dem Lauf der Pistole die Tür.

Ein leerer Raum, von dem ein weiterer abzweigt. Dort drinnen stehen Kisten. Das kann er von hier sehen. Ein Stöhnen dringt an sein Ohr.

Mit schnellen Schritten biegt er um die Ecke. Dort liegt Alex. Die Augen verdreht, mit zerschlagenem Gesicht. Sein Arm ist in eine Richtung gedreht, die von der Natur so nicht vorgesehen wurde. Er atmet. Fragt sich nur, wie lange noch. Andrej hat nicht vor, die Empfangsdame um Hilfe zu bitten, die zweifellos in dem Fahrstuhl steckt, der soeben mit lautem Pling den dritten Stock erreicht. Er ruft die Polizei und einen Notarzt. Als er auflegt, hat sie ihn erreicht.

»Sparen Sie sich die Energie für die Polizei. Was machen Sie denn da? Wollen Sie abhauen oder die Typen warnen, die zweifellos jeden Moment zurück sein werden, um sich um meinen Freund zu kümmern? Fahren die gerade den Wagen in die Seitengasse?«

Doch sie ist schon wieder den Gang runtergerannt und im Fahrstuhl verschwunden.

»Halt durch!« Er tätschelt Alex die Schulter. Dann sieht er sich um. Keine Kameras in diesem Büro. Er geht zurück zur Tür. Keine in diesem Gang. Im Eingangsbereich hat er einige gesehen. Die Aufnahmen sollten reichen, um zumindest die Frau zu identifizieren, sollte sie hier nicht regulär arbeiten. Ein Stück ist er erleichtert. Niemand hat ihn seine Waffe ziehen sehen. Andrej steckt sie weg und knöpft die Jacke zu.

Vor dem Gebäude ertönt eine Sirene. Ihm bleibt nur wenig Zeit. Andrej öffnet den ersten Karton. Leere Aktenordner. Den zweiten. Akten. Er blättert die erste durch. Auf dem Deckel steht *Hillary Jones*. Offensichtlich hat Mistress Jones ein Grundstück an dieses Unternehmen verkauft. Moment! Kaufpreis: hundert Dollar. Beste Lage am Stadtrand von London. Nicht schlecht. Die nächste Akte befasst sich mit Dean Jenkins. Dean hat sein bankrottes Unternehmen feilgeboten. Bilanzen, Liquiditätsanalysen – von einer Übernahme kann Andrej nichts finden. Weitere Akten, jeweils mit Namen einzelner Personen beschriftet. Ihm fällt auf, dass die Verhandlungen an einem bestimmten Punkt stoppen und nie zu Ende geführt werden. Irgendwann blättert er nur noch die Akten durch. Sie sind alphabetisch abgelegt gewesen und beim Packen in der Reihenfolge im Karton verschwunden. Es dauert nicht lange, da hat er den Karton N-Q gefunden. Die Akte, die ihm wichtig ist, rollt er zusammen und stopft sie sich in den Hosenbund unter die Jacke. Dann knöpft er sie vorn zu. Gerade rechtzeitig, bevor der Fahrstuhl sich ein weiteres Mal öffnet und zwei Rettungssanitäter und einen Notarzt ausspuckt.

»Hier drüben!«, ruft er in den Gang und tritt einen Schritt beiseite. Wenige Minuten später trifft die Polizei ein.

Zwei Stunden später lassen sie ihn gehen. Seine Geschichte: Sein Kollege sagte, er kenne jemanden im zweiten Stock, den er besuchen wollte. Aus Versehen wäre er in den dritten gefahren. So muss es sein, denn Alex habe zu Andrej eindeutig ›Zweiter‹ gesagt. Andrej hätte unten auf ihn gewartet und als er nicht kam, nach ihm gesucht. Die Dame am Empfang hatte er wegen der Sehenswürdigkeiten ausgequetscht. Die Nähe zur Saint Paul's Cathedral hätte ihn inspiriert. Sie wäre aber nicht sehr gesprächig gewesen. Nachdem sein Freund nicht zurückgekehrt war, ist er ihn suchen gegangen. Nein. Ein Handy hätte er nicht bei sich gehabt. Sonst hätte er ihn ja angerufen. Alex würde Handys ablehnen.

Tatsächlich hatte er es aus seiner Tasche genommen, bevor sie ihn ins Krankenhaus gebracht hatten. Die Geschichte war schwach, und er konnte nur hoffen, dass Alex nicht mit jemandem reden würde, bevor er die Chance hatte, ihn über die richtige Version in Kenntnis zu setzen. Es war das Beste, das ihm so schnell eingefallen war. Wichtiger als eine Welle an Fragen auszulösen war jedoch, den Jungen ins Krankenhaus zu bringen, wo man sich um ihn kümmern würde.

Er nimmt den Strafzettel von der Windschutzscheibe und setzt sich hinters Steuer seines Wagens. Er muss den Sitz vorfahren. Alex hat lange Beine. Bevor er losfährt, zieht er die Akte aus dem Hosenbund und blättert sie auf. Vorn auf der Klappe steht der Name seines Freundes. *Eckard Niemann.* Sofort hat er ein Bild im Kopf. Eckard auf einem Metalltisch mit einem Zettel am Zeh. Natürlich hat er ihn nie so gesehen. Doch das ist das Erste, das ihm einfällt, als er auf die Akte starrt. Als wären alle Akten in diesen Kisten Karteikarten und Eckard die Karteileiche. Er wünschte, er hätte sich ein paar andere Namen gemerkt. Es wäre interessant herauszufinden, ob sie alle jetzt Leichen waren. An zwei der Namen erinnert er sich. Er googelt Hillary Jones und Dean Jenkins. Sie wohnen siebenhundert Meilen voneinander entfernt, steckten beide in finanziellen Schwierigkeiten. Sind beide im letzten halben Jahr bankrott gegangen und teilen noch eine Eigenschaft. Sie leben. Augenscheinlich. Es gibt aktuelle Einträge in den Sozialen Medien. Das unterscheidet sie von Eckard.

Andrej liest die ersten Seiten. Eine Art Steckbrief, der alles Wesentliche aus Eckards Leben beschreibt bis hin zum Geburtstag seiner Kinder. Offensichtlich besitzen die beiden ein Ferienhaus in der Toskana. Davon wusste Andrej gar nichts. Erst seit letztem Jahr. Hm. Damals muss schon der Wurm dringesteckt haben. So schnell wird man nicht insolvent. Es folgen die Bilanzen der letzten fünf Jahre, das Portfolio des Unternehmens, Organigramm und die Beschreibung der Positionen, der einzelnen Angestellten. Dann eine Verschwiegenheitsklausel, die Eckard unterzeichnet hat. Völlig üblich. Nichts Ungewöhnliches. Bankbelege, Belege vom Steuerberater. Dann wird es interessant. Es gibt einen Vertrag, der zwischen beiden Parteien geschlossen wurde, in dem

Eckard vier Millionen für sein Unternehmen erhalten soll. Gerade genug, um die Verpflichtungen bei der Bank zu begleichen, wie Andrej weiß. Unterschrieben ist er nicht. Von keiner Partei. Datiert auf eine Woche vor Eckards Unfall.

Andrej holt das Handy hervor und ruft Lexi an. Sie ist nach dem ersten Klingeln am Apparat.

»Bist du schon in London?«, fragt sie.

»Seit gestern.«

»Und?«

»Weißt du, wo Eckards Terminkalender ist?«

»Ich denke, in seinem Schreibtisch.«

»Kannst du ihn bitte holen? Ich warte so lange.«

»Natürlich. Moment.«

Er hört ihre Schritte auf dem Parkettboden. Nach wenigen Sekunden sagt sie. »Hab ihn.«

»Jetzt geh etwa eine Woche zurück bevor … bevor …«

»Ja. Verstanden.«

»Was hat er danach für Termine eingetragen?«

»Du willst alles hören?«

»Ja. Bitte.«

»Es gibt einen Zahnarzttermin, dann ein Treffen mit dem Banker unserer Hausbank. Tags drauf mit dem Steuerberater. Er hat sich zweimal mit Kurt verabredet. Ich vermute, dass es um einen möglichen Auftrag ging, aber das weiß man bei den beiden nie so genau. Vielleicht waren sie auch einfach nur Golfen.« Er hört, wie sie schmunzelt. Kurt ist ein Freund und ehemaliger Geschäftspartner von Eckard. Dann entsteht eine kurze Pause. Sie fängt sich schnell wieder. »Hier gibt es noch einen Boris Cvetković, den er zwei Tage zuvor getroffen hat.

Was ist los?« Lexi muss gehört haben, wie er die Luft zwischen den Zähnen eingezogen hat.

»Bitte sag das noch mal.«

»Hier steht es. Boris Cvetković. Was ist denn los, Andrej?«

»Wann und wo sollte das Treffen stattfinden?«

Sie nennt ihm den Ort. »Danach gibt es für zwei Tage keine Termine.«

»Wie meinst du das? Für zwei Tage?«

»Ich meine, dass er in den zwei Tagen darauf nichts in seinem Kalender stehen hatte.«

Andrej überlegt. Ist es Zufall oder hat sie das komisch formuliert? Immerhin wurde Eckard zwei Tage später von einem Zug überrollt. »Was ist mit den Tagen danach? Da stehen sicherlich Termine, die er lange im Voraus gemacht hat.«

»Ja. Schon. Bis auf Lenis Auftritt.« Ihre Stimme bricht, als hätte jemand den Ton abgeschaltet.

»Was meinst du?«

»Ihr Chor ist am darauffolgenden Tag in der Kirche aufgetreten. Wir Eltern sollten als Zuschauer für die Generalprobe fungieren. Die war am Abend des Tages … an dem er … ich sehe, er hat es sich hier eingetragen.«

»Er sollte an dem Tag Leni singen hören?«

Wahrscheinlich nickt sie. Andrej hört nur einige gequälte Geräusche.

»Ich kläre das. Hörst du? Mach dir keine Sorgen. Sobald ich etwas Neues weiß, melde ich mich bei dir.«

»Danke dir.«

»Das hättet ihr auch getan. Jetzt geh zu deinen Kindern und lass die miesen Gedanken bei mir.« Er legt auf.

Boris Cvetković. Da hätte jeder Name stehen können. Nur nicht der. Boris Cvetković war seit vielen Jahrzehnten tot. Darüber gibt es keinen Zweifel. Wenn das einer weiß, dann er. Er hatte ihn umgebracht.

Andrej wählt eine Nummer.

»… ja … ich brauch dich hier … umso besser.« Dann legt er wieder auf. Er muss Lana und den Jungen in Sicherheit schaffen lassen.

KAPITEL 36

»Wo ist er?« Vince Mulligan schreit Maggie so dicht vor ihrem Gesicht an, dass sie das Gefühl überkommt, geduscht zu werden. Sie wischt die Hände an ihrer Schürze ab, die vor wenigen Augenblicken noch in einer Schüssel Teig gesteckt haben. Der Anblick von Vince tut ihr weh. Sein Gesicht ist über Nacht um zehn Jahre gealtert. Sie versteht ihn. Seinen Sohn zu überleben und das schon zum zweiten Mal muss die Hölle auf Erden sein. Nur helfen kann sie ihm nicht.

»Du lässt mich jetzt vorbei.« Mit einer Pranke schiebt er Maggie Badger beiseite, als bestünde sie aus Papier und stürmt durch den Flur ins Haus. Sie schämt sich dafür, dass ihre erste Sorge ihren frisch geputzten Böden gilt. Vinces Stiefel sind so schlammbespritzt, als hätte er den Vormittag im Moor zugebracht. Kein Wunder. Es hatte die letzten Tage immer wieder in Strömen geregnet. Der Waldboden war aufgeweicht. Nachdem den gesamten Vormittag immer wieder Fahrzeuge der Polizei in den Wald gefahren sind, musste der Weg dort aussehen wie eine Offroader-Teststrecke. Sie selbst war nicht dorthin gegangen. Ganz im Gegensatz zu einem Großteil der Bevölkerung von Lincolnbury. Sie hatte stattdessen geputzt. Putzen beruhigt sie und streichelt ihre Seele. War das Haus sauber, galt das auch für den Geist. Maggie brauchte keine Ratgeber oder schlauen Bücher, um zu sich selbst zu finden. Sie benötigte nur einen Staublappen.

Vince kommt ihr entgegen. Er hat im Erdgeschoss nicht finden können, wen er sucht und schnaubt wütend aus den

Nüstern wie ein Bulle, dem man seit Wochen ans Gatter gebunden hat.

»Telly. Wo versteckt er sich?«

Sie versteht ihn. Es muss ihn auffressen, dass ihr Sohn überlebt hat und seiner nicht.

»Glotz mich nicht an, Maggie! Muss ich erst eure Schlafzimmer durchstöbern? Wo ist er? Ich hab gehört, er hat was abgekriegt. Der liegt doch bestimmt im Bett, dieser Taugenichts!«

»Er ist nicht hier.«

»Ach, Bullshit!« Schon ist er auf dem Weg nach oben. Die Stufen beugen sich unter seinem Gewicht, das mit Schwung auf jede einzelne niedersaust.

»Was willst du denn von ihm?«, ruft Maggie ihm hinterher.

»Kaltmachen. Was glaubst du denn?« Sie hört die erste Tür auffliegen. Das Badezimmer. Er hat den Schrank an der Wand getroffen, auf dem die Schale mit ihren Haarklemmen steht.

»Bist du von allen guten Geistern verlassen? Komm runter und lass uns reden. Du hast einen schweren Verlust erlitten. Ich mach dir Kaffee.«

»Ich will keinen Kaffee, ich will Blut sehen. Mein Junge hinterlässt eine Frau und drei Kinder!«

Die zweite Tür knallt auf. Das muss Tellys Schlafzimmer sein. Maggie stemmt sich nach oben.

»Du kannst nicht klar denken, Vince!«

»Ich sehe alles glasklar!« Er scheint irgendetwas zu durchwühlen. Gegenstände landen scheppernd auf dem Boden. Als sie den Absatz der Treppe erreicht, reißt er gerade die Tür zu Cedrics Zimmer auf. Innerhalb einer Sekunde kommt ihr Vater herausgeschossen und hält ihm ein Jagdmesser an die Kehle.

»Solltest du noch einen Schritt näher kommen, schlitz ich dich auf wie ein Schwein vor ’nem Feiertag.« Er drückt ihm die Klinge so fest neben den Kehlkopf, dass Maggie ein dünnes Rinnsal Blut sehen kann, das seinen Hals hinabläuft. »Dein Sohn war ein Schwein, das meinen Enkel tyrannisiert hat, seit er aus den Windeln raus ist. Gib mir einen Grund, dich zu ihm zu schicken. Verdient hättest du es, weiß Gott!«

»Was willst du damit andeuten?«

»Das weißt du genau! Auch wenn ich befürchte, dass Telly der Mumm gefehlt hätte, deinen Ed in den Wald zu locken und dort zu erschlagen, so kann ich nur sagen, es trifft keinen Unschuldigen. Und jetzt verschwinde von meinem Land. Das ist Hausfriedensbruch!«

Maggie steht wie versteinert da und beobachtet die Szene. Vince tritt einen Schritt zurück und schafft Raum zwischen sich und Cedric. An seinem Vollbart hängen Spuckefetzen.

»Du kannst ihn nicht schützen, Alterchen.«

»Wir werden sehen.« Kampfeslustig reckt Cedric das Kinn nach oben.

Vince kommt auf Maggie zu. »Er wird dafür bezahlen, Maggie. Und ich gebe mich nicht mit Knast zufrieden. Das ist ein Versprechen.«

Keine gute Gelegenheit, um ihm zu sagen, dass Telly im Krankenhaus liegt, findet Maggie. Doch Vince wird das selbst herausbekommen.

»Er ist ein Opfer, so wie Ed. derjenige, der deinem Sohn das angetan hat, hat auch Telly übel zugerichtet.«

»Das glaubst du doch selber nicht! Zwei erwachsene Männer in den Wald locken und dann dort einzeln niederschlagen? Einem gelingt nach Stunden die Flucht? Maggie! Ganz ehrlich, die Polizei glaubt es nicht, und ich glaube es ganz gewiss nicht.

Ich weiß nicht, was für Drogen deine Missgeburt meinem Ed eingeflößt hat, um als Sieger aus einem Kampf hervorzugehen, aber das wird die Autopsie zeigen. Verlass dich drauf! Doch dann ist es für ihn zu spät. Egal, was dein gichtiger Vater mir androht.« Er schwenkt eine Faust in Cedrics Richtung. Der macht einen Satz nach vorn und steht plötzlich ganz dicht. Das Messer immer noch ausgestreckt.

Vince zuckt zusammen. »Ihr seid doch alle irre, ihr Badgers wie auch die Pommeroys. Da haben sich zwei Linien gefunden. Man möchte meinen, es handele sich um Inzucht, bei dem, was ihr an Nachkommen produziert.«

Maggie fürchtet, ihr Vater fange wieder davon an, dass sie nicht mit ihm verwandt sei, doch er bleibt still. Funkelt Vince nur an und ganz langsam bildet sich ein böses Lächeln in seinem Gesicht.

Maggie fährt zusammen, als die Türglocke schellt. Vince hebt die Brauen, schiebt sie zur Seite und stürmt die Treppe nach unten zur Tür.

»Das ist er nicht!«, brüllt sie ihm hinterher. Vince reißt schon die Tür auf. Vor ihm steht ein junger Mann. Etwa in dem Alter ihres Tellys. Er trägt Arbeitskleidung und hat Staub in den Haaren. Möglicherweise ein Handwerker aus Dorchester, dem ein Reifen geplatzt ist. Wäre nicht das erste Mal, dass Leute nach einer Panne den Hof ansteuern. Die Chance ist hoch, dass sie mit einem Werkzeug helfen können. Oder mit Diesel, wenn jemandem der Sprit ausgegangen ist.

»Guten Tag. Es tut mir leid, dass ich Sie so unangekündigt überfalle. Mein Name ist …« Er macht eine Pause. Sie ist kurz, doch Maggie kommt es so vor, als holte er Luft. »… Paul Wagner. Ich wohne ein Stück die Straße herauf. Meine Frau und ich haben Humphrey Manor gekauft. Es ist vermutlich nicht die höflichste Art, sich so als neuer Nachbar vorzustellen. Sobald wir die Renovierung abgeschlossen haben, würden wir Sie gern zu uns einladen, um sich ein bisschen kennenzulernen.«

»Ähm.« Maggie wischt ihre schwitzenden Hände an der Schürze ab. Sie muss sich an Vince vorbeidrängen, der den Treppenabgang blockiert und sich noch keinen Zentimeter fortbewegt hat, seit er die Tür aufriss. »Das ist sehr freundlich von Ihnen. Kommen Sie doch rein! Ich bin Margarethe Badger.« Sie streckt ihm die Hand entgegen.

»Ich will Sie gar nicht lange stören. Ich bin auch vollkommen staubig und würde nur den ganzen Dreck hereintragen. Tatsächlich schleifen wir gerade die Böden ab und renovieren das Glashaus. Jede Menge Dreck. Der Besitzer des Gartencenters ist so freundlich, uns zu helfen. Er hat mir nahegelegt, zeitnah jemanden für die Außenanlagen einzustellen. Doch das ist etwas, das ich weder zeitlich schaffe noch fachlich überblicken kann. Da dachte ich, vielleicht würde Mister Pommeroy gern bei uns anfangen. Wie ich hörte, liebt er den Garten in Humphrey Manor. Er ist Ihr Vater?«

Er sieht von Maggie zu Vince. Der wirkt versteinert. »Ich habe Ihren Sohn Constable Telly Badger schon kennengelernt.« Das geht direkt an Vince.

»Die Kanalratte ist nicht mein Sohn!«, faucht er und schiebt den Mann beiseite, um durch die Tür zu gehen. »Ich finde ihn, Maggie. Mach dir keine Hoffnung.« Er pikt den Zeigefinger in die Luft, als könnte er kleine Salven auf Maggies Brust abfeuern. Der Mann macht große Augen.

»Telly ist mein Sohn«, sagt sie, greift nach seinem Arm und zieht ihn nach drinnen. Kurz darauf knallt sie die Tür zu. »Vince ist ein Cousin meines Mannes. Er ist ein Freund, doch im Augenblick macht er eine schwere Zeit durch.«

Sie bugsiert ihn vor sich her in die Küche. »Sein Sohn ist letzte Nacht gestorben. Hinten im Wald. Es ist derselbe, den Sie auch von Ihrem Haus sehen. Schlimme Sache. Unser Sohn hat auch etwas abbekommen. Aber natürlich hat er nichts damit zu tun.«

Der Mann nickt stumm. Sie zieht ihn zu einem Stuhl und stellt eine Teetasse vor ihm ab. »Es ist alles ein großes Missverständnis. Sehen Sie, mein Telly wurde ebenfalls niedergeschlagen, von demselben Täter. Er hatte mehr Glück als Ed. Er ist ihm aus dem Wald entkommen. Jetzt rennt Vince durch die Gegend und schwört Rache. Dabei weiß doch jeder, dass Telly auf der guten Seite steht. Sie haben es selbst gesagt. Er ist ein Polizist. Vielleicht ist er auch in Erfüllung seiner Pflicht dort vorbeigekommen und hat versucht, ein Verbrechen zu verhindern. Wer weiß das schon? Telly hat das Gedächtnis verloren. Muss ein ziemlicher Schlag gewesen sein. Na, jedenfalls ist es kein Schuldbekenntnis, wenn er überlebt und Vinces Sohn nicht.« Sie gießt ihm Tee ein.

»Sie sagen, der Sohn dieses Mannes ist gestern Nacht ermordet worden? Hinten im Wald?«

Maggie nickt. Hoffentlich muss sie es ihm nicht noch einmal erklären. Ihr neuer Nachbar scheint ein wenig langsam von Begriff zu sein.

»Wie schrecklich.« Er nimmt einen Schluck von dem Tee.

»Ich hole meinen Vater. Dann können Sie alles Weitere mit ihm besprechen.«

»Danke sehr. Und bitte verzeihen Sie noch einmal. Ich bin offensichtlich zu einem sehr ungünstigen Zeitpunkt mit meiner Idee hereingeplatzt. Der Sohn Ihres Cousins tot, ihr eigener im Krankenhaus.«

»Oh je. War das so offensichtlich?«

Maggie hofft, dass Vince in seiner Raserei keine fünf Minuten klar denken kann. Wenn er dieselben Schlüsse zieht, ist Telly in Gefahr. Sie muss dafür sorgen, dass Telly beschützt wird. So was machen Sie doch bei der Polizei. Wenn einer in ein Verbrechen verwickelt war. Sie leisten Personenschutz. Sie muss auf der Wache anrufen und Tellys Kollegen warnen. »Bitte entschuldigen Sie mich einen Moment.«

Sie verlässt die Küche und stürzt ins Wohnzimmer. Dusty sitzt dort mit seiner Zeitung und liest.

»Wie kannst du hier so seelenruhig dasitzen, während im Haus die Fetzen fliegen?« Er reagiert nicht und sie sieht sofort, dass sein Hörgerät auf dem Couchtisch liegt. Mit einem Tritt gegen das Schienbein holt sie sich seine Aufmerksamkeit. Ein Blick genügt, und er weiß, was sie von ihm will und warum er ihren Zorn auf sich zieht.

»Was hast du?«, fragt er, als das Ding an seinem Bestimmungsort steckt.

»Nebenan ist ein Gast und trinkt Tee. Bitte unterhalte ihn, bis ich wieder da bin. Tust du das? Es ist der Eigentümer von dem alten Kasten. Er bietet Dad einen Job an.« Sie macht große Augen.

»Ist der denn von allen guten Geistern verlassen? Wahrscheinlich hat er eine Wette verloren.«

»Jetzt geh schon und lass ihn dort nicht allein! Ich muss einen Anruf machen.«

»Ja. Ja.« Er rollt die Zeitung zusammen und nimmt sie mit.

Maggie schnappt sich den Hörer und wählt die Nummer vom Revier. Dann lässt sie sich mit Sam Finch verbinden. Nachdem sie ihre Sorgen losgeworden ist, fühlt sie sich besser. Offenbar hat die Polizei bereits ein Auge auf Vince geworfen, weil man einen solchen Ausbruch erwartet hat. Sie werden ihn schon wieder zur Vernunft bringen. Natürlich steht Vince unter Schock. Doch er kann nicht durch die Gegend rennen und ehrbare Leute beschuldigen. Sie hat schon immer gewusst, dass er es ein Stück weit übertrieb. Auch bei der Erziehung seiner Kinder. Es war abzusehen, dass es mit Ed ein schlimmes Ende nehmen würde. Das hatte sie immer gesagt. Gut, dass Telly so ein braver Junge war, der sich aus allen Schwierigkeiten heraushielt.

Sie drückt sich aus dem Sessel hoch und steuert die Tür zum Flur an. Dad muss noch oben sein. Sie will ihn rufen, doch wie wird das vor dem Gast wirken. Nein. In diesem Haushalt gehen sie höflich miteinander um. So wie es sich gehört. Also nimmt sie die erneute Besteigung der Treppe in Kauf. Das Bein macht ihr heute ziemlich zu schaffen. Die Hüfte auf der anderen Seite jault jedes Mal, wenn sie es entlastet.

Oben geht sie zu Cedrics Tür und klopft an.

»Du hast in deinem ganzen Leben noch nie angeklopft. Was ist los? Ist Vince noch bei dir?«, kräht Cedric aus der Tiefe seines Zimmers.

»Der ist weg. Und du? Wieso bewahrst du ein Jagdmesser in deinem Zimmer auf? Bilde dir ja nicht ein, dass ich den Raum noch mal einfach so betrete. Deine schmutzige Wäsche kannst du in Zukunft selbst in die Waschküche bringen.«

»Pah!« Das ist die einzige Antwort.

»Unten ist Besuch für dich, Dad.«

»Was?«

»Jetzt komm eben raus!«

Die Tür bewegt sich.

»Da ist ein Mann, der sagt, dass er dich kennt. Wohnt auf Humphrey Manor.«

Die Augen ihres Vaters beginnen zu leuchten. »Jackie!«

»Nein Dad. Nicht Jackie. Ein neuer Besitzer. Er heißt Wagner, glaube ich. Oder so. John oder Paul. Ich weiß es nicht. Komm halt runter!«

»Jackie«, sagt ihr Vater erneut.

»Ich geb's auf. Er will dir einen Job anbieten.«

Ihr Vater ist schon an ihr vorbeigezischt. Mit seinen drahtigen Gliedmaßen bewegt er sich flink wie eine Katze. Als sie schließlich in der Küche angekommen ist, bekommt sie gerade noch mit, wie Paul Wagner sein Jobangebot neu formuliert. Ihr Vater reicht ihm eine Hand, spricht ihn mit Jackie an und klopft mit der anderen auf seine Schulter. Paul und ihr Mann Dusty starren ihn stumm an. Wie immer ist sie die Einzige im Raum, bei der beide Zeiger die richtige Zeit angeben. Maggie stöhnt.

KAPITEL 37

»Deine Mutter hat uns vorgewarnt, dass Vince Mulligan nach dir sucht, um kurzen Prozess zu machen.«

Sam sitzt an Tellys Bett im Krankenhaus, während der seinen Pudding löffelt. »Also darf ich jetzt bei dir sitzen, bis wir mit ihm reden konnten. Der Chef höchstpersönlich hat vor, mit seinem Pokerfreund zu sprechen.«

Telly rollt mit den Augen. »Dann liege ich spätestens heute Abend zwei Stockwerke tiefer in einer Kühlkammer.«

»Nein, dieses Mal hat er keine Wahl, als dich zu verteidigen.«

»Wie meinst du das?«

»Hat noch niemand mit dir gesprochen?«

Telly schüttelt den Kopf.

»Wir gehen nicht davon aus, dass du Ed verletzt hast.«

»Aber wer soll es denn sonst gewesen sein?« Telly stellt den leeren Plastikbecher zurück auf das Tablett neben seinem Bett. Der Löffel darin wird durch sein Übergewicht am Griff nach unten gezogen. Der Becher fällt um und rollt mitsamt den Puddingresten auf seine Decke.

»Ach, verdammt.« Mit dem Finger wischt er die Schweinerei weg.

»Ich hol dir ein Taschentuch.« Sam geht ins Badezimmer. Telly hasst es, so hilflos vor seinem Kollegen dessen Blicken ausgesetzt zu sein.

»Ich war der Einzige vor Ort.« Jetzt glauben sie nicht einmal, dass er den Mumm oder die Kraft hätte, Ed zu verdreschen. Obwohl alle Indizien gegen ihn sprechen.

»Du warst aber nicht in der Lage dazu. Wir haben mit

deinem Arzt gesprochen und dem Gerichtsmediziner. Mit der Verletzung ist es ein Wunder, dass du den Weg nach Hause gefunden hast. In den Armen dürftest du kaum Kraft gehabt haben. Gerade so viel, dass es reicht, um zu überleben. Im Leben hättest du Ed nicht überwältigen und töten können.«

»Und wenn er gestürzt ist und ohnmächtig war.«

»Sehr viel Glück auf einmal. Meinst du nicht? Es braucht dennoch Kraft, um einen Schädel zu spalten. Du kannst die nicht gehabt haben mit deinen Verletzungen. Du hast wahrscheinlich nicht einmal geradeaus gucken können. Außerdem stellt sich nicht die Frage nach Mord. Du warst so schwer verletzt – Notwehr oder höchstens Totschlag. Aber wie gesagt, man geht von einer dritten Person aus. Der Waldboden war feucht und aufgeweicht. Sie haben Fußspuren gefunden. Sehr tiefe, die zu Ed gehören und bis zu der Hütte führen. Von eurem Haus, wohlgemerkt. Deine fehlen. Er muss dich getragen haben. Das bedeutet, dass du der Bewusstlose warst. Im Hof lag eine Latte mit Blutspritzern. Es gibt noch kein Ergebnis, aber die Jungs vermuten, dass es dein Blut ist. Er hat dich niedergeschlagen und in den Wald geschleppt. Das ist schon glaubhafter. Ed war eine Maschine, ein Tier.«

Telly gefällt diese Glorifizierung nicht.

»Deine Fußspuren starten im Wald und führen direkt zurück zum Haus. Kein Hinweis auf einen Kampf. Aber es gibt ein drittes Paar.«

»Ach so?«

»Ja. Wir können es noch nicht zuordnen. Sieht aus wie Sneaker. Mittlere Größe. Das wird dauern. Die Jungs versuchen gerade, das Fabrikat zu bestimmen. Wird einige Zeit ins Land gehen, bis sie uns ein Ergebnis schicken.«

»Gibt es Zeugen?«

»Nur im Ort. Eine ältere Dame hat Ed den Pub gegen zehn von außen abschließen sehen. Sie hat gerade ihre Blumen auf dem Fensterbrett gegossen.«

»Hat es nicht geregnet gestern Abend.«

»Hat es.« Sams Grinsen lässt zwei Schlüsse zu: Die Frau lügt in Bezug auf den Grund, aus dem sie aus dem Fenster gesehen hat. Oder sie hat gar nichts gesehen und auch nicht mitbekommen, dass es zu dieser Zeit geregnet hat. Sie können sich nicht darauf verlassen.

»Wir suchen nach weiteren Zeugen.«

»Ich weiß noch, dass ich nach zehn das Haus verlassen habe. Vielleicht war es schon halb elf. Ich brauchte frische Luft.«

»Wer kann dir das nach dem gestrigen Tag verdenken. Ed war ein Monster mit der dazu passenden Figur. Alle Mulligans sind das. Ich bin bewaffnet, falls Vince vorbeikommt. Erinnerst du dich noch an Jesse? Ach nein, damals musst du noch zu jung gewesen sein. Der war ein Riese, obwohl er erst fünfzehn Jahre alt war.«

»War das nicht das Alter, in dem er …«

»Ja.« Sam senkt den Kopf. »Wir waren zusammen in einer Klasse. Ein Riese, aber ein sanfter.«

»Kaum vorstellbar, wenn man die anderen Exemplare kennt.« Telly fühlt sich eingesperrt. In diesem Zimmer liegt er auf dem Präsentierteller für Vince. Der wird sich rächen wollen, egal, was sie ihm erzählen.

»Kannst du dich an gar nichts erinnern? Es ist ja möglich, dass diese dritte Person von Anfang an dabei war.«

»Haben sie mich zusammen getragen?«

»Nein.«

»Dann war sie nicht von Anfang an dabei. Warum sollte Ed die Drecksarbeit allein machen?«

»Du weißt, dass der Mörder dir das Leben gerettet hat, oder?«

Telly zieht die Brauen zusammen.

»Ed hat dich niedergeschlagen und in den Wald geschleppt. Der wollte dir nicht nur Angst machen.«

»Ich weiß.« Es ging bestimmt nicht darum, mich zu retten, denkt Telly. Solche Freunde habe ich nicht. Er spricht es nicht laut aus, doch ihm ist klar, dass Sam das Gleiche denkt. Die ganze Wache wird das denken, sogar seine Familie. Gerade seine Familie. Vermutlich hat diese Person Ed verfolgt. In einem Umkreis von hundert Meilen gibt es mit Sicherheit ein Dutzend Leute, die mit Ed ein Hühnchen zu rupfen haben. Das ist viel wahrscheinlicher, als dass jemand Telly beschützen wollte.

»Seit der Eigentümer in Humphrey Manor gewechselt hat, können wir uns vor Leichen nicht mehr retten«, sagt Sam und kratzt sich am Kinn. Er erinnert Telly an einen einsamen Sheriff aus dem Wilden Westen. Obwohl Sam das Kantige fehlt, um Amerikaner zu sein. Er ist tatsächlich etwas kleiner als Telly, schlank und aus irgendeinem Grund wehrt sich sein Körper gegen Muskelaufbau. Sam trainiert täglich. Joggt vor dem Frühstück eine Runde und fährt dreißig Meilen mit dem Rad, wenn seine Schicht zu Ende ist. Selbst die Nacht hält ihn nicht davon ab. Es ist sein Ritual, sagt er und daran ändert er nichts, auch wenn es bedeutet, vier Uhr morgens unterwegs zu sein.

»Ich kann mir nicht vorstellen, dass der Typ etwas damit zu tun hat«, sagt Telly. »Denk doch mal daran, wie alt die Knochen sind, die wir gefunden haben. Damals war der noch ein Kind und hat in Deutschland gelebt.«

»Ich sag ja nur. Bei mir kribbelt es immer überall, wenn

sich die Zufälle häufen. Vielleicht liegt es auch an dem Haus. Wir finden dort die Leichen, unweit davon wird Ed ermordet.«

»Du fängst jetzt aber nicht an, über das Zentrum des Bösen zu schwafeln, oder?«

»Schon gut.«

»Ich schätze, damit schließt jetzt auch das letzte Pub in unserem Ort.«

»Vielleicht führt Vince ihn ja weiter.«

»Und wie lange noch? Er wird ihn verkaufen müssen.«

»Kann mir nicht vorstellen, dass sich das jemand aufhalst.«

»Vielleicht wird ja ein Restaurant für Touristen daraus.«

Auf dem Gang wird es laut. In Sams sommersprossigem Gesicht findet eine Verwandlung statt. Von entspannt zu hoch konzentriert. Er springt auf und geht zur Tür. Telly spürt, wie diese winzige Nuance die Aura im ganzen Zimmer verändert hat. Sam reißt die Tür auf und will hinausstürmen, abseits von Tellys Sichtfeld.

»Halt! Nein.«

»Lass mich!«

»Stopp!«

Ein Rumpeln, das klingt, als wäre jemand zu Boden gegangen und dann steht Vinces massige Gestalt vor ihm. Baut sich vor seinem Bett auf.

»Da sind wir also, wir zwei«, sagt Vince und wischt sich mit dem Handrücken über den Mund. Schweiß läuft ihm die Schläfen über fahle Haut hinab. Telly findet, dass er krank aussieht. Er rutscht in seinem Bett ein Stück zurück. Sein Herz rast.

»Hat dich ja ganz schön zugerichtet, mein Junge.« Die Worte werden von einem bösen Lächeln begleitet.

Sam hat sich inzwischen aufgerappelt und steht neben Vince, aber in ausreichender Entfernung, damit der ihm die Waffe nicht abnehmen kann. »Verschwinde, Vince! Telly muss sich erholen oder willst du, dass Ed postum als Mörder in die Geschichte der Gemeinde eingeht?«

Vince scheint darüber nachzudenken. »Das wird er nicht. Weil ich kurzen Prozess mit Badger mache.«

»Rühr dich und du wirst demnächst auch ein wunderschönes Zimmer in dieser Einrichtung beziehen.«

Vince tritt einen Schritt dichter und stützt seine massigen Arme auf das Fußende des Bettes. »Sam wird hier nicht die ganze Nacht sitzen und wie ich unsere Wache kenne, reichen die Kapazitäten nicht, dich in der Nacht zu beschützen. Wir sehen uns also wieder, Badger.« Er gibt dem Bett einen Ruck, sodass Telly ins Schwanken gerät. Die Tür fliegt auf und der Arzt stürmt herein.

»Verschwinden Sie sofort. Das ist ein Krankenhaus und keine Bar. Und wenn Sie glauben, dass wir die Polizei benötigen, um Sie zur Strecke zu bringen, dann sollten Sie meinen Kollegen Wren Thomas kennenlernen. Gastroenterologe und Bezirksmeister im Schwergewicht. Ich kann ihn rufen lassen, seine Schicht hat soeben begonnen.«

Telly und Sam sehen vom Arzt zu Vince, wie Zuschauer auf der Tribüne von Wimbledon.

»Bis bald«, knurrt Vince und geht aus dem Raum. Der Arzt folgt kopfschüttelnd.

»Ich sollte ihn verhaften. Dann kann ich ihn für vierundzwanzig Stunden in einer Zelle behalten.«

»Nicht nötig. Ich verstehe ihn ja. Trotzdem … ich muss hier raus. Früher oder später werde ich schlafen und hier im Krankenhaus beginnt die Friedhofsschicht. Vince ist Jäger, der hat Geduld und er weiß, wann der richtige Moment gekommen ist, um loszuschlagen.«

»Das wird der Arzt nicht gestatten.«

»Ich werde ihn nicht fragen«, sagt Telly.

KAPITEL 38

»Er ist tot«, sagt Andrej und tritt ans Fenster. Vor dem Hotel ›The Camel's Back‹ in Bournemouth fahren zwei Streifenwagen vier Stockwerke unter ihm die Straße entlang. Doch die stehen nicht im Zentrum seines Interesses. Er beobachtet stattdessen einen unscheinbaren Seat in Betongrau, der seit zwei Stunden inklusive Fahrer vor dem Hoteleingang parkt. Eine Kreuzung weiter wartet ein dunkler Landrover mit getönten Scheiben.

»Sie haben uns gefunden«, sagt er.

»So war es beabsichtigt.« Die Frau, die auf der kräftig geblümten Couch sitzt, stellt ihren Martini auf den Glastisch und lehnt sich in die tiefen Kissen zurück. »Konnte Alex noch mit der Polizei sprechen?«

»Ist nicht mehr aufgewacht.« Er hat ihr den Rücken zugewandt, doch weiß er genau, was sie tut. Nachdem er gehört hat, wie das Glas die Platte berührt hatte, herrschte Stille. Sie beobachtet ihn. Nicht, wie er weiß, weil sie zu ihm aufschaut. Die nicht. Deshalb mag er sie so gern. Auch wenn das für ihrer beider Geschäftsbeziehung nicht von Vorteil ist. Er respektiert Menschen, die sich von der Wertung anderer freimachen konnten. Das sind die Leute, die auf dem Weg nach oben sind. Die sich nicht aufhalten lassen von Zweifeln, Sorgen und ihrer Vergangenheit. Andrej weiß, wenn man diese Gedanken abstreifen kann, dann geht das Leben endlich los. Er muss es wissen. Er lebt bereits sein zweites.

»Ihr Verschleiß an Chauffeuren ist groß«, sagt sie. Er hört den Unterton. Die Frau trauert ihrem Kollegen keine Träne nach. Sie sieht es praktisch. Man wird einen neuen beschaffen müssen. Sehr erfrischend.

»Erledigen Sie das?«

»Werde ich. Doch so schnell, wie wir Nachschub benötigen, werde ich niemanden finden.«

Er fixiert den Seat auf der anderen Straßenseite. »Ja. Es wird eine Entscheidung fallen. Heute noch.«

»Und ich dachte, Sie würden mir vorschlagen, es auszusitzen.«

»Sie wissen genauso gut wie ich, dass die spätestens in ein paar Stunden, wenn die Sonne untergeht, an unsere Tür klopfen werden.«

»Möglich.«

»Wir sollten schneller sein. Ich will heute Nacht das Hotel verlassen können, ohne dass man mich sieht.«

»Das können wir einrichten. Allerdings werde ich Sie dann nicht schützen können. Nicht sofort.«

»Das ist kein Problem.« Er dreht sich zu ihr um.

Sie nickt. Mit den Grübchen in ihren Wangen wirkt sie so unschuldig. Andrej fragt sich, wie oft jemand schon den Fehler gemacht hat, auf ihr Äußeres reinzufallen. Wie sie vor ihm sitzt in ihrem Def-Leppard-T-Shirt, dessen Ärmel sie abgeschnitten haben muss. Ihren rechten Oberarm ziert das Tattoo einer Krähe – oder ist es ein Rabe? –, der auf einem Dolch sitzt? Er hatte sie schon immer fragen wollen, was es bedeutet.

»Wieso Bournemouth und nicht Dorchester?«, will er wissen. »Dorchester ist viel dichter. Von Bournemouth fahren wir eine Stunde.«

»Vielleicht brauchen wir die Zeit, um sie abzuhängen«, sagt sie.

»Verstehe.«

»Wie viel Zeit haben wir noch?«, fragt sie.

»Ein paar Stunden, denke ich. Dann werde ich meinem Schwiegersohn den Traum nehmen müssen, den er schon so lange kultiviert.«

»Kann ich einen Ihrer Anzüge bekommen?«

Er schickt ihr ein süffisantes Lächeln.

»Meine Schultern sind breiter, als Sie denken!«

Sie kennen sich seit zwanzig Jahren. Oder ist es schon länger? Und sie haben niemals das Du eingeführt. Wieder etwas, das er an ihr schätzt. Gretel spart sich jede Form von Sentimentalität, da sie nicht weiß, ob sie sich wiederbegegnen werden. Er wettet darauf, dass sie ihren Kunden genauso viele Gefühle entgegenbringt wie ihren Zielpersonen. Auch das kann er respektieren. Von dem Moment an, an dem dein Gegenüber nicht erpicht darauf ist, dir zu gefallen, erhältst du ehrliche Antworten. Und Andrej braucht nicht noch mehr Achillesfersen in seinem Leben. Aber Ehrlichkeit. Ein weiteres Mal sieht er aus dem Fenster.

»Es wird interessant«, sagt er und deutet Richtung Seat. »Er steigt aus und überquert die Straße.«

Gretel greift nach ihrem Glas. Sie macht keine Anstalten, aufzustehen und sich neben ihn zu stellen. »Guckt er hoch?«

»Nein. Aber in welchem Zimmer ich bin, werden sie ihm gleich an der Anmeldung sagen.«

»Das glaube ich nicht.«

»Wieso?«

»Weil ich unsere Zimmer gebucht habe, wie Sie wissen, nachdem Sie London heute Mittag verlassen haben. Ein anderer Name und wir haben online eingecheckt. Der Portier kann nicht einmal mit Ihrer Beschreibung etwas anfangen.«

»Der wird nach einem Geschäftskollegen fragen, der heute erst eingecheckt hat«, gibt Andrej zu bedenken.

»Für den unwahrscheinlichen Fall, dass der Mann hinterm Tresen tatsächlich gewillt ist, gegen den Datenschutz zu verstoßen, habe ich noch fünf weitere Zimmer gebucht. Er wird überall eindringen müssen. Doch ich kann mir nicht vorstellen, dass er an diese Informationen kommt.«

Beide schweigen. Zwischendrin kaut Gretel an ihrer Olive.

»Wir werden die nächsten Stunden Zeit tot schlagen müssen, bis uns die Dunkelheit genügend Schutz bietet«, sagt Andrej.

»Was schlagen Sie vor?«

»Ich habe mich gefragt, ob Sie immer noch so schnell sind?« Andrej greift nach seiner Waffe. Da sieht er, dass sie ihren Colt M1911 längst unter dem Tisch auf ihn gerichtet hat.

»Inzwischen steht es fünf zu null«, sagt sie und legt die Waffe neben das leere Martiniglas.

KAPITEL 39

Ein feiner Staubnebel liegt in der Luft, der sich nach und nach setzt. Ich stehe im Glashaus und beobachte die orangefarbene Sonne, wie sie glühend hinter dem Wäldchen am Horizont abtaucht. Es ist greifbar. In diesem Raum – diesem Wintergarten – befindet sich augenscheinlich nichts außer dem Ausblick auf den Garten. Und doch bin ich hier umgeben von Melancholie, die mich ergriffen hat, seit ich dem Sonnenuntergang zuschaue. Das Gefühl, eine Ära wäre zu Ende gegangen, drückt mir auf den Magen. Hier war etwas – eine Gegenwart, die ausgelöscht wurde. Ich hatte erwartet, eine Aufbruchstimmung zu spüren, wenn ich diesem Raum neues Leben einhauche. Stattdessen fühlt es sich an, als wäre das Alte, seine eigentliche Bestimmung, endgültig verloren. Mir fehlt dieser Ort, wie er einmal war. Ich will ihn zurück. Ich will mein Leben zurück. Diese Gemeinde, Agatha … sie alle können mir helfen, zu verstehen und zurückzufinden. Wir werden sehen, ob sie das auch wollen.

Ich werde Agatha bitten, mit mir gemeinsam einzurichten. Ich kann nicht einfach Lack über altes Holz ziehen und so tun, als wäre es brandneu. Das Haus und eine Stimme in mir schreien danach, den Zauber wieder herzustellen. Seit ich sie kennengelernt habe, kann ich an nichts anderes mehr denken, als dass ich das Haus aus meiner Kindheit kenne. Es fühlt sich immer vertrauter an. Doch ich sehe keine vergangenen Szenen vor mir und das macht mir Sorgen. Etwas blockiert mich. Ich muss herausfinden, was passiert ist.

Dies ist es, was Agatha mir erzählt hat: Sie ist in den Ort

gefahren, um Eis zu kaufen. Ich wollte nicht mitkommen. Hab gejammert, aber auch auf meinem Eis bestanden. Cedric Pommeroy war damals im Garten und hat die Gemüsebeete gejätet. Sie hielt es nicht für ein Risiko, mich für eine halbe Stunde allein zu lassen. Als sie zurückkam, war ich weg. Cedric hat nichts gesehen. Er war im Garten und ich im Haus. Ende der Geschichte. Er hat sich schuldig gefühlt, all die Jahre, hat sie mir verraten. Danach ist er irgendwie komisch geworden. Wenn er morgen kommt, werde ich mit ihm sprechen. Er hat mich erkannt. Daran besteht kein Zweifel. Von Anfang an. Die Leute sagen es nur nicht. Ich wette, er ist nicht der Einzige.

»Merkwürdiger Tag, oder?« Robert ist neben mir aufgetaucht. Er reicht mir eine Flasche Bier und stößt mit mir an. Die Flammen am Himmel spiegeln sich in den Tropfen am Glas.

»Du meinst Harris.«

Er verzieht das Gesicht. Am Bier liegt es nicht.

»Ja. Ein wirklich seltsamer Geselle.«

»Glaubst du ihm, dass er von dem Gang aus unseren Videos weiß?«

»Es klingt logisch. Schließlich ist das der Film, in dem wir die Knochen finden. Der ist viral gegangen. Würd mich nicht wundern, wenn sie aus deinem Blick in den Sack ein Meme machen. Es ist möglich.«

»Ich finde es absolut krank.«

»Ja. Ich würde die Wand auch lieber zumauern lassen, als den Teil in unseren Keller zu integrieren und dort später das Eingeweckte zu lagern.«

»Ich helfe dir dabei.«

»Aber jetzt ist es zu früh. Solange ich nicht weiß, was hier gespielt wird, kann ich dieses Kapitel nicht abschließen.«

Roberts Blick haftet an einem Punkt in der Ferne. Die letzten Strahlen Sonnenlicht tauchen seine Wangen in glühendes Orange. »Ich weiß nicht, ob das gut ist, was du hier machst. Lassen wir mal Andrej beiseite. Seine Motive sind klar. Ich kann verstehen, dass du dir von ihm nichts vorschreiben lassen willst. Du bist ein selbstständiger Mensch und wir beide wissen, warum.«

Jetzt bin ich es, der eine Grimasse zieht.

»Doch ich frage mich, ob es dir guttut, hierzubleiben. Die Menschen in dieser Gemeinde … ständig stolpert man über Leichenteile, selbst wenn du hier deine Geschichte findest … was wird das sein? Vielleicht war es eine glückliche Fügung, dass du hier rausgekommen bist. Könnte doch sein, dass dein Leben hier viel … grausamer verlaufen wäre.«

»Kann ich mir kaum denken, aber ich weiß, was du meinst.«

»Na, es muss doch einen Grund geben, warum du vergessen hast, was vorgefallen ist. Übrigens finde ich, dass das ein Indiz dafür ist, dass du aus dieser Gegend stammst. Ich hätte diese schrägen Leute hier auch vergessen wollen.«

»Man hat all die Jahre geglaubt, dass ich diesem Killerpärchen zum Opfer gefallen bin. Doch das war ein Irrtum. Ich sollte mehr über die Geschehnisse von damals herausfinden.«

»Ich denke, ich kenne einen Ort, wo du das kannst.«

»Ach so?«

»Klar! Zieh dir ein Shirt an, das nicht zerrissen ist, und lass uns gehen! Ich rufe uns derweil ein Taxi.«

Eine halbe Stunde später sitzen wir im Pub. Der Kerl, den ich heute für Cedrics Sohn und den Vater des Constables gehalten habe, wischt die Theke. Die Leute, die an der Bar sitzen, verhalten sich leise für Pub-Verhältnisse. Überhaupt ist die

Stimmung bedrückt hier drinnen. Als Fremder in der Gegend würde ich eine Gänsehaut bekommen. Die Aura ist – wie Lana sagen würde – unangenehm. Doch wir wissen, dass sein Sohn in der letzten Nacht ermordet wurde. Hätten wir es noch nicht gewusst, wäre es uns spätestens nach zehn Minuten klar – so laut tuscheln die Leute an den Tischen. Sie fragen sich, warum er arbeitet oder ob der Pub kurzfristig geschlossen wird. Andere machen sich Sorgen, dass sich hier jemand aus der Stadt einnistet. Womöglich aus London. Wieder andere beginnen ein Gespräch darüber, dass zu viele Fremde den Charakter von Lincolnbury verändern würden. Schließlich hätte es solche Gewalttaten früher nicht gegeben. Dann gibt es die, die darauf hinweisen, dass gerade seit dem Brexit weniger Fremde im Land sind. Ein Streit zwischen zwei Tischen entflammt über die Preise von Getreide und den Mangel an Erntehelfern.

An der Stelle hake ich ein. Wir sitzen nur einen halben Meter entfernt. »Entschuldigen Sie bitte, wenn ich Sie störe, aber ich habe Humphrey Manor gekauft.«

Fünf Köpfe drehen sich in unsere Richtung. An dem einen Tisch sitzt ein Pärchen in den Fünfzigern. An dem anderen drei Männer zwischen vierzig und siebzig. Vielleicht verwandt, vielleicht befreundet. Das ist schwer zu erkennen. Die Männer wirken, als hätten sie ihr Leben unter der Sonne gearbeitet. Ihre Haut ist zerfurcht und das macht sie mit Sicherheit älter, als sie sind. Zunächst schweigen sie. Verständlich. Sie wissen nicht, warum ich sie anspreche.

»Die Polizei war da und hat Knochen mitgenommen, die man unter unserem Haus gefunden hat. Alte Knochen. Ich hörte, es gab eine Entführungsserie vor ungefähr dreißig Jahren. Wissen Sie etwas über die früheren Besitzer? Ich durfte sie nie kennenlernen. Verzeihung noch mal, dass ich

Sie anspreche, aber ich hatte den Eindruck, dass Sie schon seit vielen Jahren in dieser Gemeinde wohnen.«

»Wir sind hier geboren. Eddie, Thomas und ich. Haben zusammen im Sand gespielt und sind zusammen in die Schule gegangen.« Das sagt der Grauhaarige am Dreiertisch. Robert und ich sehen uns an. Wir lagen beide mit der Alterseinschätzung daneben.

»Wir sind vor zwanzig Jahren hergezogen. Wir kennen nur Gerüchte. Außerdem behandelt man uns nach zwei Jahrzehnten immer noch wie die Neuen aus der Stadt«, sagt die Frau vom Nachbartisch. Ihre Goldkette versinkt in den Tiefen ihrer Bluse, und wenn ich sie mir genauer ansehe, dann hat sie tatsächlich noch einen Hauch Stadt an sich, den sie nicht losgeworden ist. Trotz des Tweedrocks und der Perlenkette. Die Lady kauft man ihr nicht ab. Es ist eine Kostümierung.

»Was wollen Sie denn wissen?«

Robert wirft mir einen Blick zu. Sei schön vorsichtig, will er sagen. Damit du sie nicht verschreckst.

»Na, zum Beispiel, ob die ehemaligen Eigentümer jemals zu den Verdächtigen gezählt haben. Oder ob sie eine Beziehung zu den Verdächtigen hatten.«

»Welchen Verdächtigen?«, fragt der Begleiter der Perlenkette.

»Ich hörte, man hatte ein Pärchen im Verdacht, das sich bald darauf das Leben nahm«, sage ich.

»Das war vor eurer Zeit, Robin. Lasst mich erzählen. Die Rede ist von Claire und Ted Foster. Zwei Hippies, die draußen am Waldrand gelebt haben. Sie hätten wunderbar in eine dieser Kommunen gepasst, wissen Sie? Na ja, so viele gibt es davon heute nicht mehr. Da macht jeder seins. Na, jedenfalls haben die in ihrer eigenen kleinen Welt gelebt. Haben Butter selbst hergestellt, hatten Hühner, Obst und Gemüse auf dem Grundstück. Sie hat im Winter Wandteppiche geknüpft und Kleidung für diese Mittelalter-Fuzzies genäht.«

»Wofür?«, fragt Robert.

»Diese Typen, die Apfelwein saufen und Mittelalter spielen. Für Festivals. Hat sich Geld damit verdient in den Monaten, in denen ihnen der Garten nichts zum Essen serviert hat.«

»Verstehe.«

»Die beiden waren immer etwas sonderbar. Sehr freundlich, aber zurückgezogen. Er hat Waffen geschmiedet. Für Sammler. Als die Polizei die Hütte durchsucht hat, sollen sie vierhundert verschiedene Messer gefunden haben. Einige davon in einem Zwischenboden unter einem losen Brett. Das sagt doch schon alles, finden Sie nicht?«

Ich nicke.

»Na, jedenfalls hat er eines Tages eines der Messer hier im Pub verkauft. Ein Tourist hat sich mit ihm hier getroffen. Müssen sich vorher schon auf 'nem Festival kennengelernt haben. Also Vince hat …« Er deutet auf den Barkeeper. »Vince hat gehört, wie er ihm berichtete, dass die Klinge butterweich durch Knochen geht. Ich meine, der Typ hat Messer hergestellt. Er war kein Jäger oder Schlachter. Und sein Käufer war jemand, der sich gern verkleidet. Also warum reden sie über so ein Thema?«

»Vielleicht hatte er dasselbe Messer zu Hause und hat es zum Kochen verwendet.«

Ein Schatten legt sich auf mich. Einer, der jede Sonne verdunkelt. »Wir haben dann später gesehen, dass es nicht so war.« Der Barkeeper knallt die zwei Bier auf unseren Tisch. Die Bedienung ist nicht zu sehen. »Ich habe gerochen, dass mit dem Typ was nicht stimmt«, sagt er. Seine Worte dulden keine Widerrede.

»Nur weil er über Knochen redet?«

Robert tritt mir unter dem Tisch gegen das Schienbein. Man könnte meinen, ich hätte Lana dabei.

»Mein eigener Sohn, Jesse, war gerade verschwunden und eine Lehrerin aus der Schule vermisste seit wenigen Stunden ihre Tochter. Da hört man ganz genau hin, was die Leute in deiner Umgebung sagen.«

»Verstehe. Ich hörte, Sie konnten die Kleine retten.«

»Sie haben aber viel gehört.«

»Vince ist ein Held. Wäre er nicht gewesen … dank ihm ist die Serie damals zum Stillstand gekommen.« Der Alte klopft ihm auf den Rücken.

»Mit Jesse«, sagt dieser Vince. »Mit Jesse hat es geendet.« Dann geht er. Mit gesenktem Kopf und einige Zentimeter kleiner.

»Sie haben ihn nie wiedergesehen«, flüstert der Kleinere mit dem Basecap.

»Keiner hat sein Kind zurückbekommen. Nur die Lehrerin. Die beiden haben noch in derselben Woche die Stadt verlassen.«

»Ach so?«

»Ja. Kann man ja verstehen. Waren eh Zugereiste.« Der Alte wirft einen Blick auf die Perlenkette, die ihre Augen zu Schlitzen zieht.

»Und die beiden haben sich das Leben genommen?«

»Man hat sie im Wald gefunden. Ihr war die Kehle aufgeschnitten worden und er hatte sich eines seiner Messer ins Herz gerammt. Er muss sie zuerst umgebracht haben. Haben ein Baby zurückgelassen. Ganz jung. Eine Schande, aber das ist sofort ins Waisenhaus gekommen.«

Bei diesem Stichwort zieht sich innerlich etwas in mir zusammen. »In England?«, frage ich.

»Na, davon gehe ich doch aus.«

Robert hebt die Augenbrauen, als wollte er sagen: Wir haben doch schon eine Theorie. Wozu eine zweite aufmachen?

»Und danach war Schluss? Nie wieder ist ein Kind verschwunden? Ich hörte, dass auch im Herrenhaus ein Kind entführt wurde.«

»Das stimmt. Agatha hat immer auf den Sohn ihrer Schwester aufgepasst, wenn die im Ausland war. Die hat Ausgrabungen gemacht. Ich glaube, Dinosaurier und so.«

»Quatsch. Sie war Archäologin, Eddie. Hat in Ägypten gebuddelt und in Mexiko.«

»Meinetwegen. Ihr Junge war auch unter den Opfern. Ist einfach spurlos verschwunden. Ich glaube, er war der vierte. Aus dem Haus. Ohne jede Spur. Na, jetzt wissen wir, wo er gewesen sein kann.«

»Aber dieser Gang, der mich zu den Knochen geführt hat, befand sich hinter einer Wand. Die war geschlossen.«

»Dann muss sie danach jemand geschlossen haben.«

»Das kann ja dann nur diese Agatha gewesen sein, meinen Sie nicht?«

»Nein. Die Hippies haben irgendeinen Weg gefunden. In ihrem Haus fand man Kleidungs- und Schmuckstücke der Kinder. Es besteht kein Zweifel daran, dass sie es waren.«

Das klingt überzeugend. »Und wahrscheinlich gibt es eine Zeugenaussage des Mädchens.«

Der Mann mit der Hakennase, der aussieht wie ein Habicht, zuckt mit den Achseln.

»Doch nichts davon erklärt, wie die Leichen unter mein

Haus gekommen sind. Von der geschlossenen Wand mal ganz
abgesehen.«

Die Tür wird geöffnet.

Cedric Pommeroy betritt das Pub.

KAPITEL 40

Heute ist ihm nach Feiern zumute. Cedric ist einer der Letzten, die das Pub verlassen. Seine Mutter hat immer zu ihm gesagt, dass am Ende alles gut wird, und sie hatte recht. Jackie hat ihm verziehen und will, dass er nach Humphrey Manor zurückkehrt. Morgen wird er mit dem ersten Hahnenschrei an seine Tür klopfen und sich zur Arbeit melden. Agatha hat früher immer Sandwiches zum Lunch gereicht. Er weiß natürlich, dass er das nicht erwarten kann. Heute ist es üblich, dass man sein Essen dabeihat. Lady Humphrey ist eine Klasse für sich und sie war immer sehr beliebt beim Personal. Dennoch wird es fantastisch sein, wieder offiziell zum Herrenhaus zu gehören.

Er hat große Pläne. Man könnte einige Umgestaltungen vornehmen. Gerade die Kapelle verdient mehr Aufmerksamkeit. Eine blühende Rankpflanze zum Beispiel oder zwei Rosenhochstämme davor. Dann müsste man natürlich die Komposthaufen versetzen. Die Knochen dürften inzwischen verrottet sein. Ist ja dreißig Jahre her, dass er den Jungen dort beerdigt hat. Auf dem Friedhof vergeben sie die Gräber ja auch viel früher. Zumindest auf dem neuen. Seine Großeltern besitzen immer noch ein Grab direkt neben der Kirche und einen verwitterten Stein mit gehauener Putte darauf. Er weiß von Richard, dass sie manchmal Leichen bergen, die dank der neuartigen luftdichten Särge kaum verändert sind – und das nach zwanzig Jahren. Doch in diesem Fall lag der Körper in der Erde, in nahrhafter Erde durchsetzt mit Regenwürmern und Bakterien, die ihn zersetzen konnten.

Während er nach Hause schlurft, denkt Cedric an den bewussten Tag.

Ein verregneter Sommer, in dem man tagsüber kaum Sonne sah. Dunkle Gewitterwolken hatten am Nachmittag ein grünes Licht auf alles gelegt. Die Luft war so schwül, dass ein feuchter Schleier Cedrics Haut bedeckte, auf dem jede Fliege kleben blieb. Es sah nach Gewitter aus. Im Radio hatten sie vor Unwettern gewarnt. Doch Cedric musste noch mal zum Anwesen zurück, weil er seine Armbanduhr auf der Bank hatte liegen lassen. Die hatte ihm Maggie eine Woche zuvor geschenkt. Ein hässliches Ding und so klobig, dass sie ihn bei der Arbeit behinderte. Außerdem war das Lederarmband so empfindlich, dass er den Verdacht hegte, es wäre nur eine Imitation. Beim Hochbinden der Rosen hatte er nicht nur Kratzer auf den Armen, die Dornen hatten auch ins Armband gekratzt. An diesen Stellen löste sich die Farbe.

Wie immer ging er die Abkürzung übers Feld. Niemals in all den Jahrzehnten war er mit Auto oder Fahrrad zur Arbeit gefahren. Der Frühsport tat ihm gut. Er lief zu Fuß. Als er an der üblichen Stelle an der Kapelle herauskam, fiel ihm auf, dass die Tür nur angelehnt war. Ein Windstoß hatte sie aufgestoßen und jetzt schwang sie in den anschwellenden Böen hin und her. Sie machte Krach wie drei Geister mit rasselnden Ketten. Cedric erinnert sich, dass er damals noch mit dem Gedanken gespielt hat, etwas Öl aus dem Schuppen zu holen, um das Problem gleich zu lösen. Er dachte einige Sekunden darüber nach, während er sie mit der Hand hin- und herbewegte. Dann zuckte ein Blitz über den Himmel und blendete ihn. Ein zweiter folgte, noch bevor ihn der Knall erreichte. Ein dritter. Das Gewitter war noch weit entfernt, doch es würde ihn erreichen, bevor er nach Hause kam. Der nächste Blitz erhellte die Kapelle, sodass Cedric jede Inschrift auf den alten Sarkophagen lesen konnte. Was er außerdem sah, ließ das Blut in seinen Adern gefrieren. Ein Deckel war geöffnet worden. Er lag schief auf der Steintruhe und gab den Blick in ihr schwarzes Inneres frei. Der erste Reflex: Flucht. Doch dann sah er Agatha, die im beleuchteten Glashaus die Palmen wässerte, und bekam ein schlechtes Gewissen. Sie würde Angst bekommen, wenn sie es sah und niemand konnte erwarten, dass diese zierliche Frau, die zudem allein lebte, die Steinplatte zurückschob. Außerdem wollte er vermeiden, dass Agatha sich sorgte, weil Fremde ihr Grundstück betreten hatten. Das Außengelände war seine Aufgabe. Er zählte die Kapelle dazu. Er würde das Problem lösen und nach Hause gehen. Er ging also zum Sarkophag, achtete aber vorher darauf, dass die Kapellentür durch einen Stein gesichert und somit offen blieb. Dann griff er mit beiden Händen zu und schob unter Aufbringung seiner ganzen Kraft.

Die Platte flutschte geradezu an Ort und Stelle. Nicht nur das. Er hätte sie beinahe runtergeschmissen. Das Material war deutlich leichter, als es aussah. Jetzt stand er da und sah auf die Steintruhe hinunter. Sie besaß keine Beschriftung. Man konnte nicht sagen, wer hier aufbewahrt wurde. Sein nächster Gedanke betraf die Motive der Einbrecher. Ob sie auf wertvolle Dinge gehofft hatten? Hatten sie versucht, etwas zu stehlen? War es ihnen gelungen? Er würde doch mit Agatha darüber reden müssen. Wahrscheinlich musste sie die Polizei informieren. Doch zuallererst sollte er einen Blick hineinwerfen, um es ihr zu ersparen.

Er verpasste der Platte einen erneuten Schubs. Dabei kniff er die Augen zusammen und biss fest die Zähne aufeinander.

Zunächst sah er nur ein finsteres Loch. Er würde eine Taschenlampe holen müssen, um hineinzuleuchten. Dann nahm ihm das Gewitter den Weg ab. Salvenartig kamen die Blitze nun hintereinander. Der Donner folgte prompt. Doch die Aussicht darauf, nass zu werden, schreckte ihn nicht mehr.

Es war keine mumifizierte Leiche, die ihn fesselte. Stattdessen fand er Treppenstufen, die in die Tiefe führten. Jetzt war der Moment gekommen, eine Taschenlampe zu holen. Also lief er wenige Schritte bis zum Schuppen und kam mit Licht bewaffnet zurück. Bereits als er die Lampe holte, hatte er gewusst, dass er niemals nach unten steigen würde. Seit dem Krieg bekam man ihn in keinen Keller hinein. Einer der schlimmsten Zustände für ihn: in Dunkelheit gefangen zu sein.

Er richtete den Strahl nach unten und sah ihn. Dort lag ein Kind. Vielleicht sechs Jahre alt. Ein Junge. Zart. Mit flachsblondem Haar. Sein Körper war mit Staub bedeckt. Die Haut fahl und trocken. An der Art, wie er dalag mit ausgestreckter Hand auf der Treppe, die Augen aufgerissen, die Lippen spröde … Cedric wusste, dass er tot war. Zuerst versuchte er, diese Entdeckung mit der Tatsache in Einklang zu bringen, dass er sich in einem Mausoleum befand. Dann wurde ihm klar, dass dieses Kind festgehalten worden war und vermutlich verdurstet ist. Als Nächstes fragte er sich, was Agatha von ihm erwarten würde.

In Lincolnbury wurden Kinder vermisst. Inzwischen waren es drei. Eines davon war ein Junge in diesem Alter. Die Beschreibung passte. Cedric sah vor sich, wie die Polizei die Kapelle absperren würde, wie sie in ihren klobigen Arbeitsstiefeln seinen Blumengarten zertreten würden und wie Agatha gedemütigt werden würde. Das konnte er nicht zulassen.

Also nahm er sich zusammen, kletterte, die Taschenlampe wie eine Waffe vor sich haltend, in den dunklen Schacht und zog den Jungen an einem Arm heraus. Er wog so viel wie eine Fliege. Er musste versucht haben, über die Treppe ins Freie zu gelangen. Hatte es nicht geschafft. Durch den leicht geöffneten Deckel mussten Lichtstrahlen tagsüber eingefallen sein. Fragte sich nur, an welchem Tag. Heute war er nicht erst gestorben. Als er ihn sich unten geschnappt hatte, war ihm aufgefallen, dass der Gang weiter unter die Erde führte. Er hatte zwei Mal gerufen doch nichts als Stille geerntet. Niemand konnte erwarten, dass er noch weiter hineinging. Er vollbrachte ohnehin schon Übermenschliches. Diese paar Fuß mussten genügen.

Der Regen hatte eingesetzt und über dem Anwesen tobte ein Sturm. Im Herrenhaus brannte Licht, dort wo der Fernseher stand. Agatha würde ihn hier draußen nicht bemerken. Bei dem Wetter und im Finsteren konnte er nicht mit der Leiche des Jungen über das Feld streifen. Wenn sie ihn finden würden, hielte man ihn für den Täter. Da er nicht bis zum Wald kam, musste er sich etwas anderes überlegen. Morgen hatte er geplant, einen Komposthaufen direkt neben der Kapelle anzulegen. Der Platz war bestens geeignet.

Während ihm der Regen die Haare an den Kopf klatschte, grub er in dieser Nacht ein Loch an genau der Stelle. Er legte das elfenhafte Wesen hinein und schaufelte die Erde zurück. Den Sarkophag verschloss er. Die Tür zur Kapelle sicherte er mit einem Schloss aus dem Schuppen. Er schwor sich, Agatha zu überreden, die Tür immer verschlossen zu halten, ohne ihr von den Vorkommnissen zu erzählen. Er würde niemals darüber sprechen. Und daran hat er sich dreißig Jahre gehalten.

Nicht einmal morgen mit Jackie.

Er ging in jener Nacht nach Hause und grübelte darüber nach, wie das vermisste Kind in die Kapelle geraten konnte. Er ging langsam und ließ sich von dem tobenden Unwetter nicht stören. Als er heimkam, lief Maggie völlig aufgelöst auf ihn zu und fragte, wo er gewesen war. Er faselte ein wenig unzusammenhängendes Zeug: dass er unter der alten Eiche am Feldrand eingeschlafen und erst vor fünf Minuten wieder aufgewacht war. Sie sah ihn damals zum ersten Mal an, als müsste man ihn untersuchen lassen. Er hatte nicht vor, sie einzuweihen.

Als er in seinem Zimmer auf dem Bett lag und an die Decke starrte, fand er die Lösung. Es war ganz simpel und beantwortete alle Fragen. Jetzt wusste er, wer dafür verantwortlich war.

Auf der Landstraße ist nichts los. Die Felder an den Seiten dampfen unter der kühlen Nachtluft die Hitze des Tages aus. Cedric beobachtet einen Hasen, der aus dem Weizenfeld auf die Straße hoppelt, um auf der anderen Seite im Gebüsch zu verschwinden. Am Morgen kann man jeden Tag zwei Störche sehen, die durch das Feld laufen. Die Nähe zum Weiher sorgt dafür, dass der Boden feucht ist und sich der ein oder andere Frosch hierhin verirrt. Das Laufen tut Cedric gut. Bringt Schwung in die Gelenke. Die erste Meile ist immer etwas problematisch, aber dann flutscht es. Er freut sich auf den morgigen Tag. Freut sich auf die Arbeit. Er wird Jackie um Vergebung bitten und ihn fragen, wo er all die Jahre gesteckt hat.

Am Horizont schiebt sich eine Wolke vor den Mond. Doch er findet den Weg auch ohne Licht. In fünfzehn Minuten hat er den Hof erreicht. Eine Viertelstunde, die er unter einer Allee aus Ahornbäumen laufen muss. Über ihm rascheln die Blätter. Die Grillen am Straßenrand wirken beruhigend und bedrohlich zugleich. Fast ein Jahrhundert lebt er an diesem Ort, mit seinen milden Wintern, dem Duft des Ozeans, den sarkastischen Menschen und blühenden Körben, die an jedem Haus und jeder Straße hängen. Die Sommerfeste, Mittelaltermärkte, Oldtimertreffen, das jährliche Hunderennen am Strand, Kunstmärkte, Jagdgesellschaften, Dorffeste. Cedric weiß, dass er ins Paradies hineingeboren wurde. Natürlich kann es nur ein Paradies geben, wenn irgendwo auch eine Schlange wohnt. Er akzeptiert die Anwesenheit des Bösen bei so viel Schönheit. Wo Licht ist, ist auch Schatten. Nur nicht umgekehrt.

Vor dreißig Jahren lag ein Schatten auf der Gemeinde. Seit Kurzem ziehen wieder Wolken auf. Er spürt das. Dieses Mal erkennt er die Zeichen. Die Vorboten. Dieses Mal könnte er einen Beitrag leisten und eingreifen. Cedric fasst einen Entschluss.

Endlich erreicht er das Tor zum Hof. Ein Klappern aus der Scheune, sonst ist es ruhig. Cedric bleibt stehen und verschnauft an einem der steinernen Pfosten. Der Mond lässt die Wolken hinter sich und beansprucht die Unendlichkeit. Die Schatten auf dem Hof wachsen um das Doppelte. Aus einem tritt eine Gestalt hervor. Cedric kneift die Augen zusammen. Sie kommt auf ihn zu. Schneller, als er erst gedacht hat. Ohne Worte tritt sie bis auf zwei Fuß an ihn heran. Ein Schlag trifft ihn am Kopf. Noch einer. Cedric fühlt sich weich und leicht. Den Aufschlag auf dem Boden spürt er nicht mehr. Er fällt tiefer und tiefer in die Unendlichkeit.

KAPITEL 41

Millionen von Sternen leuchten über Humphrey Manor. Robert bezahlt den Taxifahrer, während ich die Tür aufschließe. Das Haus wirkt kalt und abweisend, bis ich das Licht in der Halle einschalte. Ich werde in der Werkstatt anfragen, wann der Wagen fertig ist. Sie wollten mich anrufen, haben es aber nicht getan.

»Nach dem Gespräch im Pub gruselt es mich ein bisschen hier in dem Kasten, wenn ich ehrlich bin«, sagt Robert.

Ich denke nach. »Nichts von dem, was ich gehört habe, ergibt irgendeinen Sinn.«

»Das sagte ich ja schon im Taxi. Es ist, als hätten sie etwas ausgelassen.«

»Vielleicht haben wir die falschen Leute gefragt.«

»Du meinst, dass es jemanden gibt, der dir etwas über das fehlende Puzzleteil erzählen kann?«

»Mit Sicherheit. Wir können nicht alles sehen, doch es ist da. Es muss da sein.«

»Was wirst du tun, wenn du das Rätsel nicht löst? Niemals.«

»Das ist keine Option.«

Er lässt das im Raum stehen.

»Ich will noch mal in den Keller. Wir haben etwas übersehen. Da stimmt was nicht. Zwei Kellerräume, so dicht zusammen, aber nicht verbunden. Ich kann es nicht glauben. Lass uns gehen!«

»Kann das nicht bis zum Morgen warten?«

»Dann gehe ich allein.«

»Schon gut. Lass mich wenigstens filmen. Dann habe ich das Gefühl, dass die Welt uns zuschaut.«

»Das redest du dir ein.«

»Nicht, wenn ich eine Livesendung ankündige.«

»Echt jetzt?«

»Gib mir zehn Minuten.«

»Von mir aus. Ich hol die Taschenlampe aus der Küche.«

Ich nehme den Weg über das Wohnzimmer, um mir ein weiteres Mal die getane Arbeit vom heutigen Tag anzusehen. Das Glashaus wird toll aussehen, wenn es morgen gestrichen ist. Ich werde gleich früh in den Heimwerkermarkt fahren und Lack fürs Parkett holen.

Mein Handy vibriert in meiner Hosentasche.

»Ja?«

Es ist Daddy. Ich kann ihn kaum verstehen, weil es immer wieder in der Leitung knackt. Er faselt etwas von Papieren und dass wir uns am Pub treffen sollten.

»Andrej, ich kann dich kaum verstehen. Das muss an deinem Empfang liegen. Nein, warte. Ich sehe gerade, dass mein Netz schwächelt. Warte. Was sagst du? Ist was mit Lana?«

»Nein …«

Wieder nur Knacken. »Ich gehe auf die Terrasse. Dort ist es normalerweise besser.«

»… Pub … weg.«

»Ich verstehe kein Wort. Bitte lass mich nach draußen gehen.« Durch eine Terrassentür im Wintergarten verlasse ich das Haus. Ich trete auf den Kiesweg und starre aufs Display, während ich zur hinteren Gartenmauer gehe. Ein Balken Netzempfang. Mehr wird es heute nicht. »Tut mir leid. Ich stehe im Garten und kann dich immer noch nicht verstehen. Was meintest du zum Pub?«

»Treffen …«

»Du willst dich dort mit uns treffen? Der ist doch schon geschlossen. Du meinst morgen, oder?«

»Nein …« Er klingt richtig genervt.

»Warte. Ich ruf dich zurück. Vielleicht wird es dann besser.« Ich höre ihn etwas rufen, doch die Verbindung ist längst unterbrochen. Ich stehe mit dem Rücken zur Kapelle und will ihn zurückrufen, da sehe ich, wie Robert an einer Scheibe des Glashauses auftaucht. Meine Hand schnellt in die Höhe, doch er kann mich nicht sehen. In dem Raum befindet sich keine Lichtquelle, doch die Lampe im Wohnzimmer brennt, sodass der Raum sich in der Scheibe spiegelt und ihn für alles, was im Garten abläuft, blind macht, vermute ich.

Er sucht mich. Ich sollte reingehen. Aber zuerst will ich Andrej zurückrufen. Ich finde die Nummer und drücke die Taste. Ich höre, wie sich die Verbindung aufbaut. »Ist es jetzt besser?«

Ein Knacken.

»Verdammt.«

Durch die Scheiben des Glashauses sehe ich, dass eine weitere Person den Raum betritt.

»Warte, bist du bei uns zu Hause? Ich sehe dich, Andrej. Wie bist du reingekommen? Hab ich die Tür nicht zugezogen? Bin gleich da.« Ich lasse das Handy sinken. Gehe den ersten Schritt. Andrej steht jetzt ganz dicht hinter Robert, greift ihm von hinten an den Kopf und fährt mit der anderen Hand seinen Hals entlang.

»Was soll das? Ist das ein Messer?«, quieke ich ins Handy. Dann wird mir bewusst, dass es sich nicht um Andrej handelt, der dort steht. Dieser Mann hat Haare, auch wenn die Statur ähnlich ist.

»Scheiße! Er hat ihn umgebracht!« Ich höre ihn noch

schreien, dass ich verschwinden soll. Mitten im Satz habe ich das Gespräch beendet. Die Polizei! Ich muss die Polizei rufen! Mit zitternden Händen tippe ich die Notrufnummer. Eine SMS blendet sich ein und ich kann das Nummernfeld nicht mehr sehen.

Verschwinde sofort von dort! Sie ist von Andrej.

Ich schiebe sie beiseite und tippe erneut. Rückwärts schleiche ich um die Ecke der Kapelle und schiele mit einem Auge auf das Glashaus. Während ich aufs Handy geschaut habe, hat jemand das Licht im Wohnzimmer ausgeschaltet. Mein Herz jagt auf das Pulsniveau, das ich beim Hamburg-Marathon hatte. Es wählt. Habe ich das nur geträumt? Im Wintergarten ist niemand zu sehen. Vielleicht … ich bin unsicher. Da ist etwas auf dem Fußboden. Es könnte Robert sein, der dort zusammengesunken liegt. Was zur Hölle ist hier los? Vor vierundzwanzig Stunden wurde ein Dorfbewohner im Wald getötet. Ich habe das auf die leichte Schulter genommen, weil ich dachte, dass deren Probleme nichts mit uns zu tun haben. Doch ein Irrer scheint hier sein Unwesen zu treiben. Und jetzt hat er sich das Haus ausgesucht, das am weitesten vom Schuss liegt.

Warum geht die Polizei nicht ran? Ich nehme das Handy vom Ohr und muss feststellen, dass ich überhaupt kein Netz mehr habe. Das kann nicht wahr sein! Ich muss nachsehen, was mit Robert los ist. Ich kann ihn nicht einfach liegen lassen und … das Bild, wie ihm jemand die Kehle aufschneidet, erscheint vor meinem inneren Auge. Für Robert kommt jede Hilfe zu spät. Trotzdem muss ich nachsehen gehen. Das Blut rauscht in meinen Ohren.

Ein Witz. Ein dummer Streich. Das muss es sein. Das ist nicht das erste Mal, dass hier im Haus eine Scharade abgezogen wird. Dass Robert stirbt, auch nicht. Andrej rief an, um mich aus dem Haus zu holen. Ich bin es leid, der Spielball zu sein.

Mein Herz hört nicht auf zu rasen. So sehr, wie ich an einen Streich glauben möchte … jede Zelle in meinem Körper weiß, dass ich in Gefahr bin. Mein Blick fällt auf die offene Terrassentür. Er ist hier draußen und sucht mich.

An dieser Seite der Kapelle sitze ich in der Falle. Es muss einen Weg geben, um vor zur Straße zu kommen. Die Pforte nach hinten zum Feld ist verschlossen. Der Schlüssel hängt an meinem Bund, der im Flur liegt. Zwei Lichter, die zu einem Auto gehören, schlängeln sich langsam die lange Auffahrt herauf. Gott sei Dank! Wer auch immer das ist, er kann mich zur Polizei fahren. Ich werfe einen letzten Blick in den Garten. Niemand ist zu sehen. Statt zu schleichen, renne ich mit größtmöglicher Geschwindigkeit den Kiesweg entlang. Als ich das Haus erreiche, biege ich trotz meiner Angst zum Glashaus ab. Ich muss ihm helfen.

Er liegt direkt neben der offenen Tür. Ich kann das viele Blut sehen und die klaffende Wunde an seinem Hals. Er zuckt nicht. Die Augen stehen offen. Das ist kein Talkumpuder. Mein Freund ist tot. Hinter mir knackt es. Ich wirbele herum, kann nichts sehen und schlage dann den Weg zurück wieder ein.

Ich merke, wie meine Angst mich lähmt. Mir schwindelt. Von der Auffahrt höre ich knirschenden Kies. Jemand wendet einen Wagen, wohl den, dessen Lichter ich gesehen habe. Er darf nicht wieder wegfahren! Ohne mich weiter umzusehen, renne ich am Haus vorbei. Die Räder drehen sich noch. Langsam, doch er ist nicht stehen geblieben. Jemand, der sich verfahren hat, womöglich. Das ist meine einzige Chance.

Mit einem Satz springe ich vor den Wagen und reiße die Hände nach vorn. Die Augen des Fahrers weiten sich vor

Schreck. Er geht in die Eisen und kommt zum Stehen. Eine Sekunde starren wir uns an. Dann das Erkennen auf beiden Seiten. Es ist der Mann aus dem Ort, der seinen Jungen verloren hat. Er kurbelt das Fenster auf der Beifahrerseite herunter.

»Was ist denn mit Ihnen los?«

Ich reiße die Tür auf und springe in den Wagen. Nachdem die Tür zuknallt, wage ich das erste Mal, mich umzusehen. Soweit ich erkennen kann, sind wir allein.

»Hey!«

»Wir müssen zur Polizei. Geben Sie Gas!« Um das Ganze zu beschleunigen, strecke ich die rechte Hand aus und zeige nach vorn. Er reagiert nicht.

»Was ist los?«

»Da ist ein Killer in meinem Haus. Ein kräftiger Typ. Er hat meinen Freund ermordet. Fahren Sie!«

Er schaut zum Eingang. Dann zu mir. Die Fragezeichen in seinen Augen machen mich unruhig. Wir verlieren kostbare Zeit. »Bitte, ich sage so was nur ungern, Sie riskieren Ihr eigenes Leben. Lassen Sie uns schleunigst von hier verschwinden.«

»Hast du die Polizei gerufen?«

Ich zeige ihm mein Handy. »Kein Netz.«

»Dass ich das richtig verstehe: In dem Haus ist jemand, der deinen Freund umgebracht hat.«

Ich nicke.

»Wer ist es?«

»Keine Ahnung. Ein Mann mit einem Messer. Mehr habe ich nicht gesehen.«

Er scheint nachzudenken. Dann stellt er den Motor ab.

»Was machen Sie denn da?«

Er zieht den Schlüssel und steigt aus. »Ich habe da eine

Vermutung. Lass uns reingehen. Bist du sicher, dass dein Freund tot ist?«

Mein Magen zieht sich zusammen. »Es sah so aus.«

»Nun, vielleicht können wir ihm noch helfen. Mach dir keine Sorgen. Wir gehen dort nicht unbewaffnet rein.« Er öffnet den Kofferraum und holt ein Jagdgewehr heraus. Das Geräusch, als er den Deckel zuknallt, lässt mich zusammenzucken.

»Gehen wir auf Entenjagd!«

Er will, dass ich aussteige. Was für eine blöde Idee! Glaubt er, der Gemeindeheld in puncto Killer zu sein? »Das ist Sache der Polizei«, flüstere ich.

»Die Polizei ist in der Klinik und zieht es vor, einen Mörder zu beschützen. Komm schon, Jungchen! Mir ist danach, heute jemandem eine Lektion zu erteilen.«

»Und wenn er bewaffnet ist?« Moment, er glaubt, dass es jemand anderes ist als der Mörder seines Sohnes?

»Ich glaube nicht.«

»Woher wollen Sie das wissen?«

»Wart's ab«, sagt er und geht auf die Haustür zu.

KAPITEL 42

Ich stoße die Tür auf, die nur angelehnt ist. Weder im Flur noch einem der anderen Räume brennt Licht. Mein Begleiter hält die Waffe in beiden Händen und bewegt sich durch die Räume, wie der Anführer einer Spezialeinheit. In der Halle deute ich an, dass wir den Weg durchs Wohnzimmer nehmen sollten. Er nickt. Der Mondschein ist die einzige Lichtquelle. Was bedeutet, dass die Schatten in diesem Zimmer so groß sind wie der Grundriss eines VW-Busses. Als ich Roberts Körper auf dem Parkett im Glashaus liegen sehe, werde ich langsamer. Es ist real. Der Zeuge an meiner Seite macht das klarer. Bis eben hatte ich die Hoffnung, gleich aus einem Albtraum zu erwachen. Roberts Augen blicken in eine andere Welt. Der Mund ist leicht geöffnet. Die Haut im Gesicht ist fahl, die Lippen blau. Beides steht im Kontrast zu den Blutflecken auf seinem Hals. Ich sehe Blut an der Scheibe, vor der er gestanden hat. Das Parkett, frisch abgeschliffen, saugt alles auf, das zu Boden gelaufen ist. Durstig, wie ein Wanderer in der Wüste.

Er ist tot.

Unfreiwillig erscheint das Bild vor meinem inneren Auge, wie er im Kühlhaus des Krankenhauses auf einer Bahre gelegen hat. Da hätte ich merken müssen, dass alles eine Scharade war. Dies hier ist völlig anders. Er ist ein Ding, achtlos hingeworfen ohne jede Spannung, leblos. Die klaffende Wunde an seiner Kehle löscht jeden Zweifel.

Die Tür neben ihm steht immer noch offen. Ganz automatisch wandert mein Blick in den nächtlichen Garten bis zur Kapelle und sucht zwischen Buchsbaumhecken nach einer Gestalt, die dort nicht hingehört. Deshalb entgeht mir zunächst, dass er neben mir am Tisch sitzt.

Als die Erkenntnis mich aus dem Augenwinkel ereilt, ist es zu spät. Er hat uns gesehen. Wie ein Känguru mache ich einen Satz nach hinten. Stumm sitzt er am Kopfende und putzt sich mit einem Messer die Fingernägel.

»Hallo, Dusty«, sagt mein Begleiter und zielt mit dem Gewehr aus der Hüfte auf ihn. Ebenfalls ruhig, fast gespenstisch gelassen. Er erhält keine Antwort. »Hast du wieder deine drolligen fünf Minuten?«

Der Typ schweigt. Ich erkenne in ihm den Vater des Constables.

»Wir müssen die Polizei rufen«, flüstere ich.

Er sieht mich nicht an, sondern starrt auf den Kerl am Tisch. »Was willst du hier, Dusty? Du hast dem Deutschen die Kehle durchgeschnitten. Ich dachte, so etwas wollten wir nicht mehr tun.«

Er spricht mit ihm wie mit einem Kind, als wäre der aus einer Irrenanstalt ausgebrochen.

»Ist er krank?«, frage ich.

»Gesund auf jeden Fall nicht.«

»Sagen Sie ihm, dass er aufstehen muss und mit uns zur Polizei gehen.«

Mulligan erhebt die Stimme. »Du musst dich jetzt ergeben!«, ruft er ihm zu.

Der Irre sieht ihn an, als hätte er nichts Dümmeres sagen können. Dann brechen beide in Gelächter aus. Es dauert einen Augenblick, bis ich erkenne, dass Mulligan nicht lacht, weil er sich über ihn lustig macht. Er lacht über mich. Jeder kennt diese Momente, in denen die Zusammenhänge glasklar erscheinen und die Erkenntnis sich wie eine kalte Dusche über einem ergießt. Das muss dasselbe Gefühl sein, wie wenn man die Bärenfalle zuschnappen hört, in die man getreten ist. Das Gefühl, das sich einstellt, wenn ein Soldat hinter sich das Klicken eines Abzugs hört. Akzeptanz scheint die einzige Option zu sein.

»Du hast ihn erkannt«, sagt der Vater des Polizisten und drückt sich vom Tisch hoch. Seine schwieligen Hände streicheln dabei die Platte, als handele es sich um den Körper einer Frau. Galle steigt mir nach oben. Dieser Mann – seine Bewegungen – lösen Ekel in mir aus.

»Wie konnte ich nicht? Das Feuermal ist ja kaum verblasst in den letzten drei Jahrzehnten. Außerdem vergesse ich diese Augen nicht, Dusty. Ich hab dir gesagt, du sollst den Scheiß lassen. Schon, als ich ihn da unten gefunden habe. Man scheißt nicht dort, wo man isst. Aber du musstest deinem Trieb nachgeben wie ein Tier. Du kannst dir gar nicht vorstellen, wie ich dich dafür verachte.«

»Sprich nicht über Dinge, von denen du nichts weißt. Als wenn du besser gewesen wärst. Mit den Spielchen und den ganzen Weibern da unten.«

»Die waren erwachsen und sind freiwillig mitgegangen!«
»Pah!«

Das ist der Moment, in dem der Barkeeper die Knarre senkt und ich Richtung Küche an dem Killer vorbei in den Flur laufe. *Von hinten erschossen* wird auf meinem Grabstein stehen. Schon nach dem ersten Schritt zweifle ich an meiner Entscheidung. Doch es dauert eine Schrecksekunde, bis Mulligan die Waffe auf mich richten kann. Ich höre die Bewegung, während er sie macht. Dann knallt es gewaltig. Zu spät, um mich ernsthaft zu verletzen. Ich bin schon im Flur. Hinter mir splittert Holz. Jetzt nur raus hier. Ich höre die beiden fluchen, während in meinem Kopf eine Stimme die gehörten Fakten gebetsmühlenartig runterrattert. Dafür habe ich jetzt keine Zeit. Praktische Lösungen müssen her.

Wenn ich aus dem Haus laufe, bin ich ein leichtes Ziel in der Auffahrt. Er hat ein Auto und den Schlüssel bei sich. Die einzige Chance, zu überleben, habe ich, wenn ich es nach hinten schaffe. Aufs Feld. In den Wald. Der Schlüssel für die Pforte hinten steckt an der Tür. Ich vergesse die Pforte. Ich werde es irgendwie über die Mauer schaffen.

Doch sie sind dicht hinter mir. Zur Tür kann ich nicht raus. Die Treppe scheidet ebenfalls aus. Ich sprinte um die Ecke und verberge mich im Arbeitszimmer. Leise schiebe ich die Tür ran und versuche, meine Atmung unter Kontrolle zu bekommen.

»Ist er raus oder hoch?«, fragt der Barkeeper im Flur.

Ich drücke mich dichter an die Wand. Sie müssen mein Herz bis dort draußen schlagen hören.

»Ich geh nach oben. Sieh du dich hier unten um.«

Schritte wandern vor zur Tür. Er wird einen Blick hinauswerfen und dann zurückkommen. In diesem Raum bin ich nicht sicher. Rückwärts schleiche ich zum Regal. Hoffe, dass ich es öffnen kann, ohne ihn mit einem Geräusch anzulocken.

Als ich das Regal in meinem Nacken spüre, drehe ich mich um. Die Eingangstür wird geschlossen. Ich schlüpfe durch den Spalt in der Wand und ziehe das Regal leise hinter mir zu. Jetzt stehe ich im Dunkeln. Mit pochendem Herzen folge ich dem Weg, den mir meine ausgestreckte Hand am Geländer weist. Die Hitze des Nachmittags hat es nicht bis hier unten geschafft. Hier herrscht ein gleichmäßig feuchtes Klima. Der

Geruch kalter Grabsteine liegt in der Luft. Von oben kann ich seine Schritte hören.

Kein Licht dringt nach hier unten. Es gibt keine Umrisse, nur meine Fantasie, was sich vor mir befindet.

Ein leises Knarren. Dann ein Lichtstrahl auf der Treppe. Mondlicht. Er ist mir schnell auf die Schliche gekommen. Dann wieder völlige Dunkelheit. Ich bin erleichtert. Sofort wird mir klar, dass er die Tür nicht wieder geschlossen hat. Er ist durch sie hindurchgetreten und hat den Schacht verdunkelt. Dicht an die gemauerte Wand gedrückt, kann ich sehen, wie er im Schneckentempo die Wendeltreppe nach unten kommt. Das ängstigt mich mehr, als würde er rennen. Er ist sich sicher, dass ich verlieren werde. Meine Kehle ist so eng, der Druck auf der Brust wächst. Diese Angst kenne ich noch aus dem Heim, wenn sie mich eingesperrt haben. Ein Flashback nach dem anderen überrollt mich und lässt mich die schlimmsten Situationen in meiner Kindheit noch mal erleben.

Und dann stehe ich oben an der Wendeltreppe, als kleiner Junge, sehe diesen massigen Mann mit vollem Haar auf mich zu kommen und fliehe nach unten. Renne, schreie, doch meine Tante kann mich nicht hören, weil sie in den Ort gefahren ist. Der Gärtner draußen hat ein Kofferradio laufen, das Songs aus den Achtzigern spielt. Ich stolpere und schlage mir das Knie auf. Die nächsten Rufe gelten meiner Mutter. Ich flehe sie herbei, heule, schluchze, wische mir den Rotz aus dem Gesicht und dann ist er bei mir. Schlägt mir ins Gesicht. Hebt mich auf und zieht mich an beiden Händen einen langen Flur entlang. Dort bindet er mir Arme und Füße zusammen.

Mein gesamter Körper zittert. Die Zähne klappern. Dusty Badger hat die letzte Treppenstufe erreicht. Er bleibt stehen.

Ich höre, wie seine Kleidung Geräusche macht. Dann blendet mich etwas. Kurzzeitig bin ich blind, wie nach einem Blitzlicht. Er hat die Taschenlampe seines Handys angeschaltet.

Ich kneife kurz die Augen zusammen. Ein Lächeln erscheint in seinem aufgedunsenen Gesicht, das aussieht wie eine Entschuldigung. Dieser Mann hat mich schon einmal in diesen Keller gejagt. Ich hatte Geräusche gehört, war ins Arbeitszimmer gegangen und hatte den offenen Geheimgang entdeckt. Aus Neugierde habe ich mir das genauer angesehen und dann war hinter mir dieser Fremde aufgetaucht. Aus Angst war ich nach unten geflohen. Ein Fehler, wie ich heute weiß.

Dreißig Jahre später wiederhole ich den Fehler. Er grinst mich an und hebt die Hand mit dem Messer. All die Angst, das Leid, der Schmerz – jede Emotion, die sich in den drei Jahrzehnten in mir aufgestaut hat – bündelt sich. Mein Geist beobachtet nur noch. Mein Körper handelt. Ich balle die Faust und schlage ihm ins Gesicht. Das Geräusch, das er macht, verrät seine Überraschung. Ein weiterer Schlag trifft ihn. Diesmal aufs Auge. Die zweite Faust schließt sich an. Das Messer habe ich vergessen. Ich weiß nicht einmal, ob er sich gewehrt hat. Wenn ja, stehe ich unter Schock und werde es merken, kurz bevor ich verblute. Er geht in die Knie. Ich hole mit meinem rechten Bein aus, als wäre sein Kopf ein Fußball. Sein Kiefer knackt über meinem Spann. Das Handy fällt zu Boden und landet auf dem Display. Seine Taschenlampe verzerrt unsere Schatten an der Wand des Gewölbes. Ein Kampf zweier Kreaturen der Unterwelt. Eigentlich kämpft er nicht. Er liegt nur da und lässt zu, dass ich ihn mit Tritten bearbeite. Als wüsste er, wofür und hätte keine Einwände.

»Was hast du mit mir gemacht?«, schreie ich.

Er spuckt aus, als ich ihn zwischen den Rippen erwische.

»Und mit den anderen? Du krankes Stück Scheiße!«

Er lässt sich wie einen Boxsack bearbeiten. Nicht der kleinste Versuch, sich zu wehren. Als ich nach unten in sein Gesicht sehe, entdecke ich einen neutralen Ausdruck. Er wirkt abwesend. Das Adrenalin lässt nach und die Übelkeit gewinnt die Oberhand.

»Das geilt ihn nur auf.« Die Stimme kommt von der Treppe.

Ich drehe den Kopf nach oben und sehe Mulligan näher kommen. Das Gewehr auf mich gerichtet. Badger nutzt meine Unachtsamkeit und sticht mir das Jagdmesser in den Oberschenkel. Blitze fahren durch meinen Körper und explodieren in meinem Kopf. Er zieht es aus der Wunde, lächelt, als hätte er einen Welpen gestreichelt und versetzt mir einen Schnitt quer über die Brust. Ich kann sehen, wie ihm Speichel aus dem Mundwinkel läuft. Den nächsten Stich kann er nicht wie gewünscht ausführen. Ich wehre mich mit beiden Händen. Das Messer erwischt meinen Arm. Nicht an der Arterie, wie ich hoffe, doch warmes Blut läuft mir über die Hand.

»Das kann jetzt noch Stunden so weitergehen. Du hast keine Waffe. Du solltest dich ergeben. Er ist zäher, als er aussieht. Muss daran liegen, dass er kaum Schmerz empfinden kann. War schon immer so. Seit ich den Scheißkerl kenne«, sagt Mulligan.

Das ist ein Irrenhaus und ich stecke mittendrin. Am Ende des Tunnels befindet sich nur eine Kammer und doch hinke ich jetzt in diese Richtung. Ich höre den Dicken stöhnen.

»Was guckst du mich an? Er sitzt doch in der Falle«, sagt Mulligan.

»Du hast die Knarre.«

»Aber du willst doch, dass es langsam geht. Hab ich recht?«

Ihre Stimmen werden leiser.

Das ist ein Geheimgang! Verdammt noch mal! Es muss doch einen Weg nach draußen geben. Wozu sonst der Tunnel? Man hätte die Kammer auch einfach unter unserem Haus anlegen können. Draußen ist es dunkel. Wenn es einen Hinweis durch Ritzen im Mauerwerk gibt, dann kann ich sie zu dieser Tageszeit nicht finden.

»Jackie!«, ruft Mulligan in einer hohen Singsang-Stimme.

Ich knalle gegen den Opfertisch. Meine Hüfte kreischt auf.

»Jackie!«

Ich umrunde ihn. Meine Hand pocht wie wild. Arm und Brust brennen. Ich taste nach meinem Oberschenkel. Die Jeans ist nass. Sie wissen, dass ich verblute, wenn sie nur lange genug warten. Sie haben keine Eile. Sie können den Ausgang blockieren und sicher sein, dass ich mein Wissen über ihre Taten mit ins Grab nehme.

»Jack-kie!« Das klingt drängender. Wütend. Er erwartet Gehorsam. Seine Stimme ist näher, als ich vermutet habe.

»Buh!« Mir gegenüber wird ein Handy eingeschaltet. Mulligan stupst mich mit der Waffe über den Tisch an. Ich taumele nach hinten gegen die Wand. Die ist glatt. Keine Feldsteine wie bei den Seitenwänden des Tunnels. Meine Hände fahren darüber. Die letzten schwachsinnigen Zuckungen eines Sterbenden.

Badger umrundet den Tisch, während Mulligan mich mit dem Gewehr in Schach hält. Er lächelt schon wieder sein Streichelzoo-Lächeln. Wir beide waren schon mal hier drin. Mein Kopf zuckt von rechts nach links. Jetzt weiß ich es wieder. Damals war hinter mir eine Treppe, die nach oben führte. Doch das kann nicht sein.

»Streng dich nicht an! Der einzige Ausgang ist der ins Haus«, sagt Mulligan.

»Das stimmt nicht.«

»Wenn du so viel weißt. Wieso hast du uns nicht gleich verpfiffen, nachdem du hergekommen bist?«, fragt er.

Badger schweigt. Er steht vor mir und sieht mich einfach nur an. Die Hand mit dem Messer fährt nach oben. Dann lässt er die Klinge mit der flachen Seite über meine Wange gleiten.

»Ziemlich abartig, oder?«, fragt Mulligan. »Also. Warum hast du nichts gesagt?«

»Ich hatte es vergessen«, presse ich zwischen zusammengekniffenen Zähnen heraus.

Er nickt. »Das war dann wohl der Sturz, als ich dich die Treppe runtergestoßen habe. Ein Wunder, dass du den überhaupt überlebt hast.«

Ich lasse Badger nicht aus den Augen. Mein Plan ist, ihm das Messer zu entreißen und ihn als lebenden Schutzschild gegen Mulligan zu benutzen. Klingt größenwahnsinnig, doch was Besseres fällt mir nicht ein.

»Aber genug geplaudert. Wir alle wissen, dass das hier ein Ende haben muss. Ich hatte gedacht, dass wir schon vor dreißig Jahren einen Riegel vorgeschoben haben, als wir den Gang zu beiden Seiten zugemauert haben, doch das war ein Irrtum.« Er richtet das Gewehr auf uns und drückt ab.

Ich höre den Knall und warte auf den Augenblick, in dem mein Leben an mir vorbeiziehen wird. Nichts geschieht. Stattdessen breitet sich auf Dusty Badgers Brust ein Blutfleck aus. Er verzieht keine Miene. Dann fällt er zu Boden.

Der Schuss galt nicht mir. Ich bin verwirrt. Mulligan umrundet den Tisch. Er dreht Badger mit dem Fuß auf den Rücken und nimmt ihm das Messer aus der Hand.

»Ist besser so. Einer wie er würde den Staat nur viel Geld kosten. Den kann man nicht auf die Bevölkerung loslassen.

Nachdem wir damals den Gang verschlossen haben …« Er klopft auf die Wand hinter mir. »… dachte ich, es wäre vorbei. Weißt du, was er getan hat?«

Ich schüttele den Kopf. Mein Puls rauscht in meinen Ohren.

»Er hat sich ein Wohnmobil gekauft und ist damit durchs Land gefahren.« Er wartet ab. »Allein. Einmal im Jahr. Urlaub hat er das genannt. Aber ich denke, ich weiß, was er gemacht hat. Maggie hat er erzählt, er fährt zum Angeln. Kranker Kerl.«

»Wieso haben Sie ihn nicht angezeigt? Sie wussten, dass er diese Kinder getötet hat. Hier unten, vermute ich.« Angewidert sehe ich mich um.

Auf seinem Gesicht breitet sich ein Lächeln aus. »Ach, du denkst, ich stehe auf deiner Seite.« Er lacht. »Ich halte Badger für krank, weil es Kinder waren. Der Trieb zur Jagd liegt bei uns in der Familie.« Und dann rammt er mir das Messer in die Seite.

KAPITEL 43

Vince zieht das Regal hinter sich ran. Die nächsten drei Minuten denkt er darüber nach, ob er an alles gedacht hat. In einer Stunde wird er die Polizei rufen. Er wird ihnen sagen, dass er hier rausgekommen ist, um mit Paul Wagner zu reden. Möglicherweise hatte er Telly Badger und Ed in der Nacht zuvor am Waldrand gesehen. Die Stelle ist nicht weit entfernt. Er hätte einen Spaziergang gemacht haben können. Die Tür stand offen, als er ankam. Er wusste von Anfang an, dass etwas nicht stimmte. Das Haus wirkte gespenstisch leer. Also nahm er sein Jagdgewehr von der Rücksitzbank und betrat das Haus. Dort fand er zunächst den anderen Deutschen mit durchgeschnittener Kehle vor der Terrassentür. Aus dem Keller kamen Geräusche. Er schlich nach unten und sah gerade noch, wie Dusty den zweiten erstach. Als er auf ihn losrannte, schoss Vince in seiner Verzweiflung. Erst da erkannte er in dem Killer seinen Cousin. Er hat einige Zeit benötigt, um den Schock zu überstehen. Hat einfach nur neben den beiden gesessen, bis er schließlich die Polizei alarmiert hat.

Er prüft den Handyempfang. Kein Balken. Wunderbar. Dann muss er nicht warten, sondern kann zur Polizei fahren. Endlich ist dieser Cold Case gelöst. Er wird darauf hinweisen, dass ihm das Feuermal bei dem Mann aufgefallen war. Das hätte doch der Junge gehabt, der vor vielen Jahren verschwunden ist. Ob das etwas mit den vermissten Kindern von damals zu tun hat?

Er sieht vor sich, wie sie eins und eins zusammenzählen.

Dieser arrogante Beamte aus Dorchester, den sie hergeschickt haben. Er wird die Lorbeeren einheimsen wollen. Wie auch immer. Im Dorf wird man wissen, was Sache ist. Dusty ist ein Mörder, genau wie sein Sohn. Der Apfel fällt nicht weit vom Stamm. Er – Vince – ist wie üblich zur rechten Zeit am rechten Ort erschienen. Auch wenn es der Deutsche nicht überlebt hat. Diese Geschichte verschafft ihm die Sicherheit, dass niemals jemand Vergangenes ausgraben wird. Der Fall ist abgeschlossen. Ein für alle Mal.

Seine Fingerabdrücke hat er vom Messer entfernt. Das dürfte dann alles sein. Zufrieden mit sich öffnet er die Eingangstür und blickt in die Nacht hinaus. Keine Wolke mehr zu sehen. Die Sterne funkeln. Kühle Luft hat die Hitze vom Tag verdrängt. Hinter sich hört er ein Geräusch. Sofort dreht er sich um und starrt in den dunklen Flur. An der Seite findet er einen Lichtschalter. Eine Sekunde später brennt Licht. Über ihm sind Schritte zu hören.

Vince richtet die Waffe nach vorn und schleicht auf die Treppe zu. Ein Lachen dringt an seine Ohren. Klingt wie eine Kinderstimme. Er bleibt auf der zweiten Stufe stehen und verdreht den Kopf. Oben an der Galerie kann er niemanden sehen. Dass sich jemand im Haus befindet, war ihm nicht klar. Doch er kann keine Zeugen zurücklassen. Dustys Messer hat er glücklicherweise dabei.

Mist! Das hätte er ihm in die Hand drücken müssen. Jetzt muss er noch mal zurück. Doch man kann es auch als Glück im Unglück betrachten. So kann er es benutzen und danach zurückbringen.

Vince gibt sich keine Mühe seine Schritte auf den Stufen zu dämpfen. Auf halber Höhe ertönt wieder dieses Lachen. Es kommt aus einem der Räume im Obergeschoss. Alle Türen sind geschlossen. Sobald er oben ist, ruft er: »Hallo? Brauchen Sie Hilfe? Hier ist die Polizei.«

Stille.

Ein wenig mulmig ist ihm doch zumute. Die Tür ganz rechts muss es sein. Er drückt die Klinke nach unten. Licht aus der Halle fällt in den Raum, als er die Tür öffnet. Dort drinnen ist es finster. Er muss falschliegen. Dennoch geht er hinein. Sieht sich um. Immer mit dem Rohr der Flinte nach vorn. Links neben ihm gibt es eine weitere Tür. Sie führt in ein Bad.

Ein Knacken hinter ihm.

Vince will sich drehen, doch vorher trifft ihn der Schlag. Er sackt nach unten und seine Gedanken verschwinden im Nebel.

Als er die Augen wieder öffnet, sitzt eine Frau vor ihm, hält einen Baseballschläger in der Hand und starrt ihn an. Seine Handgelenke sind hinter dem Rücken gefesselt. Fühlt sich an wie Kabelbinder. Seine Füße hat sie ebenfalls damit fixiert.

»Grace?«

»Ja, Boss?«

»Was soll das?«

Sie sitzt im Schneidersitz vor ihm. Das Mondlicht fällt durch die bodentiefen Fenster und beleuchtet ihre linke Seite wie ein Scheinwerfer. Sie nimmt den Baseballschläger, legt ihn zwischen sich und Vince auf den Boden und dreht ihn wie eine Flasche. Nach vier Umdrehungen kommt er zum Stehen.

»Er zeigt auf dich. Ich schätze, dann bist du dran.«

»Was? Womit?«

»Wahrheit oder Pflicht. Das kennt deine Generation doch bestimmt.«

»Was soll der Blödsinn? Grace! Binde mich auf der Stelle los. Da unten ist etwas Schreckliches passiert. Wir müssen die Polizei verständigen.«

»Ich weiß. Drei Männer gehen in den Keller, einer kommt wieder raus. Ich kann mir vorstellen, dass du etwas Abscheuliches angestellt hast. Seit du heute Abend zu Hause aufgebrochen bist, folge ich dir. Und jetzt ist die Zeit gekommen, aus dem Schatten zu treten.«

»Wie redest du überhaupt mit mir?«

»Wie mit einem Angeklagten.«

»Du bist ja irre!«

»Kommt bestimmt von einem Kindheitstrauma. Also, Vince. Wahrheit oder Pflicht?«

»Du hast doch nicht alle Tassen im Schrank.«

»Also Pflicht.« Sie greift nach dem Griff und lässt den Schläger auf Vinces Schienbein sausen.

»Auuuu!«

»Wenn du dich jetzt fragst, ob meine Kraft vom Kellnern kommt, dann muss ich dich enttäuschen.« Sie erhebt sich aus dem Schneidersitz ohne die Arme benutzen müssen. »Ich bin amtierender Champion im Mittelgewicht. Zwar nur in unserer Gemeinde, aber für diesen Fall hier reichts.«

Der Schläger saust auf Vinces Oberschenkelknochen nieder. Er schreit und krümmt sich. Bei dem Versuch, sich vor ihr zusammenzurollen, führt ihn der Schmerz an den Rand einer Ohnmacht. Sie setzt sich wieder hin und legt den Schläger auf den Boden. Schweiß tropft Vince in die Augen, als er beobachtet, wie sie von Neuem dreht. Die Spitze zeigt auf ihn. Vince stöhnt.

»Wahrheit oder Pflicht!« Euphorisch klatscht sie in die Hände.

»Wahrheit«, presst er hervor. Seine Atmung kommt stoßweise.

»Wieso Claire und Ted Foster?«

»Was?«

»Wieso Claire und Ted Foster?«

»Foster?«

»Das Pärchen, dem du die Entführung der Kinder angehängt hast.«

Vince reißt die Augen auf. »Das ist ein Irrtum.«

»Darf ich dich daran erinnern, dass du dich für Wahrheit entschieden hattest? Schon gut. Dieses Mal mache ich noch eine Ausnahme. Also Pflicht.« Sie steht auf.

»Nein, nein!«

Schon rast der Schläger auf das andere Bein hinab.

»Auuuuu!«

»Das macht doch Spaß! Ich dreh für dich.«

Der Schläger kreiselt zwischen ihnen. Vinces Blick hängt wie hypnotisiert an dem Holz.

»Ich bin dran. Na, dann mal los. Wahrheit, natürlich. Ich bin immer ein großer Freund der Wahrheit gewesen.«

»Gilt das auch für deinen Namen?«, stößt er unter Schmerzen hervor.

»Na, na, na! Wer wird denn so zynisch sein, Boss? Ich heiße Grace und die Dunnings haben mich mit neun adoptiert. Du solltest nicht über Dinge urteilen, von denen du nichts weißt. Was noch? Ach ja. Als ich ein halbes Jahr alt war, brach ein Mann in unser Haus ein, ermordete meine Eltern, verschleppte sie in den Wald, ließ ein entführtes Mädchen bei mir, die er dann wieder rettete. Stimmt das so weit?«

Vince antwortet nicht, sondern wimmert vor sich hin.

»Du hast recht. Ich muss erst drehen.« Sie lässt ihren Worten

Taten folgen. Der Griff zeigt auf Vince. Grace macht ein euphorisches Gesicht.

»Wahrheit«, flüstert er.

»Sehr schön. Du hast das Spiel begriffen.« Sie trommelt mit den Fäusten auf das Parkett. »Meine Frage hast du schon gehört. Stimmt das alles so? Oder habe ich was vergessen?«

»Fast. Ich habe die Kleine nicht zu euch gebracht, sondern direkt zur Polizei. Sie lag betäubt im Tunnel. Weshalb es nicht notwendig war, sie bei euch aufwachen zu lassen. Sie ist im Krankenhaus wach geworden.«

»Habt ihr das bei allen so gemacht? Sie betäubt?«

Vince schüttelt den Kopf. »Ich hatte damit nichts zu tun. Dusty hat sie in den Tunnel gebracht, nachdem er sie betäubt hatte.«

»Was war deine Rolle dabei?«

»Dusty hat die Kinder entführt. Ich war nur derjenige, der ihn eines Tages in dem Gang erwischt und ihn nicht verpfiffen hat.«

»Und dennoch hast du zwei Menschen ermordet, damit es nicht rauskommt. Wieso?«

Er drückt das Kinn auf die Brust.

»Wieso?« Sie stößt ihm mit dem Schläger gegen die Brust, sodass er umfällt.

»Warte! Schon gut! Wir waren beide voneinander abhängig. Er hat mich eines Tages dort unten erwischt, wie ich mit einer Frau … wir beide haben uns dort unten getroffen. Niemand wusste davon. Sie war verheiratet. Ich war es auch. Meine Frau war krank.«

»Du Stück Scheiße! Steckte die Familie, der dieses Grundstück gehörte, mit euch unter einer Decke?«

»Nein. Dustys Frau ist eine Nachfahrin des allerersten

Besitzers. Ihre ganze Familie weiß wahrscheinlich von dem Gang. Der Alte ist immer sehr verschwiegen, doch Dusty hat mir damals erzählt, dass er nach einer Blinddarm-OP wirres Zeug geredet hat. Darunter war auch die Geschichte von dem Tunnel und der Kammer. Dusty hat das eines Nachts überprüft und den Eingang in der Kapelle gefunden. Später hat er mir davon erzählt. Er hat mich nicht verpfiffen und ich ihn nicht, als ich herausfand, was er da trieb. Das ist mein einziges Verbrechen.«

»Und wieder hast du meine Eltern vergessen.« Sie steht über ihm, blickt mit schwarzen Augen auf ihn herab. Dann tritt sie ihm in die linke Niere. Vor Vinces Augen explodieren Sterne. Kleine Wunden, die tiefe Krater in seine Seele reißen. Ein Netz aus Feuer schlingt sich um seinen Oberkörper.

»Du hast recht«, jault er.

»Wieso sie?«

»Sie waren anders. Bisschen eigenartig. Mit ihrem Gemüse und den Hühnern und der selbst gestampften Butter.«

»Wir sind hier auf dem Land, Psycho!«

»Sie wollten keinen Kontakt. Immer nur allein sein. Dann diese selbst geschmiedeten Waffen für die Städter. Das waren keine Landmenschen. Die haben Land gespielt. Woher wusstest du es?«

»Die Fragestunde ist vorbei. Es sein denn, du bist in der Lage erneut zu drehen. Ist aber auch ein gewisses Risiko für dich dabei.«

»Ich drehe.« Er rappelt sich irgendwie nach oben. Die Spitze des Schlägers zeigt auf ihn.

»Also Pflicht«, sagt sie.

»Nein, nein! Ich will Wahrheit!«

»Jetzt willst du die Wahrheit! Doch vor dreißig Jahren war

sie dir nicht so wichtig.« Sie lässt den Schläger auf seinen Bauch knallen. Vince zuckt zusammen. Krümmt sich zur Seite und hustet.

»Woher?«, fragt er wieder.

»Wenn dir das was bringt. Ich wusste es nicht. Du hast es mir gerade gestanden. Doch die Geschichte kam mir suspekt vor, seit dem ersten Tag, an dem ich sie gehört habe. Keine Ahnung, warum eure Polizei hier nicht weiterermittelt hat. Doch ich schätze, in so einem Kaff will keiner Staub aufwirbeln. Ich bin hergekommen und habe mich umgehört. Habe die Leute reden lassen. In einer Bar reden die Leute viel. Und eines habe ich schnell mitbekommen: Du bist nicht aus dem Material, aus dem Helden gemacht sind. Dein Sohn war genauso ein Krimineller. Er hat keine Gelegenheit ausgelassen, über deine Heldentat zu prahlen und meine Eltern zu denunzieren.« Sie setzt die Gänsefüßchen bei ›Heldentat‹ in die Luft. »Und irgendwann hatte ich mir meine eigene Theorie zurechtgelegt, die viel besser ins Bild passte. Dass dieser Dusty da mit drin hing, wusste ich nicht. Spielt aber für meine Eltern auch keine Rolle.«

»Ed?«, fragt Vince.

»Ja. Der ist kein Verlust. Das muss dir doch klar sein. Ja. Das war ich. Wenn das deine Frage war. Es war schön, dich leiden zu sehen, aber nicht der Grund dafür. Er hat über sie geredet, als wären sie Abfall gewesen. Als hätte ihr Leben nichts bedeutet, außer einem Irrtum im Universum. Wie ein Pickel, auf den man verzichten kann. Nach allem, was ich gehört habe, waren meine Eltern ganz zauberhafte Menschen. Schüchtern, sanft und gegen jede Form von Aggression. Mein Vater war Künstler. Ein kreativer Mensch. Ebenso meine Mutter. Sie haben niemals jemandem geschadet und ihr habt auf ihnen herumgetreten, als wären sie Unkraut. So habt ihr Menschen schon immer behandelt. Nur hat jeder zu viel Angst gehabt, um sich zu wehren.«

Vince wird von einer Hustensalve geschüttelt. Dann spuckt er Blut aufs Parkett. »Als wenn du viel besser wärest! Mach dir doch nichts vor.«

»Mag sein. Bestimmt wäre aus mir ein guter Mensch geworden, wenn ich bei den beiden hätte aufwachsen können, statt von einer Pflegefamilie zur nächsten gereicht zu werden. Da kann schon mal ein gewisses Maß an Empathie verloren gehen, auf dem Weg. Wenn ich so drüber nachdenke, ist das eure Schuld.« Sie zuckt die Achseln und tritt gegen sein gebrochenes Bein.

»Ahh!«

»Ich denke, wir sind hier fertig.« Grace hebt den Schläger über den Kopf. Vince bemüht sich die Augen weiter zu öffnen. Die Schmerzen verbieten es ihm. Durch die Schlitze sieht er, wie sie lächelt. Sein Widerstand schmilzt und er ergibt sich seinem Schicksal. Hätte er doch nur die Chance gehabt, das Messer aus seiner Tasche zu nehmen und Dusty in die Pfoten zu drücken. Dann wäre er post mortem immer noch zum Helden erklärt worden.

Moment. Das Messer.

Er versucht, mit den gefesselten Händen seine Jackentasche zu erreichen.

»Warte!«

Jemand ruft aus der Ferne.

»Ich habe noch Fragen. Darf ich mitspielen?«

KAPITEL 44

Das verletzte Bein muss ich nachziehen, um in den Raum zu gelangen. Die Wunde an meinen Rippen pocht, doch sie kann nicht tödlich sein, wenn ich es bis hier hoch geschafft habe, ohne zu verbluten. Er hat mich zum Sterben zurückgelassen. Glücklicherweise muss das Messer an meinen Rippen abgerutscht sein. Eins hat mich das Kinderheim gelehrt: Wenn du willst, dass sie von dir ablassen, stell dich bewusstlos. Nach all den Jahren klappt es immer noch. Kein Wunder! Ich hatte damals viele Gelegenheiten, um zu üben.

Diese Frau hat ein Hühnchen mit Mulligan zu rupfen. So wie ich. Nachdem ich die beiden belauscht habe, weiß ich auch, wieso.

»Ich komme dir nicht in die Quere«, sage ich, als sie den Schläger drohend in meine Richtung streckt. »Ich will Antworten. Nichts weiter.«

Sie hebt die Brauen.

»Von ihm«, sage ich und deute auf die blutende Gestalt am Boden.

»Wie passt du da rein?«

»Genau das will ich hören.«

Mulligan schüttelt den Kopf. Er verdreht die Arme hinter dem Rücken, als schüttelte ihn ein Krampf.

»Sieh mich nicht so an. Ich habe ihn kaum angefasst«, sagt die Kellnerin. Ich habe sie erkannt. Sie war heute Abend im ›Flying Dog‹.

»Seh ich.« Ich knie mich neben den alten Mann.

»Ich will die ganze Geschichte. Von Anfang an. Dann rufe ich dir einen Krankenwagen. Nicht eher.«

Er spuckt mir ins Gesicht. Mit dem Handrücken wische ich es ab. Blut.

»In Ordnung. Du kannst ihn haben«, sage ich und mache Anstalten aufzustehen.

»Schon gut. Schon gut.« Er röchelt. »Das meiste weißt du schon.«

»Nicht, wieso ich überlebt habe. Wie bin ich in Deutschland gelandet?«

»Ich denke,«, sagt er und seine Stimme wird brüchig. »… das hast du meinem Sohn zu verdanken.«

»Der, den …« Ich sehe die Kellnerin an.

Sie hebt die Achseln.

»Nein. Jesse. Mein großer Sohn. Er ist damals ausgerissen. Hat eine Tasche gepackt und ist auf und davon.«

»Ich hörte, er wäre entführt worden.«

»Von Dusty? Nein. Das hätte der nicht gewagt. Nein. Jesse ist ausgerissen. An dem Abend, als ich dich in diesem Gang fand, an Händen und Füßen gefesselt. Er hatte dich zurückgelassen, damit du verhungerst. So wie die anderen. Ich bin nach unten gekommen und da warst du. Hast versucht, auszubrechen. Ich war nicht schnell genug. Du bist an mir vorbeigehopst wie ein Frosch, die Treppe hinauf und wärst fast geflohen. Die Treppe kommt auf der anderen Seite in der Kapelle nach oben. Wir haben nach dem Tod der Fosters alles zugemauert, damit keine Beweise gefunden werden können. Auch die Seite zum Haus, die Dusty an dem Tag aufgebrochen hat, weil er anders nicht an dich rangekommen wäre. Er hatte sich an seinem Schwiegervater vorbei in die Kapelle geschlichen und musste irgendwie ins Haus. Er wusste aus den Erzählungen, dass der Gang ins Haus führt.«

»Du hast mich daran gehindert, zu fliehen.«

»Ja. Ich hab dich am Schlafittchen gepackt und zurückgezogen. Du bist die Treppe runtergefallen und liegen geblieben. Warst schon fast draußen. Doch ich war schneller. Ich habe den Deckel des Steingrabs geschlossen und mich auf den Weg nach Hause gemacht. Dort bemerkte ich Stunden später, dass Jesse nicht nach Hause kam. Zwei Tage später sprach mich Dusty an. Er wollte wissen, ob ich dich befreit hätte. Du warst weg. Wir haben überall nach Hinweisen gesucht. Nach Spuren, die du auf der Flucht vielleicht hinterlassen hattest. Was wir fanden, waren drei Verpackungen von Schokoriegeln in der Kapelle. Hinter dem zweiten Steinsarg. Eine Ecke, in der man sich gut verstecken konnte.«

»Was soll das heißen?«

»Cadburys. Jesse hat die zu Dutzenden gegessen. Hat sie geliebt. Er war seit zwei Tagen verschwunden. Ich hatte es der Polizei gemeldet. Jeder nahm an, der Entführer hätte etwas damit zu tun. Wir wussten, dass das nicht stimmte. Doch das konnte ich schlecht sagen. Mir war auch aufgefallen, dass sein Rucksack fehlte. Später. Nachdem ich das Papier gefunden hatte. Doch mir wurde klar, dass er abgehauen sein musste. Er musste in der Kapelle Unterschlupf gesucht haben. Es war eindeutig, dass er dort eine gewisse Zeit verbracht hatte. Vielleicht hatte er mich mit dir gesehen, schoss es mir damals durch den Kopf. Vielleicht hat er dich befreit. Er war schon immer so ein Weltverbesserer. Ließ sich nichts sagen. Ständig gerieten wir aneinander. War abzusehen, dass wir nicht ewig im selben Haus leben konnten. Also hab ich es akzeptiert. Ich hab akzeptiert, dass er weggehen wollte. Alt genug war er mit seinen fünfzehn Jahren. Wenn er was gesehen hatte, war es besser. Dusty hätte ihn umgebracht, wenn er ihn in die Finger bekommen hätte.«

»Sie denken, er hat mich mitgenommen? Wieso hat er mich nicht zu meiner Tante oder zur Polizei gebracht?«

»Da kann ich nur raten. Vielleicht hatte er doch ein Fünkchen Anstand und wusste, dass man seinen alten Herrn nicht verpfeift. Auch Dusty gehörte zur Familie. Er wollte ja auch weg. Vielleicht hat er es geschafft, von einem Boot mitgenommen zu werden. Das ist das Einzige, was ich mir denken kann. Erst auf die Kanalinseln rüber und dann nach Frankreich. Möglich, dass ihr euch versteckt habt, irgendwo an Deck. Sag du es mir!«

Mich ärgert, dass meine Erinnerung nur aus einem schwarzen Loch besteht.

»Alles, was ich weiß, ist, dass er abgehauen ist, in der Nacht. Wir haben die Polizei in dem Glauben gelassen, dass ein weiteres Verbrechen stattgefunden hatte. Insgeheim haben wir gehofft, dass ihr beiden es nicht schaffen würdet. Und da man nie wieder etwas gehört hat …«

Ich schaffe Distanz zwischen mir und diesem Mann.

»Und dann tauchst du nach dreißig Jahren wieder auf, spazierst entspannt in meine Bar, als wäre nichts gewesen. Heuerst den alten Cedric an und trittst Dusty gegenüber, als wäre nichts gewesen. Das musste ja eine Falle sein. Würde mich nicht wundern, wenn Jesse jeden Augenblick um die Ecke käme und mir ins Gesicht lachen würde. Ich hoffe, er schmort, wohin auch immer er geflohen ist. Nur Verderben hat er seiner Familie gebracht.«

Ich fand es schon immer sehr interessant, wie die menschliche Natur in der Lage ist, sich und jedem anderen die eigenen Fehler zu verkaufen. »Er gehört dir. Ich hoffe, es verschafft dir ein wenig Frieden«, sage ich und winke die Frau heran.

Vince murmelt etwas. Dann höre ich es deutlicher: »Grace.«

Sie bückt sich und bringt ihr Ohr ganz dicht neben seinen Mund. Der Schläger liegt in ihrer rechten Hand. Plötzlich schnellt eine Hand von Vince nach vorn – ich dachte, er wäre gefesselt – das Messer blitzt auf, das er zuvor Dusty abgenommen hat. Er rammt es Grace in den Hals. In einer flüssigen Bewegung zieht er es wieder raus. Mit einem gurgelnden Laut geht Grace in die Knie. Sie greift sich an die Wunde. Der Schläger gleitet ihr aus der Hand und poltert auf den Boden.

Während Mulligan keuchend den Kabelbinder an den Beinen durchtrennt, springe ich zu der Stelle, an der der Schläger gelandet ist. Es bedarf nur einer Bewegung und ich treffe Mulligan an der Schläfe. Ein merkwürdiges Gefühl. Ich spüre weder Angst noch Macht, Erleichterung, Genugtuung oder einen Adrenalinrausch. Es hat ein bisschen was davon, das letzte Puzzleteil auf dem Tisch zu platzieren. Man wusste schon drei Teile vorher, dass man am Ende ist und kurz davor steht, aufräumen zu müssen. Das letzte Teil ist ein notwendiges Übel, nicht gleichbedeutend mit dem Moment, in dem einen die Erkenntnis des Erfolges erreicht. Nun ist das Bild vollständig. Was machen wir als Nächstes? So in etwa fühle ich mich, als Mulligan auf die Erde sinkt und die Augen nicht mehr öffnet. Grace liegt zusammengesunken auf der Erde und rührt sich nicht.

Die Polizei rufen, sagt eine Stimme in meinem Kopf. Hoffen wir, dass der Empfang mitspielt. Er tut es. Auf dem Revier erreiche ich einen Mann, der kaum glauben kann, was ich ihm sage. Vince Mulligan, sein alter Freund, soll zwei Menschen ermordet haben? Es handelt sich um den Chief Constable, nach meinem Verständnis dem Chef der Wache. Ich sehe auf die Kellnerin. Die Wunde hat aufgehört zu pulsieren. Ich fürchte, das Herz schlägt nicht mehr.

»Ja. Zwei«, sage ich und denke an den Sohn, von dem er mir erzählt hat. Diesem Sohn, der so ganz anders gewesen sein soll als die restlichen Verwandten in seiner Familie. So langsam habe ich eine Vorstellung davon, warum er nicht gewagt hat, zur Polizei zu gehen. War dieser gute Freund damals auch schon im Amt? Wenn ich so darüber nachdenke, was er gesehen haben muss: Ein Kind wird von seinem Vater in ein Verlies gestoßen auf dem Grundstück der Tante. Ein Kind, das zuvor als verschwunden gemeldet wurde. Er wird sich dieselben Fragen gestellt haben wie ich. Kann man der Polizei trauen? Der Tante? Ich weiß inzwischen, dass man es kann. Doch er konnte es damals nicht wissen. Er hat offensichtlich entschieden, dass ich in der Fremde sicherer bin.

»Gib mir den Schläger, Paul«, sagt eine Stimme von der Tür.

KAPITEL 45

Über ihm leuchtet der Große Wagen am nächtlichen Sommerhimmel. Es ist noch nicht die Zeit für die Perseiden, doch er glaubt, eine Sternschnuppe gesehen zu haben. Kein Satellit. Definitiv ein vorbeifliegender Wunsch. Und Telly hat viele Wünsche. Sie überwiegen seine Möglichkeiten. Die Halme des frisch gemähten Weizens stechen ihm in die Haut, doch Telly benötigt die Position, um wieder zu Kräften zu kommen. Jupiter leuchtet heute so stark, dass er ihn nicht lange suchen musste. Er erinnert sich daran, als wäre es gestern gewesen, als ihm sein Großvater Geschichten zu den einzelnen Sternbildern erzählt hat. Jetzt liegt seine Leiche neben ihm und ist so kalt wie das Licht, das die Sterne zurückwerfen.

Er überlegt, wann er die Kontrolle verloren hat. Wann war der Augenblick erreicht, in dem die Dinge begannen schiefzulaufen? Im Grunde hat das Leben ihm ein Bein gestellt, seit er die ersten Schritte in der Welt gewagt hat. Seine Mutter neigte dazu, zu behaupten, dass Gott genau wüsste, wem er welche Aufgabe stellt. Doch Telly glaubt, dass Gott nicht einmal weiß, wer er ist, geschweige denn ein gesteigertes Interesse an seiner Entwicklung hat.

Wenn du willst, dass etwas erledigt wird, tue es selbst, hatte sein Großvater immer gesagt. Damit konnte er schon eher etwas anfangen. Wenn das bedeutete, dass er seine Leiche auf dem Land begrub, das seit Generationen im Besitz seiner Familie war, würde er es tun. Wenn es hieß, Stillschweigen über die Identität seines Mörders zu bewahren, dann auch das.

Er rollt sich auf die Seite und bekämpft die Sternchen in

seinem Kopf mit tiefen Atemzügen. Ohne Hast will er weitergraben. Gerade so viel Anstrengung aufwenden, dass sein Gehirn keinen Schaden nimmt. Sein Großvater hätte es verstanden. Er war ein praktisch veranlagter Mensch gewesen. Hart wie Stahl ohne ein Fünkchen Empathie. Die richtige Mischung, einen Krieg und die Zeit danach zu überleben. Vielleicht ist Telly ihm heute näher denn je. Die trüben Augen. Die schlaffen Gliedmaßen. Sein Großvater ist gegangen. Das, was er am Tor gefunden hat, ist eine Hülle, die er beseitigen muss. Nicht mehr und nicht weniger. Er hat ihm das Leben nicht genommen. Er hat ihn nicht zu seinem Schöpfer geschickt. Doch es ist seine Aufgabe, jeden Ärger von seiner Familie fernzuhalten. Sein Großvater hätte dasselbe getan – ein Loch gegraben und den Ärger beseitigt.

Womöglich hatte er das auch. Wenn er an all die Geschichten denkt, die er über die Jahre gehört hat, so würde es ihn nicht wundern, wenn der eine oder andere Widersacher seines Großvaters auf diesem Feld begraben läge.

Das Loch hat eine ordentliche Tiefe. Ein wenig krumm ist es geworden, doch Cedric Pommeroy ist ein schmächtiger, kleiner Mann. Er wird ihn hineinbekommen. Ihn einfach hineinrollen kann er nicht. Der Gedanke allein sorgt für Übelkeit. Also steigt er in die Tiefe und setzt an, ihn hineinzuheben. Nicht die beste Idee, die er heute hat. Der Platz reicht für sie beide nicht aus und er ist gezwungen, seinen Großvater in den Arm zu nehmen und unter sich herabzulassen. Schweißgebadet drückt er sich aus dem Loch nach oben. Er spricht einige letzte Worte, bei denen es um einige Kindheitserinnerungen und den gemeinsamen Anbau von Bohnen geht und schaufelt die Erde auf den Mann. Als Erdbrocken Grandpas Gesicht berühren, würde Telly am liebsten aufschreien. Er fragt sich, warum man ihn mit dieser Aufgabe zurückgelassen hat, warum er in diese Familie geboren werden musste. Er verflucht seine Eltern und das, was sie ihm angetan haben, als sie sich für dieses Leben entschieden. Er kann sie lieben, aber vergeben wird er ihnen niemals. Seine Wunden sind zu tief. Die Narben zu dick, um zu verblassen. Er kann sich unterordnen, tun, was man von ihm erwartet, doch verzeihen wird er niemals. Sollte er jemals Kinder haben, wird er dafür sorgen, dass sie seine Familie niemals kennenlernen. Er wird so weit weggehen, dass sich niemand an ihn und seine Geschichte erinnert. Er wird sich bessere Aurapunkte verschaffen – wie die Kids von heute sagen würden. Und ganz sicher wird er seine Kinder so weit vom Tod fernhalten wie nur irgend möglich. Ob das geht? Er weiß es nicht. Doch es muss ein Leben ohne Gewalt geben. Kinder, die geborgen aufwachsen, die sich nicht in der Schule behaupten müssen und später für die Familie Leichen verscharren. Kinder, die nicht verantwortlich sind, für das Leid, das ihre Familie anderen zufügt.

Er hat gedacht, dass er das Messer vernünftig versteckt hat. Doch sein Vater hat es gefunden. Er musste sein Zimmer auf den Kopf gestellt haben. Sein Jagdmesser. Ein Geschenk seines Cousins. Sie mussten vor Jahren einmal Freunde gewesen sein. Leider hatte das Telly bei Ed keinerlei Pluspunkte verschafft. Im Gegenteil. Aus irgendeinem Grund hatte Ed ihn immer wegen seines Vaters aufgezogen.

Was genau nicht mit seinem Vater stimmte, wusste Telly nicht, doch er sah, dass es ein Problem gab. Etwas, das Telly nicht hätte in Worte fassen können. Eine dunkle Seite, die dann und wann von seinem Dad Besitz ergriff, ohne dass Telly hätte sagen können, wohin er dann ging. Er sah es in seinen Augen. Als hätte ihn sein Verstand verlassen und wäre auf Wanderschaft gegangen. Am Tag, als er die Katzen ermordet hatte, war es ähnlich gewesen. Seine Mutter hatte es nie bemerkt. Da war Telly sicher. Sie sprach an, wenn sie etwas störte. Seine Mutter machte aus ihrem Herzen keine Mördergrube. Doch in diesem Fall musste sie blind sein. Gut so, wie Telly fand. Er hätte nicht gewusst, wie sein Vater reagieren würde, würde man ihn darauf ansprechen. Besser, es käme überhaupt nicht zur Sprache. Immerhin kam er stets wieder zurück. Und dann war er der liebe, sorgende Vater, dem Telly all den Kummer anvertrauen konnte, der ihn beschäftigte. Bei dem er weinen konnte, wenn die Kinder ihn geärgert hatten. So wie damals, als der reiche Junge aus Humphrey Manor sein selbst gebasteltes Holzboot im Fluss versenkt hatte. Er war nach Hause gelaufen und hatte sich seine Augen bei seinem Vater ausgeweint. Sein Großvater war dabei gewesen und er hatte ihn gescholten. Das wusste Telly noch. Er hatte ihn angewiesen, vor diesen Herrschaften zu katzbuckeln und sich nicht wie ein weinerliches Balg aufzuführen. Das waren damals seine Worte.

Heute bereut Telly seine Gefühle von damals. Das Kind wurde entführt und er darf leben. Es ist Schicksal. Karma, wenn man so will. Doch dass den Menschen Schlimmes widerfährt, die ihn gequält haben, das hat er nie gewollt. So auch Ed Mulligan. Jeder, der sich ihm bisher in den Weg gestellt hat, ist gestorben. Bei Ed hat es etwas länger gedauert, doch auch er konnte seiner Strafe nicht entgehen.

Bald ist nichts mehr von Cedric zu sehen. Nur der Hügel Erde über seinem Körper, der stetig wächst und innerhalb von Minuten den gewachsenen Boden erreicht, erinnert an ihn.

Als Telly alles Erdreich hineingeschaufelt hat, stützt er sich keuchend auf den Spaten und schaut ein weiteres Mal zum

Himmel. Er hat das Gefühl, Bestätigung erhalten zu müssen. Wenn nicht durch ein Zeichen, dann wenigstens durch die Abwesenheit eines Zeichens. Wie Diamantsplitter funkeln die Sterne am schwarz-samtenen Firmament. Der Familienälteste ist heute gestorben und doch hört er einen Nachtvogel schreien, spürt leichten Wind auf seinen Wangen, der ihm die Haare in die Stirn weht und sieht die fernen Lichter in den Häusern unten an der Straße, dort, wo der Ort beginnt. Die Ereignisse des heutigen Abends haben keinen Einfluss auf seine Umgebung. Dem Leben ist es egal. Er sollte sich nicht zu viele Gedanken machen. Es wird Zeit, Heim zu gehen.

»Ist dein Vater schon zurück?«, fragt seine Mutter.

»Nein. Soll ich ihn suchen fahren?«

»Gib ihm noch eine halbe Stunde. Was macht der Kopf?«

»Sagen wir mal so: Ich sollte mich ausruhen.«

»Das kannst du, wenn alles erledigt ist.« Sie öffnet den Barschrank in der Schrankwand im Wohnzimmer und holt die Flasche Brandy und ein Glas heraus. »Gegen die Schmerzen in der Hüfte«, sagt sie, als Telly die Brauen hebt. »Das war deine erste Leiche, oder?«

»Das war Ed Mulligan.«

»Was lernt ihr in dieser Polizeischule?« Sie baut sich vor ihm auf und stemmt die Fäuste in die Taille.

»Mum, wir sind hier auf dem Land. Wir beenden Prügeleien in der Bar oder verteilen Strafzettel.«

»Schlimme Dinge geschehen überall.«

»Das habe ich begriffen.«

»Wir müssen deinen Vater schützen, weißt du? Er macht das nicht absichtlich. Es ist seine Natur. So wie der Eisbär die niedlichen Robben frisst, um zu überleben. Hast du schon einmal gesehen, wie der Schnee aussieht, wenn so ein Eisbär auf Jagd war?« Sie lächelt in ihr Glas, als schwelgte sie in Erinnerungen.

Telly fragt sich, ob es gut ist, dieses Spiel mitzuspielen.

»Mum?«

»Ja, mein Junge?«

»Du hast Grandpa ermordet. Nicht Dad. Ich habe es von meinem Fenster aus gesehen. Dad war längst aus dem Haus gegangen.«

Sie sieht aus, als zählte er Erbsen. »Was spielt das für eine Rolle?«

»Nun, ich habe mich gefragt, warum du es getan hast und warum du behauptest, es wäre Dad gewesen.«

Sie streicht einige Haare auf ihrem Arm glatt. »Gewohnheit.«

»Was davon?«

»Wie redest du überhaupt mit mir? Ist das ein Verhör?«

»Nein. Kein Verhör. Ich will es nur verstehen. Was ist Gewohnheit? Es auf ihn zu schieben oder …« Er hält inne, weil er nicht weiß, wie er so etwas Abstruses in Worte fassen soll.

»Du siehst schockiert aus. Ich habe es immer gesagt. Du bist zu weich für diese Welt. Nichts bekommst du geregelt. Guck nicht so! Ich hab's ja verstanden. Beides! Okay? Beides ist Gewohnheit. Was, glaubst du, ist die Aufgabe einer Mutter? Ich muss dich beschützen, sosehr ich das kann. Was interessieren mich die Bälger von anderen Müttern, wenn mein eigenes leidet? Und weißt du was, Telly? Es ist deine Schuld! Wenn du gelernt hättest, dich zu verteidigen, dann hätte ich kein Leben beenden müssen. Dafür werde ich in der Hölle schmoren. Doch natürlich bin ich bereit, dieses Opfer zu bringen, um mein Kind zu schützen. Und seine Schuld ist es auch. Wenn er einen Mann aus dir gemacht hätte und dich nicht verhätschelt, wo er konnte, hättest du mich nicht in diese Lage gebracht. Es ist das Mindeste, dass er die Verantwortung trägt, wenn ich die Drecksarbeit mache.«

»Mum.« Er setzt sich an den Tisch und streckt einen Arm nach ihr aus. Maggie folgt der Aufforderung und lässt sich neben ihm auf der Couch nieder. »Was soll das heißen? Reden wir überhaupt noch über Grandpa?«

Sie streicht ihm die Haare aus der Stirn. »Dein Grandpa hat mich nie als seine Tochter akzeptiert. Ich weiß nicht, mit welchem Recht er dich seinen Enkel genannt hat. Aber er hat dich geliebt. Ich glaube nicht, dass er gewusst hat, wer die Kinder ermordet hat, doch er hat Jack Ellington erkannt.«

»Den reichen Goldjungen, der mich mit fünf geärgert hat?«

»Genau den. Das einzige Mal, dass dein Vater aktiv geworden ist, weil der Junge quasi nie das Haus verlassen hat. Ich habe ihn damals überredet. Er steckte ohnehin schon zu tief mit drin.«

»Dad? Wo drin?«

»In der Sache mit den Kindern. Es war meine Idee. Ich habe sie betäubt und in diesen Gang geschleppt, damit sie eingehen und nie wieder meinem kleinen Jungen schaden können, diese Kröten, aber Dad musste aufräumen. Dein Grandpa hat geglaubt, wir lassen uns durch ein neues Schloss davon abhalten, die Kapelle zu betreten. Er ist nicht auf die Idee gekommen, dass wir es mit dem Bolzenschneider aufbrechen und gegen ein identisches ersetzen könnten, zu dem wir den Schlüssel haben. Leider hat dein Vater irgendwann den Schlüssel verloren. Sodass es dann doch offen bleiben musste. Ist deinem Grandpa nie aufgefallen. So groß war seine Angst vor Kellergewölben.«

»Mum! Was hast du getan?«

»Nichts! Und es ist schiefgegangen. War ja klar, dass dein Vater es nicht hinbekommt. Der Junge konnte fliehen und ist nun zurückgekehrt. Ich habe mir schon gedacht, dass wir uns verzetteln, als er Vince eingeweiht hat. Na ja, nicht richtig. Er hat so getan, als wäre er es, der die Kinder entführt. Nur um mich zu schützen. Dein Vater liebt mich wirklich, das habe ich immer gewusst.«

»Warte. Er ist hier? Jack Ellington?«

»Er hat das Humphrey Haus gekauft. Du kennst ihn. Nennt sich Paul Wagner.«

»Den habe ich nicht erkannt.« Telly stützt das Gesicht in die Hände und reibt sich die Stirn. »Du hast Grandpa erschlagen, weil er diesen Jack erkannt hat? Willst du mir sagen, dass Dad dorthin auf dem Weg ist?«

»Hatten wir eine Wahl? Was, glaubst du, passiert mit deiner Karriere, wenn der Mann zur Polizei geht?«

»Das hätte er längst tun können.«

»Ich weiß nicht, was er plant. Doch dieser Mann kommt in unser Haus, stellt sich mit einem falschen Namen vor und engagiert Grandpa. Das stinkt, wenn du mich fragst. Er hat uns den Fehdehandschuh hingeworfen und Dad wird jetzt darauf reagieren. Ich habe ihn beobachtet, wie er hier gesessen hat und nicht mit der Wimper zuckte, als Pa ihn Jackie nannte. Ich sag dir, der weiß genau, wer er ist und wer wir sind.«

»Mum. Das gerät völlig außer Kontrolle.« Telly zieht die Flasche zu sich herüber und nimmt einen kräftigen Schluck.

»Ich dachte, du bist gestresst, überarbeitet, gereizt, weil der Hof nicht so läuft, wie er sollte. Dass du Aussetzer hast. Oder Dad. Zum Beispiel, als er die Katzen ermordet hat. Ich hab es auf mich genommen, weil du wie immer nach einem Schuldigen gesucht hast. Aber …«

»So ein Quatsch! Wir haben doch den Katzen nichts angetan. Wie sich herausstellte, hat Harris eine mit seinem Wagen angefahren. Die andere hat es beobachtet und ist näher gekommen. Er stieg aus, das Mistvieh von Hund hinterher und dann hat diese Töle Jagd auf sie gemacht. Sie hat sie zerfetzt. Er hat so getan, als wüsste er von nichts, aber Lucy Kellerman ist gerade vorbeigefahren. Sie hat mich am nächsten Tag angerufen. Glaub nicht, dass ich ihm das durchgehen lasse. Der Kerl wird dafür büßen. Wieso hast du die Schuld damals auf dich genommen? Das wollte ich dich schon die ganze Zeit fragen.«

»Ich hab gedacht, Dad hätte es getan, während einer seiner Aussetzer.«

»Dad hat doch keine Aussetzer!«

Telly sieht sie an, betrachtet ihre funkelnden Augen, die kaum ruhen können, und erkennt zum ersten Mal, dass sein Vater nie das Problem gewesen ist. Er hatte sich wahrscheinlich nur hin und wieder eine gedankliche Auszeit von diesem Irrenhaus genommen.

»Aber das Messer. Ich habe doch das blutige Jagdmesser im Hof liegen sehen«, fragt er. »Sein Messer.«

»Das, mit dem Dad sich an dem Tag in den Daumen geschnitten hatte, als er die Bohnen putzte? Wir haben es überall gesucht. Wieso hattest du es unter der Diele versteckt?«

Gott! Sie kannte sein Versteck unter der Diele! »Das spielt keine Rolle mehr. Ich fahre jetzt zu Dad und halte ihn davon ab, Schlimmeres zu tun.«

»Das lässt du bleiben.« Sie schlägt mit der Hand auf den Tisch.

»Eins versteh ich nicht«, sagt er. »Warum hast du Ed Mulligan verschont? Er war der Schlimmste von allen. Es ist schrecklich, was du getan hast, aber wieso hat er mich die Jahre weiter gequält und Kinder, die …«

Er kann es nicht aussprechen.

»Was für eine Frage! Ed war Familie. Ich kann nicht glauben, dass dir die Bedeutung dieses Worts nicht klar ist.«

Sie war ihm klar. Das war ja das Schlimme.

Das Geräusch von Sirenen dringt an Tellys Ohren. Er und seine Mutter drehen sich zum Fenster. Der blaue Schimmer eines Streifenwagens huscht durch die Nacht.

»Ich fürchte, wir benötigen eine andere Geschichte«, sagt Maggie. »Du bist jetzt der Mann im Haus. Sieh zu, dass du diesem Erbe gerecht wirst.«

KAPITEL 46

Andrej kommt auf mich zu und nimmt mir den Schläger aus der Hand. Dann wischt er den Griff mit einem Taschentuch ab. Ohne auf den noch atmenden Mulligan zu achten, tritt er über ihn hinweg und schließt die Finger der Bardame um das Holz.

»Er wird was anderes sagen«, gebe ich zu bedenken.

»So wie der aussieht, kann der sich später nicht mehr an seinen Namen erinnern, geschweige denn einen zusammenhängenden Satz sagen. Wenn du Glück hast, stirbt er, bevor der Krankenwagen hier ist.«

»Was machst du hier? Du klangst irgendwie panisch am Telefon?«

»Du musst hier weg. Doch jetzt ist die Polizei schon einmal alarmiert …«

Ich beobachte seine emotionslosen Handbewegungen. »Du machst das nicht zum ersten Mal.«

Er lächelt mich an. Ein warmes, offenes Lächeln. Ganz anders als üblich.

»Wie ist deine Geschichte?«, fragt er.

»Meine Geschichte?«

»Was wirst du der Polizei erzählen?«

»Die Wahrheit.«

»Abwarten. Lass mal hören.«

»Robert und ich sind heimgekommen. Ich musste noch mal in den Garten, weil der Empfang so schlecht war. Draußen sah ich, wie ein Mann Robert die Kehle durchschnitt. Ich wollte fliehen, traf vor dem Haus diesen Kerl und hielt ihn für jemanden, der mir helfen könnte. Tatsächlich gehörten die beiden zusammen. Sie waren maßgeblich an meiner Entführung vor dreißig Jahren beteiligt und hatten Angst, wiedererkannt zu werden. In dieser Gegend sind damals einige Kinder verschwunden. Ich eingeschlossen. Schwer zu glauben, ich weiß. Das ist auch nur die Kurzfassung. Mehr gern später. Es ist Schicksal, dass ich das Haus im Netz entdeckt habe. Der Rest war wahrscheinlich Fügung. Meine Familie lebt.«

Er starrt mich an. Sagt aber nichts. Schließlich: »Was ist mit dem anderen Kerl passiert?«

»Den hat er erschossen.«

»Verstehe. Und sie?«

»Hängt auch irgendwie mit drin. Ich hab verstanden, dass er ihre Eltern ermordet hat.«

»Also hat sie ihn erschlagen, nachdem er sie mit dem Messer verletzt hat.«

»Du glaubst, das kaufen sie uns ab?«

»Wenn du die Geschichte weglässt, dass er dich entführt hat. Dann hast du kein Motiv.« Er zuckt mit den Achseln.

»Dann wird niemand die Wahrheit erfahren.«

In der Ferne höre ich eine Sirene.

»Du musst entscheiden, was dir wichtiger ist.«

»Ich habe noch nicht einmal meine Eltern kontaktiert.«

»Und wenn du es tust, werden die Hindernisse zwischen euch beseitigt sein. Lass uns erst dieses Problem hier klären.«

»In Ordnung. Hat Alex dich hergefahren?«

»Nein. Eigentlich bin ich hier, weil ich dich holen wollte. Euch, um genau zu sein, aber das ist inzwischen überflüssig.«

Ich schlucke den Kloß in meinem Hals herunter. Auf der Auffahrt knirscht der Kies.

»Das ist die Polizei.« Andrej steht am Fenster und schaut nach unten.

»Kein Krankenwagen?«

»Sieh es als glückliche Fügung an. Er hält nicht mehr lange durch.« Andrej hat recht. Mulligan atmet unregelmäßig. Die Aussetzer zwischen den Zügen werden länger. Ein rotes Rinnsal läuft ihm aus der Nase das Kinn hinunter.

»Besser, wenn sie mich hier nicht antreffen. Niemand wird glauben, dass ich eben erst gekommen bin. Das verschlechtert deine Chancen beim Prozess.«

»Prozess?«

»Gibt es einen Weg nach draußen, ohne dass sie mich hier antreffen?«

»Du kannst dich höchstens irgendwo verstecken. Aber das sieht nicht gut aus, wenn du entdeckt wirst. In den Keller … hat keinen Sinn. Ich muss ihnen den Toten zeigen. Und hinten raus? Ich weiß nicht. Vielleicht hat schon einer den Garten gesichert. Da kommt doch bestimmt nicht nur ein Constable. Die sind garantiert zu dritt.«

Andrej zuckt die Achseln. »Wir sind hier auf dem Land. Habt ihr einen Schrank? Einen Kleiderschrank?«

Ich muss fast grinsen. »In Roberts Zimmer steht was Ähnliches.«

»Was soll das heißen?« Er hebt die intakte Braue. Die andere hängt so schlaff über dem Auge, als wären alle wichtigen Muskelstränge vor Kurzem durchtrennt worden.

»Eine Truhe.«

Er presst die Luft durch die Lippen. »Ich werde sie finden.«

»Warte.«

»Was ist?«

»Wo steht dein Wagen?«

»Nicht vor dem Haus.« Er dreht sich um und geht. Mein Schwiegervater hat nicht vor, das weiter auszuführen. Doch wie ich ihn kenne – oder inzwischen kennengelernt habe –, muss ich mir nicht seinen Kopf zerbrechen. Er löst seine Probleme selbst.

Auf einmal bin ich mit Vince Mulligan und der Toten allein. Außer dem gelegentlichen Röcheln von Mulligan erreicht kein Geräusch meine Ohren. Ich bin überrascht, wie wenig mich der Zustand des Mannes interessiert, der dort auf dem Boden liegt. Ob er stirbt oder überlebt, ist mir egal. Alles, was für mich zählt, ist Klarheit. Ich weiß nun, was damals geschehen ist. Ich kann mich an seinen Sohn Jesse nicht erinnern. Auch nicht an die Bahnfahrt nach Hamburg oder den Moment, als ich Mina das erste Mal kennenlernte. Möglich, dass dieser Zustand anhält. Möglich, dass er verschwindet, sobald ich meine Eltern wiedersehe. Vielleicht hatte Mulligan recht. Vielleicht ist nicht das psychische Trauma das Problem, sondern ein Schlag, den ich auf den Kopf erhalten habe. Vielleicht sind die Lücken für immer verloren.

Eine Weile stehe ich so da, bis mir klar wird, dass es viel zu lange dauert, bis die Polizei klopft. Ich habe keine Schritte auf dem Kies gehört. Doch das könnte an meinem wild pochenden Herzen liegen, das mein Blut durch meinen Kopf rauschen lässt. Ob sie wieder weggefahren sind? Ich gehe zum Fenster und schaue nach draußen. Da steht der Streifenwagen, einige Meter von der Tür entfernt. Ich gehe aus dem Zimmer.

Es war ein Notruf. Natürlich klopfen sie nicht. Sie verschaffen sich Eintritt. Mir fällt ein … ich habe nichts davon gesagt, dass ich mich im Obergeschoss befinde. Bevor ich der Treppe nach unten folge, sehe ich, dass Roberts Zimmertür verschlossen ist. Das Bild, wie Andrej sich in die Truhe zwängt, erscheint vor meinem geistigen Auge. Das muss ich abschütteln, bevor ich der Polizei womöglich blutgetränkt und grinsend begegne.

Schon als ich die ersten Stufen hinabsteige, wird mir die Atmosphäre bewusst. Das fühlt sich nicht wie ein Haus an, das in diesem Augenblick von Staatsbeamten durchsucht wird. Es herrscht regelrechte Grabesstille. Zu meiner Linken kann ich nach wenigen Schritten in das Arbeitszimmer bis zu dem Durchgang in der Wand sehen. Das Regal ist zur Seite geschoben, wie ich es verlassen habe. Das Loch dahinter finster. Keine flackernden Lichter einer Taschenlampe. Also müssen sie draußen übers Grundstück streifen. Ich öffne die Eingangstür und schaue hinaus. Es ist kühl geworden. Die Luft riecht nach gemähtem Gras und nassem Asphalt. Hier vorn ist niemand.

Ich frage mich, wo Andrej den Wagen abgestellt hat. Ist er vom Tor bis hier hoch gelaufen? Hat ihn ein Taxi gebracht. Erst jetzt fällt mir auf, dass er noch kein Wort zu seiner Anwesenheit verloren hat.

Einige Schritte vom Eingang entfernt lausche ich in die Stille. Was ich hören kann, sind Laute von Tieren, die nachtaktiv sind. Weit und breit kein menschliches Leben. Der Streifenwagen steht direkt vor mir. Quer parkt er in der Auffahrt, als hätten sie ihn in der Hast zurückgelassen. Mit geneigtem Kopf schaue ich durch die Windschutzscheibe und sehe einen Mann, der im Wageninneren sitzt. Erschrocken zucke ich zurück. Es fühlte sich an, als wäre ich allein.

Kurz durchatmen. Dann gehe ich auf die Fahrerseite. Die Haare in meinem Nacken stehen aufrecht. Wie er mich beobachtet, ohne Regung, ohne mich anzusehen. Mich beschleicht das Gefühl, dass er den Finger am Abzug hat, während ich an seine Scheibe herantrete. Also hebe ich beide Hände, dass er sie sehen kann.

»Ich bin Paul Wagner. Ich habe Sie angerufen«, sage ich.

Eine Antwort kommt nicht. Stattdessen sehe ich ein dunkles Einschussloch in der Stirn des Mannes. Eines Mannes, den ich noch nie gesehen habe. Dünn wie Constable Badger, aber älter. Im ersten Reflex zieht mich die Schwerkraft nach unten. Ich gleite auf den Splitt meiner Einfahrt und japse. Scheiße! Mein Kopf rotiert wie von allein. Eine Bewegung hinter einem Baum lässt mich erstarren.

Irrtum. War nur ein Schatten.

Die Ader an meinem Hals pocht. Schmerzhaft spüre ich mein Herz bis zum Kehlkopf schlagen.

Andrej.

Nein. Das ergibt keinen Sinn. Er war schon im Haus, als ich den Kies knirschen hörte. Dann trifft es mich aus heiterem Himmel: Er hat davon gesprochen, dass ein Streifenwagen auf den Hof fährt. Was, wenn der schon da war, und das, was ich hörte, war Alex, der mit dem Wagen weggefahren ist.

Klingt das logisch? Keine Ahnung. Für Logik fehlt mir momentan die Ruhe. Ein Blick auf mein Handy verrät mir, dass sich am Empfangsproblem nichts geändert hat. Ich muss hier weg. Ein Sprint zum Tor hinunter? Keine gute Idee. Irgendwo sitzt der Schütze und wartet nur darauf, mich ins Visier zu nehmen. Andrej, Alex oder jemand anderes.

Einmal atme ich noch durch, dann hebe ich langsam den Kopf über die Motorhaube. Auf der zum Haus gewandten Seite des Wagens ist niemand zu sehen. So leise, wie es mir möglich ist, öffne ich die Fahrertür. Mit fest aufeinandergebissenen Zähnen ziehe ich sie auf. Der Typ sitzt kerzengerade auf seinem Sitz und starrt geradeaus. Ihm gegenüber – ein winziges

Loch in der Windschutzscheibe. Ich folge der mutmaßlichen Flugbahn der Kugel mit dem Blick. Der Schütze könnte an der alten Zeder gestanden haben. Sie ist so groß, dass ihre Äste Schatten werfen, die alles darunter verschlingen. Meinen Kopf halte ich so gut wie möglich in Deckung. Als ich nach dem Knopf für den Gurt taste, sackt der Mann nach vorn aufs Lenkrad. Eine Schreckenssekunde lang fürchte ich, gleich die Hupe des Wagens zu hören, doch nichts geschieht.

Der Polizist ist schwerer, als er aussieht. Nachdem ich ihn endlich aus dem Sitz gepellt und auf den Kies gelegt habe, schlüpfe ich in den Wagen und taste nach der Stelle, wo der Schlüssel stecken müsste.

Nichts! Ich schaue nach unten – er fehlt.

Das darf doch nicht wahr sein!

Und dann entdecke ich die Gestalt einige Meter entfernt in der Türöffnung. Er ist groß, massig und er sieht zu mir. Ich muss nicht darüber nachdenken, auf welcher Seite des Gesetzes dieser Mann steht. Trotz Dunkelheit habe ich keinen Zweifel daran, dass es sich nicht um einen Freund handelt. Er setzt sich in Bewegung und mein Herz macht einen Sprung. Die Zeit reicht gerade, um mich aus dem Wagen zu schälen und über den Toten zu stolpern. Schon ist er bei mir. Ich hechte zum hinteren Ende des Autos und dann Richtung Haus zurück. Ein Blick über meine Schulter zeigt mir, dass er läuft, die Hände nach vorn gestreckt, die Hände eines Schwergewichtsboxers. Er läuft im Tempo langsamer Zombies, die mir schon als Junge eine Heidenangst gemacht haben. Im Haus sehe ich keine Chance für mich, also biege ich an der Seite ab und rette mich in den Garten nach hinten.

Seine Schritte klingen schwer. Ich höre, wie der Kies zur Seite spritzt. Wenn ich es über die Mauer schaffen kann, bin ich auf dem Feld, nah am Wald. Das ist eine Chance. Andrej fällt mir ein und dass er allein im Haus ist. Mein Gefühl sagt mir, dass er nicht verantwortlich für den Tod des Polizisten ist. Also schwebt er in Gefahr. Ich kann ihn hier nicht einfach so zurücklassen.

Die Kapelle!

Mulligans Worte kommen mir in den Sinn und in dieser Sekunde entscheide ich, direkt in eine Falle zu laufen. Sofern er mich sieht!

Doch wenn nicht …

Es wird sich zeigen.

Die Zeit reicht, um durch die Tür zu schlüpfen, bevor er hinter der hohen Hecke auftauchen wird. Durch eines der staubigen Fenster sehe ich ihn vorbeilaufen. Viel Zeit bleibt mir nicht. Er wird das Ende des Gartens erreichen und feststellen, dass er mich hätte sehen müssen, wie ich über die Mauer klettere.

Einer der beiden Steinsarkophage muss es sein. Niemals hätte ich gewagt, einen von ihnen zu öffnen. Doch jetzt brauche ich ein Versteck. Mit beiden Händen umfasse ich die Platte und drücke. Da bewegt sich etwas. Sie lässt sich wegschieben. Der Stein verursacht ein Geräusch, als schöbe ich einen Eisentisch über Terrassenplatten. Doch die Wände der Kapelle sind dick. Die Tür nicht. Was soll's? Ich muss darauf vertrauen, dass er mich nicht hört. Ich taste in das Loch, das sich auftut. Nichts. Das Handy kann ich nicht nutzen, um hineinzuleuchten. Das würde er durch die Fenster sehen. Jetzt heißt es: Zähne zusammenbeißen und Urängste überwinden. Ich klettere hinein und lasse mich hinab. Etwa in Hüfthöhe erreichen meine Füße festen Boden. Das muss reichen. Ich schiebe die Platte über mich und halte die Luft an. Jetzt könnte ich das

Licht anschalten. Doch was, wenn es durch die Ritzen zwischen den Wänden und dem Deckel dringt. Zu gern wüsste ich, was sich in der anderen Hälfte des Sarkophags befindet.

Das Scharnier der rostenden Kapellentür knarzt und kündigt einen Besucher an. Er ist hier. Stille. Der Stein um mich herum schluckt jedes Geräusch. Schweiß läuft mir von der Stirn in die Augen. Ich wage nicht, ihn wegzuwischen. Keinen Zentimeter rühre ich mich. Die Luft hier drinnen ist so stickig, dass mich Wellen von Hitze überrollen. Jeden Moment wird er den Deckel wegschieben. Mein Atem wird schneller, kommt stoßweise. In meinem Kopf dreht sich alles. Was ist da neben mir? Der Sauerstoff … ich glaube, ihn bald aufgebraucht zu haben. In der Ferne schlägt die Turmuhr im Dorf.

Mitternacht.

Das T-Shirt klebt mir auf der Haut. Licht. Ich brauche Licht. Ganz gleich, ob …

Wieder das Geräusch der Kapellentür. Die Scharniere schreien auf, dann ist Ruhe. Er ist gegangen. Mit flacher Atmung taste ich nach meinem Mobiltelefon. Ich drücke aufs Display und regele sofort die Helligkeit so weit nach unten wie möglich. Das kann nicht wahr sein! Hier drin habe ich Empfang!

Mit rasendem Herzen schaue ich mich in meinem Gefängnis um.

Keine verfaulte Leiche! Die Erleichterung darüber bringt mich einer Ohnmacht nahe. Ich muss dringend raus aus dieser Hitze. Die Luft hier drinnen riecht, als wären Generationen von Humphreys an dieser Stelle verrottet. Tatsächlich hocke ich auf einer Art Podest. Und der Teil, den ich so sehr fürchtete, ist eine Treppe, die nach unten führt. Sie muss diesen Eingang mit der Kammer verbinden. Das hat Mulligan gesagt.

Von der Kammer kommt man ins Haus. Andrej ist dort und braucht meine Hilfe.

Mir fällt ein, dass der Golem aus dem Haus gekommen ist, bevor er mich gejagt hat. Ich könnte der Letzte sein, der noch lebt. Es sei denn, er hat ihn nicht gefunden. Warum sollte er überhaupt nach ihm suchen? Hoffentlich liegt Andrej in der Truhe und verhält sich ruhig. Was will dieser Kerl von mir?

Die Stufen enden in einem Gang mit sandigem Boden. Ich blicke über meine Schulter. Der Deckel ist nach wie vor geschlossen. Der Strahl der Handytaschenlampe erfasst nach wenigen Metern das Ende des Tunnels. Ein paar Sekunden später stehe ich vor einer gemauerten Wand. Ich erkenne die Steine. Die gleichen finden sich an der Rückwand der Kammer. Mein Display zeigt mir mit drei kräftigen Balken, dass der Handyempfang nach wie vor steht. Das bedeutet, dass ich mich ganz knapp unter dem Boden befinde. Diesem Mysterium auf den Grund zu gehen, habe ich keine Zeit. Ich muss die Polizei verständigen. Lange warte ich auf den ausgehenden Ruf, bis ich feststelle, dass das Display eingefroren ist. Nichts rührt sich.

Verdammt!

Die Zeit rennt. Vor meinen Füßen liegt eine Eisenstange. Ein rostiges Rohr, das man von seinem Gegenstück abgebrochen hat, wie es aussieht.

Das Handy stelle ich aufrecht an die Seitenwand und greife danach. Mit der spitzen Seite schabe ich probehalber an einer Fuge herum. Sie ist ganz weich und brüchig. Wirkt, als hätte jemand das falsche Mischungsverhältnis für den Mörtel verwendet. Angespornt durch die herabrieselnden Brocken kratze ich schneller. Einer der Steine beginnt zu wackeln. Ich verkeile das Rohr in einer Vertiefung und drücke. Der Stein fliegt in meine Richtung und landet vor meinen Füßen auf dem Boden. Ein rechteckiges Loch ist entstanden und ich habe so eine Ahnung, was sich dahinter befindet. Bei näherer Betrachtung mit Licht erkenne ich den Raum mit dem Opfertisch. Der Kindermörder muss an dieser Wand liegen, da er außerhalb meines Sichtfeldes ist.

KAPITEL 47

Als Gretel das Loch im Kopf des Polizisten sieht, weiß sie, dass sie zu spät gekommen ist. Das erste Mal in ihrer Karriere, dass ein Plan nicht aufgeht. Ein Plan, den sie geschmiedet hat.

Zwei Wagen verlassen eine Tiefgarage. In einem davon sitzt sie und soll die Verfolger ablenken. Verkleidet, damit man sie für einen Mann in den Sechzigern hält. Im anderen ihr Auftraggeber, der unbemerkt seine Familie erreichen will, um sie in Sicherheit zu bringen. Und sie war sich ihrer Sache so sicher! Lange Zeit hatte man sie verfolgt. Ein dunkler Landrover, hinter dessen Scheibe sie den Fahrer nicht sehen konnte. Stattdessen war sie ihnen auf den Leim gegangen. Hatte sich selbst von ihrem Kunden weggelotst und stand nun, eine Stunde später, vor einem toten Polizisten. Wie er ins Bild passte, wusste sie nicht.

Ihr Ford parkt unten an der Straße. Auch wenn die Zeit drängt, auf der Auffahrt wäre sie gleich entdeckt worden. Sie hat sich durch die Parkanlage geschlichen. Bevor sie auf den knirschenden Kies der Zufahrt tritt, schlüpft sie aus den Schuhen. An den zum Eingang gewandten Fenstern sieht sie keine Bewegung. Der alte Kasten wirkt wie ein leer stehendes Haus. Keine Gardinen, keine Blumentöpfe neben der Tür. Die Scheiben sind intakt, Licht brennt nicht.

Gretel flitzt bis zur Hauswand und lehnt sich dagegen. Das Gelände macht einen verlassenen Eindruck. Wenn sie noch hier sind, dann höchstwahrscheinlich im Haus. An der Straße hat sie keinen weiteren Wagen gesehen. Doch das muss nichts heißen.

Sie hat einen Revolver, den sie jetzt aus der Handtasche zieht, und ein Messer, das in ihrer Linken ruht. Eine weitere Versicherung steckt im Bund ihrer Hose. Geschmeidig schleicht sie zur Tür, linst durch den Spalt und tritt ein. Auch hier: Stille und Dunkelheit. Eine Weile benötigt sie, um den Raum zu erfassen: eine ehemals edle Empfangshalle. Doch ohne Teppiche oder Gemälde an den Wänden, ohne Möbel aus seltenem Tropenholz, den obligatorischen Kristalllüster und das warme Licht flackernder Kerzen auf polierten Sideboards fühlt sich der Raum wie eine Gruft an. An den Ecken rollt sich die Tapete hoch. Es riecht nach Farbe und Lösemittel.

Zu ihrer Rechten kann sie in einen Raum sehen mit einem Schreibtisch. Dahinter ein Loch in der Wand, aufgerissen wie das Tor in ein finsteres Universum. Gretel beschließt, erst den oberen Teil des Hauses zu durchsuchen, bevor sie dort hineingeht. Obwohl die Sterne und der Mond die einzige Lichtquelle sind, kann sie gut sehen. Das war schon immer so und hat sich im Alter nicht geändert. Keine Nachtblindheit, die manche in der zweiten Lebenshälfte entwickeln. Keine Weitsichtigkeit. Wenn Gretel eine Brille trägt, dann als Teil ihrer Verkleidung.

Das hat ihr Vater schon bemerkt, als sie noch ein Kind war. ›Augen wie ein Luchs‹, hatte er immer gesagt. ›Und schlau wie ein Rabe.‹ Der zweite Teil hatte sie immer genervt. Sie hatte das nachgeschlagen. Damals schon. Raben waren intelligent. Das stand außer Frage. Doch der Delfin rangiert auf Platz eins. Wieso hatte er also diesen Vogel für den Vergleich genutzt, statt seiner Tochter etwas Kindgerechtes zu servieren? Heute glaubt sie, er spielte damals nicht auf ihre Intelligenz an, sondern auf ihre Seele. Ein schlauer Mann. Leider nicht schlau genug, um bei seiner Familie zu bleiben.

An dem Tag, als er damals verschwand, hatte sie gehört, wie

er mit seiner Freundin telefonierte: Irina. Seine Worte ließen keinen Zweifel daran, dass Irina am Telefon eine Bombe hatte platzen lassen. Schwanger. Dieses Wort wiederholte er immer wieder. Schwanger. Und er hatte sich gefreut.

Gretel schleicht in das Nachbarzimmer, den Zeigefinger neben dem Abzug, die Waffe nach vorn gerichtet. Der Raum ist quasi leer. Staub hängt in der Luft, der ihre Nase kitzelt. Schneller, als sie es verhindern kann, muss sie niesen. Gretel schluckt, zieht sich an die Wand zurück und wartet ab.

Nichts.

Keine Schritte.

Kein Licht.

Nach zehn Sekunden setzt sie ihren Weg fort. Sichert die Umgebung und lauscht. Von ihrem Auftraggeber fehlt jede Spur. Neben einer offenen Terrassentür liegt ein Mann. Er scheint schon eine Weile tot zu sein. Sein Blut ist ins Parkett gesickert, hat die Ritzen zwischen den Bohlen gefüllt und sich wie ein Netz um ihn herum ausgebreitet. Sie riecht das Eisen, als sie sich über ihn beugt.

Robert.

Der Junge, dem sie immer wieder geraten hat, sich nicht mit seiner Schutzperson anzufreunden.

»Aber er darf doch nichts von dem Auftrag wissen«, hatte er vor einem Jahr geantwortet.

»Mach deinen Job, ohne dich privat in die Sache reinziehen zu lassen«, hatte sie gesagt. Doch Robert war ein Wohltäter gewesen. Immer auf der Seite der Hilflosen, immer mit ganzem Herzen bei seinem Job. Er hätte Kindergärtner werden sollen, der arme Junge. Jetzt lag er vor ihren Füßen und wurde von der Einrichtung aufgesaugt. Ein erstklassiger Schütze, keine vierzig Jahre alt. Er musste vergessen haben, warum er hier war. Sonst würde er jetzt nicht auf diesem Boden liegen. Wie sie ihn kannte, hatte er womöglich ganz bewusst verdrängt, dass Wagner nicht sein echter Freund war, nicht seine Familie, nicht sein wahres Leben. Nur ein Job. Gretel versteht, warum. Doch dieser Traum hat ihn unvorsichtig gemacht und am Ende das Wertvollste gekostet. Wie sie ihn kannte, sah er das anders. Das Wertvollste waren für ihn immer die Menschen gewesen.

Sie wendet den Blick ab. Emotionalität bringt sie frühzeitig ins Grab. Das weiß sie. Er ist … er war nur ein Junge, den sie auf dem Kiez aufgelesen hat. Zwischen Drogenjunkies und Bierleichen. Es gibt Dutzende wie ihn. Nicht jeder hat sein Potenzial, doch jeder ist verzweifelt genug, es zu versuchen.

In ihrem Nacken spürt sie etwas Warmes. Gretel schließt die Augen. Ihr zweiter Fehler am heutigen Tag: Sie hat sich ablenken lassen. Wem der Atem gehört, kann sie sich denken.

»Hallo, Cornel.«

»Na, meine Liebe? Du wirst alt, wenn mich nicht alles täuscht. So ein Fehler wäre dir vor zwanzig Jahren nicht unterlaufen.«

Gretel dreht sich langsam um.

»Ah, ah, ah. Nimm die Hände nach oben.« Er greift nach dem Revolver und dem Messer. Beides steckt er ein.

»Ja, mit dem Alter wird man gutmütiger. Ich kann es nicht ertragen, dich immer versagen zu sehen.«

Er lächelt. »Irgendwann muss man die Jüngeren ranlassen.«

Sie nickt. Seine Stimme kratzt in ihren Ohren wie Fingernägel auf einer Tafel. Unwichtig. Gretel entspannt sich. Was folgt, liegt nicht mehr in ihrer Hand.

»Ich hätte eigentlich gedacht, dass du in Hamburg die

Gelegenheit nutzt. Warum hast du gewartet, bis wir uns in Südengland begegnen?«

Er hebt eine dunkle buschige Augenbraue. Wäre er nicht Profikiller geworden, hätte er in Gretels Vorstellung einen wunderbaren französischen Chefkoch abgegeben. Rein äußerlich, versteht sich. Einen, wie er im Comic gezeichnet werden würde.

»Du meinst die Bruchbude, in der ich nach Kaya gesucht habe?«

Sie deutet ein Lächeln an.

»Du warst nicht der Auftrag. Sondern er.«

»Das hat dich doch früher auch nicht abgehalten.«

»Mag sein. Es hieß, alle Spuren beseitigen.«

»Leute, die reden konnten.«

»Exakt.«

»Dann hast du versagt.«

»Weil du ihn vorher erledigt hast?«

»Das war ein Unfall.« Sie streckt ihm beide Handflächen entgegen, um die Anschuldigung abzuweisen. »Nein, ich meine, weil er geredet hat.«

»Pah! Der wusste doch kaum was.«

»Und doch hat er uns zu ihm geführt.«

»Hat er das wirklich?«

»Was spielt das noch für eine Rolle?«, fragt sie. »Sind sie oben?«

»Ja. Die ganze Familie.« Er hält sie an der Schulter fest, als sie sich in Bewegung setzen will. »Du nicht. Du wirst nicht mehr gebraucht.«

»Bin ich der Auftrag?«, fragt Gretel.

»Nein. Aber ab heute bist du nicht mehr von Nutzen, Gretel Müller.«

Sie sieht ihm in die Augen. »Du bist gut. Meinen Nachnamen verwende ich seit vierzig Jahren nicht mehr.«

»Ich weiß. Seit du aus der Kottwitzstraße in Hamburg ausgezogen bist.«

»Was soll das heißen?«

»Wie gut, glaubst du, kennt man seine Nachbarn, Gretel? Menschen, die Wand an Wand mit dir wohnen. Leute, deren Leben sich in den Fenstern auf der anderen Straßenseite abspielen. Kennst du überhaupt ihre Gesichter oder glaubst du, sie kennen deins?«

Gretels Blick wird zu Eis. »Worauf willst du hinaus?«

»Ich weiß nicht. Ist doch schon irre, wie eine Straße gleich zwei Racheengel produzieren kann. Ein Stadtteil vielleicht, aber eine Straße? Meinst du, da war was im Wasser?«

»Du musst schon deutlicher werden.«

»Dann werde ich überdeutlich. Könnte es daran liegen, dass dasselbe Blut durch unsere Adern fließt?«

Gretels Oberlippe zuckt. »Du kommst aus einem Waisenhaus. Du bist gebürtiger Rumäne.« Sie hat nicht vor, auf seine wüsten Unterstellungen einzugehen. Er muss sich etwas Besseres überlegen, um sie aus der Reserve zu locken. Allerdings ist ihr seine akzentfreie Aussprache längst aufgefallen. Sie hat dem keine Beachtung geschenkt.

»Alles richtig. Meine Mutter ist Rumänin … war. Ich landete im Waisenhaus, nachdem sie sich nicht mehr um mich kümmern konnte. Nachbarn hatten das Jugendamt verständigt. Besorgte Nachbarn.« Er verzieht das Gesicht. »Du kennst das ja.«

»Wir hatten nichts damit zu tun«, kontert sie.

»Glaubst du, ja? Wenn du dich da mal nicht täuschst. Meine Mutter hat mir von meinem Vater erzählt und dass er mit seiner

Familie direkt gegenüber gewohnt hat. Kurz vor meiner Geburt verschwand er und tauchte nie wieder auf. Meine Mutter war eine Schönheit, wie ich von Bildern weiß. Ein Schwan. Sie hat mir erzählt, dass er sie immer so genannt hat. Danach war sie nicht mehr dieselbe. Sie hat abgebaut. Jeden einzelnen Tag ohne ihn.«

Gretel sieht, dass er sich eine emotionale Reaktion erhofft. Den Gefallen wird sie ihm nicht tun. Stattdessen ist ihr danach, den Spieß in den letzten Minuten ihres Lebens umzudrehen. Sie muss an den Vogelvergleich denken, den ihr Vater für sie gefunden hat und unterdrückt den Magensaft, der ihr nach oben steigt. Heute ist sie der Schwan und der Delfin zugleich. Heute wird sie siegen. Sie war in den letzten Stunden zweimal unvorsichtig. Kein weiteres Mal wird sie das Spielfeld als Verlierer verlassen.

»Du rechtfertigst also dein krankes Leben damit, dass du verlassen wurdest? Was hältst du hiervon? Nachdem meine Mutter gestorben war, fand ich Vaters Uhr und Brieftasche in seinen Sachen.«

Das Monster presst die Lippen aufeinander.

»Weißt du, warum mich das so erschüttert hat?«

»Weil du ihr einen Mord nicht zugetraut hättest?«

Gretel strahlt ihn an. »Natürlich nicht. Sie war ein Engel. Ein Unschuldslamm. Sie konnte nie Böses hinter dem vermuten, das er ihr antat. Nein. Das Schockierende war, dass sie mein Geheimnis kennen musste. Uhr und Brieftasche hatte ich ihm abgenommen, nachdem ich ihn von hinten erstochen hatte. Es war der Tag, an dem er mit deiner Mutter telefonierte und von deiner Existenz erfuhr. Ich denke, ich habe ihm einen Gefallen getan. Die Leiche zu beseitigen, sodass niemand in einer Großstadt etwas merkt … das war eine Meisterleistung. Ich erspar dir die Details.«

Einen Klumpen Fett statt eines Muskels hatte sie in Höhe seines Herzens vermutet. Doch Gretel wird jetzt die einmalige Gelegenheit zuteil, das Monster erschüttert zu sehen.

KAPITEL 48

Als ich die letzten Stufen nach oben komme und schließlich das Arbeitszimmer betrete, schmerzt mein Bein, als wäre es kurz davor abzufallen. Die Stichverletzung blutet zwischendrin immer mal wieder.

Über mir höre ich Schritte und Stimmen. Klingt, als wären sie in meinem Schlafzimmer. Ich brauche eine Waffe, bevor ich dort hochgehe. Im Glashaus steht das ganze Werkzeug. Noch immer hängt ein staubiger Nebel in der Luft.

Ich frage mich, was Desmond Harris in ein paar Stunden sagen wird, wenn er kommt, um die Sprossen zu lackieren, und das Blut auf dem Boden sieht. Von unseren Leichen mal ganz zu schweigen.

Neben Robert sitzt eine Frau auf einem Stuhl. Ihr Kopf liegt auf der Brust. Sie rührt sich nicht. Beim Näherkommen sehe ich, dass sie hinter dem Rücken gefesselt ist. Ihr Oberteil hängt in Fetzen. Ihre Arme sind mit getrocknetem Blut beschmiert. Ob sie atmet, kann ich nicht erkennen. Ich habe sie in meinem ganzen Leben noch nicht gesehen. Sie trägt Hemd und Hose wie ein Mann. Ich bin kein Macho. Ich sage das, weil ihr Outfit mich im ersten Augenblick an Andrej erinnert hat. Ob sie aus der Gegend kommt? Eine Nachbarin, die mich zu so später Stunde besuchen wollte und in diese Hölle geraten ist? Ich trete dichter heran, vergewissere mich, dass ich allein bin, und fühle ihren Puls. Das Herz schlägt. Ich bücke mich und schaue ihr ins Gesicht. Die Augen sind geschlossen. Sie ist bewusstlos. Die arme Frau! Sie muss über sechzig sein.

»Hören Sie mich?«

Keine Reaktion. Ich rüttle an ihrer Schulter. Diese Frau ist weit weggetreten. Dann sehe ich etwas Silbernes hinter ihrem Rücken, im Bund ihrer Hose, das im Mondlicht schimmert.

Ein Colt M1911. Ich bin kein Fachmann. In meinem Leben habe ich nur einmal eine Waffe in der Hand gehalten, als Robert zu seinem achtunddreißigsten Geburtstag mit mir in Hamburg zum Schießstand gegangen ist. Er entpuppte sich als ein Naturtalent, obwohl er zuvor nur am Computer rumgeballert hatte. Diese Vorbildung muss reichen. Schlitten nach hinten schieben, zielen, Waffe fest mit der Hand umschließen, Abzug auslösen, beten.

Ich darf keine Zeit verlieren. Sie lebt. Ich muss ihr später helfen. Zuerst will ich wissen, wie es Andrej geht.

Die Treppe wird knarren. Doch ich habe einen Plan. Ich halte mich am Geländer fest und klettere zwischen den einzelnen Streben nach oben. Die Waffe steckt in meiner Jeans. Es ist anstrengend. Hat sich aber gelohnt. Die Stimmen werden lauter. Als ich vor der Tür ankomme, verstehe ich jedes Wort. Leider ist die Tür geschlossen. Wenn ich sie öffne, versaut mir das den Überraschungsmoment. Daneben geht es ins Badezimmer. Mit Glück ist die Verbindungstür zwischen beiden Räumen nur angelehnt, sodass ich hindurchschlüpfen kann. Ich drehe den Knauf und danke Gott, dass diese Tür nicht knarrt, wenn sie geöffnet wird. Der Raum ist dunkel, und tatsächlich sehe ich, dass besagte Tür einen Spalt offen steht. Unbemerkt schlüpfe ich hinein.

Nebenan redet ein Mann laut und einer leise. Die leise, ruhige Stimme gehört meinem Schwiegervater. Er lebt! Lana würde mir die Hölle heißmachen, wenn ihm was zustößt.

»Hübsche Knarre. Die wirst du nicht mehr brauchen.« Ich kann sehen, wie der andere einen Revolver in den Hosenbund

unter seinem Jackett schiebt. »Sie sind alle tot, Boris. Deine
Frau, der Chauffeur, und auch bald dein Bullterrier im Tweedkostüm, wenn ich Cornel richtig verstanden habe. Dafür will
er sich nachher noch so richtig Zeit nehmen. Wenn du uns
hilfst, deinen Schwiegersohn zu fassen, lassen wir vielleicht
deine Tochter leben.«

Wieso nennt er ihn Boris?

Ich sehe einen Teil seines Rückens. Breite Schultern stecken in einem grasgrünen Anzug. Die Haare sind so kurz ge-
schoren, dass er wie ein Soldat wirkt. Er knetet seine Hände.
Die Schulterblätter hüpfen dabei auf und ab.

»Du glaubst mir nicht, eh? Soll Cornel dir einen Anstoß
geben, Boris?«

Wieder dieser Name.

Aus dem Nichts erscheint der Golem in meinem Blickfeld
und verschwindet wieder. Der Rücken seines Herrn versperrt
mir die Sicht. Vorsichtig drücke ich die Tür auf und stecke den
Kopf hindurch. Da ist Andrej. Er hockt auf einem Stuhl und
schwitzt, während der Riese ihm den kleinen Finger bricht.
Ich bin kurz davor, den Schmerzensschrei auszustoßen, den
er sich verkneift. So habe ich meinen Schwiegervater noch nie
gesehen. Ich wusste, dass er einiges auf dem Kerbholz hat, aber
dabei dachte ich an Steuerhinterziehung und Geldwäsche.

»Stopp«, sagt der Typ vor mir. »Cornel ist heute sehr wütend, weißt du? Wenn ich dich mit ihm allein ließe, wärst du
innerhalb von fünf Minuten eine blutige Masse. Doch er weiß,
dass mein Ziel die Schadensbegrenzung ist. Deshalb müssen
wir uns vorher unterhalten. Das kannst du dir doch denken.
Je stärker dein Widerstand ist, umso kleiner sind die Teile, die
er dir bricht, bis ich dir den Gnadenschuss gebe.«

Andrej blickt stur nach unten.

»Wer kennt noch meinen Namen außer dir? Wie sieht es mit der Witwe aus?«

»Es ist nicht dein Name, Amir. Wenn du wenigstens deinen eigenen benutzen würdest, du Feigling. Doch du gibst dich als ein Mann aus, der seit Jahrzehnten tot ist.«

Der andere lacht. »Wie du willst. Wer kennt deinen Namen, den ich mir entliehen habe, lieber Boris, und die Verbindung zu mir? Weiß sie Bescheid?«

»Sie weiß nichts«, sagt er. Die Stimme fest wie immer.

»Und das soll ich dir glauben? Nun, was soll's. Ein kurzer Abstecher nach Hamburg. Wir wollen auf Nummer sicher gehen. Cornel macht das mit Freude. Ich hörte, sie hat zwei Kinder.«

Mir dreht sich der Magen um.

Andrej hebt den Kopf und sieht mir direkt in die Augen. Ich zucke ein Stück zurück. »Mein Schwiegersohn ist längst auf dem Weg zu meiner Tochter. Er weiß nichts von der Sache und ist keine Gefahr. Ebenso wenig wie sie. Du hast mich. Das sollte reichen.«

»Ach, Boris! Ich habe diese selbstgefällige Art von dir schon nicht gemocht, als wir Kinder waren.«

»Und ich hatte gehofft, du wärst in dem Feuer damals umgekommen. Wie der Rest deiner Sippschaft.«

Der Typ verspannt sich. »Das war auch deine Familie, Boris. Sie starben in einem Feuer, das du gelegt hast.«

»Verbrecher waren es«, flüstert Andrej. »Allesamt.«

»Du hast sie kaltblütig ermordet.«

Andrej schweigt.

»Ich habe genug. Cornel, er gehört dir. Ich bin hier fertig. Wir werden den Rest seiner Sprösslinge aufstöbern und brennen lassen. Was hältst du davon, Boris? Wie fändest du es, wenn dein kleiner Enkel brennt, bis er seinen letzten Atemzug tut?« Nachdem er dieses Bild in meinen Kopf gesetzt hat, geht er und schließt die Tür hinter sich. Der Golem greift nach Andrejs Hals und zieht ihn nach oben aus dem Stuhl.

Viel zu lange habe ich gewartet. Ich schiebe den Schlitten nach hinten, lasse los, höre es klicken, sehe ein Innehalten in den Muskeln des Monsters vor mir und drücke ab. Ein Knall zerreißt die Stille. Sofort schießt das Adrenalin durch meine Adern. Der Schlitten schiebt sich nach hinten, die Hülse wird ausgeworfen und der Schlaghand erneut gespannt. Ich drücke ein weiteres Mal ab. Dieses Gefühl, das ich vermisst habe, als mir dieser Widerling Mulligan gegenüberstand und ich den letzten Schlag tat … es ist da. Es rauscht durch meine Venen, ich schmecke es, kann es hören, beinahe sehen. Wie dieses fiese Geschöpf vor mir in die Knie geht, Andrejs Hals loslässt und vornüber fällt. Er liegt jetzt ganz dicht neben Mulligan und der Kellnerin. Mulligan stöhnt. Was für eine Überraschung! Ich bin berauscht von der Macht, die ich mit diesem winzigen Stück Stahl habe. Die Macht, meine Familie zu schützen, etwas zu tun und nicht einfach nur hilflos zuzusehen.

»Paul!« Mein Schwiegervater schreit mich an.

»Was?« Ich bin völlig außer Atem.

»Das waren fünf Schuss. Ich denke, er hat's verstanden.«

Ich sehe nach unten auf meine zitternden Hände. Der Tremor breitet sich zu den Armen aus.

»Setz dich hin! Nicht, dass du mir gleich umfällst. Du brauchst Zucker und was zu trinken. Ich würde mich gern um dich kümmern, aber Amir ist noch da draußen. Wir sind hier nicht fertig.« Er sieht mich eindringlich an.

Ich kann nicht fassen, dass ich gerade fünf Mal auf einen Menschen geschossen habe. Die Waffe gleitet aus meinen

Händen zu Boden. »Er sagte, Theo würde brennen«, flüstere ich.

»Nur über meine Leiche.«

Andrej drückt meine Schulter.

»Ich komme mit.«

Wir verlassen das Zimmer. Im Flur schalte ich das Licht ein. Keiner weiß, ob der Kerl aus dem Haus raus ist oder in einer Ecke lauert. Schon, als wir die Treppe hinunterkommen, sehe ich die offene Eingangstür. Auf dem Podest liegt der Schrank, der meiner Familie gedroht hat. Die Augen aufgerissen starrt er zum Himmel. Vor ihm Constable Telly Badger, der seinen Puls fühlt.

»Er hatte eine Waffe«, sagt er und sieht mich mit demselben Hundeblick an, wie an dem ersten Tag, als wir uns kennenlernten. »Er stürmte aus dem Haus. Ich hörte von oben Schüsse. Dann griff er hinter sich und ich habe geschossen.«

Ich will Badger um den Hals fallen, doch Andrej hält mich zurück. »Sie sind mit einer Waffe hierhergekommen? Sind Sie Polizist?«

»Ja. Constable Telly Badger. Ich weiß, ich bin in Zivil und verletzt. Ich komme frisch aus dem Krankenhaus.«

»Sie sind nicht im Dienst?«

»Nein.«

»Was soll das werden?«, frage ich Andrej.

Er ignoriert mich. »Wieso sind Sie dann hier?«

Die Frage ist berechtigt. Er kann von unserem Notruf nichts wissen. Wieso kam er bewaffnet zu meinem Haus?

»Ich suche meinen Vater. Dusty Badger. Würden Sie mir Ihre Waffe aushändigen?«, sagt er zu mir und deutet auf meine Hand.

Ich sehe an meinem Arm nach unten. Dann auf den Mann

vor mir. Er trägt eine Art Turban aus Binden und ist von oben bis unten dreckbeschmiert. »Ich würde mich wohler fühlen, wenn ich sie behalten könnte«, sage ich.

»Besitzen Sie eine Genehmigung, eine Waffe zu tragen? Und wenn ja, worauf haben Sie gerade geschossen«, fragt er.

Andrej mischt sich ein. Er schiebt sich ein Stück zwischen mich und den Constable. »Sie haben uns immer noch nicht erklärt, warum Sie bewaffnet auf die Suche nach Ihrem Vater gegangen sind.«

Der Constable presst die Lippen zusammen. Ich kann sehen, dass er mit sich ringt. Die Hand, mit der er die Waffe hält, zuckt immer mal wieder, als würde er zwischen zwei Entscheidungen stehen. Ich umschließe meinen Colt fest hinter meinem Rücken. Dass diese nette, alte Dame, der ich ihn abgenommen habe, keine Nachbarin war, sondern jemand, der zu Andrej gehörte, ist mir klar geworden, als der Gangster vom Bullterrier im Tweedkostüm sprach.

»Warum legen wir nicht alle unsere Waffen auf den Boden und setzen uns rein, um zu reden?«, fragt Andrej. Er hat schon wieder diesen Autoverkäufer-Ton aufgelegt. Doch dieses Mal bewundere ich ihn dafür, statt genervt zu sein.

Er tritt beiseite, sodass Badger mich sehen kann. Der nickt. Geht in die Knie und legt die Waffe vor sich. Ich tue es ihm gleich. Andrej kickt die Handfeuerwaffen vom Podest in eine dunkle Ecke und weist Badger den Weg. Der steigt über die Leiche und tritt ein.

»Gehen wir in die Küche«, sage ich. Sie folgen mir, während ich ein Licht nach dem anderen anschalte. Wir nehmen den Weg rechts durch die Halle. Das ist der einzige, auf dem Badger den toten Robert nicht sehen wird. Noch bevor wir um die Ecke sind, vernehme ich ein Stöhnen aus dem Wohnzimmer.

Das hatte ich ihm noch gar nicht gesagt. »Andrej. Sie lebt noch.«

»Ich bin gleich wieder da«, sagt mein Schwiegervater. Er verschwindet in die andere Richtung. Während wir den Flur zur Küche gehen, höre ich gedämpft seine Stimme. Darauf folgt die der Frau. Ich muss lächeln. Alles wird gut werden. Badger lässt sich davon nicht beeindrucken. Der Constable zieht sich in der Küche einen Stuhl beiseite und lässt sich nieder. Ich gehe zum Kühlschrank und hole zwei Flaschen Bier heraus.

»Ich habe leider nichts Stärkeres da«, sage ich und reiche ihm eine.

Wenig später tritt Andrej durch die Tür. Er nickt mir nur kurz zu. Das ist alles, was er zu seiner Kollegin zu sagen hat. Mehr benötige ich nicht. Da er nicht losgefahren ist, um sie ins Krankenhaus zu bringen, wird es ihr gut gehen. Ich angele eine weitere Flasche aus dem Kühlschrank und strecke sie ihm entgegen. Er löst den Kronkorken an der Tischplatte und nimmt einen großen Schluck. Wir alle benötigen einige Sekunden, um unsere Kräfte zu sammeln. Dann beendet Badger die Stille.

»Mein Vater muss hier gewesen sein«, beginnt er.

»Das war er. Er hat meinem Freund die Kehle durchgeschnitten und dann versucht, mich zu ermorden.« Ich zeige ihm mein blutgetränktes Hosenbein. Badger reißt die Augenbrauen nach oben.

»Sie sind ein schlechter Schauspieler«, sagt Andrej. »Sie wissen ganz genau, dass er nicht mit friedlichen Absichten hergekommen ist. Warum wären Sie sonst bewaffnet. Stellt sich nur die Frage, für wen diese Waffe gedacht war.«

Er leugnet es nicht. Stattdessen reibt er sich kräftig übers

Gesicht und räuspert sich. »Für ihn«, sagt er. »Ich liebe meinen Vater. Doch diesen Beruf habe ich nicht ergriffen, um Verbrechen zu fördern. Ich wollte Menschen beschützen. Mir war nur nie klar, dass sie vor meiner Familie beschützt werden müssen.«

Andrej wirft mir einen überraschten Blick zu.

»Sie wussten von den Kindern?«, frage ich.

Er nickt. »Seit heute.«

Keiner der Anwesenden sagt etwas, bis ich die Stille unterbreche. »Er hat es nicht geschafft. Mulligan hat ihn erschossen. Soweit ich verstanden habe, hing er in der Sache drin und wollte ihm alles anhängen.«

»Wo ist er?«, fragt Badger. In seinen Augen glitzern Tränen.

»Er liegt im Keller.«

»Er hat meinen Schwiegersohn entführt und einige Kinder ermordet, soweit ich verstanden habe«, sagt Andrej. »Ihre Trauer in allen Ehren. Doch sein Ende war gnädig.«

»Er war es nicht.«

»Was?«, fragen Andrej und ich im Chor.

»Es war meine Mutter. Sie hat mir gegenüber alles gebeichtet. Das war ihre Art, mich zu schützen. Ich bin als Kind viel gehänselt worden.«

»Sie hat was …?«, frage ich.

Er wischt jede weitere Bemerkung mit der Hand weg. Ihm ist klar, wie verrückt das klingt. »Ich wollte sie zur Wache bringen, da ist sie völlig durchgedreht. Hat Bleiche getrunken. Ich musste den Krankenwagen rufen. Und dann bin ich gekommen, um meinen Vater zu suchen. Sie hat mich schützen wollen, als ich noch ein Kind war. Ich weiß nicht einmal, ob sie überlebt. Es sah nicht gut aus. Aber der Notarzt hat gemeint, das wird schon wieder.« Er schüttelt den Kopf, als hätte jemand eine Frage an ihn gerichtet.

Diese neue Information wirft mich ein wenig aus der Bahn.

Andrej legt mir die Hand auf den Arm. »Wir haben hier einige Leichen im Haus, die Fragen aufwerfen, die keiner von uns beantworten will. Weder Sie noch wir. Sehe ich das richtig?«

»Was schlagen Sie vor?«

»Lassen Sie doch Ihren Eltern den letzten Frieden und mir gestatten Sie … also mir und meiner Kollegin … die zwei Gangster zu entsorgen.« Er sagt nichts über Robert, den Badger noch nicht gesehen hat. »Dieser Mulligan hat Ihren Vater ermordet. Er hat eine Bardame getötet. Sie liegt oben neben seiner Leiche und er hat seinen Freund überfallen. Dass es ihr Vater war, muss niemand wissen. Sie könnten sagen, dass er ihm hierher gefolgt ist und von all dem abhalten wollte.«

»Grace ist tot?«, fragt der Constable und sieht noch betroffener aus, sofern das möglich ist.

Ich zucke die Achseln.

Er sackt ein ganzes Stück in sich zusammen. »Ich hätte niemals bleiben dürfen«, murmelt er. »Was haben Sie davon?«

Andrej übernimmt das Antworten. »Ich dürfte gar nicht hier sein und dasselbe gilt für dieses kriminelle Gesocks. Diese Männer kommen aus meiner Vergangenheit und hatten nur ein Ziel: mich und meine Familie zu töten. Mir wäre es lieb, wenn wir darüber Stillschweigen bewahren könnten.«

»Damit kann ich leben.«

»Großartig. Ich denke, Paul hier kann das auch.«

»Jack«, sage ich und suche nach einem Erkennen im Gesicht meines Gegenübers. Wir sind im selben Alter. Er ist nur eine Meile von hier aufgewachsen. Er muss mich gekannt haben.

Seine Eltern haben mit mir das Gleiche versucht wie mit den anderen. Keine Frage – er muss mich kennen.

Er deutet ein Schmunzeln an. Dann reicht er mir die Hand. »Deal.«

KAPITEL 49

»Werden sie nicht Untersuchungen anstellen und merken, dass es drei nicht identifizierbare Blutgruppen in diesem Haus gibt«, frage ich Andrej, nachdem wir die letzte Leiche in seinen Wagen geladen haben. Andrej nimmt den Revolver an sich, den ihm der Mafiosi vor einer halben Stunde abgenommen hat.

»Badger wird das verhindern.«

»Und wie will er das Loch im Kopf des anderen Polizisten erklären?«

»Du wirst denen sagen, dass Mulligan auf dem Weg nach draußen war. Dich hielt er für tot. Doch nachdem du den Notruf gewählt hast, bist du mit dem Schläger – deiner einzigen Waffe – nach draußen gerannt. Du hast gesehen, wie er mit einer Handfeuerwaffe auf den Polizisten zielte, und hast zugeschlagen. Wir bringen ihn nachher in die Einfahrt, damit es glaubhaft ist.«

»Er hatte eine Pistole, ein Jagdmesser und ein Jagdgewehr dabei?« Das kaufen die mir niemals ab.

»Er ist eben ein Verrückter. In den Staaten würde sich niemand wundern.«

»Wir sind in Dorset.«

Er grinst. »In einer Stunde kommen Leute von mir, die beim Beseitigen der irreführenden Spuren helfen. Wir machen unsere Arbeit gründlich. Jetzt kommt es nur darauf an, dass du deine Geschichte schlüssig erzählst. Geh sie noch mal in Ruhe durch und weise immer wieder darauf hin, wie verstört du durch dieses Trauma bist. Nur für den Fall, dass du dir zwischendrin widersprichst.«

»In Ordnung. Andrej?«

»Ja?« Er wirft eine Decke über die Körper und knallt die Kofferraumklappe zu. Die geheimnisvolle Frau sitzt auf dem Beifahrersitz und hält sich ein Kühlpack ans Schlüsselbein.

»Wirst du mir erzählen, wer Boris ist?«

Andrej berührt wie automatisch die verbrannte Hälfte seines Gesichtes. »Heute Nacht. Und dann reden wir nie wieder darüber.«

»In Ordnung.«

»Er war ein junger Serbe, der in die falsche Familie hineingeboren war. Nehmen wir an, es hat eines Tages eine große Familienzusammenkunft gegeben. Eine Hochzeit. Er war in seinen Zwanzigern und wusste inzwischen, womit sein Vater und dessen Brüder ihr Geld verdienten. Seine Cousins – einer davon war Amir – arbeiteten bereits im Familiengeschäft.«

»Drogen?«

»Sagen wir mal, man hatte sich auf vielen Gebieten spezialisiert. Falschgeld. Menschenhandel. Du kannst es dir aussuchen. Boris wollte damit nichts zu tun haben, also schloss man ihn von einer der Versammlungen aus, die während der Feier unter den Männern stattfand. Er hatte mitbekommen, dass über einen Container mit Flüchtlingen diskutiert wurde, der irgendwo festhing. Die Mehrheit sprach sich dafür aus, abzuwarten, bis man nur noch Leichen bergen konnte. Sie erwischten mich beim Lauschen. Ich war in der Lage, Amir in den Raum zurückzustoßen und die Türen abzuschließen. Den Schlüssel steckte ich in die Tasche. Das sollte mir einen Vorsprung verschaffen. Damals gab es keine Handys und in diesem Raum war kein Telefon und kein Fenster. Der Rest der Familie tummelte sich bei den Feierlichkeiten im Garten. Dann brach ein Feuer aus. Die Einzelheiten kenne ich nicht, doch soweit ich wusste, konnte niemand gerettet werden. Erst vor Kurzem erfuhr ich, dass Amir noch lebt. Er benutzte meinen Namen. Meinen richtigen Namen: Boris Cvetković. Er lebte wie ein König, weil er verzweifelten Menschen, die drauf und dran waren, alles zu verlieren, ihr Geld abnahm. Er hatte mit seinem Team eine schöne Betrugsmasche aufgezogen und agierte von Deutschland, Österreich und Großbritannien aus. Die Leute gingen nicht zur Polizei, weil sie sich schämten. So wie mein Freund Eckard. Er warf sich lieber vor einen Zug, statt seiner Frau zu beichten, dass er auf Schwindler reingefallen war. Bei den Unterlagen, die er Amir über seine Firma geschickt hatte, tauchte auch mein neuer Name hin und wieder auf – Andrej Kroll –, weil ich das ein oder andere Geschäft über Eckard abwickelte.«

»So haben sie dich gefunden?«

Er nickt. »Ich schätze, dass sie akribisch alle Leute überprüft haben, vielleicht auch, um potenzielle neue Opfer zu finden und Risiken zu minimieren. Andrej Kroll hat keine weit zurückreichende Vergangenheit. Doch man findet Fotos von mir im Netz.«

»Aber sagtest du nicht, du bist geflohen, bevor das Feuer ausbrach? Wie ist das dann mit deinem Gesicht passiert?«

Er lacht und wirkt dabei erleichtert. »Nenn es Schicksal oder Strafe Gottes. Es hat nichts mit diesem Vorfall zu tun. Ich hatte einen Unfall mit unserem Gasherd, als Lana gerade geboren war und Insa sich den ganzen Tag um die Kleine kümmern musste.«

»Du hast gekocht? Das sehe ich so gar nicht vor mir.« Ich klopfe ihm auf die Schulter, ziehe aber sofort die Hand weg, als mir klar wird, dass wir uns nie so nah gewesen sind.

»Schon gut. Glaub es oder nicht! Ich bin ein Familienmensch. Kurz nach Eckards Tod hat jemand versucht, meinen Wagen in die Luft zu sprengen. Jetzt weiß ich, dass Amir kein Risiko eingehen wollte, weil er wusste, wer ich war und wusste, dass ich nachforschen würde. Die Bombe ist nicht hochgegangen, doch von da an habe ich versucht, euch alle um mich zu scharren. Ich wusste noch nicht, um wen es sich handelt. Amir hielt ich für tot. Doch ich hatte so eine Ahnung, dass es um meine Familie geht. Ich wollte euch in meiner Nähe wissen, um euch beschützen zu können.«

»Und dann fährt Lana zu einem Sprachworkshop nach Malta und nimmt Theo mit!«

Er nickt.

»Hättest du ihr doch gesagt, worum es geht. Sie wäre geblieben und ihr wäret nicht im Streit auseinandergegangen.«

»Sie soll nicht in Angst ihr Leben zubringen, so wie ich. Sie hat zwei beste Freundinnen dort unten kennengelernt, die weichen ihr nicht von der Seite. Sie sind ebenso gut ausgebildet, wie Robert es war.«

Das verschlägt mir die Sprache. Mit offenem Mund starre ich ihn an.

»Er hat alles gegeben, um dir dieses Haus madigzumachen. Ein fingierter Einbruch, die Fußspuren, der Stein mit der Drohung bis hin zu seinem Unfall. Du warst zäh. Also musste er zurückkehren. Du hättest keinen Fremden in diesem Haus geduldet und allein lassen konnte ich dich nicht. Bist du enttäuschst? «

Ich brauche einige Sekunden. »Es fühlt sich an, wie einen Freund zu verlieren und einen Vater zu gewinnen. Ich überlege noch.«

Er wischt sich etwas aus dem Auge. »Ich werde jetzt die Leichen beseitigen.«

»Warte. Du hast mir erklärt, dass du mit den Geschäften deiner Familie nichts am Hut hattest. Dass du von ihren kriminellen Aktivitäten angewidert warst.«

»Das stimmt.«

»Und dennoch kannst du Leute organisieren, die einen Tatort reinigen, kennst Profikiller und kannst mit Waffen umgehen.«

»Ich sage nicht, dass ich ein Engel bin. Ich habe immer versucht, das Richtige zu tun. Manchmal habe ich Fehler gemacht, zu denen ich heute stehe. Der ein oder andere auf diesem Weg fühlt sich mir heute verpflichtet. Und ja, ich würde töten, wenn ich damit meine Familie beschützen kann. Reicht dir das?«

»Völlig. Ich hätte auch verstanden, wenn du mir die Antwort schuldig geblieben wärst.«

»Du bist mein einziger Sohn, Paul oder Jack, was dir lieber ist. Ich habe immer nur versucht, euch zu schützen. Wenn ich dabei mit unlauteren Mitteln gekämpft habe, stehe ich dazu. Dass ich es bereue, wirst du nicht erleben.«

Er geht auf die Fahrerseite und öffnet die Tür. »Alles klar so weit?«

»Was ist mit Katharina und Fred passiert?«, rufe ich. Wenn ich jetzt nicht frage, werde ich darauf nie eine Antwort bekommen.

»Die liegen unter meinem neuen Pool in Blankenese!« Er lacht und steigt ein. Mein Lächeln gefriert. Das Fenster auf der Fahrerseite wird runtergelassen. »Katharina und ich haben uns getrennt und Fred hat ihr einen Antrag gemacht. Ich dachte, das wusstest du schon.«

»Ich wollte eigentlich wissen …«

»Sie leben, Paul. Sie sind gesund und munter. Wofür hältst du mich?« Dann lässt er den Wagen an und fährt laut lachend vom Hof.

KAPITEL 50

Dieser Oktober ist deutlich wärmer als im letzten Jahr. Wir sitzen auf der Terrasse meiner Eltern in Chelsea und trinken Tee, essen Scones und Meringuetörtchen und beobachten Theo mit all den anderen Kindern aus seiner Kitagruppe, wie sie die Hüpfburg fast zum Einsturz bringen. Mum legt mir die Hände auf die Schultern und gibt mir einen Kuss auf die Haare. Ich sehe Lana an, die direkt gegenüber von mir sitzt, dass sie beinahe dahinschmilzt. Sie liebt große Familien und endlich sind wir eine. Paps bringt die Steaks auf einem weißen Teller nach draußen und lässt sich von der Meute feiern. Ich bin so froh, dass er und Mum sich wieder versöhnt haben.

»Ich habe weder Kosten noch Mühen gescheut«, sagt er.

»Ich bin Veganerin«, ruft Tante Agatha und zieht ihren Teller an sich. »Das weißt du bestimmt noch.«

Paps holt einen weiteren mit Grillgemüse hinter seinem Rücken hervor und stellt ihn vor ihr ab. »Alles für dich, meine Liebe.«

Andrej blinzelt Agatha zu und drückt ihre Hand. Das bringt mir einen weiteren Blick von Lana ein, die die Romanze zwischen den beiden immer noch nicht fassen kann.

»Wie geht's mit der Renovierung voran?«, will Andrej wissen. Ich kann sehen, wie unwohl er sich mit den ganzen Herzchen fühlt, die gerade durch die Luft fliegen.

»Lass uns bitte über etwas anderes sprechen«, sagt Lana und nimmt einen großen Schluck von ihrem Gin Tonic.

»So schlimm?«

»Die Tischler haben uns schon wieder versetzt. Das bedeutet, dass ich übers Wochenende ohne Treppe ins Obergeschoss dastehe. Wir leben immer noch aus dem Koffer. Das sind in etwa vier Garnituren. Ich tue nichts anderes, als den ganzen Tag zu waschen. Die restlichen Klamotten befinden sich oben im Schrank.«

»Warum seid ihr nicht nach Chelsea gezogen, wie wir es euch geraten haben. Die Handwerker hier sind zuverlässig«, sagt meine Mutter. Ihre goldenen Haare leuchten seidig im Abendlicht.

»Ach, Mum. Das sind dieselben Handwerker wie bei uns in Islington. Außerdem haben wir uns in dieses Haus verliebt und haben es günstig bekommen. Es müssen eben ein paar Renovierungsarbeiten gemacht werden und dann ist es ein Juwel, das in der Sonne Londons funkelt.«

»Ja, ja, wenn du dich in ein Haus verliebst«, frotzelt mein Schwiegervater. Ich habe es aufgegeben, ihn insgeheim Daddy zu nennen. Ich nenne ihn Dad.

Wir sind nicht nach Humphrey Manor gezogen. Wir ließen es durch eine Firma renovieren und haben es verkauft. Niemand aus der Familie weint dem Anwesen eine Träne nach. Und niemand von uns hat vor, jemals wieder in diese Gegend zu kommen.

Als Mum in die Küche geht, folge ich ihr. Ich genieße die Zeit, die wir zwei allein haben. Dann nehme ich sie in den Arm oder sie mich. Ohne dass einer von uns etwas sagen muss. Wenn ich merke, dass sie weint, lasse ich mir einen Witz über ihre schrecklich hässliche Katze einfallen, die mich bei jedem Besuch ansieht, als würde ich ihr den Tag versauen. Umgekehrt funktioniert das auch.

»Bist du glücklich?«, fragt sie.

Ich lege den Finger an den Mund. »Pst! Fordere es nicht heraus!«

»Ach, du alte Unke«, sagt sie und boxt mir in die Rippen. Doch ich spüre, dass sie das Gleiche denkt. Es ist so schön, dass es unmöglich von Dauer sein kann.

Seit sie mich das erste Mal nach dreißig Jahren wieder in die Arme genommen hat, ist alles zurück. Erinnerungen an mein Heim in London, Geschichten, die sie mir als Kind erzählt hat, Lieder, die sie mir zum Einschlafen sang. Wie ich mit Dad zu einer Flugshow fuhr, als ich gerade fünf Jahre alt war und dass man mir dort ein aufblasbares Flugzeug geschenkt hat.

Der Tag der Entführung ist auch zurück. Er blitzt in meinen Erinnerungen auf, wenn ich träume. Lana sagt, ich solle einen Therapeuten deswegen aufsuchen, doch das werde ich nicht. Meine Erinnerungen gehören nur mir. Die von vor dreißig Jahren und die aus dem letzten Jahr. Niemand wird jemals etwas davon erfahren.

Vince Mulligan hat überlebt und fristet seine Tage in einem Pflegeheim. Er hat seit jener Nacht kein Wort mehr gesprochen. Er konnte die Geschichte, die ich der Polizei erzählt habe, nie belegen oder bestätigen, dass er völlig wahnsinnig in mein Haus kam und Dusty Badger ermordet hat. Danach versuchte er, mich zu töten. Niemand fragte nach einem Motiv. Jeder, selbst der Polizeifreund von Mulligan, konnte sich vorstellen, dass dem Mann nach dem Tod seines Sohnes die Sicherungen durchgebrannt waren. Sie fassten sogar die Möglichkeit ins Auge, dass er ihn selbst getötet hätte. Immerhin war schon vor vielen Jahren sein anderer Sohn verschwunden. Die Leute fingen an zu reden, ob er daran beteiligt gewesen war und womöglich auch hinter der Ermordung der vermissten Kinder steckte. Das wäre ein Motiv, weshalb er Claire und Ted Foster umgebracht hatte.

Als ich Andrej später zu seinem Wagen bringe, drücke ich ihn zum Abschied. »Da ist etwas, das ich gern wüsste«, frage ich.

»Und?«

»Ich weiß, du wolltest nicht mehr darüber reden, aber du hast von einem Container mit Flüchtlingen gesprochen. Das geht mir nicht mehr aus dem Kopf.«

Er nickt. Dann klopft er mir auf die Schulter und steigt in seinen Wagen. »Die habe ich rechtzeitig gefunden«, sagt er und fährt davon.

Langsam breitet sich ein Lächeln auf meinem Gesicht aus. Ich habe die beste Familie, die sich ein Mann wünschen kann. Am Ende der Straße steht eine Frau unter einem Baum, die einen Hund ausführt. Sie zerrt an seiner Leine, bis er den Plan aufgibt, ein Loch zu graben. Ich mache mich auf den Weg zurück zum Haus meiner Eltern. Irgendwie kam sie mir bekannt vor. Ihr Gesicht habe ich mir nicht angeschaut. Aber dieser Gang – ein wenig wie die Mutter von Constable Badger.

Ich fahre herum.

Weit und breit ist keine Frau zu sehen. Und kein Hund.

Die lebenslustige Skye muss mit ihrer sechsjährigen Tochter fliehen: vor einem gewalttätigen Ehemann und der Polizei, die sie wegen Kidnappings sucht. Da kommt das abgeschiedene Cottage einer Bekannten in den schottischen Highlands gerade recht.

Kaum ist Skye angekommen, stolpert sie über eine Leiche. Was tun? Die Polizei rufen? Kann sie nicht. Das Cottage wieder verlassen, ebenso wenig. Draußen braut sich ein infernalischer Schneesturm zusammen.

Dann tauchen aus dem Nichts fünf Fremde auf, von denen jeder ein Geheimnis hütet. Zu siebt auf engstem Raum wird Skye immer klarer, dass dieses Aufeinandertreffen nicht so zufällig war, wie man sie gerne glauben lassen wollte.

ISBN 978-37546849